ULLSTEIN

Das Buch

Man sollte meinen, ein eigener Buchladen und eine fünfzehnjährige Tochter würden eine alleinstehende Frau ausreichend auf Trab halten. Nicht so Claire Malloy, zumal sowohl ihr Buchladen als auch ihr Liebesleben zu ihrem großen Bedauern gerade eine Durststrecke durchmachen. Als aus dem Verbindungshaus der Studentinnen nebenan merkwürdige Schreie dringen und eines der Mädchen tot aufgefunden wird, legt die Polizei den Fall für Claires Geschmack zu schnell zu den Akten. Claire stellt eigene Nachforschungen an, doch kann sie nicht ahnen, in was für heikle bis absurde Situationen sie sich damit bringt. Noch weniger kann sie ahnen, welch bedrohliches Geheimnis die Studentenverbindung hütet ...

Die Autorin

Joan Hess ist eine der renommiertesten Kriminalschriftstellerinnen Amerikas. Ihre Romane wurden mit zahlreichen Preisen ausgezeichnet, u. a. mit dem *American Mystery Award*. Sie lebt in Fayetteville, Arkansas.

In unserem Hause sind von Joan Hess außerdem erschienen:

Der letzte Tanz der Druidin
Liebhaber mit kleinen Fehlern
Schöne, tote Nachbarin

Joan Hess

Mord auf dem Campus

Kriminalroman

Aus dem Amerikanischen
von Jutta Lützeler

Ullstein

Ullstein Taschenbuchverlag 2000
Der Ullstein Taschenbuchverlag ist ein Unternehmen der
Econ Ullstein List Verlag GmbH & Co. KG, München
Deutsche Erstausgabe

Titel der amerikanischen Originalausgabe: Poisoned Pins (Dutton, New York)
Übersetzung: Jutta Lützeler
Redaktion: Birgit Förster
Umschlagkonzept: Lohmüller Werbeagentur GmbH & Co. KG, Berlin
Umschlaggestaltung: Init GmbH, Bielefeld
Titelabbildung: The Stock Market, Düsseldorf
Gesetzt aus der Sabon, Linotype
Satz: Josefine Urban – KompetenzCenter, Düsseldorf
Druck und Bindearbeiten: Elsnerdruck, Berlin
Printed in Germany
ISBN 3-548-24761-X

Für Dominick Abel

Ich möchte Lieutenant Mike Terry vom Polizeirevier der Universität von Arkansas danken, der mir seine Zeit und sein Wissen zur Verfügung stellte. Außerdem möchte ich Barbara Rose für eigene Geschichten aus ihrer Zeit in der Studentenverbindung danken, aber auch anderen Quellen, die es vorziehen, (aus verständlichen Gründen) anonym zu bleiben. Außerdem wären da noch Sharyn McCrumb und Les Roberts, die so lieb waren, mir mit ihrem Fachwissen zu helfen, und meinen Dank verdienen.

Kapitel 1

Der Sommer kann tödlich sein. Oh, es gibt wohl auch ein paar positive Seiten. Man muß zum Beispiel keine Asche aus dem Kamin schaufeln oder unschuldige Tannen mit Lametta dekorieren. Es gibt keinen Schneeregen, keine arktischen Winde und keine Grippeattacken. Allerdings tauchen im *Book Depot* praktisch keine Kunden auf, und die Besitzerin steht ohne Einnahmen da. Ihr bleibt nichts anderes übrig, als auf den leeren Bürgersteig zu starren und sehnsüchtig an die restlichen neun Monate des Jahres zu denken, in denen die Studenten des *Farber College* den Laden betreten, mit Leselisten und voller Wissensdurst nach den analytischen Erkenntnissen, die man in den schmalen, gelben Lernhilfen finden kann.

Ich tat gerade genau dies, statt den Papierkram zu erledigen, der sich in meinem kleinen Büro im hinteren Teil des umgebauten Bahnhofs stapelte. Ich hatte den Buchladen vor über zehn Jahren gekauft, ein paar Monate nachdem mein Mann eine äußerst unglückliche Begegnung mit einem Hühnertransporter hatte. Das Geschäft lief nie besonders gut, aber ich wußte mit einer trostlosen Gewißheit, daß mir die nächsten drei Monate wie eine Ewigkeit vorkommen würden, während mein Kontostand nach unten absank, sich mein fleckiger, alter Steuerberater über meine verspäteten vierteljährlichen Steuerzahlungen beschwerte und sich meine Laune entgegengesetzt zur Außentemperatur verhielt.

Die Klingel über der Tür bimmelte, und ich klaubte meinen letzten Rest Optimismus zusammen und blickte auf. Nach einem kurzen Kampf mit der Tür stolperte eine junge Frau mit einem riesigen Stapel Bücher auf mich zu und stieß mit einem erstickten Gurgeln gegen den Ladentisch.

»Kommen Sie, ich helfe Ihnen«, sagte ich, während ich um den Ladentisch herumging und anfing, sie abzuladen. Ein Gesicht tauchte auf, das von einem dünnen Pony und stumpfen, braunen Haaren umrahmt war, die dringend eine Wäsche benötigten. Ihre Augen waren klein und gelblich, ihre Nase breit, und ihre Lippen sahen beinah geschwollen aus. Ich nahm ihr nach und nach alle Bücher ab und stapelte sie auf den Ladentisch, bis sie schließlich vollständig zu sehen war. Der Rest von ihr war so dürr, daß sie beinah eckig wirkte, und sie hatte weder Busen noch eine Taille oder Hüften. Unterhalb des Saums ihres zerknautschten braunen Rocks waren dicke Waden zu sehen, die das einzig Konvexe an ihr darstellten.

Sie betrachtete mich so nervös, daß ich wieder zu meinem Hocker ging und mich hinsetzte. »Was kann ich für Sie tun?« fragte ich mit der sanften Stimme einer friedliebenden Buchhändlerin, die auf einen Handelsabschluß aus war.

»Kaufen Sie gebrauchte Lehrbücher?«

Ich zuckte innerlich zusammen, als ich ihre nasale Stimme hörte, schüttelte aber nur den Kopf und erwiderte: »Nein, aber *Rock Bottom Books*. Es liegt vier Blocks weiter an den Bahngleisen entlang, auf der anderen Straßenseite.«

»Vier Blocks? Ich habe es kaum bis hierher geschafft. Ich hatte schon Angst, mir würden die Arme abfallen.« Sie versuchte zu lächeln, aber offensichtlich hatte sie ihren Enthusiasmus unterwegs ebenfalls verloren. »Sind Sie sicher, daß Sie keine ...?«

»Ganz sicher«, teilte ich ihr mit. Sie schien ein wenig schwer von Begriff zu sein. »Ich verkaufe allerdings Bücher. Sie können sich gerne umsehen.«

»Danke.« Sie verschwand hinter dem Regal mit den Science-fiction-Taschenbüchern. »Sie haben wirklich eine Menge Bücher, Ma'am.«

»Das haben Buchläden so an sich«, erwiderte ich und warf einen Blick auf die Einbände der Lehrbücher. Die Titel reichten von Computerbüchern über mittelalterliche Poesie bis hin zu Botanik. Eine erstaunliche Auswahl für jemanden, der sich über die Anwesenheit von Büchern in einem Buchladen wunderte. »Was ist Ihr Hauptfach?« fragte ich sie neugierig.

»Lehramt. Ich werde nach meinem Abschluß Grundschullehrerin. Kinder sind wirklich etwas Besonderes, nicht wahr? Ich meine, sie sind so jung, wie kleine Schwämme, die alles aufsaugen, was sich ihnen bietet.«

War ein verkauftes Buch so wichtig? Der Nachmittag würde bald vorüber sein, und es war ganz bestimmt noch nicht zu früh, den Laden zuzumachen, mich mit Luanne in dem schattigen Biergarten auf der anderen Straßenseite zu treffen, meine finanziellen Sorgen zu ertränken und dabei dumpf auf die alten Hippies zu starren, die nur hervorkamen, wenn die Mehrheit der Studenten des *Farber College* den Sommer über verschwunden war. Ein kühles *Pabst*, Bretzeln und mitleidheischendes Gejammere – keine schlechte Kombination für einen Sommerabend.

Ich könnte natürlich auch Peter Rosen anrufen, einen Mann mit beachtlichem Charme, dunklen, lockigen Haaren, trügerisch unschuldigen, tiefbraunen Augen, einer Adlernase und einem außerordentlichen Talent in Sachen Leidenschaft. In anderen Dingen konnte er jedoch leider nervig, langweilig, humorlos, diktatorisch und unverblümt offen sein. Bullen sind manchmal so. Wie auch Männer im allgemeinen.

»Ich suche wohl besser diesen anderen Laden«, sagte die junge Frau, als sie wieder auftauchte. Ich half ihr, die Bücher wieder auf ihre Arme zu stapeln, begleitete sie zur Tür und beobachtete ein paar Minuten, wie sie den Bürgersteig entlangschwankte und sich scheinbar der Gefahren des unebenen Bodenbelags gar nicht bewußt war. In Farberville gab es nur wenig Abwechslung, denn die Stadt war ein prosaischer Ort, der nur durch die Kultur – oder die Illusion von Kultur –, nämlich durch das College, erträglich gemacht wurde.

Ich war gerade dabei, die Lokalzeitung zu lesen, als erneut die Türklingel ertönte. Diesmal flog die Tür mit einem Knall auf, und das Sonnenlicht fiel auf mein Gesicht, als meine Tochter Caron mit der Eleganz einer Lokomotive in den Laden gestampft kam.

»Mutter!« kreischte sie. »Ich habe eine absolut unglaubliche Methode entdeckt, Tausende von Dollar zu verdienen! Und dann kann ich mir am Ende des Sommers ein Auto kaufen! Findest du das nicht auch ganz toll?«

Caron war fünfzehn, ein Alter, in dem es keine netten Höflichkeitsfloskeln gab. Obwohl wir beide rote Haare, grüne Augen und Sommersprossen hatten, besaß sie eine solch intensive Ausstrahlung, daß ich mich jedesmal bemüßigt fühlte, eine Verzichtserklärung abzugeben, wenn ich sie einem nichtsahnenden Opfer vorstellte. Sie war zu den hellsten Explosionen und den dunkelsten Implosionen fähig. Beides war sowohl äußerst alarmierend als auch völlig unvorhersehbar. Bevor sie von teuflischen Hormonen erfaßt worden war, hatte man sich richtig gut mit ihr unterhalten können. Ich beabsichtigte, diese Mutter-Tochter-Intimität wiederaufzunehmen, sobald es kein lebensgefährliches Unterfangen mehr war, es ihr vorzuschlagen.

In ihrem Windschatten kam ihre beste Freundin Inez Thornton herein, die ebenfalls fünfzehn Jahre alt war, aber keineswegs Carons melodramatische Ausstrahlung besaß. Inez war unscheinbar und sprach immer sehr leise, ein perfektes Gegenstück zu meinem knospenden Broadway Star. Ihr Haar hatte eine seltsam farblose, bräunliche Schattierung, und ihr rundliches Gesicht wirkte immer noch kindlich. Die dicken Linsen ihrer Brille ließen sie immer ein bißchen erschrocken aussehen, was bei mir an ihrer Stelle in Carons Gegenwart auch der Fall gewesen wäre.

»Tausende von Dollar?« fragte ich vorsichtig.

»Ja, Tausende und aber Tausende von Dollar!« Voller Gier begann Caron, hektisch vor dem Ladentisch herumzutanzen. Sie wirbelte erst auf einem Bein und dann auf dem anderen herum und pflückte unsichtbare Banknoten von einem imaginären Baum. »Ich glaube, ich kaufe mir eins von diesen schicken roten Kabrios. Rhonda bekommt ein richtig blödes Auto, das früher ihrem Bruder gehörte. Sie wird vor Neid kotzen, wenn ich vor ihrem Haus vorfahre. Siehst du nicht auch schon ihr Gesicht im Geiste vor dir, wenn sie merkt, daß Louis Wilderberry auf meinem Beifahrersitz hockt?« Sie verschwand tänzelnd zwischen den Regalen und war völlig in ihre Rachevisionen versunken. »O Rhonda«, fuhr sie mit hoher, unaufrichtiger Stimme fort, »Louis und ich fahren ins Drive-in-Kino. Wir würden dich ja gerne mitnehmen, aber es ist zu dritt einfach zu eng. Tschüs, Miss Cellulitis!«

»Caron ist ein bißchen sauer auf Rhonda«, erklärte mir Inez mit einem Seufzen. »Wir haben bei ihr angerufen, ob sie mit ins Einkaufszentrum kommen wolle, aber sie sagte, sie müsse zu Hause bleiben und auf ihren kleinen Bruder aufpassen. Wir sind trotzdem vorbeigefahren, und Louis' Auto stand in der Einfahrt.«

»Oh«, erwiderte ich weise. »Wie will Caron genug Geld zusammenbekommen, um seine Aufmerksamkeit zu gewinnen?«

Caron kam zurück ins Blickfeld getaumelt. »Ich werde Beraterin für *My Beautiful Self, Inc.* Es ist eine unglaublich tolle Möglichkeit, in diesem Sommer so viel Geld zu machen, wie ich will.« Ihr Lächeln verschwand und wurde durch einen Blick reinster Agonie ersetzt. »Moment! Ich kann mir gar kein rotes Kabrio kaufen!«

Falls jemand glaubte, daß ich das Ganze auch nur annähernd verstand, so überschätzte er meine mütterlichen Fähigkeiten, die mal wieder gegen null tendierten, völlig. Ich beschloß jedoch, keine Fragen zu stellen oder eine Erklärung zu verlangen, sondern sah ihr bloß zu, wie sie sich gegen die Ratgeber sinken ließ und sich über das Gesicht rieb.

»Und ein schwarzes kann ich mir auch nicht kaufen«, sagte sie mit dumpfer Stimme. »Ich bin eher der freundliche Typ, also kann ich wohl nur ein bronzefarbenes oder ein waldgrünes Kabrio kaufen. Rot darf ich einfach nicht riskieren.«

»Ich bin der elegante Typ«, teilte Inez mir mit. »Ich könnte mir ein himbeerfarbenes Auto kaufen, aber meine Eltern werden mich wahrscheinlich wegen der Versicherungskosten erst nach meinem einundzwanzigsten Geburtstag fahren lassen.«

Ich wartete einen Moment, aber beide schienen sich nun völlig der Verzweiflung hinzugeben. Trotz der zahllosen Gelegenheiten, bei denen ich mich hätte raushalten sollen und dementsprechend gelitten hatte, fragte ich: »Freundlich und elegant? Das ist doch wahrscheinlich immer noch besser als abstoßend oder schlampig?«

»Ach, Mutter«, sagte Caron, und ihre Worte strotzten vor Verachtung, wie es nur bei einer Tochter im Teenageralter möglich war. Heute ist niemand mehr abstoßend oder schlampig. Es gibt nur vier Kategorien: intellektuell, elegant, lebhaft und freundlich. Das sind die Eckpfeiler einer jeden *My-Beautiful-Self*-Analyse.«

»Und damit verdient man Tausende und aber Tausende von Dollar?«

»Mein sechzehnter Geburtstag ist eine Woche vor Schulanfang, also kann ich es nur hoffen. Ich muß unbedingt ein Auto haben, weißt du, und zwar nicht so einen ekelhaften alten, verbeulten Pickup-Truck mit einem Gewehrständer und Schimmelflecken.«

»Schimmel?« fragte Inez und verschwand hinter einem Regal, als Caron sie wütend anstarrte.

»Wer hat denn etwas von einem Pickup-Truck gesagt?« fragte ich.

»Hattest du etwa vor, mir einen neuen Camaro zu kaufen?«

Ich klappte das Hauptbuch zu und schloß die Kasse ab. »Offen gesagt, Liebes, hatte ich vor, dir ein Paar Halbschuhe zu kaufen. Wir können uns kein zweites Auto leisten, vor allem nicht in diesen Zeiten der Rezession. Wir können von Glück sprechen, wenn wir diesen Sommer irgendwie durchstehen. Und ich muß noch eine Möglichkeit finden, wie ich für das Herbstsemester die Bestände auffüllen kann, ohne dich an einen Mädchenhändler zu verkaufen.«

Carons Unterlippe schoß hervor. »Ich werde nicht der einzige Mensch in der Schule ohne eigenes Auto sein. Jeder wird in diesem Jahr ein Auto bekommen, abgesehen von den Nullen, die Kurse in Schweißen und Krankenpflege belegen. Ekelhaft. Vielleicht sollte ich ›Höhere Algebra‹ vergessen und ›Teen Alltag‹ belegen. Das ist dieser Kurs, in dem sie das ganze Jahr ein Ei herumtragen und darauf warten, daß es die ersten Schritte macht und einen Mama nennt.«

»Allison Wade hat ihres mitten im Semester gebraten«, sagte Inez, »und der Lehrer hat sie durchfallen lassen.«

»Wie wäre es mit Omeletts zum Abendessen?« schlug ich vor, schloß den Laden ab und scheuchte sie die Thurber Street hinauf in Richtung unserer Wohnung, die gegenüber der Grünfläche des *Farber College* lag. Unglücklich bemerkte ich, daß Sally Frombergers Café den Sommer über geschlossen war. Das gleiche galt für das renovierte Kino und den Laden mit der eleganten Freizeitmode. Die Besitzer hatten das Unausweichliche akzeptiert, und wenn sie schon verhungerten, dann wollten sie es anscheinend ohne die tägliche Demütigung durch stumme Registrierkassen tun.

»Willst du nicht mehr darüber wissen, wie ich reich werde?« fragte Caron, deren Unterlippe sich vorübergehend wieder zurückgezogen hatte. Ich nickte. »Nun, eine der Studentinnen aus dem Verbindungshaus nebenan kam vorbei, als ich gerade deinen Müll runterbrachte – «

»Meinen Müll?«

»Na, meiner ist es ganz bestimmt nicht. Jedenfalls fragte sie mich, ob ich Interesse hätte, diesen Sommer eine Menge Geld zu verdienen. Dann erzählte sie mir, wie ich eine *My-Beautiful-Self*-Beraterin werden könne und daß ich wahrscheinlich am Ende des Sommers einen Börsenmakler und ein Bankkonto in der Schweiz benötigen würde und – «

»Eine *My-Beautiful-Self*-Beraterin?« unterbrach ich sie, bevor sie zu langfristigen Schatzanweisungen und der Tilgung der Staatsschulden übergehen konnte.

Wir waren nun vor dem Verbindungshaus angekommen, einem beeindruckenden weißen Ziegelsteingebäude, das mit seinen Säulen und grünen Fensterläden an eine Südstaatenplantage erinnerte. Das heißt, es wäre imposant gewesen, wenn es nicht so verwahrlost ausgesehen hätte. An einigen Stellen blätterte schon die Farbe ab, ein paar der Fliegengitter fehlten, einer der Fensterläden hing schief herunter, der gepflasterte Weg zum Haus war aufgeplatzt, die Büsche wucherten wild vor sich hin, und der gelbliche Rasen war mit ausgetretenen Trampelpfaden übersät. Obwohl ich seit Jahren mehrmals am Tag daran vorbeiging, war ich niemals stehengeblieben, um es genauer zu betrachten. Ich brauchte einen Moment, um die griechischen Buchstaben auf dem Schild zu entziffern: *Kappa, Theta, Eta.*

Aus einem offenen Fenster im Erdgeschoß ertönte Rockmusik. »Ich dachte, die Verbindungshäuser wären den Sommer über geschlossen.«

»Nicht dieses hier«, erwiderte Caron ungeduldig. »Jedenfalls wird Pippa mich ausbilden, und wenn ich dann Beraterin bin, kann ich den Leuten für die Sitzungen Geld abknöpfen und so viel verdienen, wie ich will. Ich kann sogar neue Beraterinnen ausbilden. Wenn deren Kundinnen dann Kosmetik bestellen, bekomme ich zehn Prozent.«

Ich versuchte, einen lässigen Ton beizubehalten. »Und dieses Mädchen aus der Studentenverbindung hat dich mit dem Müllbeutel in der Hand gesehen und gleich erkannt, daß du die perfekte Kandidatin bist?«

»Sie sagte, sie sei immer auf der Suche nach potentiellen Trainees und sie habe mich am Haus vorbeigehen sehen und sofort gewußt, daß ich bestens dafür geeignet sei. In den Studentenwohnheimen und in einigen anderen Verbindungshäusern gibt es schon ein paar Beraterinnen, aber den High-School-Markt hat wohl noch niemand übernommen. Es ist eine Goldmine.«

»Und sie bekommt zehn Prozent von dem, was du in der High-School verdienst?« fragte ich. »Ist das legal?«

Inez nickte. »Es ist eine riesige Firma mit Regionalleitern und Katalogen und Broschüren und allem, was dazugehört. Meine Mutter hatte einmal abends ein paar Freundinnen da –«

»Natürlich ist es legal!« fuhr Caron mich an. »Die Gründerin war eine ungarische Aristokratin, die die Geheimnisse ihrer Schönheit mit der ganzen Welt teilen wollte. Die Ausbildung ist sehr gründlich, und man bekommt hinterher ein

Zertifikat und eine Karte, die man im Portemonnaie mit sich herumtragen kann. Am Anfang muß man eine Investition tätigen, aber man verdient das Geld sofort wieder zurück, und danach behält man sämtliche Profite für sich.«

Den letzten Satz hatte sie schnell in sich hineingemurmelt, aber ich bekam ihn dennoch mit. »Wie hoch ist denn diese Investition?«

»Nicht sehr hoch«, sagte sie mit defensiver Stimme, hinter der meiner Erfahrung nach ein echter Knaller stecken mußte. »Man muß die offizielle *My-Beautiful-Self*-Grundausrüstung bestellen, aber das ist keine große Sache und für die Beratungen absolut notwendig. Ich werde es dir zurückzahlen, wenn – «

Ich blieb mitten auf dem Bürgersteig stehen. »Mir zurückzahlen?«

Meine Tochter, die Märtyrerin, rollte die Augen und blickte verzweifelt zum Himmel hinauf. »Wir reden doch hier von sechzig Dollar oder so, nicht von einer Million.«

»Vergiß die Versand- und Verpackungskosten nicht«, erinnerte Inez sie. »Das sind weitere zwölf Dollar und achtzig Cent, und insgesamt macht das zweiundsiebzig Dollar und achtzig Cent.«

Caron schien über diesen Beweis mathematischen Könnens nicht sehr erfreut. »Na gut, man muß noch die Versand- und Verpackungskosten hinzurechnen. Aber der Punkt ist, Mutter, daß ich es dir schon nach wenigen Tagen zurückzahlen werde, sobald ich alle meine Freundinnen beraten habe. Ich kann verlangen, was ich will, aber Pippa meinte, ich solle als Minimum zehn Dollar für die Grundanalyse verlangen und zwanzig für eine Accessoire-Beratung. Ich erhalte fünfundzwanzig Prozent von allen Bestellungen, die ich aufnehme, und in den ersten sechs Monaten zehn Prozent von allen Bestellungen meiner Trainees.

Bevor ich ihr meine Ansichten darüber mitteilen konnte, was ich für unmoralisch hielt, parkte ein silberfarbener Mercedes am Randstein. Dahinter hielt ein verbeulter, grüner Pickup-Truck, und beide Fahrer stiegen aus ihren Fahrzeugen. Es handelte sich zum einen um eine schlanke Frau mittleren Alters in einem beigefarbenen Kostüm und dazu passenden hochhackigen Schuhen, die sich mit der völligen Selbstsicherheit der Präsidentin eines nationalen Frauenvereins bewegte. Ihr Begleiter war ein ungepflegt wirkender Mann mit unrasiertem Gesicht, dicken feuchten Lippen, rotgeränderten Augen, einer Frisur, die möglicherweise von einer Heckenschere stammte, und einem farbbekleckstem Overall. Sie gingen auf das Verbindungshaus zu.

Ich versuchte, Caron und Inez zum Weitergehen zu bewegen. »Wir werden diese Diskussion oben weiterführen«, sagte ich knapp mit kühler Stimme. Ich war wirklich stolz auf mich, denn ich hatte einen Knoten im Magen und konnte nur mit Mühe atmen. Es hatten sich zwar keine Wolken vor die Sonne geschoben, aber es schien alles in ein unheimliches, glühendes Licht getaucht zu sein.

»Hast du gesehen, wer das war?« fragte Caron atemlos. Offensichtlich war Inez so perplex, daß sie nur noch die zwei Gestalten auf der Veranda des Verbindungshauses anstarren konnte.

»Das geht uns nichts an«, sagte ich.

Inez fand schließlich ihre Stimme wieder. »Es ist Arnie. Sie erinnern sich doch noch an ihn, Mrs. Malloy, oder?«

»Ja, das tue ich.« Ich packte die beiden am Arm, schob sie durch die Tür und dann die Treppe zu unserer Wohnung hoch. Nachdem wir uns in Sicherheit befanden, ich die Tür abgesperrt und die Kette vorgelegt hatte, ließ ich sie stehen und ging in die Küche, um mir einen starken Drink einzuschütten. Minuten später machte ich mir einen zweiten.

»Arnie?« Peter schien regelrecht an dem Wort zu ersticken und spuckte einen Schluck Bier auf den Couchtisch. »Bitte nicht Arnie. Du hattest wahrscheinlich nur eine Art Halluzination, die hervorgerufen wurde durch – «

»Die Flaute im Laden?« Ich lehnte meinen Kopf gegen seine Schulter und starrte zur Decke des Wohnzimmers hinauf. »Die Mädchen haben ihn auch erkannt. Er fährt jetzt einen schrottreifen grünen Pickup-Truck und nicht mehr diesen scheußlichen Cadillac, aber es ist immer noch der alte Arnie mit seiner leuchtenden Nase und den sabbernden Lippen. Der gute, alte Arnie. Könnt ihr ihn nicht länger als zehn Minuten im Gefängnis behalten?«

»Er war im Bezirksgefängnis, und deine Schätzung von zehn Minuten ist wahrscheinlich korrekt. Das Gefängnis ist überfüllt, und jemand, der wegen minderer Vergehen einsitzt, hat keinen Anspruch auf längere Unterkunft und Verpflegung. Er hat nur ein paar Hunde und eine Katze geklaut, Claire.«

»Und das andere? Trunkenheit am Steuer, Trunkenheit beim Trampen, Autodiebstahl, unerlaubtes Entfernen vom Tatort, ungebührliches Verhalten, mich zu beschuldigen – «

»Ich fürchte, das sind alles mindere Vergehen«, murmelte Peter und versuchte, trotz der Belustigung in seiner Stimme tröstend zu klingen. »Wir haben ihn vor ein paar Monaten beinah wegen eines richtigen Verbrechens dran bekommen, aber der Staatsanwalt beschloß, den kleinen Fisch laufen zu lassen und zu versuchen, größere Brocken ins Netz zu ziehen.«

Ich war nicht in Stimmung für fischige Metaphern. »Wovon sprichst du überhaupt, Peter? Willst du einen Anglerwettbewerb organisieren?«

»Nein, leider nicht. Wir haben herausgefunden, daß der Mann, dem die Pfandleihe in dem kleinen Einkaufszentrum im Osten der Stadt gehörte, ein Hehler war, und konnten ihn hochnehmen. Arnie war einer seiner Stammkunden.«

»Warum habt ihr ihn nicht gehängt?«

»Wir konnten nicht beweisen, daß er gestohlene Waren hingebracht hat. Er behauptete, daß eine gewisse Kette seiner Mutter gehört habe, und sie stand nicht auf unserer Liste. Er hat außerdem einen tragbaren Fernseher hingebracht, der möglicherweise aus einem Wohnungseinbruch stammte, aber der Student hatte sich die Seriennummer nicht notiert, und Arnie schwor, daß er ihn bei einem Pokerspiel gewonnen habe.«

»Und du warst so naiv, ihm zu glauben?« Ich verdrehte die Augen, wie Caron es noch am Nachmittag getan hatte. »Du hättest doch sicherlich Beweise finden können, um ihn ein paar Jahre von der Straße fernzuhalten – das heißt, wenn du es versucht hättest.«

Er klopfte mir auf die Schulter, als sei ich ein treuer Hund, der sich in seinem Schoß zusammengerollt hatte. »Laß uns nicht mehr über Arnie reden, ja. Ich habe einen Anruf von einem Typen bekommen, mit dem ich zusammen in der Ausbildung war. Er hat siebzig Kilometer von hier entfernt eine Hütte, und er hat mir angeboten, ich könne sie diesen Sommer jederzeit benutzen. Sie ist ein bißchen spartanisch, aber sie hat einen Kamin, einen tollen Ausblick auf den See und ein großes Eisenbett. Wir können den ganzen Tag auf der Terrasse sitzen und den Bienen und den Vögeln zusehen, und nachts könnten wir dann ...«

Er war gerade dabei, äußerst anschaulich andere Aspekte der Natur zu beschreiben, als laute Schritte auf der Treppe zu hören waren. Caron platzte in den Raum, holte tief Luft und sagte: »Es ist wirklich dieser ätzende Arnie!«

Ich saß bereits schicklich am anderen Ende des Sofas. Ich warf Peter einen bedeutungsvollen Blick zu und betrachtete dann die roten Wangen und den triumphierenden Ausdruck auf dem Gesicht meiner Tochter. »Was hast du herausgefunden?«

»Er wird das Verbindungshaus anstreichen.« Sie schnappte sich eine Handvoll Erdnüsse aus der Schüssel auf dem Couchtisch und stopfte sie sich in den Mund. Dann ließ sie sich in einen Sessel fallen. »Er arbeitet für den Handwerker, einen Typ namens Ed Whitbred. Er ist ein richtiger Maler, aber er war auf der anderen Seite der Stadt und hat einen anderen Auftrag erledigt. Mrs. Vanderson dachte, sie würde sich mit Ed treffen, aber statt dessen tauchte Arnie auf, und sie mußte mit ihm verhandeln. Mrs. Vanderson ist laut Pippa die sogenannte Hausvorsitzende, das heißt, sie kümmert sich um die Unterhaltung des Hauses und bezahlt die Rechnungen und so. Sie wollen diesen Sommer das Haus anstreichen lassen, damit sie im Herbst bei der Schnupperwoche besser abschneiden. Dieses Jahr hatten sie eine ziemlich mickrige Anzahl von Anwärterinnen, denn das Haus der *Kappa Theta Etas* ist das schäbigste auf dem Campus, sogar noch schlimmer als die Häuser einiger Bruderschaften. Die Anwärterinnen müssen im zweiten Stock schlafen, und das Dach ist so undicht, daß sie schon Angst haben, es würde eines Tages auf sie herunterstürzen.«

»Gute Detektivarbeit«, sagte Peter gedehnt.

Sie blickte ihn mit einem beleidigten Stirnrunzeln an. »Ich habe nicht so herumgeschnüffelt, wie Mutter das immer tut. Ich bin nur hinübergegangen, um mit Pippa über meine Schulung zu sprechen. Ich habe mich auf dem Weg zu ihrem Zimmer verlaufen, aber das ist wohl kaum meine Schuld, wenn alle Flure gleich aussehen.«

»Du hast dich im Verbindungshaus herumgetrieben?« fragte ich entsetzt. »Begreifst du denn nicht, daß das unbefugtes Betreten ist?«

»Das ist es nicht, und es ist sowieso egal. Diesen Sommer leben nur vier Mädchen dort, plus die Hausmutter und ihre Katze. Während des restlichen Jahres befinden sich ständig über sechzig Mädchen und Besucher im Haus.«

Peter hatte gegrinst, aber nun wurde er ernst. »Du solltest wirklich nicht dort drüben herumspazieren, Caron. In den Häusern wird immer ziemlich viel gestohlen, und ein Unbefugter wird gerne für einen Verdächtigen gehalten. Ich habe die Daten der Campuspolizei gesehen; in den letzten fünf Jahren hat sich die Anzahl der gemeldeten Diebstähle verdoppelt. Du willst doch nicht, daß man dich des Diebstahls bezichtigt?«

»Mich?« fragte sie, der Inbegriff der Unschuld. »Wie könnte mich jemand des Diebstahls bezichtigen? Ich besitze keinen Cent, und Mutter hält es für völlig normal, daß ich Schuhe mit Löchern, schäbige, alte Pullover und Sachen von der Heilsarmee trage – «

»Verschwinde«, sagte ich.

»Aber ich werde trotzdem Geld verdienen«, fuhr sie fort. »Pippa hat mir versprochen, ich könne ihre Grundausrüstung benutzen, bis ich mir meine eigene leisten kann. Ich brauche nur drei Termine zusammenzubekommen, und dann werde ich genug Geld haben. Und wenn ich erst einmal die Ausrüstung habe, kann ich all meine Freundinnen ausbilden und haufenweise Geld verdienen.« Sie schlenderte den Flur entlang zu ihrem Schlafzimmer und schloß die Tür hinter sich.

Peter wollte noch ein wenig über die Hütte reden, aber ich nicht, und nach einigen Versuchen ging er. Er marschierte zwar nicht beleidigt die Treppe hinunter, aber ich konnte jeden Schritt genau hören, und dann knallte er noch mit unnötiger Wucht die Tür zu.

Mit ihm wegzufahren würde viel zu sehr nach Flitterwochen aussehen. Ich räumte das Wohnzimmer auf und trug die Gläser in die Küche. Mein Reich war feinsäuberlich abgesteckt, und genauso wollte ich es auch haben. Ich fuhr nur selten zu ihm nach Hause und blieb niemals über Nacht dort. Auch wenn das bedeutete, daß ich dann eine einsame und häufig kalte Rückfahrt zu meiner Wohnung in Kauf nehmen mußte.

Ich schaltete die Lampen aus und ging in mein Schlafzimmer. In mein Bett kam man nur mit einer Einladung; die Vorstellung, daß jemand Besitzansprüche auf die Kissen anmelden könnte, war äußerst beunruhigend. Ich hatte es bereits mit einem Ehemann versucht, und obwohl die Ehe nicht zu Fußfesseln und Unterwerfung geführt hatte, verspürte ich nicht den Wunsch, mich mit einer Beziehung zu belasten oder Kompromisse einzugehen – besonders, wenn diese Kompromisse stets einer völligen Kapitulation gleichkamen.

Während ich mir die Zähne putzte und ein paar neue Falten im Spiegel betrachtete, rief ich mir in Erinnerung, daß Caron in wenigen Monaten sechzehn werden würde. Das bedeutete, daß mein vierzigster Geburtstag ebenso kurz bevorstand. Ich behauptete, unabhängig zu sein, hatte aber den ganzen Tag damit zugebracht, mich zu fragen, wie ich den Sommer über die Miete bezahlen sollte. Und ich mußte einen Weg finden, meinen Bestand für das kommende Herbstsemester aufzustocken. Ein paar Verlage hatten mir gedroht, mir den Kredithahn zuzudrehen; andere machten unfeine Bemerkungen über säumige Zahlungen. Das Dach war undicht, und die Kakerlaken trugen nicht gerade zur Verschönerung des Büros bei. In der Küche stapelten sich unbezahlte Rechnungen, und in ein paar Jahren mußte ich Caron aufs College schicken, vorzugsweise in einen weit entlegenen Staat.

Peter verdiente als Lieutenant bei der CID von Farberville

ein ganz anständiges Gehalt, und außerdem verfügte seine Familie über Geld, das ihm seine teuren Anzüge samt italienischen Schuhen ermöglichte. Er hatte mir zu verstehen gegeben, daß er heiraten wolle und die Belastung durch Carons Ausbildung tragen und mich im hohen Alter versorgen werde (was in wenigen Monaten beginnen würde). Das *Book Depot* könne mein Hobby, statt die Quelle meiner Magengeschwüre werden.

Ich dachte gerade über die berechnenden Aspekte meiner Persönlichkeit nach, als ich einen entsetzten Schrei hörte.

Kapitel 2

»Was war das?« kreischte Caron, als wir im Flur gegeneinanderstießen. Obwohl ich schon Schaum vor dem Mund hatte, war ich immer noch angezogen; sie hatte gerade erst ihr Shirt übergestreift und versuchte, in ihre Shorts zu steigen.

Da ich mir ausgemalt hatte, daß aus einer ihrer Hauptschlagadern das Blut nur so herausspritzte, ließ ich mich gegen die Wand sinken und wartete, bis das grausame Bild vor meinen Augen verschwand. »Es war ein Schrei, und er klang, als wäre er direkt unter meinem Schlafzimmerfenster ausgestoßen worden. Ich habe nachgesehen, konnte aber niemanden entdecken. Wir rufen besser die Polizei.«

»Ja, mach das.« Sie drängte sich an mir vorbei und ging in Richtung Wohnzimmer.

Ich stürzte ihr nach und konnte sie gerade noch rechtzeitig an der Schulter festhalten, bevor sie in die offenen Arme eines Axtmörders laufen konnte. »Du wartest hier. Ich werde anrufen, und dann können wir beide versuchen, von meinem Fenster aus etwas zu sehen.« Ich ging in die Küche, aber als ich den Hörer nahm, um die Nummer zu wählen, hörte ich, wie sich die Haustür öffnete und wieder schloß. Zwischen Angst und Wut hin und her gerissen beschloß ich, daß Caron sich gerade mitsamt ihrem Kosmetikköfferchen für den Rest der Ferien Hausarrest eingehandelt hatte. Als sich am Telefon endlich jemand meldete, beschrieb ich knapp die Situation und wurde darüber informiert, daß das Grundstück des Verbindungshauses in den Zuständigkeitsbereich der Campuspolizei fiel.

»Können Sie sie nicht informieren?«

»Wir sind nur berechtigt, auf Notrufe innerhalb unseres Zuständigkeitsbereiches zu reagieren. Ich kann Ihnen allerdings die richtige Nummer geben, Ma'am.«

Da sich in meinem Kopf wieder Bilder von einer blutüberströmten Caron breitmachten, ging ich weiteren Diskussionen aus dem Weg, notierte mir die Nummer und wählte sie rasch. »Im *Kappa-Theta-Eta*-Haus hat jemand geschrien«, verkündete ich und legte auf, als mein Gesprächspartner mich um weitere Details bat, da ich ehrlich behaupten konnte, keine zu wissen. Ich rannte nach unten auf die Veranda, aber Caron war verschwunden. Die Straße lag völlig im Dunkeln, und das gleiche galt auch für den Bürgersteig. Das Erdgeschoß des Verbindungshauses war jedoch taghell erleuchtet. Ich rannte quer durch den Vorgarten, rief bei jedem Schritt Carons Namen und erreichte schließlich die Haustür.

Sie stand sperrangelweit offen, und aus dem Inneren des Hauses hörte ich Schluchzer, die von Gemurmel und den besänftigenden Worten unterbrochen wurden, »sie« sei in Sicherheit. Ich war nicht sicher, ob »sie« die Schreiende oder Caron war, aber offensichtlich hatte ich den Ursprung der Krise gefunden. Ich betrat das Haus und gelangte in eine große Eingangshalle mit rosafarbenen Tapeten im Flockdruck, Parkettboden, einem schmalen Tisch, auf dem ein Telefon und eine einzelne Plastikrose in einer kleinen Vase standen, und zahlreichen Photos von jungen Frauen, die allesamt strahlendweiße Zähne und rosafarbenes Zahnfleisch entblößten.

Die Stimmen kamen aus einem Raum, der sich links von

der Treppe befand. Im Gegensatz zu Caron war ich nicht sehr erfreut über die Gelegenheit, mich im *Kappa-Theta-Eta*-Haus einmal umzusehen, aber ich folgte den Stimmen und gelangte in einen Aufenthaltsraum mit schäbigen Möbeln.

Auf dem Sofa in der Mitte des Raums saß ein Grüppchen von Frauen – unter denen ich Caron Malloy entdeckte, die das offensichtliche Drama mit gespieltem Mitgefühl in sich aufsog. Sie schien nicht sehr erfreut über mein Erscheinen, rang sich jedoch ein »Draußen war ein Herumtreiber, aber nun ist er weg« ab.

Ich zeigte mit dem Finger auf sie. »Du gehst nach draußen und wartest auf die Polizei. Sie dürfte jeden Moment hier sein, aber sie wird nicht wissen, daß sie hier hereinkommen soll.« Sie zögerte, aber begriff dann, daß mangelnder sofortiger Gehorsam zu einem Verzicht auf Auto, Telefon und all die anderen Dinge führen würde, die ihr lieb und teuer waren. Nachdem sie weg war, näherte ich mich dem Sofa und versuchte, die Mitspieler zu identifizieren.

In der Mitte saß ein Mädchen, das sein Gesicht in den Händen vergraben hatte und dessen Schultern zuckten. Das Schluchzen hatte zwar ein bißchen nachgelassen, war aber immer noch deutlich zu hören. Das Mädchen wurde von drei jungen Frauen umgeben, die ihm den Rücken tätschelten, ihm über den Kopf strichen und ihm versicherten, es sei in Sicherheit.

Eine um einiges ältere Frau in Bademantel und Hausschuhen kam mit einem Glas Wasser in den Raum. Sie blieb stehen, als sie mich entdeckte, ihre Stirn legte sich in Falten, und ihre Lippen bewegten sich verwirrt. »Sie ... Sie kommen mir bekannt vor, aber ich kann Sie nicht genau einordnen«, sagte sie. »Ich weiß, ich habe Sie schon mal irgendwo gesehen. Tut mir leid, daß ich mich nicht an Ihren Namen erinnern kann, meine Liebe.«

»Ich heiße Claire Malloy. Ich wohne nebenan, also haben Sie mich wahrscheinlich des öfteren am Haus vorbeilaufen sehen. Ich habe vor ein paar Minuten einen Schrei gehört und die Polizei angerufen. Sie dürfte jeden Moment eintreffen.«

»Die Polizei?« Sie gab einem der Mädchen das Glas und durchquerte den Raum. Sie war ungefähr ein Meter fünfzig klein, hatte graues, krauses Haar und eine blasse, glatte Haut. Ihr Alter wurde nur durch die feinen Fältchen um ihre Augen herum und durch die schlaffe Haut unter ihrem Kinn verraten. Es hätte mich nicht überrascht zu erfahren, daß sie irgendwo über dem Regenbogen das Licht der Welt erblickt hatte.

Mit hoher, unsicherer Stimme fuhr sie fort. »Mein Name ist Martha Winklebury, aber die Mädchen nennen mich Winkie. Ich bin die Hausmutter von *Kappa Theta Eta.* Es ist nett, Sie kennenzulernen, Mrs. Malloy, und Sie müssen irgendwann einmal auf einen Eistee und ein paar Kekse vorbeikommen. Aber ich verstehe nicht, warum Sie die Polizei angerufen haben. Es ist doch ganz offensichtlich, daß das Mädchen einfach nur ein bißchen aufgeregt ist.«

»Sie hat geschrien«, erwiderte ich ungerührt. »Ich bin ja an einigen Lärm aus diesem Haus gewöhnt, aber das war mehr als nur kindisches Gekreische und Gekicher. Was ist passiert?«

»Ach, es ist lächerlich. Debbie Anne kam aus der Bibliothek und dachte, sie hätte einen Fremden in den Büschen gesehen. Ich habe den Mädchen immer wieder gesagt, nicht die Abkürzung durch den Garten an der Seite des Hauses zu nehmen, wenn es dunkel ist, sondern auf dem Weg zu bleiben, wo genügend Licht ist. Auch wenn das bedeutet, ein paar Schritte mehr zu machen. Ihre Phantasie hat ihr einen Streich gespielt.«

»Wenn das so ist, dann ist meine Phantasie gegen mich geprallt und hat mich umgestoßen«, sagte die Beschuldigte. Trotz ihres fleckigen, tränenüberströmten Gesichts und ihrer zittrigen Stimme erkannte ich in ihr das Mädchen, das mir im Laden seine gebrauchten Lehrbücher hatte verkaufen wollen. Es blinzelte überrascht, als es mich erkannte, blickte dann jedoch auf seine ineinander verschränkten Hände hinunter und stieß ein Stöhnen aus, das von einem lauten Schluckauf unterbrochen wurde.

»Hätte es nicht ein Junge aus einer der Bruderschaften gewesen sein können?« fragte die Hausmutter. »Diese furchtbaren *Betas* trampeln auf dem Weg zu den Bars auf der Thurber Street ständig unseren Rasen nieder. Ich habe mich schon unzählige Male bei ihrer Hausmutter beschwert, aber sie hat sie nicht unter Kontrolle. Sie ...«

Sie verstummte, als zwei uniformierte Beamte in den Raum traten. Keiner von beiden sah alt genug aus, Polizist zu sein, aber sie waren stämmig und bewaffnet – und daher genau das, was ich bestellt hatte.

»Ich bin Officer Terrance«, sagte einer von ihnen, »und das ist Officer Michaels. Was ist hier los?«

Trotz ihrer geringen Körpergröße, die ungefähr dreißig Zentimeter unter der der Männer lag, gelang es Winkie, sie von oben herab anzusehen, auch wenn sie dabei ein wenig schielte. »O mein Gott, es ist Männern nicht erlaubt, sich im hinteren Teil des Hauses aufzuhalten. Wenn Sie mir bitte ins Wohnzimmer folgen würden, kann ich Ihnen erklären, was passiert ist, und Sie können sich wieder auf den Weg machen.«

»Haben Sie angerufen, Ma'am?« fragte Officer Terrance. Sein Partner schien es vorzuziehen, die attraktiven jungen Körper zu betrachten, von denen zwei nur mit knappen Nachthemden bekleidet waren.

»Ich habe angerufen«, sagte ich und wedelte mit den Fingern, »und die junge Frau auf dem Sofa ist diejenige, die geschrien hat.«

»Sie heißt Debbie Anne Wray«, sagte Winkie mit einem Seufzer. »Das Ganze hat völlig übertriebene Ausmaße angenommen, aber wir klären es am besten, damit die Mädchen ins Bett gehen können. Alle vier haben diesen Sommer einen vollen Stundenplan. Kommen Sie mit, Debbie Anne, und hören Sie auf, die Nase hochzuziehen. *Kappas* tun so etwas nicht.« Sie verließ das Zimmer, und Debbie Anne trottete hinter ihr her. Sie zog nun zwar etwas leiser die Nase hoch, aber ihr wundes Riechorgan triefte immer noch mit unverminderter Frequenz.

Officer Terrance blickte mich an. Ich zuckte die Achseln und sagte: »Ich weiß nur, daß ich vor fünf Minuten einen Schrei gehört habe. Also rief ich die Polizei an und kam herüber, um« – ich sah keinen Grund, Caron mit hineinzuziehen – »um herauszufinden, was passiert war. Ich habe weder im Garten noch auf dem Bürgersteig jemanden gesehen, und auf der Straße standen auch keine Autos.«

Terrance kratzte sich das Kinn, während er versuchte, meine Worte zu begreifen, hinter denen sich seiner Meinung nach wahrscheinlich unausgesprochene komplexe Zusammenhänge verbargen. Es gelang ihm offensichtlich nicht, denn er sagte: »Sie warten besser hier, bis ich das Mädchen befragt habe.«

Ich schätzte meine Chancen ab, ihm zu folgen, und erkannte, daß sie gleich Null waren. »Na gut, aber beeilen Sie sich bitte. Ich habe nur meine Bürgerpflicht getan und möchte noch vor dem Morgengrauen ins Bett zurück.«

»Da kenne ich noch jemanden«, erwiderte er und verließ den Raum. Officer Michaels folgte ihm widerstrebend.

Die drei jungen Frauen auf dem Sofa betrachteten mich

mißtrauisch, wenn nicht sogar verängstigt. Nach einer leisen Unterhaltung verschwanden die beiden im Nachthemd durch eine Tür, und die dritte kam mit ausgestreckter Hand auf mich zu. Sie hatte dunkles Haar, das zu einem kurzen Stufenschnitt geschnitten war, makellose, wenn auch langweilige Gesichtszüge, einen schlanken Körper, dessen einziges Manko aus zu breiten Schultern bestand, und den Blick einer Löwin, die eine verletzte Elenantilope taxierte. Ihr blaßrosafarbener Jogginganzug stammte ganz bestimmt nicht aus einem billigen Warenhaus, und ihre teuren Sportschuhe hatten sicherlich noch nie ein solches betreten.

An ihrer Brust befand sich eine glitzernde Brosche, deren winzige Ketten zu kleineren glitzernden Anstecknadeln führten. Im ersten Moment dachte ich irritiert, daß es einen Totenschädel mit gekreuzten Knochen darstellen sollte, aber als sie auf mich zukam, erkannte ich, daß es sich nur um ihr Verbindungsabzeichen handelte. Mir wurde außerdem klar, daß es viel zu spät war, um sich in der Nachbarschaft herumzutreiben.

»Ich heiße Jean Hall, Mrs. Malloy«, sagte sie, während sie mir einen festen, aber nicht zu festen Händedruck gab. »Ich war letztes Jahr die Präsidentin des Hauskomitees und möchte Sie bei *Kappa Theta Eta* willkommen heißen, auch wenn wir uns unter einem Tag der Offenen Tür etwas anderes vorstellen.« Sie schenkte mir ein perliges Lächeln, das nicht tiefer als bis zu der Make-up-Schicht auf ihrem Gesicht reichte. »Wie es scheint, werden wir noch eine Weile aufbleiben müssen. Setzen Sie sich doch, und machen Sie es sich bequem. Kann ich Ihnen einen Kaffee oder einen Tee anbieten?«

»Nein, danke.« Ich setzte mich in den erstbesten Sessel und zwang mich, mich nicht von ihrer aufgesetzten Freundlichkeit einschüchtern zu lassen. »Was genau ist Debbie Anne passiert?«

Jeans Lächeln wurde schmal. »Das ist schwer zu sagen. Debbie Anne ist wirklich ein nettes Mädchen, wenn man ihre Herkunft in Betracht zieht, aber sie ist ein kleines bißchen unzuverlässig. Wir hatten vergangenes Jahr ein, zweimal Probleme mit ihr, und ich habe mir große Mühe gegeben, ihr dabei zu helfen, sich an die Regeln von *Kappa Theta Eta* zu gewöhnen. Ich sage es nur ungern, aber dies ist vielleicht nur ein weiteres Beispiel für ihre ... Unsicherheit.«

»Unsicherheit?« wiederholte ich.

»Ich weiß nicht, wie ich es taktvoll ausdrücken soll. Sie ist nicht gerade ein leuchtendes Vorbild für Gelehrsamkeit. Sie ist sogar die einzige Anwärterin in ihrer Gruppe, die wir letztes Jahr nicht aufgenommen haben. Obwohl sie intellektuell anspruchsvolle Kurse belegt hat, wie zum Beispiel *Anschlagbrett-Design* und *Kinderliteratur,* wurde eine akademische Bewährungszeit für sie ausgesetzt. Ich habe persönlich dafür gesorgt, daß sie jeden Abend im Studiensaal lernt, und sie sogar von ihren Pflichten als Anwärterin befreit, damit sie an den Wochenenden in die Bibliothek gehen kann. Ich mußte ihr schließlich sagen, daß sie, sollte sich ihr Notendurchschnitt bis Ende des Sommers nicht bessern, im Herbst ruhig Kochkurse belegen könne – denn für die *Kappas* sei sie dann gegessen.«

Mich störte der Mangel an Mitgefühl zwischen den Verbindungsschwestern ein wenig. »Was ist heute abend geschehen?«

Jean setzte sich mir gegenüber, faltete ihre Hände im Schoß und kreuzte die Knöchel. »Wir sind nicht ganz schlau aus ihr geworden, was nichts Neues ist, aber sie erzählte, sie sei an der Hausseite entlanggegangen, als plötzlich ein Mann aus dem Schatten trat. Sie habe geschrien, und er habe sie auf der Flucht zu Boden gestoßen.« Sie schwieg einen Moment lang, so als wolle sie Debbie Anne nicht weiter schaden, und tat so, als würde sie ihre Worte ganz genau abwägen, bevor sie zum Todesstoß ansetzte. »Sie hat irgend so eine kleine Schule auf dem Land besucht und war tatsächlich Tambourmajorin. Ich glaube, sie war auch Sekretärin im Verein der zukünftigen Farmfrauen Amerikas, aber ich kenne die Details nicht. Sie hatte große Probleme, sich anzupassen. Ihre Kleidung ist nicht ganz das richtige, also habe ich ihr letztes Jahr Sachen von mir geliehen und mich bemüht, ihr ein Bewußtsein für Mode zu vermitteln. Irgendwie sieht sie immer aus, als wäre sie einem billigen Warenhauskatalog entsprungen. Andrew, was für ein Schatz, war den Tränen nahe, als er mit ihren Haaren fertig war. Ich habe alles versucht, aber ich konnte ihr nicht klarmachen, daß *Kappa Thetas* etwas ganz Besonderes sind. Im vergangenen Jahr hat sie mehrmals versucht, durch alberne Aktionen Aufmerksamkeit zu erregen.«

»Zum Beispiel mitten in der Nacht Zeter und Mordio zu schreien?«

»Nein, nicht ganz«, sagte Jean mit einem humorlosen, kleinen Lachen. »Einmal hat sie behauptet, jemand habe die Diamantohrringe ihrer Mutter gestohlen. Ihre Zimmergenossinnen hatten es irgendwann satt, sich ihr Gejammere anzuhören, und durchsuchten ihre Sachen, während sie im Studiensaal war. Die Ohrringe lagen ganz unten in ihrem Wäschesack – und sie waren nur aus Straß. Ein anderes Mal wurde sie nach einem Treffen versehentlich im Versammlungsraum eingeschlossen. Als ich sie fünf Minuten später fand, war sie völlig hysterisch. Man hätte meinen können, der Raum sei von hundert Jahre alten, mumifizierten Ehemaligen heimgesucht. Es war unheimlich komisch.«

»Und Sie glauben, daß der heutige, angebliche Zusammenstoß eine weitere Aktion ist, um Aufmerksamkeit zu erregen?«

»Nun ja, wir sind alle nach draußen gerannt und haben sie

ins Haus getragen. Winkie ist völlig hilflos umhergetaumelt und wollte ihr abwechselnd kalte Umschläge und heißen Tee bringen. Und nun sind Sie und die Polizei hier aufgetaucht! Ich würde sagen, sie bekommt eine ganze Menge Aufmerksamkeit, auch wenn es natürlich nicht die ist, auf die wir *Kappas* Wert legen.«

Die Hausmutter betrat den Aufenthaltsraum. »Jean, die Officer sagen, wir sollten morgen einen Schlosser bestellen und die Alarmanlage überprüfen. Ich habe etwas anderes zu tun. Könnten Sie sich vielleicht darum kümmern?«

»Natürlich, Winkie. Was ist mit Debbie Anne? Sind sie mit ihr fertig?«

»Ich habe sie ins Bett geschickt. Sie konnte ihnen so wenig sagen, daß ihr Kommen sich wohl kaum gelohnt hat.« Sie sah mich an, als wäre ich gerade aus den Polstern aufgetaucht. »Sie warten in der Eingangshalle auf Sie. Ich hoffe wirklich, daß Sie nicht noch mehr Störungen verursachen, zumindest heute nacht. Katie und ich würden gerne ein bißchen Schlaf bekommen.«

»Katie?« konnte ich mir nicht verkneifen zu fragen.

»Katie ist die Hauskatze«, sagte Winkie. »Es ist in allen *Kappa*-Häusern Tradition, eine Katze mit Namen Katie zu haben. Bitte schließen Sie ab, Jean, und schalten Sie das Licht auf der Veranda aus. Gute Nacht.« Sie umrundete das Sofa, schaffte es so gerade eben an einem Couchtisch vorbei und wankte aus dem Raum.

Ich betrachtete Jean, die der Hausmutter mit einem verächtlichen Schnauben nachsah. Sie schien ihre offensichtlich herablassenden Gedanken zu genießen, also wünschte ich ihr keine süßen Träume, sondern machte mich kommentarlos auf den Weg zur Eingangshalle, wo die einheimische Version der Spanischen Inquisition schon auf mich wartete.

Ich wiederholte meine knappe Story, und nach ein paar

Beteuerungen, daß ich niemanden gesehen hatte, wurde ich zu meiner Haustür begleitet, und man bedankte sich bei mir für meinen übereifrigen Anruf.

Das Adjektiv stammte allein von mir, aber ihr höhnisches Grinsen war durchaus real. Vielleicht bedankte ich mich auch deshalb bei ihnen unnötig übertrieben, daß sie so schnell und prompt gekommen und der Sache so gründlich nachgegangen seien, aber mittendrin wurde mir klar, daß ich Caron seit über einer Stunde nicht gesehen hatte, und ging nach oben.

Das Kind lag friedlich in seinem Bett und schnarchte sanft vor sich hin, während ihm Visionen von Kabrios durch den Kopf gingen. Ich spielte mit dem Gedanken, Caron aufzuwecken und ihr mitzuteilen, daß sie bis in alle Ewigkeit Stubenarrest hatte, ging jedoch statt dessen ins Bett, wo ich mir ausgefeiltere Foltermethoden ausdachte. Ich war gerade dabei, mir auszumalen, wie ich Rhonda Maguire adoptierte und sie mit Caron ein Zimmer teilen ließ, als ich einschlief.

Am nächsten Morgen war sie weg. Die Tatsache, daß ihr Bett gemacht und ihr Zimmer ansatzweise aufgeräumt war, die Küche ebenfalls ordentlich aussah und im Waschbecken die obligatorischen Zahnpastaspuren fehlten, verrieten mir, daß sie genau wußte, was sie erwartete. Kluges Kind, obwohl wir beide wußten, daß sie mir nicht ewig aus dem Weg gehen konnte.

Ich schaltete die Kaffeemaschine an und ging nach unten, um die Zeitung zu holen. Normalerweise mußte ich dabei immer unter Büschen, hinter Bäumen und im Rinnstein suchen, wo sie sich entweder vollgesogen hatte oder von Autoreifen plattgefahren worden war. Zu meiner Überraschung lag sie mitten auf der Veranda, und es lehnte eine pinkfarbene Karte aus Bastelkarton dagegen. Ich nahm beides und trug es hinauf in die Küche. Die Karte hatte die Form einer dicken, stilisierten Katze, die mit einer gedruckten Aufschrift versehen war. »Katie, das *Kappa*-Kätzchen, bedankt sich!« Darunter hatte jemand mit der Hand geschrieben: »Dafür, daß Sie so eine gute Nachbarin sind!« Die Unterschrift lautete Jean Hall.

Ich kam zu dem Schluß, daß das alles Carons Schuld war. Ich trank hastig eine Tasse Kaffee, klemmte mir die Zeitung unter den Arm und ging wieder nach unten. Obwohl es einen Umweg von zwei Blocks bedeutete, bog ich rechts ab und nahm den langen Weg zum *Book Depot*, da ich keine Lust hatte, einer *Kappa* zu begegnen, und schon gar keiner pinkfarbenen Erscheinung, die voller Dankesbezeugungen war. Mir war ein wenig schlecht, und ich bezweifelte, daß es am Kaffee lag.

Leider störte mich den ganzen Morgen über niemand, und erst als ich die Bücher einpackte, die zu den Verlagen zurückgehen sollten, lockte mich das erste Türklingeln des Tages aus meinem Büro. Eine junge Frau mit aschblonden Haaren und funkelnden blauen Augen wartete auf mich, und auf ihren runden Wangen zeichneten sich erwartungsfrohe Grübchen ab. Hätte sie kein rosafarbenes Sweatshirt mit den griechischen Buchstaben *Kappa Theta Eta* getragen, hätte ich sie wahrscheinlich nicht erkannt. Und hätte sich Caron Malloy nicht mit einem außerordentlich gierigen Gesichtsausdruck hinter ihr herumgedrückt, wäre ich wahrscheinlich nicht so schnell zu dem Schluß gekommen, der sich mir leider sofort aufdrängte.

»Hallo, Mrs. Malloy«, sagte die Frau mit den irren Grübchen. »Ich heiße Pippa Edmondson, und ich möchte Ihnen dafür danken, wie toll Sie gestern nacht reagiert haben. Wir waren alle so verwirrt darüber, was Debbie Anne passiert ist – oder was ihr angeblich passiert ist –, daß wir gar nicht auf die Idee kamen, die Polizei zu rufen. Ich weiß gar nicht mehr, wann sie das letzte Mal im *Kappa-Theta-Eta*-Haus war.«

»Gern geschehen«, erwiderte ich liebenswürdig, obwohl ich meiner Tochter einen wütenden Blick zuwarf. »Ich war sehr erleichtert, daß niemandem etwas passiert ist. Das ist das Wichtigste, also schlage ich vor, daß wir die Angelegenheit vergessen und wieder unserer Wege gehen.«

»Auf gar keinen Fall«, protestierte Pippa und riß die Augen auf, als würde sie gerade an etwas ersticken. »Wir haben es mit Winkie besprochen, und wir würden Sie und Caron gerne für heute abend zum Essen einladen. Es wird nichts Besonderes geben, da die Köche den Sommer über frei haben und wir uns in der Küche abwechseln, aber die Zentrale betont immer wieder, wie wichtig es ist, daß wir uns mit unseren Nachbarn gut verstehen. Sie müssen uns für furchtbar unhöflich halten, daß wir Sie mitten in der Nacht gestört haben. Wir würden Ihnen wirklich gerne beweisen, daß wir ganz anders sind und uns freuen, daß Sie sich so um unsere Sicherheit gesorgt und die Polizei angerufen haben.«

Ich wich in Richtung Bürotür zurück. »Ich habe doch nur eine Telefonnummer gewählt, was mich keineswegs zu einer Ehrenmedaille berechtigt, geschweige denn zu einer kostenlosen Mahlzeit. Wenn ich nicht angerufen hätte, hätte es jemand anders getan. Wie ich schon sagte, würde ich es vorziehen, die ganze Angelegenheit zu vergessen.«

Pippa folgte mir wie eine tollwütige Cheerleaderin. In ihren Mundwinkeln sammelte sich Spucke, und ihre Stimme kletterte einige Oktaven in die Höhe. »Ach bitte, kommen Sie doch zum Abendessen, Mrs. Malloy. Wir haben diese ganz entzückende Anstecknadel, die wir den besonderen Freunden von *Kappa Theta Eta* schenken, und ein kleines Lied über die Bedeutung von guter Nachbarschaft, das wir immer singen.«

Bei jedem ihrer Sätze wurde es schlimmer. Würden sie mir eine jungfräuliche, rosafarbene Kutte anziehen und mir eine

Kerze in die Hand drücken, um mir dann ein Ständchen zu bringen? Würden sie mir eine pastellfarbene Katze schenken? Würde ich bei dem Ritual Blut lassen und einen lebenslangen Freundschaftsbund schließen müssen?

»Ähm, ich bin gleich wieder zurück«, stammelte ich, rettete mich in mein Büro und schloß die Tür, bevor sie ihre schwesterlichen Fänge in meinen Nacken schlagen konnte. Ich hatte an einer großen Universität studiert, an der es unzählige Verbindungen gab. Aber das war während der siebziger Jahre gewesen, als politischer Radikalismus mehr bedeutete als die dubiosen Vorteile, die es einem brachte, mit Reaktionären zusammenzuleben, die sich mehr Sorgen über ihre zukünftige Mitgliedschaft im Country Club als über den Vietnamkrieg machten. Während wir den ganzen Tag streikten und nächtelang primitive Pamphlete vervielfältigten, auf denen wir nahezu jeden anklagten, betrieben sie Sport, stellten die gesellschaftliche Elite der Uni und ließen sich fürs Jahrbuch ablichten. Ich kann mich nicht erinnern, daß irgendwelche Feindseligkeiten zwischen den beiden Fraktionen bestanden hätten. Sie kümmerten sich um ihre eigenen Angelegenheiten, das heißt, sie suchten sich angemessene Ehepartner, machten ihre Abschlüsse, die ihnen gute Jobs verhießen, knüpften Kontakte, die sie in der Zukunft zu einem regelrechten Netzwerk ausbauen würden, und feierten Parties, bei denen man entweder in Bettlaken oder in Frack und Abendkleid gehüllt sein mußte.

Und nun wurde ich gerade von einem dieser Menschen in die Ecke gedrängt. Ich – eine Frau, die auf die vierzig zuging, ein eigenes Geschäft und eine eigene Wohnung hatte, ihre Autoraten bezahlte, deren vierteljährliche Einkommenssteuererklärung überfällig war und die Dehnungsstreifen aufwies – lehnte an der Tür, hielt den Atem an und horchte verzweifelt auf das noch so leiseste Geräusch, das mir verriet, daß Pippa und meine verräterische Tochter endlich gingen.

Es gab eine Hintertür, die auf einen von Unkraut überwucherten Parkplatz führte. Bei mehr als einer denkwürdigen Gelegenheit war ich durch diese Tür geflüchtet, die Bahngleise entlanggerast und über die zugewachsene Böschung geklettert. Aber diese Aktionen waren nötig gewesen, um einer Verhaftung zu entgehen. Ich würde doch wohl noch in der Lage sein, mit einer Verbindungsschwester fertig zu werden, selbst wenn sie unter einem niedlichen Spitznamen und anomalen Grübchen litt.

Ich öffnete die Tür ein kleines Stück und hörte, wie Caron sagte: »Ich habe früher diese dämlichen Liebesromane von Azalea Twilight verschlungen, aber das ist schon sehr lange her.«

»Ich auch«, erwiderte Pippa atemlos. »Hast du den gelesen, in dem sich dieser gutaussehende Nuklearphysiker in eine russische Spionin verliebt, die in Wahrheit als Doppelagentin für das CIA arbeitet? Ich dachte, ich würde sterben, als ...«

Ich trat durch die Hintertür und stand auf dem Parkplatz. Die Bahngleise verliefen ein ganzes Stück geradeaus und verschwanden dann unter einer Überführung. Die Sträucher auf der Böschung waren hellgrün und mit kleinen gelben Habichtskrautpflanzen und zarter weißer Schafgarbe durchsetzt. Ich konnte nirgendwo Dornen oder Stacheln erkennen; die Büsche sahen so harmlos aus wie eine duftige Babydecke. In der Nähe der Überführung gab es einen Pfad, der sich weniger als drei Blocks von meiner Wohnung entfernt zur Straße hochwand.

War ich eine Frau oder ein Feigling?

Oder genauer gesagt, wollte ich es tatsächlich riskieren, dem guten alten Arnie oder noch einer Griechin mit einem Geschenk in Form einer Katzenkarte zu begegnen? Schließlich straffte ich die Schultern und ging zurück in mein Büro, wobei ich in Gedanken höfliche, wenn auch sehr phantasievolle Ausreden erfand. Am besten gefiel mir die, bei der ich mich um Leprakranke kümmern mußte, die im Keller des Krankenhauses untergebracht waren. Wie sich herausstellte, war sie jedoch gar nicht nötig, denn als ich die Tür erneut ein Stück öffnete, sah ich, daß Caron und ihre Mentorin verschwunden waren. So mußte es sein, wenn der Kommandant eines Exekutionskommandos in der letzten Nanosekunde den Befehl zum Schießen zurücknahm. Ich überzeugte mich davon, daß sie sich nicht hinter einem Regal versteckten, und ging dann zum Ladentisch hinüber, um zu überprüfen, ob Caron auch nicht den mickrigen Inhalt der Kasse geplündert hatte. Zwischen den Tasten klemmte eine weitere pinkfarbene Katze. Die gedruckte Aufschrift lautete auch hier: »Katie, das *Kappa*-Kätzchen, bedankt sich!« Die handschriftliche Nachricht besagte: »Dafür, daß Sie heute abend um sieben Uhr zum Essen kommen!«

Leise fluchend durchsuchte ich den Laden nach weiteren heimtückischen Karten. Ich spielte mit dem Gedanken, sie genußvoll in tausend Schnipsel zu zerreißen und in den Mülleimer zu werfen, stellte sie dann zurück auf die Kasse und rief Peter auf dem Revier an.

Als er sich meldete, verwarf ich die Idee, die *Kappas* terroristischer Aktivitäten zu beschuldigen, und sagte: »Warum fahren wir heute abend nicht zu dieser Hütte? Ich kaufe ein paar Steaks, Salat und eine Flasche Rotwein ein. Du mußt nur – «

»Ich kann doch nicht mitten in der Woche einfach verschwinden«, sagte er und klang angesichts meiner großzügigen Einladung relativ grimmig. »Und du auch nicht. Du hast mir gestern abend zwei Stunden lang erklärt, wie schlecht das Geschäft diesen Sommer läuft. Wenn du den Buchladen schließt, wird es wohl noch schlechter als schlecht.«

»Ich habe nicht gesagt, daß ich den Buchladen schließen würde. Caron kann sich ein oder zwei Tage darum kümmern.«

»Nun, sie kann sich aber nicht auch um den Kram kümmern, den ich diese Woche um die Ohren habe – und denk dir ja keine wilden Geschichten über mysteriöse Todesfälle aus, die durch giftige südamerikanische Laubfrösche oder stumpfe Gegenstände verursacht wurden. Hier war in letzter Zeit so wenig los, daß sie mich vorübergehend in die Abteilung für Öffentlichkeitsarbeit und Präventivmaßnahmen gesteckt haben.«

»Wie aufregend«, erwiderte ich mit einem Gähnen. »Welche Maßnahmen sind das denn?«

»Das, was wir anscheinend nicht verhindern können, ist Ladendiebstahl. Die Kinder scheinen sich vorgenommen zu haben, während der Sommerferien das ganze Einkaufszentrum zu plündern, und zwar stückchenweise. Einige von ihnen geben sich mit einer Kassette oder einer Sonnenbrille zufrieden, aber wir haben es auch mit ganz gerissenen Profis zu tun.«

Das *Kappa*-Kätzchen schaute mich spöttisch an. »Du kannst dich doch wohl für einen Abend loseisen?« In meine Stimme schlich sich ein verachtungswürdiger, weiblicher Jammerton. »Vor neun wird es nicht dunkel, also müssen wir nicht vor Dienstschluß losfahren. Wir könnten rechtzeitig da sein, um auf der Terrasse zu sitzen und den Sonnenuntergang zu beobachten, und wenn die Sterne am Himmel erscheinen, könnten wir die Steaks braten.«

»Gestern abend hast du dir mehr Gedanken über Mücken als über das Sternenlicht gemacht. Ich kann mich noch ganz genau an eine bissige Bemerkung über die Bedrohung durch Mutter Natur erinnern, und daß du dich ganz bestimmt nicht in eine Hütte mit einem durchgelegenen Bett begeben würdest, in der es kein heißes Wasser gibt.«

Offensichtlich war ich verdammt eloquent gewesen. »Ich habe es mir anders überlegt, Peter. Ich glaube wirklich, daß wir unbedingt wegfahren sollten, und wenn auch nur für eine Nacht, damit wir über unsere Beziehung reden können.«

»Ach ja?« fragte er mit sanfter Stimme, die mich fuchsteufelswild machte. »Ich muß mich um neun mit den Sicherheitsleuten des Einkaufszentrums treffen, aber danach kann ich vorbeikommen, und wir ... reden über unsere Beziehung.«

Das *Kappa*-Kätzchen leckte sich die Lippen. »Dann ist es zu spät. Wir müssen noch vor sechs Uhr zur Hütte aufbrechen. Wir können nichts bereden, wenn Caron jederzeit mit ihrem neusten Plan für ihre erste Millionen hereinplatzen könnte. Ich weiß nicht, warum du nicht Jorgeson oder jemand anderes zu den Sicherheitsleuten ins Einkaufszentrum schicken kannst.«

»Weil es einfach nicht geht. Hör zu, wenn du unbedingt zu der Hütte willst, dann kann ich meinen Kumpel anrufen und ihn fragen, ob wir sie dieses Wochenende benützen dürfen. Wir können ein paar faule, friedliche Tage dort verbringen und das besprechen, was dir so auf der Seele brennt, und Caron wird nicht die leiseste Ahnung haben, wo wir sind.«

»Dann weigerst du dich also, heute zu fahren?« fragte ich kühl.

»Was stimmt denn mit dem kommenden Wochenende nicht?«

»Gar nichts. Ich schlage vor, du warnst Jorgeson schon mal, er soll sich genügend Insektenspray besorgen. Ich bin sicher, er wird dir in dem Messingbett gerne Gesellschaft leisten!« Ich knallte den Hörer auf, und als es Sekunden später klingelte, schnappte ich mir den Staubwedel und marschierte um den Ladentisch herum, um das Regal mit den Klassikern in Angriff zu nehmen.

Kapitel 3

»Willkommen bei *Kappa Theta Eta,* Mrs. Malloy«, sagte die junge Frau, die hinter der Tür auf mich gelauert haben mußte. Ich hatte sie den Abend zuvor gesehen, aber nur kurz, bevor sie sich zusammen mit Pippa zurückgezogen hatte. Sie war ein wunderschönes Mädchen mit schwarzem, hüftlangem Haar, tiefblauen Augen, dramatisch ausgeprägten Wangenknochen und einer dunklen Hautfarbe, die auf exotische Vorfahren schließen ließ. »Ich bin Rebecca Faulkner«, fuhr sie mit der sympathischen Stimme einer ausgebildeten Sängerin fort. »Es ist so lieb von Ihnen, unsere Einladung anzunehmen, und ich würde Ihnen gerne das Haus zeigen.«

»Ist Caron hier?« fragte ich, während ich mich dazu zwingen mußte, über die Türschwelle eines Hauses zu treten, in dem wie am Fließband pinkfarbene Grußkarten in Katzenformat produziert wurden.

»Sie ist in Pippas Zimmer.« Rebecca legte los wie eine Reiseführerin, und ich folgte ihr wie eine Touristin mit Blasen an den Füßen. Ich bewunderte die Eingangshalle und das Wohnzimmer, die einzigen Räume, zu denen Männer Zutritt hatten, und anschließend den Aufenthaltsraum, das Speisezimmer (offensichtlich waren Hilfskellner eine untergeordnete Gattung), die Tür zur Küche und einen kurzen Flur, von dem zahlreiche Türen abgingen. Alles war in Rosatönen gehalten, da ihre, wie Rebecca mir mitteilte, offiziellen Farben Rosa und Weiß waren. Das überraschte mich nicht. Dann erfuhr ich, daß ihre offizielle Blume eine pinkfarbene Rose, ihr offizielles Maskottchen Katie, das *Kappa*-Kätzchen, und der offizielle Name ihres Verbindungszweiges hier in Farberville *Delta Delta* war. Aus Angst, als nächstes den Namen ihrer offiziellen Zahnpasta zu erfahren, lehnte ich es ab, die zwei oberen Stockwerke zu erkunden, und bat, mit Caron sprechen zu dürfen.

»Aber wir waren noch nicht in Winkies Wohnung«, sagte Rebecca, die offensichtlich über meine anmaßende Einmischung in die Agenda sehr bestürzt war. »Jeder Gast muß der Hausmutter offiziell vorgestellt werden. Das ist eine Vorschrift der Zentrale. Ich begleite Sie zu ihren Räumen und stelle sie Ihnen vor, und dann kommen Sie beide zusammen ins Speisezimmer.« Sie blickte sich nervös um, so als verstekke sich ein Spion der Zentrale in einer Ecke und notiere sich mit grimmigem Gesicht diese unschickliche Abweichung vom Protokoll. »Dann können Sie auch Katie kennenlernen, Mrs. Malloy. Sie wollen sie doch sicher persönlich kennenlernen?«

Ich machte sie nicht darauf aufmerksam, daß man eine Katze nicht persönlich kennenlernen kann, und teilte ihr auch nicht mit, daß ich Katzen nicht ausstehen konnte. Ich war inzwischen zu der Einsicht gelangt, daß man keine Schlachten – nicht einmal ein kleines Kämpfchen – gegen eine Organisation gewinnen konnte, die die Farbe der Klobrillen vorschrieb.

»Also schön«, sagte ich. »Besuchen wir Katie.«

Rebecca führte mich durch die Eingangshalle und klopfte an eine Tür. »Mrs. Malloy ist hier, Winkie«, rief sie beinahe demutsvoll.

Winkie öffnete die Tür und bat uns herein. »Ich freue mich

so, daß Sie unsere Einladung angenommen haben, Mrs. Malloy. *Kappas* sollten gut mit den Nachbarn auskommen, und die Mädchen hätten Sie und Ihre Tochter schon vor Jahren zu uns einladen sollen.«

Ihr kleines Wohnzimmer war in Rosa gehalten (Überraschung!), und auf dem Couchtisch stand ein verstaubtes Arrangement aus pinkfarbenen Seidenrosen. Auf dem Sofa lag eine langhaarige Katze; das weiße Fell war die einzige Abwechslung zu dem unbarmherzigen Rosa. Sie starrte mich gleichgültig an, und ich erwiderte den Blick auf gleiche Weise.

»Darf ich Ihnen ein Glas Wein anbieten?« fragte Winkie verschwörerisch. »Alkohol ist zwar im Haus verboten, aber da diesen Sommer so wenige Mädchen hier sind, habe ich beschlossen, daß ich mir hin und wieder einen kleinen Schluck gönnen kann.«

Ich bemerkte, daß Rebecca verschwunden war. »Das wäre nett, Mrs. Winklebury.«

»Nennen Sie mich doch Winkie. Setzen Sie sich einfach zu Katie, und ich hole die Gläser und die Karaffe.« Ich konnte sie zwar nicht mehr sehen, hörte aber immer noch ihre Stimme. »Ich hoffe, Sie konnten gestern nach dieser kleinen Störung doch noch etwas Schlaf finden. Debbie Anne macht sich nie Gedanken darüber, welche Auswirkungen ihr Verhalten auf andere Menschen hat. Wir haben uns heute nachmittag sehr lange unterhalten, und ich bin überzeugt davon, daß sie sich in Zukunft angemessener verhalten wird.«

»Hat die Polizei den Fremden gefunden?« fragte ich, während ich mich ans andere Ende des Sofas setzte und die trübe Vermutung hegte, daß meine dunklen Hosen anschließend bis in alle Ewigkeit mit Katzenhaaren bedeckt sein würden. Unter diesem Magnetismus scheinen nur Katzenhasser zu leiden. Winkie kehrte mit zwei Gläsern und einer leicht beschädigten Karaffe zurück. »Ist Ihnen ein Burgunder recht? Ich habe noch einen Chablis, aber er ist schon alt, und ich weiß nicht, ob er noch genießbar ist.« Sie schenkte den Wein ein und ließ sich in einem Schaukelstuhl nieder. Ihre Schuhe berührten kaum den abgetretenen rosafarbenen Teppich. Sie strich sich das Kleid glatt, und auf ihrem Gesicht konnte man die Vorfreude auf einen kleinen Plausch erkennen. Sie erinnerte mich an ein Kind, das im Salon ihrer Urgroßmutter spielte. »Offen gesagt, Claire – ich darf Sie doch Claire nennen? –, bezweifle ich, daß es einen Fremden gegeben hat. Das Kind besitzt eine lebhafte Phantasie, um es milde auszudrücken, und es hat bereits bei anderen Gelegenheiten das Haus in Aufruhr gebracht und Szenen verursacht.«

»Das hat Jean gestern abend auch gesagt. Es geht mich ja nichts an, aber warum wurde Debbie Anne in die Verbindung aufgenommen, wenn sie so unbeliebt ist?«

»Unglücklicherweise müssen wir aufgrund ökonomischer Gegebenheiten auch Mädchen aufnehmen, die nicht aus *Kappa*-Holz geschnitzt sind. Wir können uns keine leeren Betten leisten und schon gar keine leeren Zimmer. Unser Budget ist so knapp bemessen, daß wir die Reihen der Anwärterinnen im Herbst so früh wie möglich füllen müssen. Die Ehemaligen und Mitglieder geben den ganzen Sommer über Parties und Mittagessen für potentielle Anwärterinnen. Alle Mädchen sind verpflichtet, ein Minimum von sechs aufeinanderfolgenden Semestern im Haus zu wohnen, und wir ermutigen sie, die ganzen vier Jahre hier zu bleiben.«

»Mir ist aufgefallen, daß die meisten anderen Häuser den Sommer über geschlossen sind«, sagte ich.

»Meist schließen wir auch, aber unsere Hausvorsitzende, Eleanor Vanderson, hat genug Geld zusammenbekommen, um die nötige Renovierung zu bezahlen, bevor im Herbst die Schnupperwoche beginnt und die Finanzexpertin der Zentrale kommt. Sie wird im August die Bücher prüfen, und wir hoffen inbrünstig, daß sie ein paar Vorschläge zur Verbesserung unserer Situation macht. Als ich zustimmte, die Arbeiten zu beaufsichtigen, baten die Mädchen, hierbleiben zu dürfen. Zwei von ihnen nehmen an Graduiertenkursen teil, und die andere kommt ins letzte Semester. Debbie Anne ist noch kein vollwertiges Mitglied der Verbindung, und ich war dagegen, sie während des Sommers hierzubehalten.« Ein düsterer Ausdruck überschattete ihr Gesicht, verschwand dann jedoch wieder, und sie stieß ein reuevolles Lachen aus. »Aber Eleanor beschloß, daß wir vier Monatsmieten brauchen, um die Nebenkosten zu decken, und Debbie Anne war die einzige andere Studentin, die Sommerkurse belegt hat.«

»Ach so«, erwiderte ich lahm, da mich weder diese noch irgendeine andere Geschichte interessierte. Ich wollte nur diese Tortur hinter mich bringen und auf mein Sofa zurückkehren. Winkie ließ den Wein in ihrem Glas kreisen und schien ganz zufrieden, schweigend dazusitzen. Sie sah so aus, als könnte sie das noch eine Ewigkeit tun. Um meinen knurrenden Magen zu übertönen, fragte ich: »Wie lange sind Sie denn schon Hausmutter?«

»Drei Jahre. Nach der Scheidung arbeitete ich zehn Jahre in einer Edelboutique, aber dann bekam ich Probleme mit dem Rücken und war gezwungen, meine Arbeit aufzugeben. Die Stelle hier hat mich aus dieser trostlosen Situation gerettet. In einem Jahr werde ich Anspruch auf eine Sozialversicherung haben und eine nette Rente aus einem Fond beziehen, die der Vorstand der Verbindung eingerichtet hat. Ich werde die Aufregung vermissen, aber es wird auch schön sein, eine eigene Wohnung zu haben, wo ich tun kann, was ich will. Hier bin ich praktisch vierundzwanzig Stunden am Tag im Dienst, muß die Küche beaufsichtigen, mich um die Mädchen kümmern, an Seminaren und sozialen Anlässen für die Hausmütter auf dem Campus teilnehmen und hier im Haus die Gastgeberin spielen. Es gibt so viele Einschränkungen, daß ich manchmal das Gefühl habe, weniger zu dürfen als die Mädchen.«

»Ach ja?« Ich schaute unverblümt auf meine Uhr und dann auf die Katze, die wie jedes vernünftige Wesen während Winkies Gejammere über ihre Pflichten eingeschlafen war.

Sie verstand den Wink und stand auf. »Sollen wir ins Speisezimmer gehen, Claire?«

Bereitwillig sprang ich auf die Füße. »Das ist eine wunderbare Idee. Ich habe meine Tochter den ganzen Nachmittag nicht gesehen, und als Rebecca mich herumführte, erwähnte sie, daß Caron bereits in Pippas Zimmer sei.«

»Alle Mädchen wohnen im Flügel hinter dem Aufenthaltsraum. Das spart Nebenkosten. Während des Schuljahres werden die Zimmer von den Angehörigen des Hauskomitees genutzt, aber da nur die vier...«

Sie hielt inne, um Katie den Kopf zu kraulen, ließ mich dann in die Eingangshalle vorgehen und blieb vor den Bildern zweier Frauen stehen, die jeweils eine weiße Katze im Arm hielten. Die Katzen hatten beide hervorquellende Augen, wie auch eine der zwei Frauen.

»Das sind die ehemaligen Hausmütter«, teilte sie mir mit. »Unser hiesiger Verbindungszweig wurde vor elf Jahren von einer Gruppe engagierter Ehemaliger gegründet. Muffy war die erste Hausmutter, und sie blieb beinahe sieben Jahre. Sie ist nun auf Bewährung draußen und war gerade erst letzten Monat zu Besuch hier. Pattycake war nur ein Jahr hier, bevor sie den Entschluß faßte, sich eine andere Stelle zu suchen. Sie war keine *Kappa,* und die Mädchen fanden sie nicht sehr mitfühlend. Einige der älteren Semester erinnern sich noch, wie ungerührt sie war, als ihre erste Katie hinter dem Haus von einem Müllwagen überfahren wurde. Eine von ihnen hat mir erzählt, natürlich nur im Vertrauen, daß Pattycake es nie mochte, wenn die Studentinnen abends vorbeikamen, um Katie gute Nacht zu sagen oder ihr kleine Leckereien oder Quietschspielzeug zu bringen.«

»Stellen Sie sich das nur vor«, erwiderte ich und versuchte, gerade das nicht zu tun, während wir durch gläserne Doppeltüren in das Speisezimmer gingen.

Pippa, Rebecca und Jean sprangen auf, als hätten wir Automatikwaffen in der Hand, und ihre allgegenwärtigen Verbindungsabzeichen funkelten auf ihren rosafarbenen Pullovern um die Wette. Caron warf ihnen neugierige Blicke zu, blieb jedoch sitzen, während Winkie mir die Mädchen offiziell vorstellte, mich zu meinem Stuhl geleitete und ihnen befahl, sich wieder hinzusetzen. Die Würde des Augenblicks wurde durch das Scheppern von Geschirr hinter der Küchentür unterbrochen, dem ein entsetzter Aufschrei einer Person folgte, die nicht aus *Kappa*-Holz geschnitzt war. Sämtliche Anwesenden rollten die Augen, als wären es Murmeln, aber niemand stand auf, um in der Küche nachzusehen, was es mit dem Krach auf sich hatte.

»Ich bin so aufgeregt, daß Caron mein neuer Trainee wird«, zwitscherte Pippa, und ihre Grübchen vertieften sich ins Bodenlose. »Sie wird eine tolle *My-Beautiful-Self*-Beraterin abgeben, finden Sie nicht? Sie ist so motiviert, und Sie werden staunen, wie gut sie sein wird, wenn sie erst einmal den High-School-Markt erobert, auf dem echter Bedarf besteht. Die Schulfarben sind Lila und Gold, also können Sie sich vorstellen, was für eine Herausforderung das wird. Aber ich weiß einfach, daß sie dabeibleiben und eine meiner Spitzenverdienerinnen werden wird.«

»Und Sie bekommen auch einen Anteil davon, nicht wahr?« fragte ich.

Caron warf mir einen Blick zu, der mich sofort zum Schweigen bringen sollte. »Ich habe dir das doch schon erklärt, Mutter. Ich bekomme auch einen Anteil von meinen Trainees. Es ist wie eine Pyramide, und oben ist noch sehr viel Platz.«

»Pyramiden laufen oben spitz zusammen«, widersprach ich unbekümmert.

»Ich benutze die Farbanalysen als Basis für meine Abschlußarbeit«, fuhr Pippa munter fort. »Mein Hauptfach ist Psychologie, und ich habe vor, die psychologischen Faktoren zu untersuchen, die bei einer Frau durch die Akzeptanz ihrer passenden Farbskala entstehen, vor allem, wenn diese Frau« – sie warf mir einen kritischen Blick zu – »vorher immer die falschen Farben getragen hat. Es ist seltsam, aber die Klientinnen scheinen immer die gleichen Stadien durchzumachen: Ablehnung, Zorn, Trauer um die verlorenen Farben und dann Akzeptanz und Freude über das neue, schöne Ich. Ich habe vor, das in meine Therapiesitzungen einzubeziehen, wenn ich meine Praxis eröffnet habe.«

Jean lachte. »Trauer um die verlorenen Farben?«

»Wehe mir«, warf Rebecca mit dem gleichen Spott ein. »Nie wieder Malvetöne. Wie kann ich so weiterleben?«

Jean und Rebecca grinsten einander an. Rebecca errötete, während sie offensichtlich darüber nachdachte, wie sie reagieren konnte, ohne gegen die Regeln der Zentrale bezüglich des erlaubten Gewaltpegels während der Mahlzeiten zu verstoßen. Winkie schaute immer wieder zur Küchentür hinüber und stieß kleine Seufzer aus, und Caron bemühte sich, in ihrem Stuhl nach unten zu rutschen, um schließlich unter dem Tisch zu verschwinden.

Ich hatte schließlich genug von der peinlichen Stille und fragte: »Was ist Ihr Hauptfach, Jean?«

»Politikgeschichte. Ich bin für den Herbst an der juristischen Fakultät in Yale angenommen. Ich besuche den Sommer über ein Wirtschaftsseminar und arbeite hier für den Dekan der juristischen Fakultät.«

»Mrs. Vandersons Mann«, fügte Winkie hinzu, da sie irrtümlicherweise glaubte, daß mich das interessierte. »Sie hat Jean geholfen, diese Stelle zu bekommen.«

Jean warf Rebecca einen geheimnisvollen Blick zu und wandte sich dann wieder mir zu. »Im Austausch für meine Tätigkeit im Büro darf ich an den Vorlesungen teilnehmen. Dekan Vanderson hat bei den Professoren die Erlaubnis eingeholt.«

»Wie nett von ihm«, sagte ich. »Was ist Ihr Hauptfach, Rebecca?«

Sie warf das Haar über die Schulter zurück, überzeugte sich davon, daß wir alle ihr unsere ungeteilte Aufmerksamkeit schenkten, und sagte dann: »Kommunikationswissenschaften, mit Schwerpunkt auf Theaterwissenschaften. Ich habe im Mai meinen Abschluß gemacht, aber ich wollte diesen Sommer bei der Produktion mitmachen, für einen besseren Lebenslauf, und der liebe Carlyle hat mir mindestens eine Hauptrolle versprochen. Ich hoffe doch, daß Sie und Caron zu meiner Vorstellung kommen werden.«

Langsam fiel mir auf, daß alle Caron wie ein Beutestück betrachteten, so als wären sie Löwen und Caron ein appetitliches Gnu. Sie wußten ja nicht, daß ich sie auf ein College auf einer abgelegenen kanadischen Insel in der Nähe des Nordpols schicken würde, wo sie eher einer Elfenvereinigung als einer Studentenverbindung beitreten würde. Ich brachte ein höfliches Lächeln zustande. »Wir werden es bestimmt versuchen, Rebecca.«

Debbie Anne kam mit einem Tablett voller Teller in den Speiseraum und murmelte Entschuldigungen, die nur ich anzunehmen schien. Eine halbe Stunde später flüchtete ich. Caron weigerte sich, mich zu begleiten, da sie mitten in einer Trainingssitzung war und alles, was länger als eine kurze Essenspause dauerte, ihre Konzentration störte. Ich versicherte ihr, daß ich auf sie warten würde und wir dann gewisse Themen besprechen könnten, dankte allen für das Essen und verschwand, bevor mir zu Ehren irgendwelche *Kappa*-Lieder gesungen wurden.

Als ich gerade über den Rasen nach Hause gehen wollte, hielt ein silbergrauer Mercedes am Bordstein, und die Frau, die ich am Tag zuvor gesehen hatte, stieg aus und winkte mir zu. »Entschuldigen Sie«, rief sie, »aber sind Sie nicht Claire Malloy von nebenan?« Sie interpretierte meine Grimasse korrekt und kam mir entgegen. »Mein Name ist Eleanor Vanderson, eine ehemalige *Kappa*. Ich bin die Hausvorsitzende und stehe dem hiesigen Verbindungszweig als Beraterin zur Verfügung. Ich wollte Ihnen nur für Ihre Anteilnahme gestern abend danken.«

Wie zuvor war sie elegant gekleidet, und sollte je ein graues Haar gewagt haben, ihr braunes, frisiertes Haar zu entstellen, dann war bestimmt nur ihr Friseur eingeweiht. Sie mochte älter als fünfzig sein, aber sie sah aus wie eine Frau, die dreimal die Woche zum Aerobic ging, Golf spielte und, wenn nötig, hier und da etwas in Form bringen ließ. Sie sprach ein wenig gedehnt, was mir verriet, daß sie in den südlichen Regionen dieses Staates aufgewachsen war, wo man bei Brunch und Lunch, bei Parties und Teegesellschaften fast ausschließlich über die Aufnahme in den Country Club und Hochzeitsempfänge sprach.

»Gern geschehen«, erwiderte ich knapp und konnte mir gerade noch einen bissigen Tonfall verkneifen.

»Einige von diesen Mädchen ... nun, zu meiner Zeit war es außerordentlich schwierig, in die *Kappa-Theta-Eta*-Verbindung zu gelangen. Wenn eine Interessentin nicht mindestens eine Patin und gute Referenzen von den Ehemaligen aus ihrer Heimatstadt vorweisen konnte, dann wurde sie sofort abgelehnt. Ein Mädchen, das auf der High-School keinen soliden Notendurchschnitt hatte, kam gar nicht erst in Frage.« Elegant zuckte sie die Achseln, und die Bewegung setzte sich in ihre Arme und Fingerspitzen fort. Letztere sahen aus, als würden sie täglich manikürt. »Mittlerweile nehmen wir beinah jede, die auf der Türschwelle auftaucht, solange ihre Eltern über die nötigen finanziellen Mittel verfügen. Es ist einfach nicht mehr dasselbe.«

»Da bin ich mir sicher, Mrs. Vanderson. Wenn Sie mich jetzt entschuldigen wollen, ich erwarte nämlich ein Ferngespräch.«

»Ich werde Sie nicht lange aufhalten, Mrs. Malloy, aber ich muß Sie noch eines fragen, bevor Sie gehen. Ich kam gestern vorbei, um mit dem Anstreicher zu sprechen, und er behauptete nicht nur, daß Sie eine gute Freundin seien, sondern auch, daß Sie ein politisches Amt innehätten. Mag sein, daß ich ihn mißverstanden habe, aber er schwört, daß Sie ... ich glaube, er sagte, Sie seien eine Senatorin.«

Es hätte Stunden gedauert, ihr zu erklären, warum Arnie mich für eine Senatorin hielt, und obwohl ich einen Moment zuvor nicht ganz ehrlich gewesen war, konnte es nun sehr wohl sein, daß irgend jemand gerade meine Telefonnummer wählte. Möglicherweise war es nur ein Gauner, der mir eine idiotensichere Methode aufschwatzen wollte, wie man mit Pachtverträgen im Ölgeschäft ein Vermögen machen konnte, aber sogar das schien mir in diesem Moment verlockend. »Da haben Sie wohl etwas falsch verstanden, denn ich bin Buchhändlerin. So sehr ich unsere Unterhaltung auch genossen habe, aber nun muß ich wirklich los.«

»Verbürgen Sie sich denn für den Charakter dieses Mannes? Ich kann nicht jemanden ins Haus lassen, der möglicherweise die Mädchen belästigt oder das Silber stiehlt.«

»Für Arnie bürgen?« fragte ich verblüfft. »Ganz bestimmt nicht. Er ist ein nutzloser, unzuverlässiger, wahnsinniger Gauner und außerdem eine völlige Nervensäge!«

»Er schien Sie sehr zu mögen«, murmelte sie, »und sprach ausgiebig über Ihre Freundschaft.«

Ich zeigte mit einem nackten, ein wenig angekauten Fingernagel auf sie. »Wie ich gerade schon sagte, er ist wahnsinnig. Ich möchte nun nicht weiter mit Ihnen über Arnie reden, Mrs. Vanderson. Wenn Sie ihn anheuern wollen, dann geht mich das nichts an. Ich erwarte einen Anruf.«

In der Hoffnung, daß sie meine zur Schau gestellte Empörung zum Schweigen bringen würde, marschierte ich zu meiner Veranda hinüber und verschwand durch die Haustür. Alles in allem war es ungefähr so gut wie das, was Caron sich hätte einfallen lassen, und ich gratulierte mir gerade, als ein Schrei ertönte.

Ich litt nicht unter Unentschlossenheit – ich wurde mitten auf der Treppe von ihr geradezu in Stücke gerissen. Die Frage lautete gar nicht, ob ich nach oben und die Polizei anrufen oder ob ich nach unten laufen und Eleanor Vanderson helfen sollte. Nein, ich mußte mich entscheiden, ob ich langsam weiter nach oben gehen und ein Bad nehmen sollte, oder ob ich langsam nach unten zurückkehren und vorsichtig einen Blick riskieren sollte, bevor ich nach oben ging, um mein Bad zu nehmen. Während ich unschlüssig mit einem Fuß auf der Treppenstufe balancierte, sagte ich mir, daß die Verbindungsschwestern und ihre Hausmutter mittlerweile den Ablauf kannten, da sie gerade erst vor vierundzwanzig Stunden einen Probelauf durchgemacht hatten.

Dann rief ich mir in Erinnerung, was der ehemaligen Katie ihre Neugier eingebracht hatte. Dennoch beschloß ich, nach unten zu gehen und mich davon zu überzeugen, daß sie die Sache richtig handhabten. Dabei kam ich mir vor, als würde ich in Mr. Dantes untere Gefilde vordringen. Es waren mal wieder sämtliche Lampen eingeschaltet, und in der Dunkelheit neben dem Haus rannten überall Gestalten herum. Jean und Rebecca tauchten mit Mrs. Vanderson in ihrer Mitte auf. Winkie, Debbie Anne und Caron folgten ihnen mit bleichen Gesichtern.

Auf dem Weg zu meinem Schaumbad und meinem neuesten Kriminalroman ging mir der gehässige Gedanke durch den Kopf, daß sie Debbie Annes Zusammenstoß etwas ernster nehmen sollten, jetzt, da einer echten, lebenden *Kappa*-Veteranin das gleiche passiert war. Dann schob ich das ganze beiseite und tauchte sowohl in das Schaumbad als auch in die Krimihandlung ein.

Am nächsten Morgen behielt ich die Küche im Auge und wartete darauf, daß Caron aufstand. Da sie jedoch erst nach Hause gekommen war, nachdem ich längst aufgegeben hatte und ins Bett gegangen war, machte sie keinerlei Anstalten dazu. Daher fuhr ich zum *Book Depot,* geplagt von dem Wunsch zu erfahren, was es mit Mrs. Vandersons Schrei auf sich hatte. Ich konnte mich nicht dazu durchringen, Peter anzurufen, da ich nicht wußte, ob sie den Vorfall der Campuspolizei gemeldet hatten. Wenn ja, dann würde er vielleicht auf meine Behauptung hereinfallen, daß es sich im angrenzenden Garten ereignet habe, und sich dazu bewegen lassen, bei der Campuspolizei anzurufen und eine Kopie des Berichts anzufordern. Wenn nicht, dann würde er womöglich das Thema auf die Hütte und das Messingbett bringen. Dazu war ich jedoch nicht aufgelegt.

Daher freute ich mich, als Debbie Anne in den Laden kam, obwohl mich ihr Anblick an schlechtes Essen, eine langweilige, oberflächliche Unterhaltung während der Verdauung dieses Essens und eine beinah tödliche Überdosis Pink erinnerte. Diesmal trug sie nur ein Lehrbuch bei sich, und der Einband verriet, daß es sich mit der psychologischen Entwicklung von kleinen Kindern beschäftigte.

Ich schenkte ihr ein entwaffnendes Lächeln. »Nanu, Debbie Anne, sollten Sie nicht in der Bibliothek schuften?«

»Ich war den ganzen Morgen über dort«, erwiderte sie traurig. »Kann ich mal mit Ihnen sprechen, Mrs. Malloy? Ich weiß, wir sind keine Freunde oder so, aber manchmal habe ich den dummen Verdacht, daß die Mädchen mich nicht sehr mögen, und ich glaube, Winkie auch nicht. Ich habe gestern abend meine Mama angerufen, aber sie war nur wütend wegen des Ferngesprächs.«

»Gestern abend«, griff ich die Phrase gierig auf, »hörte ich einen Schrei und sah, wie ein paar Mädchen Mrs. Vanderson aus der dunklen Ecke zwischen meinem Haus und dem *Kappa*-Haus führten. Dort sind Sie doch auch niedergestoßen worden, oder?«

»Ja, obwohl Sie die einzige sind, die mir glaubt. Jean und Rebecca waren zur gleichen Zeit Anwärterinnen, und Pippa war Zweite Verbindungssprecherin, also hängen sie dauernd zusammen. Während des Studienjahres war ich mit einigen der Anwärterinnen richtig gut befreundet, aber mittlerweile grüßen sie mich nicht einmal mehr. Laut Winkie sollen wir uns in der Küche abwechseln. Aber irgendwie scheine ich jeden Abend zu kochen und hinterher aufzuräumen, und das ganz alleine.«

Ich hatte keine Lust, mir die Beschwerden dieses Aschenputtels vom Lande anzuhören. »Sie müssen sich schon selber durchsetzen, Debbie Anne. Ich kann mich nicht um Ihren Dienstplan kümmern. Also, was ist mit Mrs. Vanderson passiert?«

»Nicht viel. Sie hat eine Gestalt in den Büschen gesehen.

Da sie sie für einen Jungen aus einer anderen Studentenverbindung hielt, ist sie hinübermarschiert, um ihm die Meinung zu sagen. Der oder die Unbekannte hat sie richtig hart zu Boden geschubst und ist davongelaufen.«

»Und das gleiche ist Ihnen den Abend zuvor passiert?«

»Ich glaube, ja. Ich dachte, der Typ wollte durch eines der Fenster ins Haus klettern, aber Winkie und Jean haben am nächsten Tag nachgesehen und keinerlei Kratzer auf dem Fensterbrett gefunden. Jean sagte außerdem, sie hätten keine Abdrücke auf dem Boden entdeckt und die Büsche seien auch nicht niedergetrampelt worden. Es war ganz offensichtlich, daß sie mir nicht glaubte und der Meinung war, ich hätte mir das nur ausgedacht, um Aufmerksamkeit zu erregen.« Ihre Augen füllten sich mit Tränen, und sie fing an, auf äußerst unattraktive Art die Nase hochzuziehen. Dabei hatte sie ziemliche Ähnlichkeit mit einem asthmatischen Bluthund. »Ich habe es mir nicht ausgedacht, Mrs. Malloy. Und auch nicht, daß im Frühjahr die Ohrringe meiner Mama verschwunden sind. Im Haus passieren eine Menge seltsamer Dinge, ganz zu schweigen von den Aktivitäten der Anwärterinnen. Ich glaube, daß einiges davon nicht richtig ist. Der Prediger zu Hause würde einen Anfall bekommen, wenn er wüßte, was ich alles getan habe, um in die *Kappa-Theta-Eta*-Verbindung aufgenommen zu werden.«

»Ach ja? Ich dachte, Schikane wäre auf dem Campus verboten worden, nachdem einer der Verbindungsstudenten vom Dach gesprungen ist und sich ein Bein gebrochen hat und ein anderer beinahe an einer Alkoholvergiftung gestorben wäre.«

Sie hörte auf, die Nase hochzuziehen, und warf mir einen strengen Blick zu. »Alkohol ist in unserem Haus verboten und das Rauchen auch. Einige der älteren Mädchen rauchen auf ihren Zimmern, und jeder weiß, daß Winkie Wein in ihrem Kühlschrank und eine Flasche Brandy unter ihrem Bett aufbewahrt. Eines Nachts konnte ich nicht schlafen, weil ich mir über mein Zwischenzeugnis Sorgen machte. Also bin ich nach unten gegangen, um mir ein Glas Milch zu holen. Ich könnte schwören, ich hätte in Winkies Wohnung eine Männerstimme gehört. Ich habe sie am nächsten Morgen danach gefragt, und sie wurde richtig ärgerlich und meinte, ich solle aufhören, mir Dinge einzubilden und mich mehr um meine Noten kümmern. Als ich Jean davon erzählte, lachte sie nur und sagte ungefähr das gleiche wie Winkie.«

Ich schnalzte mit der Zunge. »Wollen wir hoffen, daß die Zentrale niemals davon erfährt. Welche Aktivitäten würden denn Ihren Prediger zu Hause schockieren?«

»Ach, meistens waren es alberne Sachen, aber manchmal ... Sie wissen schon, Dinge, die vielleicht ...« Sie schluckte und wandte sich ab, aber erst, nachdem ich die roten Flecken auf ihren Wangen gesehen hatte. »Ich sollte mit Ihnen gar nicht über diese Dinge reden. Wenn es jemand mitbekäme, würden sie mich sofort rauswerfen.« Sofort mißachtete sie ihren eigenen Rat und senkte ihre Stimme zu einem heiseren Flüstern, mit dem Geheimagenten wahrscheinlich Bombenrezepte austauschten. »Einmal habe ich mich so aufgeregt, daß ich mich beinahe übergeben hätte, aber Jean war wirklich lieb und redete die halbe Nacht mit mir. Sie wiederholte immer wieder, daß *Kappa Theta Eta* lebenslange Schwesternschaft bedeute und daß ich ihr Verhalten besser akzeptieren solle, falls ich jemals aufgenommen werden wolle. Jetzt weiß ich nicht mehr, ob ich eine *Kappa* sein will oder nicht!«

Ich nahm ein Papiertaschentuch aus der Box unter dem Ladentisch und reichte es ihr. »Wenn Sie so unglücklich sind, warum geben Sie dann nicht auf und ziehen ins Studentenwohnheim?« fragte ich berechtigt, wenn auch nicht gerade voller Mitgefühl.

»Mama zieht mir bei lebendigem Leib das Fell über die Ohren, wenn ich aufgebe«, antwortete sie. »Sie begreift einfach nicht, daß sich die meisten Mädchen über mich lustig machen. Es war wirklich nett von Jean, mir ihre Sachen zu leihen, und Pippa hat bei mir die Farbberatung zum halben Preis gemacht, aber es hat einfach nichts genützt. Ich kleide mich nicht wie sie, ich rede nicht wie sie und fahre kein schickes Auto wie sie. Sie sagen, alles an mir sei falsch. Meine Haare, mein Akzent, mein Hauptfach – alles!«

Sie sank auf den Boden und fing an, lauthals zu schluchzen. Ich überlegte, was ich mit ihr machen sollte. Da sich keine Kunden im Laden befanden, konnte sie auch keine potentiellen Käufer vergraulen. Ich kam mir ziemlich kaltblütig vor, ihr einfach beim Heulen zuzusehen, bis sie aufhörte und ich sie aus der Tür scheuchen konnte. Aber ich verspürte auch nicht den Wunsch, sie in den Arm zu nehmen und beruhigende Töne von mir zu geben, während sie ihre Tränen auf meinem T-Shirt verteilte, ganz zu schweigen von anderen Körperflüssigkeiten.

Ich entschied mich für den Mittelweg. »Kommen Sie schon, Debbie Anne, so schlimm kann es doch gar nicht sein«, sagte ich beschwichtigend, aber aus sicherer Entfernung. »Ihre Freunde werden im Herbst wieder zurück sein, Sie werden Ihren Notendurchschnitt bessern, und die anderen werden Sie akzeptieren. Und dann fühlen Sie sich bestimmt wie eine *Kappa Theta* ... was auch immer.«

Sie wischte sich die Nase und blickte zu mir hoch. »Ich glaube nicht, daß sie mich je akzeptieren werden. Ich habe zu große Angst, in den Versammlungsraum zu gehen, nach dem, was beim letzten Treffen passiert ist.«

»Jean sagt, Sie seien zufällig im Raum eingeschlossen worden.«

»Zufällig, daß ich nicht lache! Jean hat mich mit zuckersüßer Stimme gebeten, die Kerzen in den Ritualschrank zu schließen. Dann hat sie die Schranktür zugesperrt, das Licht ausgeschaltet und ist weggegangen. Ich war beinahe eine ganze Stunde da drin, habe an die Tür geklopft und geschrien, aber da sich der Versammlungsraum im Keller befindet, konnte mich niemand hören. Sie hat die Tür zum Flur ebenfalls abgeschlossen, und auch die am oberen Ende der Treppe.«

»Der Ritualschrank? Was genau ist der Ritualschrank?« fragte ich und malte mir in Gedanken makabere Bilder von verstümmelten Katzenleichen aus.

Zu meinem Bedauern ertönte die Türklingel, bevor sie meine Frage beantworten konnte. Es war ein Science-fiction-Freak mit Backenbart und Pony, dessen Alter man schwer schätzen konnte und dessen Realität von dem bestimmt wurde, was er gerade las. Er blinzelte Debbie Anne eine Minute lang an, winkte mir dann zu und verschwand schlurfend hinter die Regale.

Debbie Anne rappelte sich hoch, tupfte sich die Nase ab und stopfte das Taschentuch in die Tasche. »Oje, Mrs. Malloy, wir dürfen nicht über« – sie senkte die Stimme zu einem nasalen Flüstern – »den Versammlungsraum und den Ritualschrank reden. Das sind *Kappa*-Geheimnisse, wie unser Pfiff und unser Handschlag.«

Die mysteriösen Andeutungen machten mich neugierig. »Ihr habt einen geheimen Pfiff? Bitte, ich flehe Sie an, erzählen Sie mir, was im Haus vor sich geht. Sie sind keine *Kappa*.« Nach dieser ultimativen Beleidigung schnappte sie sich ihr Buch und flüchtete.

Ich war enttäuscht, aber ich beruhigte mich, daß meine

Neugier möglicherweise bald befriedigt würde. Dann wandte ich meine Aufmerksamkeit einer seltenen und kostbaren Spezies zu – einem Kunden. »Haben Sie etwas gefunden?« rief ich.

Er hob seinen Kopf über das Regal. »Nein, noch nicht. Ich wollte das Buch *Babes vom Todesstern* kaufen, um es dieser Frau zu schenken, mit der ich mich treffe, aber Sie haben es nicht da. Sie hat ein wenig Angst vor Science-fiction-Fans und hat sich geweigert, mit mir zum letzten World Congress zu gehen, obwohl ich ihr versichert hatte, daß seit über einem Jahr niemand mehr ernsthaft bei einem *Dungeon & Dragons*-Spiel verletzt worden ist. Außerdem war es seine Schuld, einen fünfhundert Pfund schweren Söldner vom Pluto mit einem richtigen Schwert anzugreifen – «

»Ich habe das Buch da«, unterbrach ich ihn. Ich wollte ihm schon den Standort beschreiben, als mir einfiel, daß er womöglich nicht in der Lage war, rechts und links zu unterscheiden. Ich ging zu ihm hinüber. »Ich habe es vor ein paar Tagen noch gesehen, und zwar genau an dieser ... leeren Stelle.«

»Vielleicht haben Sie es verkauft?«

Mich an meine verkauften Bücher zu erinnern war schmerzhaft einfach. »Nein, habe ich nicht«, erwiderte ich mit gerunzelter Stirn. »Ich bin sicher, ich hatte ein Exemplar, und es stand dort noch vor zwei oder drei Tagen. Ich habe ein paar Liebesromane, einige Klassiker von der neuen Leseliste der High-School, ein Buch über den Bau von Terrassen und ein Kochbuch verkauft. Das war es für diese Woche. Wenn ich es nicht verkauft habe, dann hat es jemand gestohlen!«

Ich stapfte zurück zum Ladentisch, griff nach dem Telefon und ließ dann die Hand wieder sinken, in der Hoffnung, daß mein Blutdruck dem Beispiel folgen würde. Ich bezweifelte, daß die Polizei herbeistürzen würde, um Fingerabdrücke vom Regal abzunehmen und ein Photo von der leeren Stelle zu machen. Nicht für ein Taschenbuch, das weniger als vier Dollar kostete.

»Na, das ist ja ein Ding«, sagte mein Science-fiction-Freak, als er ging.

»Ja, das ist ein Ding«, wiederholte ich leise, als die Glocke klingelte und die Registrierkasse mich stumm ansah. »Ein ziemliches dickes obendrein.«

Kapitel 4

Irgendwann hatte Caron klein beigegeben, und ich hatte ihr eine Bewährungsfrist eingeräumt, obwohl ich ihr deutlich zu verstehen gegeben hatte, daß ich sie als Wiederholungstäterin betrachtete und sie sich den ganzen Sommer über am besten ruhig verhielt, falls sie nicht die restlichen Jahre an der High-School zu Fuß gehen wollte. Peter verhielt sich ebenfalls ruhig, er schien sich still und leise davongeschlichen zu haben, um diebische Jugendliche im Einkaufszentrum zu jagen, was mir ganz recht war.

Freitags rief ich Luanne Bradshaw an und verabredete mich mit ihr für den späten Nachmittag im Biergarten.

»Einen geheimen Pfiff, stell dir vor«, sagte ich zu ihr, nachdem wir es uns an einem Ecktisch bequem gemacht hatten, der im Schatten einer üppigen Glyzinie stand. »Bei so was habe ich immer nur an Männervereine gedacht, wo sie lustige Hüte tragen und im Wald Spiele veranstalten. Mir wäre nie in den Sinn gekommen, daß ich direkt daneben wohne.«

Luanne lächelte mich, wie so häufig, spöttisch an. Sie war ungefähr in meinem Alter und vertrat ähnliche politische Ansichten wie ich, war geschieden und die Besitzerin von *Secondhand Rose,* einer Boutique, die sich auf ausgeflippte Kleidung aus den Dreißigern und Vierzigern spezialisiert hatte. Deshalb war sie bei Caron sehr beliebt, die Geiz zu einer Kunstform verfeinert hatte. Leider muß ich einräumen, daß Luanne diese Tatsache hin und wieder zu ihrem Vorteil ausnutzte, wenn sie Hilfe beim Auspacken oder Einräumen von Waren brauchte.

»Und einen Ritualschrank«, fügte ich hinzu und zog bedeutsam die Augenbrauen in die Höhe. »Ich habe herausgefunden, daß sie darin Kerzen aufbewahren, aber wer weiß. Sie könnten darin ebensogut einen Altar, Kutten mit Kapuzen und mittelalterliche Folterinstrumente verstecken. Scheinbar haben sie einen hohen Verschleiß an Katzen.«

Luanne schenkte sich aus dem Bierkrug nach, schaffte es, sich dabei gleichzeitig eine Zigarette anzuzünden, und lehnte sich dann gegen die harte Bank zurück. »Wäre es möglich, daß deine plötzliche Besessenheit von flachbäuchigen Mädchen etwas mit deinem drohenden Bankrott zu tun hat?«

»Es besteht kein Grund, so vulgär zu sein.«

»Das ist doch charakteristisch für diejenigen unter uns, die in die Kategorie ›Intellektuell‹ fallen«, sagte sie und ließ dabei Rauch aus ihren Mundwinkeln strömen, wie es alternde Hollywood-Starletts immer getan hatten. »Du bist dir sicherlich über die Folgen solch einer Einordnung bewußt, aber mir mußte es ausführlich erklärt werden. Selbstverständlich gegen eine kleine Gebühr.«

»Du hast doch wohl nicht …?«

»Ich habe mich so gut es ging gesträubt, aber deine Tochter ist nicht nur sehr charmant und überzeugend, sondern auch störrischer als ein einäugiger Maulesel. Irgendwann hatte ich ihr Gejammere satt und stimmte einer Farbanalyse zu, obwohl ich große Angst davor hatte, als anämisch eingestuft zu werden. Es erleichtert dich bestimmt zu hören, daß ich eindeutig der intellektuelle Typ bin. Das verdanke ich meiner milchigweißen Haut, meinem ebenholzfarbenen, mit silbernen Strähnen durchzogenen Haar und meinen klaren, blauen Augen, die mit gewagten, weißen Flecken durchsetzt sind. Und das bedeutet, daß ich schwarz, weiß und blau tragen darf, aber auf gar keinen Fall braun oder orange – es sei denn, bei meiner Beerdigung, aber dann ist sowieso alles egal.« Sie zupfte an ihrem Hemd und zog ein Gesicht. »Ich weiß nicht mehr, ob ich unbedingt grün tragen oder es um jeden Preis vermeiden soll. Was denkst du – wirke ich eher strahlend oder verwaschen?«

»Eindeutig strahlend. Zumindest weißt du, wie du es vermeidest, dich in der Öffentlichkeit zum Affen zu machen. Ich muß das noch lernen, und wenn ich die höhnischen Blicke und Andeutungen richtig auslege, die ich täglich einstecken muß, dann verstoße ich bestimmt gegen meine Farbskala und nehme mir damit selber unermeßliche Zufriedenheit und Bewunderung. Wieviel hat sie dir abgeknöpft?«

»Zehn Dollar. Ich weigerte mich allerdings, mir den Accessoire-Unsinn anzuhören, also besitze ich wohl noch einen letzten Rest Selbstwertgefühl. Warum in aller Welt hast du ihr das erlaubt, Claire?«

»Erlaubt?« Ich lachte angesichts dieser Naivität. »Komm schon, du hast doch auch vor nicht allzu langer Zeit noch ein paar Teenager großgezogen. Hast du dich wirklich um jede kleine Missetat gekümmert, oder hast du deine Energien nicht lieber für die ausgewachsenen Straftaten aufgespart? Diese übergeschnappte Verbindungsstudentin hat Caron überzeugt, daß auf der Straße ein Sack voll Geld auf die nächste *My-Beautiful-Self*-Beraterin wartet. Meine ehemals sprachgewandte Tochter wandert nun durch die Wohnung und murmelt etwas über die emotionale Akzeptanz seiner Farbskala. Das heißt, wenn sie nicht sehnsüchtig die Autokleinanzeigen durchliest. Sie und Inez haben einen Kleidertausch veranstaltet, der einen ganzen Raum voller Devisenhändler in Erstaunen versetzt hätte. Dann haben sie eine hitzige Diskussion darüber geführt, ob ein Pullover nun kakaofarben oder schokoladenfarben ist. Schließlich ist mir der Kragen geplatzt, und ich habe sie angeschrien, daß der Pulli einfach nur braun sei, und ihnen gedroht, besagten Pullover wieder in ein Wollknäuel zurückzuverwandeln, falls ich auch nur noch ein Wort darüber hören sollte.«

Luanne beobachtete gedankenverloren drei Männer, die den Biergarten betraten, verwarf sie, da sie eines ihrer Kriterien nicht erfüllten, und füllte ihr Glas. »Und rollen die Dollar schon wie versprochen an?«

»Sie hat ein wenig Probleme, Klienten zu finden. Sie hat Inez' Mutter und die Frau, die unter uns wohnt, überredet und dich natürlich, aber sonst hat sie niemanden erwähnt. Seltsamerweise scheinen ihre Freundinnen nicht allzu wild darauf zu sein, sich für zehn Dollar sagen zu lassen, daß ihre Garderobe ein völliges Desaster sei. Ich habe sie am Telefon mit Rhonda Maguire darüber streiten hören, daß deren unglücklich fahle Blässe in einer einzigen Sitzung behoben werden könnte. Anschließend habe ich die ganze Nacht kein Auge zugetan, aus Angst, Rhonda würde unser Haus abfackeln. Ich fürchte, Carons Ausbildung hat sich zu sehr auf Farbpaletten konzentriert und das Taktgefühl vernachlässigt.«

»Sie wird es schon irgendwann lernen«, sagte Luanne, während sie die Zigarette ausdrückte und sich eine neue anzündete. »Ich weiß, Verführung Minderjähriger ist nicht sehr attraktiv, aber ist es wirklich so schlimm?«

Ich hatte keinerlei Probleme, ihrem Gedankensprung zu folgen. Ich drehte mich und schenkte ihr anschließend ein schelmisches Grinsen. »Solange du nichts dagegen hast, daß sie dich fragen werden, ob du seine Mutter oder sein Babysitter bist.«

Wir diskutierten über verschiedene männliche Attribute,

bis der Krug leer war und der Biergarten voll und laut wurde. Der Anblick von fünf zotteligen jungen Männern, die riesige Lautsprecher aufstellten, um unsere Sinnesorgane zu attakkieren, schlug uns in die Flucht. Luanne ging wieder in ihren Laden, und ich schlenderte zurück zu meiner Wohnung. Entlang der Rasenfläche des Campus herrschte wenig Verkehr, und daher kam ich in den Genuß von Geißblattduft statt der üblichen Autoabgase.

Ich überlegte gerade, welche Tiefkühlvorspeise zu meiner Stimmung paßte, als jemand in den Büschen neben dem *Kappa-Theta-Eta*-Haus meinen Namen flüsterte und mich aus meinen kulinarischen Träumen riß. Als ich den Kopf wandte, sah ich in der Gasse hinter dem Haus Blaulicht aufblinken. Das statische Rauschen der Funkgeräte vermischte sich mit wütenden männlichen Stimmen und dem Zuknallen von Autotüren.

Im vorderen Zimmer des Hauses brannte eine Lampe, aber die Veranda lag völlig im Dunkeln, und die Schatten zu beiden Seiten des Hauses waren pechschwarz. Außerdem hatte von dort aus jemand zu mir gesprochen, was mir nicht gerade Mut machte. Es waren die gleichen Schatten, aus denen erst ein paar Nächte zuvor Fremde aufgetaucht waren – und zwar grobe Herumtreiber, die Frauen zu Boden stießen.

»Psst! Miss Malloy!« wiederholte die Stimme flehend.

Ich beschloß, nicht auf mögliche körperliche Unannehmlichkeiten zuzugehen, und fragte statt dessen: »Wer ist da?«

»Ich muß mit Ihnen reden. Ich glaube, ich stecke in Schwierigkeiten.«

»Im Gegensatz zu Moses unterhalte ich mich nicht mit Büschen. Sie haben zwei Sekunden, herauszukommen. Ansonsten werde ich entweder die Polizei rufen, die sich gerade hinter dem Haus befindet, oder ich werde einfach in meine

Wohnung gehen und mir in der Mikrowelle eine sodiumarme Portion Fettuccini mit Gartengemüse und einer würzigen Käsesauce aufwärmen. Verstanden, Busch?«

Eine Gestalt tauchte auf. Zu meinem Entsetzen war es Arnie. Er hielt eine zitternde Hand in die Höhe und sagte: »Schreien Sie um Gottes Willen nicht. Ich habe damit nichts zu tun, Senator, aber ich scheine in einer, wie man so schön sagt, kniffligen Situation zu stecken. Was halten Sie davon, wenn wir in Ihre Wohnung gehen und die Sache bei ein oder zwei Martini bereden?«

Er trat auf den Bürgersteig. Nun konnte ich seinen schlaffen, feuchten Mund erkennen und außerdem noch erschnuppern, was er von körperlicher Hygiene hielt – nämlich gar nichts. »Ich weiß nicht, was da hinten los ist«, fuhr er fort. »Hat wahrscheinlich was mit der Leiche in der Gasse zu tun, aber bei den Bullen weiß man nie, was die wieder vorhaben.« Er zwinkerte mir zu, obwohl es ihn ziemlich anzustrengen schien. »Ich vermute, mein Termin hat sich verschoben, also wie wäre es mit einem kleinen Drink, Senator?«

Ich vergrub meine Hände in den Taschen, bevor ich die Beherrschung verlor und ihn auf die Nase boxte. »Sie wissen verdammt gut, daß ich keine Senatorin bin. Also hören Sie gefälligst auf, und erklären Sie mir, was Sie da gerade über eine Leiche in der Gasse gesagt haben.«

»Ist kein schöner Anblick«, sagte er und schüttelte den Kopf. »Wenn ich es mir so recht überlege, wird *Washington Weekly* die Story bald aufgreifen. Heute abend sind die Auswirkungen an der Reihe, die die Handelsabkommen mit Japan auf die amerikanische Autoindustrie haben werden, was mich zufälligerweise sehr interessiert. Verdammt gute Show, was, Senator?«

»Arnie«, sagte ich, so giftig ich konnte, »damit das ein für allemal klar ist – «

»Lächeln!« Er zog eine Kamera hinter seinem Rücken hervor. Der Blitz explodierte direkt vor meinen Augen, und einen kurzen Moment lang konnte ich nur gezackte rote und gelbe Kreise sehen. Sie waren noch nicht ganz verblaßt, als er schon an mir vorbeischoß, in seinen Wagen kletterte und davonfuhr. Seine Rücklichter blinkten zum Abschied auf, bevor mir eine Antwort eingefallen war.

Arnies wiederholte Behauptungen hinsichtlich meiner politischen Position rührten von einer Begebenheit in der Vergangenheit her, als man ihn engagiert hatte, einen Senator und eine Schönheitskönigin in der Thurberfest Parade zu chauffieren. Er war betrunken und hatte mich, die unfreiwillige Assistentin der Vorsitzenden des Schönheitswettbewerbes, dazu gezwungen, die Chauffeurin zu spielen (und dabei Kugeln auszuweichen). In seinem alkoholisierten Zustand hatte er mich für den Senator gehalten und nicht für die Schönheitskönigin – eine politisch korrekte, aber dennoch leicht beleidigende Annahme. Als Caron mich bei einer anderen Gelegenheit dazu überredete, einen Ring von Haustierdieben zu entlarven, hatte Arnie es beinahe geschafft, mich wegen Beherbergung eines Flüchtigen verhaften zu lassen. Kurz darauf wurde er Zeuge, wie ich fast von drei wütenden Pittbulls zerfleischt worden wäre. Alles in allem bezeichnete ich ihn nicht gerade als einen guten Freund. Hätte ich die Gelegenheit dazu, würde ich ihm einen Pfahl durchs Herz stoßen. Mit einem breiten Grinsen auf den Lippen.

In der Gasse rotierten immer noch die blauen Lichter, und die Funkgeräte rauschten. Weitere Autotüren knallten zu, und der Strahl einer Taschenlampe wanderte über die Büsche. Ich stand immer noch auf dem Bürgersteig und versuchte dahinterzukommen, was vor sich ging. Die Gasse verlief hinter zahlreichen griechischen Verbindungshäusern entlang, von denen einige äußerst imposant aussahen, andere wiederum sehr verwahrlost wirkten. Sie war eine praktische Abkürzung zwischen den akademischen Bastionen und den Bars auf der Thurber Street. Obwohl ich sie ein Stück befahren mußte, um meinen Wagen in der Tiefgarage zu parken, spazierte ich nur selten dort entlang, da ich gegen schmutzige Mülltonnen ebenso allergisch war wie gegen schweißtreibende Aktivitäten – und gegen Arnie.

Schließlich ging ich an dem Haus vorbei, in dem ich wohnte, bog erst an der Ecke und dann erneut am nördlichen Ende der Gasse ab. Hinter dem *Kappa*-Haus parkten drei Streifenwagen, deren Blaulicht sich stumm drehte, die Scheinwerfer auf etwas gerichtet, das wahrscheinlich der Grund für ihre Anwesenheit war.

Ich erwartete nicht, daß ich eine elegante Einladungskarte bekommen oder man mich dazubitten und mir die Einzelheiten erzählen würde. Ich wußte aus Erfahrung, daß sich Beamte am Tatort ungeheuer aufblasen und empören konnten, wenn sie mit einer pflichtbewußten Bürgerin konfrontiert wurden, die nur darauf bedacht war, ihr Wissen über die grausame Tat mit ihnen zu teilen. Peter Rosen zum Beispiel zeigte sich immer äußerst unerbittlich, wenn er auf sogenannte naseweise Einmischung stieß.

Hier ging es jedoch um mehr als um eine Katze, die unter einen Müllwagen geraten war, und ich war entschlossen, herauszufinden, was das war. Ich ging vorsichtig näher und blieb nach jedem Schritt stehen, um die Menschenmenge nach Peter oder seinem Handlanger Jorgeson abzusuchen. Ich war mir nicht sicher, ob ich mehr Glück mit ihnen oder ohne sie haben würde, und ich hatte eindeutig gemischte Gefühle, als ich Peters lockiges, schwarzes Haar erblickte. Er winkte gerade einen Rettungswagen herbei, der langsam aus der entgegengesetzten Richtung auf die Gruppe zufuhr.

»Na gut«, hörte ich ihn unwirsch sagen, »wo ist der Leichenbeschauer? Wann haben Sie ihn angerufen? Vor zehn Minuten? Im Gegensatz zu diesem armen Mädchen hier haben wir nicht die ganze Nacht Zeit!«

Jorgeson tauchte auf, schaute auf seine Uhr und zog Peter beiseite, um mit ihm zu reden. Ich ließ sie nicht aus den Augen, während ich langsam nach vorne ging, und stieß daher einen Schrei aus, als mir eine Taschenlampe ins Gesicht schien und eine unbekannte Stimme sagte: »Hey, Lieutenant, wir haben hier eine Schaulustige. Soll ich ihr eine Eintrittskarte verkaufen – oder hat sie bereits eine Dauerkarte?«

Lieutenant Rosen, der Jorgesons Hand abschüttelte und aus dem Lichtkreis marschierte, fand das nicht sehr komisch. »Claire«, fragte er gereizt, und ganz und gar nicht mit der Begeisterung, die ich erhofft hatte, »was machst du hier? Geh in deine Wohnung, und warte dort, ja? Ich habe schon genug Probleme, und das letzte, was ich gebrauchen kann, ist eine neugierige Nachbarin, die hier herumschleicht.«

»Ich schleiche nicht hier herum«, widersprach ich. »Ich interessiere mich lediglich für ein Verbrechen, das weniger als sechs Meter von meiner Hintertür entfernt geschehen ist. Was weiß ich, vielleicht versteckt sich der Mörder in meiner Küche.«

»Es hat niemand etwas von einem Mord gesagt«, knurrte er.

»Du bist mit deinen Jungs doch wohl nicht hier, weil ein Müllcontainer geklaut wurde, oder?« Ich schirmte die Augen ab und gestattete mir eine kleine Grimasse. »Meine Augen sind heute abend schon genug malträtiert worden. Würdest du bitte deinem pyrotechnischen Experten sagen, er soll mir eine Pause gönnen?«

Peter gab dem Beamten ein Zeichen und bedachte mich mit einem Blick, der mich wahrscheinlich dazu bewegen sollte, mich in Sicherheit zu bringen. »Zivilisten haben am Tatort nichts zu suchen«, sagte er mit seiner stählernsten Bullenstimme. »Wir haben die Waffe, und außerdem ist es sehr unwahrscheinlich, daß du in deiner Küche von einem 1973er Buick umgefahren wirst. Bitte laß mich dieses eine Mal meine Arbeit ohne deine Hilfe tun. Wenn ich fertig bin, komme ich vorbei und erzähle dir, was passiert ist.«

»War es eines der Mädchen aus dem *Kappa-Theta-Eta*-Haus?«

Er biß sich auf die Unterlippe, was ich äußerst männlich fand, enthielt sich jedoch eines Kommentars. »Sie ist noch nicht eindeutig identifiziert worden«, sagte er. »Falls sie eine Handtasche dabei hatte, hat der Aufprall sie ins Gebüsch geschleudert, oder sie wurde mitgenommen.« Er funkelte mich wütend an. »Du kennst sie doch wohl nicht, oder?«

»Doch, das tue ich. Ich habe Mitte der Woche bei ihnen zu Abend gegessen und kann jede von ihnen identifizieren. Ich merke jedoch, daß ich hier störe, also werde ich jetzt nach Hause gehen und eine schöne Tasse Tee trinken, während du dich mit deinen Jungs wieder an die Arbeit machst.« Ich trat ein paar Schritte zurück, um zu zeigen, daß ich nicht bluffte. »Ruf mich an, wenn du Zeit hast.«

»Heute abend werden wir ihre Handtasche nicht mehr finden, Lieutenant«, rief einer der Uniformierten. »Das Gebüsch ist ein verdammter Dschungel. »Vielleicht taucht sie morgen auf, wenn wir wieder etwas sehen können.«

Peter biß sich mittlerweile so fest auf die Unterlippe, daß sie bald anfangen mußte zu bluten, und ich konnte sehen, daß es ihn einiges kostete, nachzugeben und zu murmeln: »Schau, ob du sie identifizieren kannst.«

Ich ließ mich zwischen zwei Streifenwagen entlangführen und zwang mich, auf die Leiche hinunterzuschauen, die ausgestreckt auf dem aufgeplatzten Asphalt lag. Nachdem ich mich überzeugt hatte, wirbelte ich herum und beugte mich über die Motorhaube eines der Streifenwagen und versuchte krampfhaft, das Bier bei mir zu behalten, das ich getrunken hatte. Ich kniff die Augen zu, aber das Bild des leblosen Körpers und der Blutlache schien immer eindringlicher und lebendiger zu werden.

Peter legte eine Hand auf meinen Rücken. »Ist es eines der Mädchen aus diesem Verbindungshaus?«

Ich schluckte die Bitterkeit herunter, die mir im Hals hochstieg, und richtete mich auf. »Ihr Name ist Jean Hall. Sie war...« Ich rieb mir die Schläfen, um das Bild zu vertreiben. »Sie wollte im Herbst in Yale Jura studieren. Sie hat diesen Sommer ein Seminar belegt und außerdem für den Dekan der hiesigen juristischen Fakultät gearbeitet.« Ich trat aus dem Lichtkreis und richtete meinen Blick auf Peters Gesicht. »Was ist passiert? Sie sieht aus, als wäre sie von einer ganzen Busflotte umgefahren worden.«

Er zeigte auf ein breites, weißes Auto, das halb in den wuchernden Büschen parkte. »Die Jungs vom Labor sind noch unterwegs, aber wir sind ziemlich sicher, daß es dieser Wagen hier war. Wir überprüfen gerade die Nummernschilder. Auf der vorderen Stoßstange befindet sich eine braune Substanz, die wie Blut aussieht, und ein Scheinwerfer ist kaputt.«

»Aber sie war...« Mir fielen nicht die richtigen Worte ein, und selbst wenn, hätte ich sie in Gegenwart der furchtbar zugerichteten Leiche nicht aussprechen können.

Peter legte seine Hände auf meine Schultern und zog mich auf die andere Seite der Gasse, wo er seine Arme um mich legen konnte, ohne das Grinsen seiner Kollegen zu riskieren. »Der erste Aufprall hat sie wahrscheinlich schon getötet, sie aber zumindest bewußtlos gemacht. Geh nach oben, Claire. Sobald ich fertig bin, komme ich auf einen Drink zu dir. Ich muß das hier erledigen, aber es gefällt mir ebensowenig wie dir, vor allem, wenn es sich um einen jungen Menschen handelt.«

»Was ist mit den Mädchen aus dem Haus und der Hausmutter? Warum sind sie nicht hier? Wieso haben sie die Lichter noch nicht gesehen? Ich verstehe nicht, warum – «

Er grub seine Finger in meinen Rücken, bis ich aufhörte, an seiner Schulter zu stammeln. »Es ist im Moment niemand zu Hause. Es ist Freitag abend, also haben sie wahrscheinlich eine Verabredung oder lernen noch in der Bibliothek oder machen sonst irgend etwas, was Verbindungsschwestern am Wochenende so tun. Wir bleiben hier, bis jemand zurückkommt und uns mehr über das Mädchen sagen kann. Jetzt, da wir den Namen wissen, kann ich einen Beamten losschikken, den Zuständigen in der Verwaltung aufzutreiben. Vielleicht haben wir Glück.«

Ich kämpfte immer noch gegen die Übelkeit an, und die Vorstellung, mich mit einer Tasse Tee auf dem Sofa niederzulassen, reichte aus, bei mir einen Schwindelanfall auszulösen. Ich hatte Jean Hall nicht gemocht. Aber das gab noch niemandem das Recht, sie umzubringen, schoß es mir plötzlich mit hilflosem Zorn durch den Kopf. Sie hatte es nicht verdient, so brutal und kaltblütig überfahren zu werden.

Es war noch nicht an der Zeit für Tee. »Hör zu, Peter«, sagte ich. »Alle vier Mädchen wohnen im Flügel hinter dem Aufenthaltsraum. Ich weiß nicht, welches Zimmer Jean gehört, aber nach einem kurzen Blick kann ich es dir sagen. Vielleicht könnt ihr ein Adreßbuch oder Briefe finden, damit ihr wißt, wo die Eltern leben. Sie sollten so schnell wie möglich benachrichtigt werden.«

»Ich nehme an, du hast recht«, erwiderte er düster. »Ich werde nach dem zuständigen Wachmann schicken, damit er uns das Haus aufschließt. Sie haben uns bereits zu verstehen gegeben, daß die Gasse der Stadt gehört und in unseren Zuständigkeitsbereich fällt, aber sie werden uns helfen.«

»Wenn niemand im Haus ist und die Tür abgesperrt ist, muß sie ihren Schlüssel mitgenommen haben. Hat jemand in ihren Taschen nachgesehen?«

»Ja, um sie zu identifizieren. Ihre Taschen sind leer, und wie du beim Lauschen mitbekommen hast, ist ihre Handtasche nicht auffindbar. Die Campuspolizei wird in ein oder zwei Minuten da sein.« Er befahl mir zu warten und trat zurück in den grellen Lichtkreis, um mit dem Leichenbeschauer, den Jungs von der Spurensicherung und den Rettungssanitätern zu reden.

Ein verärgerter Campuspolizist tauchte mit dem Schlüssel auf, und kurz darauf betraten Peter und ich das Haus. Jorgeson folgte uns mit einer Taschenlampe, die sich als notwendig herausstellte, als wir uns in einer dunklen Küche wiederfanden. Aluminiumpfannen und -schüsseln, die an Haken von der Decke herunterhingen, glänzten matt, und Stapel von Plastikgläsern warfen blaue und orangefarbene Streifen zurück. Ein riesiger Kühlschrank gab ein unregelmäßiges Dröhnen von sich.

Ich fand den Lichtschalter und führte sie durch das Eßzimmer in den Aufenthaltsraum und nach kurzem Nachdenken einen Flur entlang, in dem sich ein leeres Anschlagbrett und Reihen ebenfalls leerer Briefkästen befanden. Als Rebecca mich herumgeführt hatte, hatte sie mir den Flur gezeigt, von dem auf der einen Seite vier Schlafzimmertüren abgingen und auf dessen anderer Seite ein rosa gefliestes Badezimmer und ein Kämmerchen lagen, das die Reinigungskräfte benutzten.

Die erste Tür war verschlossen. Ich trat zurück, und Jorgeson probierte mit einem Dietrich herum, bis wir das Klicken hörten. Er öffnete die Tür und schaltete das Licht an. Ich wußte, daß dies kein Einbruch war, da mich zwei Bullen begleiteten, aber als ich den Raum betrat, fühlte ich mich so schuldig wie jemand auf Diät, der ein Doughnut in der Hand hält.

Das Zimmer war nicht viel größer als mein Büro und enthielt ein schmales Bett, einen Einbauschrank, eine Kommode und einen Tisch, auf dem all die notwendigen Utensilien lagen, um ein makelloses *Kappa-Theta-Eta*-Gesicht herzustellen. Überall flogen Kleider herum; auf dem Bett, auf dem Stuhl und auf dem Boden. Zwischen Jeans und Shorts befanden sich rosafarbene Cashmere-Pullover und rosafarbene Seidenblusen, rosafarbene Seidenschlüpfer, ein einzelner pinkfarbener Plüschpantoffel, eine rosafarbene Jogginghose und ein weiß-rosa gestreifter Schirm.

Es überraschte mich nicht, daß auf dem Bett eine Plüschkatze saß, an den Wänden und um den Spiegel herum Dutzende von pinkfarbenen Grußkarten in Katzenformat hingen und auf dem Tisch eine Halskette mit einem Katzenanhänger aus Silber lag. Daneben stand ein gerahmtes Photo von einer Gruppe Mädchen, die eine Katze umringten. Alle lächelten sie fröhlich, bis auf die Geisel, die ein wenig panisch aussah.

»Was soll das mit den Katzen?« fragte Peter, der im Türrahmen stand und nicht bereit oder möglicherweise auch nicht in der Lage war, in dieses Katzenheiligtum einzudringen.

»Das willst du bestimmt nicht wissen«, erwiderte ich. »Hier wohnt offensichtlich Rebecca. Das hier sind Manuskripte, und die Lehrbücher behandeln die Geschichte des Theaters.«

Wir gingen ins nächste Zimmer, das erschreckend ähnlich eingerichtet war und in dem psychologische Lehrbücher herumlagen. Auf dem Bett befand sich außerdem ein *My-Beautiful-Self*-Handbuch und Papierschnipsel, die mich an Farbmuster erinnerten. »Pippas Zimmer«, sagte ich auf dem Weg nach draußen.

Während Jorgeson seine Künste an der dritten Tür anwandte, erzählte ich das wenige, was ich über Rebecca und Pippa wußte. Dann betraten wir den Raum. Das Katzenmotiv war hier beinah nicht existent, und es hing nur eine einzige pinkfarbene Katzenkarte an der Wand. Das Bett war gemacht, die Oberfläche des Tisches unverwüstet und der Boden leer. Die einzige Fotografie zeigte ein Paar im mittleren Alter, das mit zusammengekniffenen Augen und ernsten Gesichtern in die Kamera starrte. Das Zimmer besaß die Aura einer kargen Mönchszelle, die im Vergleich dazu wahrscheinlich noch um einiges behaglicher gewirkt hätte.

»Das ist Debbie Annes Zimmer«, sagte ich mit einem Seufzen. Ich nahm einen Umschlag in die Hand und sah mir den Absender an. Der Ort war mir nicht bekannt, aber in unserem Staat gab es Dutzende von Städten, die nur aus ein paar Häusern und einem Postamt bestanden. »Sie ist diejenige, die nicht aus *Kappa*-Holz geschnitzt ist, wenn man den anderen glauben darf.«

Im letzten Zimmer fand sich wieder das komplette Katzendekor – auf dem Bett, dem Spiegel, den Wänden und der Rückseite der Tür, ja, sogar auf dem Computer und dem Tisch. Es standen Dutzende von Photos herum, auf denen Jean Arm in Arm mit verschiedenen Jungen betrunken in die Kamera lächelte. Die Aufschriften auf ihren T-Shirts verrieten, daß die illustren Anlässe unter Slogans wie »Die Nacht der lila Kuh« oder »Sündenbabel« gestanden hatten. Jean hatte es geschafft, wenigstens ein paar ihrer Kleider im Schrank zu lassen, und ihre Bücher standen ordentlich auf einem Regal über dem Tisch. Sie besaß einen tragbaren Fernseher, der auf einer Plastikkiste stand und den sie wahrscheinlich ihrer gehobenen Stellung als Präsidentin des

Hauskomitees zu verdanken hatte. Auf ihrem Bett lag eine große Stoffkatzensammlung.

Peter und Jorgeson waren zu diesem Zeitpunkt völlig sprachlos. Sie sahen beide so unbehaglich aus, daß sie mir leid taten. Jorgeson warf verstohlene Blicke in den Gang, als würde er jeden Moment damit rechnen, von einer rosafarbenen Studentin oder einer tollwütigen Katze angegriffen zu werden. Mir fiel es nicht schwer, ihre Unruhe nachzuvollziehen, da ich sie selber durchgemacht hatte.

»Das ist Jeans Zimmer«, sagte ich geduldig. »Wollt ihr nach ihrer Adresse suchen, oder soll ich das für euch erledigen?«

Mein Angebot wurde schnöde übergangen. Während ich mich auf das Bett setzte und dabei zusah, wie Peter in den Schubladen nachsah und Jorgeson den Schrank durchwühlte, ging ich in Gedanken noch einmal die Unterhaltungen mit Jean durch. Sie hätte eine gute Anwältin abgegeben, wenn man bedachte, wie geschickt sie Debbie Anne mit ein paar angeblich besorgten Bemerkungen und ein oder zwei verächtlichen Schnaubern schlechtgemacht hatte.

»Hier ist ein Adreßbuch, Lieutenant.« Jorgeson hielt ein kleines ledergebundenes Buch in die Höhe und blätterte die Seiten um. »Die Adresse oder Telefonnummer ihrer Eltern ist nicht dabei, aber hier steht eine Tante Mellie aus Little Rock. Soll ich ein Telefon suchen und dort anrufen?«

Peter nickte geistesabwesend. Seine Augen wanderten hektisch von einer Katze zur anderen, und seine Stirn war zerfurcht, als hätte sie jemand mit scharfen Krallen umgepflügt. »Ich verstehe das nicht«, murmelte er. »Ich würde hier drinnen nach zehn Minuten durchdrehen. Es ist so ...«

»Pink?« schlug ich vor und fragte mich, ob er womöglich so aus der Bahn geworfen war, daß er vielleicht ein paar offizielle Informationen preisgab. Wir Amateurdetektive müssen stets auf der Hut sein, um momentane Schwächen sofort auszunutzen. »Ich kannte Jean nicht sehr gut, aber gerade sie hätte ich nicht für einen Fan von Rosa gehalten. Sie hatte eine spröde Art an sich und war ganz bestimmt niemand, den man mit Pastelltönen assoziiert. Entweder habe ich mich geirrt, oder sie versuchte absichtlich, sich in einem anderen Licht darzustellen.« Ich schwieg einen Moment lang und fuhr dann mit nachdenklicher Stimme fort: »Es war kein einfacher Unfall mit Fahrerflucht, nicht wahr? Der Fahrer hat dafür gesorgt, daß sie wirklich tot war. Ich nehme an, wir finden den Täter, wenn wir den Besitzer des Wagens haben.«

»Ja«, erwiderte Peter, während er den Raum betrachtete, als handele es sich um ein Museum über eine außerirdische Kulturform. »Bei so einer Sache ist meist ein betrunkener Fahrer involviert, der vermutet, etwas überfahren zu haben, zurücksetzt, um nachzusehen, gegen den nächstbesten Baum prallt und zu Fuß flüchtet. Er wird morgen früh reuig, aber mit dem Anwalt seines Vaters im Revier auftauchen, eine dicke Geldstrafe und Sozialarbeit aufgebrummt bekommen und auf Bewährung laufengelassen werden. Selbst mit einem eingezogenen Führerschein wird er noch am selben Abend weitertrinken und wieder Auto fahren.«

»Wer hat den Unfall gemeldet?«

»Wir haben einen anonymen Anruf erhalten, vielleicht von dem Fahrer selber, der nicht genau wußte, ob das Mädchen wirklich tot war.«

Ich blickte auf eines der Bilder von Jean, sah jedoch nur ihr blutüberströmtes Gesicht, die glasigen Augen und den schiefen Mund vor mir. »Wie kann er nicht bemerkt haben, daß sie tot war?«

»Es war dunkel, und er war betrunken und hatte Angst. Das passiert auf Nebenstraßen sehr häufig, sogar auf besser beleuchteten Schnellstraßen. Ein Typ hat Probleme mit dem

Auto und geht am Randstreifen entlang, um Hilfe zu holen. Oder ein Betrunkener läuft vor ein zu schnell fahrendes Auto.«

Jorgeson kam zurück in den Raum. »Tante Mellie ist nicht zu Hause, aber wir haben etwas über den Wagen herausgefunden. Er läuft auf den Namen James Wray aus Bethel Hills, eine kleine Stadt in der unteren Ecke des Staates.«

»Wie Debbie Anne Wray«, warf ich ein. »Das Mädchen, das in dem Zimmer ohne *Kappa*-Dekor wohnt. Es ist die junge Frau, die vor ein paar Nächten von einem Fremden zu Boden gestoßen wurde. Zumindest behauptet sie das.«

Das interessierte sie natürlich, und ich erzählte ihnen von den letzten Ereignissen, wobei ich betonte, daß ich mich dagegen gesträubt hatte, in die Angelegenheiten der Schwestern hineingezogen zu werden. »Ich kann mich nicht an den Namen der Frau erinnern«, schloß ich, »aber sie ist die Gattin des Dekans der juristischen Fakultät. Außerdem hat sie eine wichtige Stellung in der Verbindung und deshalb wahrscheinlich Zugriff auf die Namen und Adressen der Familien der Mädchen.«

Peter bat Jorgeson, sich darum zu kümmern, und deutete mir dann an, mit ihm Jeans Zimmer zu verlassen. »Was kannst du mir über diese Wray sagen? Hast du eine Ahnung, warum sie das Opfer verletzen wollte – oder wo sie sich im Moment aufhalten könnte?«

»Debbie Anne hat mir erzählt, daß Jean ihr das Leben schwermachte, aber ich hatte nicht den Eindruck, daß sie den diabolischen Wunsch hegte, sich dafür in der Gasse zu rächen. Sie ist eine sanfte, passive junge Frau, die eher in der Ecke sitzt und wimmert, statt etwas Gewaltsames zu tun.« Mich schüttelte es, als erneut Jeans Gesicht vor meinem geistigen Auge auftauchte. Ich blieb stehen und lehnte mich gegen die Wand, um mich zu fangen. »Was ihren Aufenthaltsort angeht, so bezweifle ich, daß sie eine Verabredung hat. Wenn die Bibliothek noch nicht geschlossen ist, würde ich es dort versuchen.«

»Ich werde eine Personenbeschreibung brauchen.«

Ich gab mir gerade größte Mühe, ein farbenprächtiges Bild von einem Mädchen zu malen, das farbloser als der verwaschene Teppich im Flur war, als im vorderen Teil des Hauses ein Schrei ertönte. Peter rannte an mir vorbei, schlingerte um die Ecke und verschwand. Da ich gegenüber den Schreien der *Kappas* mittlerweile recht unempfindlich geworden war, folgte ich ihm gemächlich. Als ich im Aufenthaltsraum ankam, sah ich gerade noch, wie Winkie sich an den Hals griff.

»Männer sind in den Privaträumen nicht gestattet«, brachte sie atemlos hervor, bevor sie die Augen verdrehte und zu Boden fiel.

Kapitel 5

»Zumindest wissen wir jetzt, wo zwei von ihnen sind«, sagte ich, während ich mich neben Winkie hinkniete und ihr leichte Klapse auf die Wange gab. Auf meine Bitte hin ging Jorgeson in die Küche und kehrte mit einem feuchten Küchenhandtuch zurück; ich spielte mit dem Gedanken, es selber zu benutzen, gab dann jedoch nach und legte es auf die Stirn meiner Patientin. »Sie müssen sie ja ziemlich geängstigt haben, Jorgeson. Was haben Sie mit ihr gemacht?«

Peter funkelte mich an, als sei ich in irgendeiner Weise für dieses neue Desaster verantwortlich, zusammen mit dem Scheitern der Friedensverhandlungen im Nahen Osten und dem Ozonloch. »Und das hier ist...?« stieß er mühsam hervor.

»Mrs. Winklebury, die Hausmutter.« Wütend über sein unangebrachtes Verhalten ging ich zurück in die Hocke und blickte mit einem sanften Lächeln zu ihm hoch. »Aber ich bin sicher, sie wird darauf bestehen, daß du sie Winkie nennst. Es gibt diese merkwürdige Tradition, daß alle Hausmütter alberne Spitznamen tragen müssen. Die Katzen heißen allerdings immer Katie.« Ich bemerkte, daß Jorgeson sich eifrig Notizen machte, und fügte hinzu: »Um genau zu sein, lautet es Katie, das *Kappa*-Kätzchen, das in Millionen von Grußkarten unsterblich gemacht wurde, die in diesem Haus an jeder horizontalen Fläche hängen. Falls sich die Wissenschaft nicht bald der Sache annimmt, werden sie sich mit alarmierender Geschwindigkeit vermehren, und wir werden in ihnen ertrinken.«

Peter wurde so wütend, daß sich die niedlichen feinen Härchen in seinem Nacken aufrichteten. »Danke für die Einführung in die Traditionen der Studentenverbindung. Vielleicht ist es an der Zeit, daß du –«

»Was ist passiert?« fragte Winkie benommen und rettete mich damit vor dem Rauswurf, möglicherweise sogar vor der ewigen Verbannung.

»Sie sind in Ohnmacht gefallen.« Ich half ihr auf die Beine und führte sie zum nahegelegensten Sofa. »Hätten Sie gerne einen Schluck Wasser?«

Sie schüttelte den Kopf. »Es geht mir schon besser. Es war albern von mir, so überzureagieren, aber bei all den Gestalten, die sich in letzter Zeit da draußen herumgetrieben haben, und dazu noch die Probleme unter den Mädchen und meine Medizin – ich bin das reinste Nervenbündel. Ich verstehe einfach nicht« – sie senkte ihre Stimme zu einem Flüstern –, »warum all diese Männer im Haus sind. Wer sind sie, und wie sind sie hereingekommen?« Sie zeigte mit einem Finger auf Peter und Jorgeson. »Sie können nicht im Aufenthaltsraum bleiben! Das ist nicht erlaubt, auf gar keinen Fall!«

Ich blickte zu Peter hinüber, der mir zunickte und Jorgeson in die Eingangshalle hinausscheuchte, wo sich die beiden leise und für mich unverständlich etwas zumurmelten.

Winkie ließ sich in die Polster sinken, und ihr Gesicht nahm die graue Farbe ihres Kleides an. »Ich hoffe, ich war nicht zu brüsk«, sagte sie entmutigt. »Wegen meiner Allergien nehme ich starke Antihistaminika, und sie verstärken meine Nervosität. Ich habe seit den Osterferien keinen einzigen

Abend freigehabt, wissen Sie, und ich hatte heute abend beschlossen, mich hinauszuschleichen und ins Kino zu gehen, um einmal von Leuten meines Alters umgeben zu sein und nicht von diesen ... Mädchen.« Ihre kleinen, kindlichen Hände fuchtelten durch die Luft, und Speichel tropfte auf ihr Kinn. »Und was sehe ich, als ich mich dem Kino nähere? Eine lange Schlange mit High-School-Schülern und Studenten, die drängeln und herumkrakelen und sich aufführen, als seien sie von Wölfen großgezogen worden.«

»Oje«, murmelte ich und wunderte mich, daß es sie scheinbar gar nicht interessierte, warum Peter, Jorgeson und ich uns im Haus aufhielten. Ihre erste Reaktion war heftig genug gewesen, aber nun schien sie mehr damit beschäftigt, ihre Abwesenheit zu rechtfertigen, als eine Erklärung zu verlangen.

»Mich mit ihnen ins Kino zu setzen kam gar nicht in Frage«, fuhr sie fort. »Also bin ich in die Berge hinaufgefahren, wo ich in aller Stille die Lichter im Tal und die Ruhe genießen konnte. Ich kann Ihnen gar nicht sagen, wie schön es ist, mal ein paar Stunden für sich zu haben.«

»Es tut mir leid, daß der Officer Sie erschreckt hat.«

Sie packte meinen Arm. »Officer? Der Mann, der hier war? Ich hörte ein Geräusch im Aufenthaltsraum und kam her, um der Sache auf den Grund zu gehen. Ich dachte, es wären die Mädchen, die Bridge spielen oder lernen. Mit Ausnahme der Köche und der Kellner ist es keinem Mann erlaubt, sich im hinteren Teil des Hauses aufzuhalten. Die Zentrale hat da sehr strenge Regeln aufgestellt. Wenn eines der Mädchen seinem Begleiter erlaubt, auch nur einen Fuß über die Schwelle zu setzen, muß es sich innerhalb von vierundzwanzig Stunden vor dem Komitee zur Aufrechterhaltung der Richtlinien verantworten. Einer meiner heiligsten Pflichten ist es, die Handwerker zu begleiten, die auf die Toilette müssen.«

Sie mußte eine Elefantendosis Antihistaminika genommen haben. Oder aber ihre Ausbildung zur Hausmutter beinhaltete eine Lobotomie. Die »Zentrale« klang gar nicht mehr wie der pflichtbewußte, landesweite Vorsitz einer Studentenverbindung, sondern eher wie eine Truppe von Gestapo-Offizieren in rosafarbenen Seidenkostümen.

Ich holte tief Luft und sagte: »Sie sollten wohl besser erfahren, was heute abend passiert ist. Es hat einen Unfall gegeben, eines der Mädchen... wurde in der Gasse hinter dem Haus überfahren.«

»Überfahren? Was meinen Sie damit? Ich verstehe nicht, Claire. Ist sie tot? Wer?«

Ich erzählte ihr kurz, was geschehen war. Dabei gestand ich, daß wir auf der Suche nach näheren Angaben über Jeans Angehörige in den vier Zimmern gewesen waren, ließ jedoch aus, daß die Nummernschilder des Wagens zu jemandem geführt hatten, der zufälligerweise den gleichen Nachnamen trug und aus der gleichen Stadt kam wie eine der *Kappa*-Anwärterinnen.

»Dann war es ein Unfall?« Winkie schlug die Hände vor das Gesicht und fing an, sich vor- und zurückzuwiegen. Gelegentlich wischte sie mit einer ungeduldigen Geste eine Träne ab. »Dieses arme, arme Mädchen. Es war so intelligent und entschlossen, eine wahrhaft außerordentliche *Kappa Theta Eta*. Seit ihrem ersten Semester als Anwärterin hatte sie den höchsten Notendurchschnitt, und sehr wahrscheinlich hätte sie ein Stipendium der Begabtenstiftung erhalten, um ihr Jurastudium zu finanzieren.«

Ich erlaubte ihr, eine Minute fortzufahren, zog ihr dann die Hände vom Gesicht weg und gab ihr das Geschirrtuch. »Die Polizei war noch nicht in der Lage, Jeans Eltern zu benachrichtigen. Haben Sie in Ihren Unterlagen die nötigen Informationen?«

»In meinem Schlafzimmer steht ein Aktenschrank. Die Schlüssel dazu und zu meiner Wohnung sind in meiner Handtasche dort auf dem Boden. Ich wäre Ihnen sehr dankbar, Claire, wenn Sie sich darum kümmern könnten. Keines der Mädchen war je ernsthaft krank oder ist ... unter meiner Obhut von uns gegangen. Ich fühle mich für Jeans tragischen Tod verantwortlich. Wenn ich hier gewesen wäre, wäre sie vielleicht nicht durch die Gasse gegangen, sondern auf dem Bürgersteig geblieben. Ich weiß nicht, wie oft ich sie angehalten habe, nachts nicht diese Abkürzung zu benutzen.«

Ich wußte auch nicht, wie oft, aber ich hörte es jetzt bereits zum zweitenmal. Ich nahm ihre Handtasche und ging in die Eingangshalle, wo ich Peter und Jorgeson gereizt mein Vorhaben erklärte und vor Winkies Tür stehenblieb. Ich wühlte zwischen zusammengeknüllten Papiertaschentüchern, Scheckbüchern, Bleistiften, zusammengefalteten Papieren und Tablettendöschen aus Plastik nach einem Schlüsselbund.

An dem Ring hingen über fünfzig Schlüssel, ich wählte den verschlissensten und schob ihn ins Schloß. Ein leises Klicken bestätigte meinen intuitiven Scharfsinn.

»Ich werde dir die Unterlagen bringen«, sagte ich zu Peter, ging dann ins Wohnzimmer und tastete nach dem Lichtschalter. Ich fand jedoch nur die weiche Stofftapete. Da ich aber den ungefähren Grundriß im Kopf hatte, steuerte ich auf die Stehlampe hinter dem Schaukelstuhl zu. Ich tastete gerade nach dem Knopf, als sich mir brennende Nadeln in den Knöchel bohrten.

Erschrocken und mit schmerzverzerrtem Gesicht wich ich instinktiv nach hinten zurück, stolperte über den Couchtisch und fiel auf das Sofa. Ich hörte Schreie und begriff dann, daß es meine waren. Bevor ich jedoch damit aufhören konnte, kamen Peter und Jorgeson mit gezogenen Waffen, grimmigen Gesichtern und geballten Fäusten durch die Tür gestürmt wie echte Marines.

Jorgeson richtete die Taschenlampe auf mich. »Geht es Ihnen gut? Hat Sie jemand angegriffen?« Peter sagte ungefähr das gleiche, aber er sprach so schnell und eindringlich, daß man ihn kaum verstehen konnte.

Wäre ich in einer würdevolleren Lage gewesen, hätte ich ihm für seine Sorge gedankt. So wie ich jedoch dahockte, das eine Knie unter dem Kinn, den anderen Fuß um das Tischbein geschlungen, die Nase in den Kissen vergraben, war ich nicht in besonders dankbarer Stimmung. »Mir geht es gut«, murrte ich. »Schaltet das verdammte Licht an.«

Sobald Jorgeson gehorcht hatte, erkannte Peter, daß sonst niemand im Raum war, und ließ die Waffe sinken, bevor er noch aus Versehen Löcher in die Stofftapete schoß. »Warum hast du geschrien?« fragte er.

»Ich glaube, die Katze hat mich gebissen. Obwohl es mir große Freude bereiten würde, wenn du sie erschießen würdest, ist es wohl besser, wir überzeugen uns erst davon, daß sie keine Tollwut hat.«

Peter runzelte die Stirn. »Welche Katze?«

»Sie war noch vor einer Minute hier, aber jetzt hockt sie wahrscheinlich unter dem Bett oder versteckt sich im Schrank.« Ich setzte mich mühsam auf und untersuchte meinen Knöchel. »Sie hat mir nicht die Haut aufgekratzt, also muß ich mir wegen der Tollwut keine Sorgen machen. Na los, knall sie ab.«

»Vielleicht später«, erwiderte Peter. »Gib mir die Schlüssel, damit Jorgeson und ich an die Akten kommen. Wir sind darin ausgebildet, mörderische Kätzchen abzuwehren.«

Ich warf ihm den Schlüsselbund zu. Er fing ihn geschickt auf und verließ zusammen mit Jorgeson den Raum. Ich suchte die Wunde noch einmal nach Blutstropfen ab, fand aber keine und beschloß, das Biest aufzustöbern, um ihm zumindest meine Abneigung gegen seine Eskapaden kundzutun – wenn ich es ihm schon nicht mit gleicher Münze heimzahlen konnte. Hinter dem Wohnzimmer befand sich eine Nische, die als Küche diente. Auf der einen Seite unter dem Fenster, vor dem rosa-weiß gemusterte Vorhänge hingen, standen ein Tisch und Stühle, und dem gegenüber befanden sich ein kleiner Kühlschrank und ein Herd mit zwei Kochplatten. Auf der Arbeitsplatte standen zwei Weingläser und auf dem Ablauf eine ausgespülte Karaffe zum Trocknen.

In der Küche konnte sich die Katze nicht versteckt haben, und das gleiche galt für das Badezimmer dahinter. Ich ging in das Schlafzimmer, wo Peter mit einem geöffneten Aktenordner auf den Knien auf dem ungemachten Bett saß. Jorgeson stöberte den Inhalt der unteren Schublade des metallenen Aktenhängeschrankes durch. Ich bückte mich, um unter das Bett zu schauen (wo tatsächlich eine Flasche Brandy stand), und öffnete dann die Schranktür, hinter der sich nur Kleider, Schuhe, Büschel von Katzenhaaren und ein Koffer befanden.

»Die Tante ist ihr Vormund«, sagte Peter, der sich Notizen machte. »Es gibt eine Büronummer, aber es handelt sich um ein Versicherungsbüro, wo wir sie zu dieser Zeit bestimmt nicht erreichen werden. Ich rufe besser bei der örtlichen Polizei an, damit die bei ihr zu Hause warten, bis sie nach Hause kommt.«

Jorgeson zog eine Mappe heraus und sagte: »Hier ist eine Akte mit dem Namen des Wray-Mädchens, und laut –« Er bemerkte mich und verstummte.

»Ja, ja, ich gehe ja schon«, sagte ich mit einem Achselzucken. »Ich habe nur nach der Katze gesucht, um mich davon zu überzeugen, daß ich sie nicht getreten habe, als ich hinfiel.« Ich ging rückwärts aus dem Schlafzimmer und zog mich in die Küche zurück. Warum ich die Katze nicht finden konnte, war mir zwar ein Rätsel, beunruhigte mich aber in keinster Weise. Vielleicht war sie durch die Tür verschwunden, während Peter und Jorgeson mich angestarrt hatten, oder sie versteckte sich in einer geheimen Nische, die ich übersehen hatte. Obwohl ich ihr bestimmt Angst eingejagt hatte, war ich mir ziemlich sicher, daß ich sie nicht verletzt hatte, und von mir aus konnte sie gerne bleiben, wo sie war – und das auf unbefristete Zeit. In der Hoffnung, daß Winkie sich soweit gefaßt hatte, um mir ein paar Fragen zu beantworten, machte ich einen Schritt auf die Tür zu und bemerkte dann, daß das Fliegengitter vor dem geöffneten Fenster nicht richtig eingesetzt war. Als ich dagegen drückte, fiel es sofort hinunter in die Büsche. Die Katze hätte sich leicht durch das Fenster davonmachen können, um hilflose Fußgänger anzugreifen.

Zufrieden mit meinen detektivischen Fähigkeiten kehrte ich in den Aufenthaltsraum zurück. Winkie war immer noch blaß, aber sie hatte sich das Gesicht abgetrocknet und saß nun aufrecht und mit im Schoß verschränkten Händen da. »Ich konnte einfach nicht hinausgehen«, sagte sie. »Aber ich habe durch das Fenster geschaut. Das arme, arme Mädchen. Was für ein Mensch würde so etwas Schreckliches tun?«

»Die Polizei wird das so schnell wie möglich herausfinden.« Ich ging zum Fenster hinüber. Die Leiche befand sich mittlerweile in einem Sack und wurde gerade in den Rettungswagen geschoben. Ein Abschleppwagen hielt neben dem weißen Auto. Ich drehte mich wieder um und fragte: »Wo sind die anderen Mädchen heute?«

»Ich weiß es nicht«, erwiderte sie ausdruckslos. »Sie kommen und gehen, wann sie wollen, und sie müssen auch nicht mehr zu einer bestimmten Uhrzeit zu Hause sein. Als ich noch studierte, mußten wir die Woche über jeden Abend unter Aufsicht lernen und an den Wochenenden bis Mitternacht zu Hause sein. Nun haben sie alle einen eigenen Schlüssel, obwohl wir jedes Semester mindestens einmal die Schlösser austauschen lassen müssen, weil eines der Mädchen seinen Schlüssel verliert. Um Mitternacht schalte ich die Alarmanlage ein. Daher müssen die Mädchen sowohl ihren Schlüssel benutzen, als auch eine vierstellige Nummer eintippen. Manchmal hat eines von ihnen zuviel getrunken und den Code vergessen, oder es tippt eine falsche Nummer ein. Beides führt dazu, daß der Alarm losgeht. Die Schuldige muß anschließend ihre Gedankenlosigkeit gegenüber dem Komitee für die Aufrechterhaltung der Richtlinien rechtfertigen.«

Ich wollte gerade fragen, ob das Komitee auch die Todesstrafe verhängen konnte, als ich im Eingangsbereich lauter werdende Stimmen hörte. Peters war leicht zu erkennen, aber die andere Stimme nicht, und ich runzelte angestrengt die Stirn, während ich versuchte, die Identität der Sprecherin auszumachen.

»Eleanor Vanderson«, sagte Winkie ohne große Begeisterung.

Ihre Theorie wurde bestätigt, als besagte Frau mit laut klappernden Absätzen in den Raum kam. Sie war legerer gekleidet als an dem Abend, an dem ich sie kennengelernt hatte, aber ihre Jacke und ihre Hosen waren immer noch adrett, und ihre Frisur sah makellos aus. »Was ist hier los, Winkie?« fragte sie unsicher. »Sind diese Männer wirklich das, was sie vorgeben? Ist einem der Mädchen etwas passiert?«

»Es hat einen Unfall gegeben, Eleanor. Jean Hall wurde in der Gasse von einem Auto überfahren.« Winkie versuchte, aufzustehen, sank dann aber wieder zurück und bedeckte ihr Gesicht mit den Händen.

Eleanor erstarrte, als Peter und Jorgeson den Raum durchquerten und in der Küche verschwanden. »Jean Hall? Sind Sie sicher? Ich kann es gar nicht glauben ... Könnten Sie mir bitte erklären, was passiert ist, Mrs. Malloy?«

Ich kam mir vor wie ein kaputter Kassettenrecorder, als ich ihrer Bitte nachkam.

»Aber das ist ja furchtbar«, sagte sie, während sie sich neben Winkie setzte und ihr den Rücken tätschelte. »Jean war solch ein Gewinn für unsere Verbindung, immer so enthusiastisch und hilfsbereit, immer bereit, Aktivitäten für die Anwärterinnen zu organisieren. Können Sie sich noch an ihre Aufnahmezeremonie erinnern, Winkie? Sah sie in ihrem weißen Kleid nicht wie ein Engel aus? Als sie das *Kappa-Theta-Eta*-Gebet sang, hätte ich beinahe geweint.«

»Warum stehen draußen in der Gasse all diese Streifenwagen?« fragte Rebecca, die plötzlich in der Tür zum Aufenthaltsraum erschien.

»Sie haben überall ein gelbes Band aufgehängt und wollten uns nicht durchlassen«, fügte Pippa empört hinzu, die auf Zehenspitzen stand, damit sie über Rebeccas Schulter hinwegsehen konnte. »Als der Rettungswagen vorbeifuhr, mußten wir regelrecht in den Graben ausweichen.«

Ich wartete einen kurzen Moment, ob nicht Debbie Anne Wray mit ähnlichen Beschwerden hinter Pippa auftauchte, aber dem war nicht so. Ich überließ es Winkie und Eleanor, ihnen zu erzählen, was passiert war, ging durch die Haustür und überquerte den Rasen, um zu meiner Veranda zu gelangen. Erst kurz zuvor hatte ich dies schon einmal versucht und mir dabei mein Abendessen ausgemalt. Traurigerweise war ich von einem gewaltsamen Verbrechen aufgehalten worden.

Auf der Treppe fiel mir ein, daß ich Peter gar nicht von meiner Begegnung mit Arnie erzählt hatte. Vielleicht, weil es mir wie ein Traum bzw. wie ein Alptraum vorgekommen war. Warum hatte er sich neben dem *Kappa*-Haus versteckt? Er hatte zugegeben, in einer, wie er es ausdrückte, kniffligen Situation zu stecken, aber ich konnte mir nicht vorstellen, um was es sich dabei handelte. Ich bezweifelte, daß er Debbie Annes Auto gestohlen und Jean überfahren hatte, als sie sich gerade dem Haus näherte. Arnie war eine Katastrophe auf zwei Beinen, aber ihn trieb wohl eher der Erhalt seines Alkoholpegels an als angeborene Niedertracht.

Ich trat an mein Schlafzimmerfenster und blickte zum Verbindungshaus hinüber. Im Erdgeschoß waren alle Zimmer hell erleuchtet, eingeschlossen die von Winkie. Das obere Ende des Fliegengitters ragte aus den Büschen heraus. Ich hatte auch vergessen, ihr zu erzählen, was mir passiert war, und Peter zu bitten, seine Männer anzuweisen, es wieder einzusetzen. Dies würde es Katie jedoch ermöglichen, sich wieder hineinzuschleichen, nachdem sie die ganze Nacht lang die Stadt terrorisiert hatte, und Winkie würde das Fehlen des Gitters bestimmt am nächsten Morgen bemerken.

Ein Streifenwagen der Campuspolizei hielt vor dem Haus. Es war jedoch zu dunkel, um festzustellen, ob es die beiden Officer waren, denen ich zuvor schon einmal begegnet war. Wahrscheinlich hatte Peter nach ihnen geschickt, um einen vollständigen Bericht über die Angreifer zu erhalten, die sich in den letzten Tagen in den Büschen herumgetrieben hatten. Als sie unter dem Dach der Veranda verschwanden, hielt ein weiterer Wagen am Bordstein. In der Hoffnung, daß es sich um Debbie handelte, die mit einer Verabredung und einem Alibi nach Hause kam, wartete ich.

Die Fahrertür öffnete sich, und ein Mann stieg aus. Ich erhaschte einen flüchtigen Blick auf ein bleiches, rundes Gesicht und einen kahlen Schädel, der im Licht der Straßenlaterne glänzte. Er rieb sich mit einer Hand übers Kinn und den Mund, starrte eine ganze Minute lang auf das Haus, stieg dann zurück in den Wagen und fuhr davon.

Ich ging in die Küche, wo ich eine Nachricht von Caron vorfand, auf der sie mir mitteilte, sie werde die Nacht bei Inez verbringen. Ich kochte mir eine Kanne Tee, machte die Fettuccini warm und zog mich ins Wohnzimmer zurück, um zu essen. Ich war nicht davon überzeugt, daß Peter vor Morgenanbruch auftauchen würde, aber ich war begierig zu erfahren, ob sie Debbie Anne aufgestöbert hatten. Ich sah sie im Geiste vor mir, wie sie am Steuer des weißen Wagens saß. Gut möglich, daß es ein Unfall war. Die Gasse war dunkel und schmal, aber die College-Studenten rasten dort immer entlang, als sei es eine Schnellstraße, und bei mehr als einer Gelegenheit war mein Fünftürer ernsthaft in Gefahr gewesen.

Ich hatte jedoch keine Ahnung, wo sie sich aufhielt, und ich verspürte auch nicht den leisesten Wunsch, bis zum Morgengrauen die Straßen zu durchkämmen und klagend ihren Namen zu rufen, um sie dazu zu bewegen, aus ihrem dunklen Versteck zu kommen. Ich versicherte mir, daß Farbervilles Elite das schon erledigen würde, und ging ins Bett.

Peter tauchte erst am Mittag im *Book Depot* auf. Er hatte sich nicht rasiert, was mir schmerzhaft auffiel, als er seine Wange an meinem Hals rieb, aber er trug ein frisches Hemd und einen anderen seiner teuren italienischen Anzüge. »Laß uns am Wochenende wegfahren«, sagte er mit verführerischem Charme. »Ein Laib Brot, ein Krug Wein ...«

»Habt ihr Debbie Anne gefunden?«

Er ließ mich los und verschränkte die Arme vor der Brust. »Nein, wir haben Debbie Anne nicht gefunden, meine geliebte Schnüfflerin. Sie ist gestern nacht nicht ins Verbindungshaus zurückgekehrt und bis jetzt auch nirgendwo sonst aufgetaucht. Sie ist nicht zu ihren Kursen oder in der Bibliothek oder im Haus ihrer Eltern erschienen.«

»Wie auch? Du hast ihr Auto abschleppen lassen.«

»Das ist halt eine dieser offiziellen Sachen, die wir machen, und meistens hängen wir auch das gelbe Band auf und nehmen Fingerabdrücke ab. Der Captain hat es mal im Fernsehen gesehen und dachte, wir könnten es auch mal ausprobieren.«

»Wessen Fingerabdrücke befanden sich auf dem Lenkrad?« fragte ich und weigerte mich, auf seinen Sarkasmus zu reagieren. Ich hatte wichtigere Dinge auf meinem neugierigen Herzen. »Was ist mit Fingerabdrücken auf dem Türgriff? Habt ihr ihre Handtasche gefunden?«

»Weiß ich nicht, weiß ich nicht, und nein.« Er sah mich an wie ein zum Tode Verurteilter, der bereits unter dem Galgen stand. »Du hast nur im Verbindungshaus zu Abend gegessen, Claire. Es ist doch offensichtlich, daß sie dir bei der Gelegenheit nicht sehr sympathisch waren, und ich weiß beim besten Willen nicht, warum sich das geändert haben sollte. Sie haben dich im Schlaf gestört, dich mit ihren persönlichen Problemen belästigt – und ihre Katze hat dich gebissen, verdammt noch mal!«

»Und was willst du damit andeuten?«

»Außerdem haben wir es, soweit wir wissen, mit fahrlässiger Tötung zu tun und nicht mit einem rätselhaften Mordfall, in dem es überall falsche Fährten und hintergründige Hinweise gibt. Debbie Anne hat Jean Hall aus Versehen überfahren und sitzt nun schluchzend in der Wohnung einer Freundin, bis sie genug Mut aufgebracht hat, sich zu stellen. Wir sind hier nicht in einem Kriminalroman.«

Ich spielte mit dem Gedanken, ihm zu sagen, daß sich das Ganze nun mal fast hinter meinem Haus abgespielt hatte, nickte jedoch statt dessen unterwürfig und sagte: »Wahrscheinlich nicht. Habt ihr Jeans Tante erreicht?«

Er warf mir einen mißtrauischen Blick zu. »Sie kam gegen

Mitternacht nach Hause, und die örtliche Polizei informierte sie über den Unfall. Es stellte sich heraus, daß Jeans Eltern in Kalifornien leben. Aber als das Mädchen beschloß, hier zu studieren, reichte sie ein paar Papiere ein, um ihre Tante zu ihrem gerichtlichen Vormund zu machen.«

»Damit sie nicht die höheren College-Gebühren für diejenigen, die nicht aus diesem Staat kommen, bezahlen muß?«

»Das hat jedenfalls ihre Tante behauptet.«

»Es überrascht mich, daß die Verwaltung darauf hereingefallen ist, aber zugegebenermaßen überrascht es mich nicht, daß Jean sich den Plan überhaupt hat einfallen lassen. Sie wollte wahrscheinlich schon seit ihrer Geburt Anwältin werden. Ich sehe sie regelrecht vor mir, wie sie über das ganze kleine Gesicht strahlt bei der Vorstellung, den Arzt wegen Vernachlässigung der ärztlichen Sorgfaltspflicht zu verklagen. Wird ihre Leiche nach Kalifornien geschickt?«

»In ein oder zwei Tagen.« Peter brachte ein Lächeln zustande und hatte es entweder aufgegeben, meine Motive anzuzweifeln, oder verbarg es sehr gut. Nach einer kurzen Diskussion über ein gemeinsames Abendessen am nächsten Tag ging er, und ich setzte mich auf den Hocker und versuchte, mir einzureden, daß er recht hatte und daß alles nur ein unglücklicher Unfall war. Debbie Anne würde sich weinend stellen, und das Rechtssystem würde ihr auf die Finger klopfen und sie auffordern, in Zukunft vorsichtiger zu sein.

Ihr Empfang im Verbindungshaus würde jedoch sehr frostig ausfallen, um es milde auszudrücken, und die Zentrale würde verlangen, daß sie ihr Verbindungsabzeichen und ihr verwaschenes, rosafarbenes Sweatshirt herausrückte. Für sie würde es in Zukunft keine geheimen Pfiffe und Grußkarten in Katzenformat mehr geben. Und auch keine Chance darauf, das *Kappa-Theta-Eta*-Gebet so ergreifend zu singen, daß Eleanor Vanderson zu weinen anfing.

Ich probte gerade einen geheimen Pfiff, in den nur Stammkunden des *Book Depot* eingeweiht sein würden, als Caron und Inez durch die Tür kamen. Ich führte es ihnen vor.

»Das ist nicht der richtige Zeitpunkt, einen Papagei zu imitieren«, sagte Caron. Dann warf sie sich mit dem Oberkörper auf den Ladentisch, bedeckte den Kopf mit einem Arm und sprach mit erstickter, dumpfer Stimme weiter. »Mein Leben ist ein Scherbenhaufen. Ich kann genausogut sofort sterben und es hinter mich bringen. Inez, ruf beim Bestattungsunternehmen an, und frag nach, ob sie diese Woche irgendwelche Sonderangebote haben. Sag ihnen, ich bräuchte einen Elfenbeinsarg.«

»Ich glaube, ich habe kein schwarzes Kleid«, sagte ich mit gerunzelter Stirn, »aber ich habe letzte Woche ein sehr schönes marineblaues gekauft.«

Sie hob den Kopf, um mir einen feindseligen Blick zuzuwerfen. »Marineblau steht dir nicht, Mutter. Darin siehst du aus, als hättest du eine dieser mehrsilbigen Krankheiten.«

»Da hat sie recht, Mrs. Malloy«, stimmte Inez ihr zu. »Sie sollten Farbtöne wie Lachs oder Pfirsich tragen. Bei einer Beerdigung könnten Sie vielleicht etwas Graues anziehen.«

»Danke.« Mit angeschlagener mütterlicher Geduld wartete ich ab, was als nächstes kommen würde.

Ich wurde mit einem weiteren feindseligen Blick und einer Reihe von Seufzern bedacht. Caron brachte schließlich genug Kraft auf, sich wieder aufzurichten. »Interessiert es dich nicht, warum mein ganzes Leben ein Scherbenhaufen ist?«

»Nicht, solange ich noch nicht weiß, was ich bei deiner Beerdigung anziehen soll. Kann ich mich auf Inez' Ratschläge verlassen, wenn ich die Kleidung für den Gang zur Leichenhalle auswähle?«

»Das ist nicht witzig, Mutter.«

Da war ich anderer Meinung, erwiderte jedoch nur: »Was ist die Ursache für den Ruin deines Lebens im zarten Alter von fünfzehn? Ist dir das Deodorant ausgegangen? Ist dein Abonnement für das *Seventeen*-Magazin abgelaufen? Hast du neue Pickel?«

Inez blickte mich streng an. »Sie sollten darüber keine Witze machen, Mrs. Malloy. Haben Sie gestern abend nicht den Rettungswagen und das Polizeiauto in der Gasse hinter dem *Kappa*-Haus gesehen? Es gab einen schrecklichen Unfall, und eines der Mädchen –«

»Darüber habe ich auch keine Witze gemacht. Ich weiß, was passiert ist, und das ist nicht sehr amüsant.« Langsam wurde mir der Grund für Carons eloquente und gut in Szene gesetzte Misere klar. Sie trauerte ganz bestimmt nicht um Jean. »Das hier hat etwas mit *My Beautiful Self* zu tun, nicht wahr?«

»Pippa überlegt, den restlichen Sommer freizumachen und mit ein paar Freunden nach Frankreich zu fahren oder an sonst einen blöden Ort. Sie sagt, sie sei wegen Jean zu geschockt, um im Haus zu bleiben.«

»Und du kannst ohne sie nicht mit den Beratungen weitermachen?«

»Nicht, wenn sie ihre Ausrüstung mitnimmt«, antwortete Caron mit abgrundtiefer, für ihr Alter typischer Resignation. »Wenn du mir sofort das Geld geliehen hättest, wäre ich jetzt nicht in dieser Situation, aber du investierst ja nicht einmal einen lausigen Dollar in meine Karriere. Jetzt habe ich keine Chance mehr, mir am Ende des Sommers ein Auto zu kaufen. Du hast mich immer dazu angehalten, einfallsreich und fleißig zu sein, und du warst auch diejenige, die gesagt hat –«

»Es reicht«, unterbrach ich sie ruhig. »Ich habe dir nicht gesagt, du sollst deine Freunde ausbeuten oder gegen ethische Grundsätze verstoßen. Wenn du Geld verdienen willst, arbeite als Babysitter oder als Gartenhilfe. Erledige Botengänge. Geh putzen.«

Sie starrte mich an, als hätte ich vorgeschlagen, sie solle Gräber ausrauben und die Leichenteile verkaufen. »Du sagst, ich soll die Toiletten anderer Leute putzen oder ihr Laub zusammenfegen oder ihren Kindern die Nase abwischen? Ich kann es wirklich nicht glauben! Komm, Inez, wir verschwinden, bevor meine Mutter beschließt, ich soll es mit Bullenreiten beim Rodeo versuchen.«

Inez folgte Caron pflichtschuldig durch die Tür. Sie würde bestimmt genauso pflichtschuldig nicken, bis die Empörung verraucht und an ihre Stelle eine gewisse Berechnung getreten war. In der Zwischenzeit konnten sich die Fußgänger auf dem Bürgersteig von ihren langatmigen Tiraden, einfallsreichen Formulierungen, explosionsartigen Seufzern und Ausbrüchen gegen mütterliche Perversionen unterhalten lassen, die möglicherweise einen Besuch vom Jugendamt nach sich ziehen würden.

Zwei friedliche Stunden später klingelte das Telefon, und ich hob zögernd ab, in der Hoffnung, daß es sich nicht um einen Sozialarbeiter handelte.

»Mrs. Malloy«, flüsterte eine Stimme. »Hier spricht Debbie Anne Wray.«

Kapitel 6

»Debbie Anne«, sagte ich und umklammerte den Rand des Ladentischs, damit ich nicht vom Hocker fiel und auf dem Boden zerschellte wie eine billige Vase. »Wo sind Sie?«

»Das kann ich Ihnen nicht sagen. Ich rufe nur an, um Sie zu bitten, meine Mama wissen zu lassen, daß es mir gutgeht. Vielleicht überwachen sie ihre Leitung, damit sie ihre Anrufe zurückverfolgen können. Es ist ein Ferngespräch, aber ich schwöre, ich zahle es Ihnen zurück, wenn all das vorbei ist. Jeden einzelnen Penny.«

»Ich werde für Sie anrufen, aber Sie müssen mir sagen, wo Sie sind, Debbie Anne, damit ich Sie dort abholen kann. Sie sitzen in der Klemme, und es wird Ihnen nicht viel bringen, sich zu verstecken.«

»Mein Gott, Mrs. Malloy, glauben Sie, ich wüßte das nicht? Ich hätte zu Hause bleiben und zum Junior College gehen sollen, wie alle meine Freunde, aber meine Mama hat darauf bestanden, daß ich in Farberville studiere. Und sehen Sie, wo es mich hingebracht hat!«

»Wohin denn?« fragte ich gerissen.

»In eine ganz schöne Bredouille. Würden Sie bitte meine Mama anrufen? Wenn die Polizei zuerst mit ihr spricht, kriegt sie wahrscheinlich einen Herzanfall, mitten in der Küche.« Sie nannte mir eine Telefonnummer, wartete, bis ich wieder all meine Sinne beisammen und einen Stift geholt hatte, wiederholte die Nummer und fügte dann hinzu: »Machen Sie sich um mich keine Sorgen, Mrs. Malloy. Sie wird mich nie finden, und selbst wenn sie es herausbekommt, wird sie zuviel Angst haben, herzukommen. Wenn sie erst einmal verhaftet wurde, komme ich sofort in Ihren Laden und bezahle Ihnen den Anruf.«

»Wer ist diese *Sie,* von der Sie dauernd sprechen, Debbie Anne?«

»Ich würde es Ihnen gerne sagen, aber ich habe versprochen, es nicht zu tun. Wenn ich das täte, hätte ich noch größere Probleme, als ich jetzt schon habe. Sie könnten mich verhaften, wissen Sie, und wegsperren – besonders, wenn sie Lügen erzählt und die anderen ihr glauben. Am Schluß wird jeder wissen, daß es ihre Idee war, aber ich habe nicht vor, im Gefängnis zu sitzen, bis sie es zugibt.«

Ich schloß die Augen und wartete auf eine Inspiration, aber es kam nichts (bis auf das Heraufziehen von Kopfschmerzen). Ich war jedoch eine verschlagene und erfahrene Inquisitorin, und sie war mir auf vielen Gebieten völlig unterlegen. Ich gab eine wilde Vermutung von mir. »Ich glaube nicht, daß Winkie Sie im Gefängnis sehen will. Sie wird es zugeben.«

»Was? Ich spreche von Jean Hall, Mrs. Malloy. Jemand ist gerade vorgefahren, und ich muß auflegen. Einen schönen Tag noch.«

Nachdem es mir langweilig wurde, dem Wählton zuzuhören, legte ich den Hörer auf und versuchte, mir einen Reim auf die Unterhaltung zu machen. Falls Debbie Anne nicht Angst hatte, von einer geisterhaften, kettenrasselnden Jurastudentin verfolgt zu werden, hatte sie keine Ahnung, daß Jean Hall tot war. Im Gegenteil, sie machte sich Sorgen, »weggesperrt« zu werden, da Jean sie bezichtigen konnte, etwas getan zu haben oder für die Zukunft zu planen. Egal, um was es sich dabei handelte, es würde zu einem Gefängnisaufenthalt führen, bis Jean ihre Schuld zugab, wodurch Debbie Anne wiederum entlastet würde.

Ich wußte, daß Debbie Annes Eltern schon von der Polizei unterrichtet worden waren, aber ich hatte versprochen, sie anzurufen, und außerdem war ich neugierig auf ihre Reaktion. Niemand hob ab, und es meldete sich auch keine Tonbandstimme, um mich dazu aufzufordern, nach dem Piepton eine Nachricht zu hinterlassen. Ich nahm mir vor, es später noch einmal zu versuchen, und steckte das Stück Papier mit der Telefonnummer in die Tasche.

Die Polizei wurde normalerweise nicht bei Fällen hinzugezogen, bei denen der Übeltäter jemandem außerhalb der Schwesternschaft den geheimen Pfiff verraten hatte, und ich war mir sicher, daß Debbie Anne das wußte. Ich rief Peters Büronummer an, und eine frostige Frauenstimme teilte mir mit, daß er nicht da sei. Außerdem weigerte sie sich, mir die Einzelheiten seines Aufenthaltsortes oder die Uhrzeit seiner ungefähren Rückkehr zu verraten. Ich hinterließ eine Nachricht, er solle mich zurückrufen, wartete den ganzen Nachmittag darauf, daß er dieser Bitte nachkam, versuchte es hin und wieder ohne Erfolg bei Debbie Annes Eltern und schloß dann um sieben den Laden.

Ich blieb kurz unter dem Säulengang stehen, der einst Damen in eleganten Roben vor dem Regen geschützt hatte, nachdem sie aus dem Zug gestiegen waren und auf die Kutsche warteten. Heutzutage trugen die Damen eher Jeans und T-Shirts und nur selten elegante Roben. Ich ehrlich gesagt auch nicht; nicht einmal in Zeiten, in denen ich flüssiger war und mir solch ein Outfit leisten konnte.

Der Biergarten war mir an einem Samstagabend zu laut, und meine Wohnung wurde wahrscheinlich von einer tragischen Heldin im Teenageralter besetzt, die den ganzen Nachmittag Zeit gehabt hatte, das Wohnzimmer mit schwarzem Krepp zu dekorieren und an ihrem Auftritt im letzten Akt zu arbeiten. Nicht bereit, mir eben diesen anzusehen, ging ich den Hügel hinauf zu Luannes Laden, um nachzufragen, ob ich sie für Fajitas, Käsedip und ein bißchen Rätselraten begeistern konnte.

Das Schild mit der Aufschrift GESCHLOSSEN hing in der Tür, und die Fenster ihrer Wohnung über dem Laden waren dunkel. Ich wußte nicht mehr, ob Luanne Pläne für den Abend erwähnt hatte, aber diese Überlegung war nun auch müßig. Während ich mit in die Hüften gestemmten Händen auf dem Bürgersteig dastand, mit gerunzelter Stirn mein unbestreitbar hübsches Spiegelbild in der Scheibe betrachtete und überlegte, was ich tun sollte, verspürte ich einen leichten Anflug von Mitgefühl für Debbie Anne Wray. An wie vielen Abenden hatte sie Lust gehabt, mit jemandem essen zu gehen und zu plaudern, und war dann von ihren sogenannten Schwestern vor den Kopf gestoßen worden? Sie konnte nirgendwo hingehen, und es gab niemanden, auf den sie sich verlassen konnte.

Ich hatte zwar meine Wohnung, aber dort würde ich gezwungen sein, mir Carons unerträgliches Gejammer anzuhören. Das *Book Depot* war abends kalt und ungemütlich, und wahrscheinlich knirschte es dort überall im Gebälk, als würde ein Geisterzug aus alten Zeiten auf dem Weg zu einem weiteren verlassenen Bahnhof vorbeifahren. Wäre Peter zu Hause gewesen, hätten wir uns aufs Sofa kuscheln und uns irgendeinen albernen Film ansehen können, aber wahrscheinlich hatte er bis spät in die Nacht zu tun. Mir kam der Gedanke, daß ich mich erfolgreich isoliert hatte und mein Beharren auf Selbständigkeit mich dazu zwingen würde, mir eine halbe Portion Fajitas zu bestellen.

»Hi, Mrs. Malloy«, rief eine bekannte Stimme, als ein Fahrrad den Bürgersteig entlanggeschossen kam, das offensichtlich auf Kollisionskurs war.

Ich wich in die Türöffnung zurück und winkte meinem Science-fiction-Hippie zu. Zu Ehren des Wochenendes hatte er die Krümel aus seinem struppigen Bart gekämmt und seinen Pferdeschwanz mit einem relativ sauberen Schnürsenkel zusammengebunden. Sein blaues Arbeitshemd war ebenfalls sauber, wenn auch nicht gebügelt. Er bremste vor mir und stellte einen Fuß auf den Boden, um das Gleichgewicht zu halten.

»Haben Sie die Ausgabe von *Babes* gefunden?« fragte er. Seine Augen hinter den verschmierten Brillengläsern glänzten. Entweder war es ein Zeichen von Freundlichkeit, oder es lag daran, daß er gerade eine illegale Substanz inhaliert hatte.

»Nein, aber ich habe für Sie ein Exemplar bestellt, und es dürfte nächste Woche da sein. Hätten Sie Lust, mich auf eine Portion Fajitas und ein Bier zu begleiten? Natürlich auf meine Rechnung.«

»Ist das eine Verabredung?«

»Das ist ein Abendessen«, erwiderte ich bestimmt, obwohl ich innerlich bibberte wie eine Jugendliche beim Tanzfest der Junior-High-School. Ich wollte gerade mein Angebot zurückziehen und mich davonmachen, als er nickte. Kurz darauf saß ich auf dem Gepäckträger seines Fahrrads, und wir sausten den Bürgersteig entlang.

Einige Stunden später verließ ich das Restaurant. Ich war nicht nur in den Genuß einer Mahlzeit und zahlreicher Gläser Bier gekommen, sondern auch einer zu Kopf steigenden Unterhaltung über das Manuskript, an dem er schrieb. Es war bereits über tausend Seiten dick, lag aber immer noch in den Anfängen der Handlung. Es enthielt eine alternative Version der Geschichte, die sich mit den Auswirkungen auf unsere moderne Gesellschaft auseinandersetzte, wenn Napoleon sich geweigert hätte, uns (das heißt den USA) die achthunderttausend Quadratmeilen zu überlassen, die das Territorium von Louisiana ausmachen.

Ich dachte gerade über die Verwicklungen von *Nebrasqué* nach, als ich mich dem *Kappa-Theta-Eta*-Haus näherte. Es sah völlig unschuldig aus, so als hätte sich die Tragödie vom Vortag niemals ereignet. Im Vorderzimmer und in Winkies Räumen brannte Licht. Da sich Debbie Anne immer noch versteckte, blieben nur drei Bewohner übrig: Winkie, Pippa und Rebecca. Pippa hatte die Absicht geäußert, den restlichen Sommer über zu verschwinden, was bedeutete, daß Eleanor Vanderson möglicherweise das Haus schließen mußte. Für sie wäre das der ultimative Verstoß gegen ihre Autorität; für mich ein ultimativer Glücksfall.

Mag sein, daß gerade ein selbstzufriedenes Lächeln auf meinen Lippen lag, als ich in einem Fenster im zweiten Stock einen winzigen Lichtstrahl sah. Er verschwand, aber nach einem kurzen Moment tauchte er in einem anderen Fenster auf, beleuchtete eine pinkfarbene Grußkarte an der Wand und verschwand erneut. Ich versuchte mir einzureden, daß ich eine Fajita zuviel gegessen hatte, aber als ich in einem dritten Raum Licht sah, verwarf ich diese Idee.

Jemand streifte durch die vorderen Zimmer des zweiten Stockwerks, offensichtlich ohne von irgendwelchen Schlössern daran gehindert zu werden. Außerdem tat dieser Jemand das ziemlich verstohlen. Eine Person, die ein Recht darauf hatte, dort zu sein, würde es praktischer finden, das Deckenlicht anzuschalten, statt einen angestoßenen Zeh oder ein blaues Schienbein zu riskieren.

Ich hatte keine Ahnung, was ich tun sollte. Ich konnte mir kaum verkneifen, die Hände zu ringen und mit den Wimpern zu klimpern, wie es zahllose Heldinnen in Schauerromanen getan hatten. Ich hatte verschiedene Möglichkeiten, aber nach oben zu rennen und dem Eindringling gegenüberzutreten stand nicht auf meiner Liste. Es lebten zur Zeit drei Leute im Haus; vielleicht unternahm eine von ihnen gerade auf Befehl der Zentrale eine rituelle Durchsuchung der Räume. Oder vielleicht versteckte sich Debbie Anne seit der vergangenen Nacht dort oben. Sie hatten der Polizei mitgeteilt, daß zur Zeit niemand im ersten und zweiten Stock wohnte, und vielleicht hatten die Beamten daher nur oberflächlich nachgesehen, ob Licht brannte oder die Türen nicht verschlossen waren. Falls sie sich versteckt hatte, bis sie gegangen waren, hielt sie sich möglicherweise in ihrem alten Zimmer auf und hatte das öffentliche Münztelefon auf dem Flur benutzt, um mich anzurufen. Und schlich sich gerade auf der Suche nach frischen Handtüchern und pinkfarbenen Grußkarten durch die Räume.

Ich gratulierte mir gerade zu meiner Theorie, als ein Gesicht im Fenster auftauchte. Es war nicht Debbie Anne, es sei denn, sie hatte sich den Kopf rasiert und ihre Wangen mit Watte ausgestopft. Ich war mir nicht ganz sicher, aber der Mann hatte gewisse Ähnlichkeit mit dem, der vergangene Nacht vor dem Haus gehalten und eine Minute davor geparkt hatte und dann wieder verschwunden war. Er zog sich so abrupt wieder vom Fenster zurück, daß er mich wahrscheinlich gesehen hatte, wie ich ihn vom Bürgersteig aus anstarrte.

Ich zwang mich, die Achseln zu zucken und scheinbar unbekümmert über seine Anwesenheit im zweiten Stock zu meiner Wohnung hinüberzuschlendern. Ich war nicht in der Lage, vor mich hinzupfeifen, aber ich gab mir Mühe, so auszusehen, als würde ich es jeden Moment tun. Erst als ich die Haustür hinter mir geschlossen hatte, stürmte ich keuchend die Treppe hinauf und hämmerte gegen die Wohnungstür. »Caron!« schrie ich. »Das ist ein Notfall! Beeil dich!«

Ich leerte den Inhalt meiner Handtasche auf dem Boden aus und wühlte in den Sachen nach meinem Schlüssel, als die Tür aufging. »Mutter«, sagte Caron mit angewidert verzogenen Lippen, »was zum Teufel tust du da?«

Ich befahl ihr, alles wieder aufzuheben, rannte um sie herum und wählte die verhängnisvolle dreistellige Nummer. »Im *Kappa-Theta-Eta*-Haus treibt sich ein Fremder herum!« sagte ich. »Es befindet sich auf dem Campus Boulevard, in der Nähe der Ecke –«

»Da müssen Sie die Campuspolizei anrufen, Ma'am. Das fällt in deren Zuständigkeitsbereich.«

»Ich habe keine Zeit –« Ich unterbrach mich selber und knurrte stirnrunzelnd in den Hörer: »Geben Sie mir die Nummer.«

Nachdem ich der Campuspolizei das Problem gemeldet hatte, knallte ich den Hörer auf und stieß auf dem Weg zu meinem Schlafzimmerfenster beinah Caron zu Boden. Dort angekommen, versuchte ich, im Garten vor und neben dem Haus nach Eindringlingen Ausschau zu halten.

»Hast du Hitzewallungen?« fragte Caron von der Tür herüber. »Die meisten Frauen bekommen sie erst mit fünfzig, aber Medizinern ist das frühere Eintreten nicht unbekannt. Du kannst dich auf Osteoporose, Urininkontinenz und auf genitale Atrophie freuen, was übrigens mein Lieblingssymptom ist.«

»Hältst du jetzt endlich den Mund?« fuhr ich sie an, ohne mich umzudrehen.

»Reizbarkeit ist ein weiteres Anzeichen. Du mußt aufpassen, wenn dein Arzt dir ein Kombinationspräparat aus Östrogenen und Androgenen verschreibt. Du magst dich großartig fühlen, aber zu den Nebenwirkungen zählen Akne und verstärkter Haarwuchs. Vielleicht verwandelst du dich in einen pickeligen Schimpansen.«

Diesmal versuchte ich ein wenig zielstrebiger, sie zu Boden zu werfen, als ich an ihr vorbei ins Wohnzimmer und weiter die Treppe hinunterging, um auf meiner Veranda auf die Campuspolizei zu warten. Meine zwei Kumpels fuhren Minuten später vor, und ich trottete durch den Vorgarten und fing sie ab, bevor sie zum *Kappa*-Haus gehen konnten.

»Ein weiterer Herumtreiber, Mrs. Malloy?« fragte Officer Terrance.

»Ich habe in diesem Raum einen Mann gesehen.« Ich zeigte auf besagtes Fenster, das in Dunkelheit dalag, erzählte ihnen dann von dem herumwandernden Strahl der Taschenlampe und versuchte, das Gesicht zu beschreiben, das ich gesehen hatte. Ich konnte nur hoffen, daß es in ihren Ohren weniger absurd klang als in meinen.

Er und Officer Michaels tauschten skeptische Blicke, gingen aber weiter über die Veranda zur Tür. Ich folgte ihnen und betete, daß die Verzögerung nicht zu einem Massenmord im Aufenthaltsraum geführt hatte, und war erleichtert, als Winkie mit einem verwirrten Gesichtsausdruck und nicht mit einem erstickten Gurgeln die Tür öffnete.

»Ihre Nachbarin hat einen weiteren Störenfried gemeldet«, sagte Terrance. »Diesmal ist er angeblich oben im zweiten Stock, mit einer Taschenlampe, und –«

»Männern ist der Aufenthalt im zweiten Stock nicht gestattet«, sagte Winkie automatisch, schlug sich dann die Hand vor den Mund und trat einen Schritt zurück. »Stehen Sie nicht einfach da – gehen Sie ihn suchen, und bringen Sie ihn her!«

Sie sah so klein und ängstlich aus, daß ich mich an den Beamten vorbeischob und einen Arm um ihre Schultern legte. »Sie müssen ihnen die Schlüssel zu allen Zimmern und Abstellkammern geben, Winkie«, sagte ich. »Sie sind erst dann wieder in Sicherheit, wenn wir nachgesehen haben, daß er sich nicht mehr dort oben versteckt. Wo sind die Mädchen?«

»Sie sind zusammen ins Kino gegangen.« Sie blickte zu der im Dunkeln liegenden Treppe hinüber. »Wie kann da oben jemand sein? Ich weiß genau, daß die Hintertür verschlossen ist, und meine Tür stand den ganzen Abend offen, da ich mitbekommen wollte, wann Pippa und Rebecca sicher zu Hause angelangt sind. Durch die Vordertür ist auch niemand hereingekommen.«

»Die Schlüssel, Ma'am«, sagte Terrance ungeduldig.

»Ja, natürlich, aber ich werde Sie begleiten müssen. Auch wenn die Mädchen nicht zu Hause sind, kann ich nicht...« Sie ging in ihre Räume und kehrte mit einem Schlüsselbund zurück. Die Schlüssel stießen mit einem Klirren aneinander, und ihre Stimme klang dünn und unsicher, als sie sagte: »Nun, meine Herren, sollen wir nach oben gehen?«

Ich folgte ihnen und redete mir ein, daß ich das nur tat, um Winkie moralische Unterstützung zu geben. Sie schaltete das Licht an, als wir den Flur des zweiten Stocks erreichten, schloß die Türen auf und wartete, während die Officer die Räume durchsuchten. Die Abstellkammern, in denen Koffer aufbewahrt wurden, waren leer, so wie auch die rosa gefliesten Badezimmer und die Duschkabinen. Die Schlafzimmer waren unglaublich klein, und in einigen standen drei oder vier Etagenbetten. In allen Zimmern befanden sich Einbauschränke, abgenutzte Lehrbücher, Elektrogeräte, Kleinigkeiten, die während der hastigen Abreise übersehen worden waren, und zahllose pinkfarbene Grußkarten in Katzenformat. Den Zimmern entströmte die Aura eines schäbigen Hotels, das viel zu viele bessere Tage gesehen hatte.

Nachdem der letzte Raum durchsucht worden war, wiederholten wir das Prozedere im ersten Stock, fanden jedoch nichts, außer einer einsamen Maus, und kehrten ins Erdgeschoß zurück.

»Wir sollten besser noch im Keller nachsehen«, sagte ich.

Winkie versteifte sich. »Das ist die Tür, die zum Keller führt«, sagte sie, während sie auf eine Tür zeigte, die rosa angestrichen und daher beinahe unsichtbar war. »Es gibt nur einen Schlüssel, und der befindet sich die ganze Zeit in meiner Obhut. Außerdem habe ich sie direkt im Blickfeld, wenn ich in meinem Wohnzimmer in meinem Schaukelstuhl sitze. Ich verspreche Ihnen, daß ohne mein Wissen niemand dort hinuntergehen kann.«

Officer Terrance warf mir einen Blick zu und sagte dann: »Falls ein Eindringling hier war, dann ist er jetzt weg. Es ist alles in Ordnung, aber ich würde den Mädchen nicht erlauben, während des Sommers ihre Sachen in ihren Zimmern zu lassen. Das schreit förmlich nach Ärger.«

»Normalerweise erlauben wir es nicht, aber da diesen Sommer das Haus nicht leersteht, habe ich nicht darauf bestanden, daß sie ihre Habseligkeiten wegräumen. Mir war gar nicht bewußt, wie viele Mädchen heutzutage Computer besitzen. Als ich noch studierte, teilten wir uns eine tragbare Schreibmaschine.«

»Wir hatten in diesem Monat auf dem Campus eine Menge Diebstähle«, sagte er. »Nicht nur in den Wohnheimen, sondern auch an den Lehrstühlen, in den Seminarräumen, den Abstellkammern des Wartungspersonals, überall.«

»Am besten lassen Sie die Außenschlösser austauschen«, fügte Michaels hinzu.

»Das haben wir vor drei Tagen getan, nachdem Debbie Anne und unsere Hausvorsitzende draußen angegriffen wurden. Es besteht keine Möglichkeit, daß dieser Mann einen Schlüssel haben könnte, es sei denn ...«

»Es sei denn, er hat den von Debbie Anne«, beendete ich den Satz für sie.

»O mein Gott«, stieß sie hervor. »Dann sind wir hier nicht mehr sicher! Dieser Mann könnte uns im Schlaf ermorden! Mein Gott, Claire, ich bin für die Sicherheit der Mädchen verantwortlich.«

Der Blick, den sie diesmal miteinander wechselten, war gelangweilt, so daß ich skeptisch war, als Terrance sagte: »Wir werden stündlich entlang des Hauses patrouillieren. Wenn im zweiten Stock ein Mann war, dann weiß er, daß er gesehen wurde, und ist längst verschwunden. Außerdem haben Sie ja Mrs. Malloy, die Ihr Haus Tag und Nacht beobachtet.«

Sie gingen, aber Winkie war so verstört, daß ich ihr anbot, zu bleiben, bis Pippa und Rebecca zurückkehrten. Ich zögerte, ihre Einladung zu einer Tasse Tee in ihrer Wohnung anzunehmen, aber sie versicherte mir, daß Katie zusammengerollt in ihrem kleinen Bettchen lag. Ich rief in meiner Wohnung an, um Caron wissen zu lassen, was ich vorhatte, aber es war besetzt, und ich bezweifelte, daß sie sich um eine Mutter Sorgen machte, die darauf bestand, unpassende Farben zu tragen.

»Debbie Anne hat mich heute nachmittag angerufen«, sagte ich, als wir es uns mit einer Tasse Tee in ihrer Wohnung bequem gemacht hatten. »Sie wollte, daß ich ihre Mutter anrufe.«

»Sie hat Sie angerufen? Sind Sie und ihre Mutter auf irgendeine Weise miteinander bekannt?«

»Debbie Anne hat Angst, der Anschluß ihrer Mutter könne abgehört und ihr Anruf zurückverfolgt werden.«

»Wo ist sie?«

»Das wollte sie mir nicht sagen. Das Seltsame war, daß sie von Jeans Tod nichts zu wissen schien.« Ich hätte noch mehr hinzufügen können, aber ich wollte jede einzelne von Winkies Reaktionen auf die Neuigkeiten mitbekommen.

»Aber wie ist das möglich? Es war ihr Auto, und sie muß es gefahren haben. Rebecca borgt sich hin und wieder Pippas Auto, und ich erlaubte Jean, meines zu benutzen, wenn ihr Wagen in der Werkstatt war, aber ich kann mir nicht vorstellen, daß sich jemand Debbie Annes altes Schrottauto ausleihen wollte. Letzten Herbst haben ein paar der Mädchen eine Petition unterschrieben, die es ihr verbieten sollte, den Wagen vor dem Haus zu parken. Sie hatten Angst, daß es das Haus in Verruf bringen würde und die Leute denken könnten, daß wir bald verrostete Pickup-Trucks auf Betonblöcke aufbocken, kaputte Elektrogeräte im Vorgarten verteilen und Farmtiere züchten würden. Obwohl ich ihnen befahl, diesen snobistischen Unsinn zu vergessen, weinte Debbie Anne tagelang.«

»Sie hat keine Ahnung, was passiert ist, es sei denn, sie ist eine begnadete Schauspielerin«, sagte ich. »Als ich die Taschenlampe im zweiten Stock sah, dachte ich zuerst, sie würde sich dort oben verstecken. Aber es war ein Mann, der gleiche, der gestern abend kurz vor dem Haus parkte, als die Polizei hier war. Er ist klein und dicklich, mit einem runden, bleichen Gesicht und einem beinah kahlen Kopf. Klingt das nach jemandem, den Sie kennen?«

»Und er war heute abend im zweiten Stock?« Ohne eine Antwort abzuwarten, ging Winkie in ihre Küche, holte etwas aus dem Kühlschrank und kam mit einer Karaffe und zwei Weingläsern zurück. »Das war alles zuviel – die Aufregung, die Polizei, der Rettungswagen, geheimnisvolle Fremde an jeder Ecke. Möchten Sie auch eines?«

»Ja, gerne«, erwiderte ich, während sie schwungvoll den Wein in die Gläser schüttete. Sie hatte ihre Gefühle wieder unter Kontrolle und wirkte wie der Inbegriff von ausdrucksloser Höflichkeit, aber es war ganz offensichtlich, daß sie sehr genau wußte, wer der Mann war, den ich beschrieben hatte. Und daß sie es mir nicht sagen würde. »Selbst wenn dieser mysteriöse Mann« – ich betonte den Ausdruck – »Zugang zu Debbie Annes Hausschlüssel hatte, hätte er damit nicht die Zimmertüren öffnen können, nicht wahr? Die Schlösser sind alle verschieden.«

Sie reichte mir ein Glas und setzte sich in den Schaukelstuhl. »Ja, das stimmt. Jedes der Mädchen hat zwei Schlüssel – einen für die Außenschlösser und einen für sein Zimmer. Das alles ergibt keinen Sinn, und ich frage mich, ob Sie eine Reflektion in der Scheibe gesehen haben, vielleicht ein Auto, das über den Campus fuhr. Und was das Gesicht anging, so war es nur der Mann im Mond, der auf Sie herunterschien. Sie sagten ja, daß Sie Bier getrunken hätten, meine Liebe.«

Ich nahm einen großen Schluck Wein, und als ich mich wieder unter Kontrolle hatte, erwiderte ich: »Ja, das habe ich, und es war jedenfalls nicht Debbie Anne. Haben Sie eine Ahnung, wo sie sich verstecken könnte? Hatte sie Freunde aus ihrer Heimatstadt, die hier Sommerkurse belegen? Gibt es einen Professor, zu dem sie vielleicht gegangen ist?«

»Die Polizei hat mir diese Fragen bereits gestern gestellt, und ich weiß nur, daß wir siebenundsechzig Mädchen in diesem Haus haben und ich nicht alle ihre Freunde und Vertrauenspersonen kennen kann. An den wenigen Wochenenden, an denen keine Aktivitäten für die Anwärterinnen stattfanden, fuhr Debbie Anne nach Hause. Die Anwärterinnen werden ausdrücklich ermutigt, sich an *Kappa*-Projekten zu beteiligen, um für die Aufnahme ihre schwesterlichen Bindungen zu stärken. Jean hat letztes Jahr die Anwärterinnen betreut und ihre Sache ganz wunderbar gemacht. Sie organisierte Picknicks, Schatzjagden, Ausflüge zu Alters- und Kinderheimen, Parties mit Anwärtern der männlichen Studentenverbindungen, all so was. Ich weiß nicht mehr, wann die Anwärterinnen jemals so beschäftigt waren.«

In meinen Ohren hörte es sich eher so an, als hätte man sie völlig isoliert und versucht, ihre individuelle Persönlichkeit auszulöschen und sie zu echten *Kappas* zu machen. Diese ganze erzwungene Gemeinsamkeit hätte mich bestimmt in den nächsten Einbauschrank vertrieben. Ich hatte es zwei Jahre im Studentenwohnheim ausgehalten und mich dabei stets in sicherer Entfernung zu den anderen Bewohnern gehalten, indem ich den Treffen auf meiner Etage und den Popcorn-Parties aus dem Weg ging. Sobald es die College-Richtlinien erlaubten, war ich in eine eigene Wohnung gezogen.

Das Quietschen des Schaukelstuhls war kaum noch zu hören, als Winkie auf die Wand über meinem Kopf starrte. Dabei sah sie aus, als würde sie in Gedanken ein Kreuzworträtsel lösen.

So verlockend die Vorstellung auch war, verbot ich es mir, sie einfach zu packen und zu schütteln, bis sie mir ihren Verdacht verriet. »Debbie Anne hat etwas anderes gesagt, das mir Sorgen bereitet«, fügte ich beiläufig hinzu. »Sie wußte nicht nur nichts von Jeans Tod, sie schien auch Angst zu haben, daß Jean sie einer Sache beschuldigen könnte, die sie ins Gefängnis bringen würde.«

»Jean? Das kann ich unmöglich glauben. Jean war eines der wenigen Mädchen, die niemals betrunken nach Hause kamen, niemals vergaßen, sich für das Wochenende abzumelden, niemals zu spät zum allmontagabendlichen gemeinsamen Abendessen kamen, niemals ein Meeting ausließen. Sie war so verantwortungsbewußt, im Gegensatz zu Debbie Anne, die nur allzuoft vorgab, die Zeit vergessen oder einen Platten gehabt zu haben, oder sonst eine alberne Ausrede vorbrachte.« Sie leerte ihr Glas, füllte es wieder und lehnte sich zurück, um mir dann ein Lächeln zu schenken, das mich an einen Gebrauchtwagenhändler erinnerte, der gerade ein Geschäft abgeschlossen hatte. »Jean Hall war ein Mädchen mit tadellosem Charakter und exzellenter Herkunft. Niemand hat je ein schlechtes Wort über sie verloren.«

Beinah hätte ich mich zu der Bemerkung hinreißen lassen, daß sie jemand in der Gasse überfahren hatte, behielt es jedoch für mich. Winkie würde mir keine Erklärung für Debbie Annes wirre Beteuerungen geben, daß Jean sie zu etwas Illegalem gezwungen habe. Mädchen mit tadellosem Charakter und exzellenter Herkunft taten so etwas nicht; sie wurden einfach *Kappa Theta Etas*.

Es klingelte an der Tür. Winkie tätschelte mir die Schulter, während sie an mir vorbei in die Eingangshalle ging. »Eleanor, was führt Sie zu dieser Stunde hierher?«

»Ich mache mir solche Sorgen um Sie und die Mädchen, sogar um die kleine Katie. Ich war den ganzen Nachmittag bei einer Wohltätigkeits-Bridgeparty und heute abend bei einem ermüdenden Empfang für einen Fakultätskandidaten. Ich wollte nur kurz vorbeischauen, ob die Polizei irgendwelche Fortschritte gemacht hat.«

Winkie blieb in der Tür stehen und lächelte ihren Gast höflich an, aber es gelang ihr dennoch, mir einen schnellen – und auffällig panischen – Blick zuzuwerfen. Ich schnappte mir die Karaffe und die beiden Gläser und brachte sie in die Küche. Als Winkie und Eleanor das Zimmer betraten, saß ich schon wieder entspannt auf dem Sofa.

»Claire«, murmelte Eleanor mit einem eleganten Nicken. »Wie nett von Ihnen, Winkie Gesellschaft zu leisten.«

»Sie schien etwas nervös«, erwiderte ich, ebenfalls mit einem eleganten Nicken, »und Pippa und Rebecca sind nicht da.«

Eleanor nahm eine Tasse Tee von Winkie entgegen. »Ist

Debbie Anne schon zurück? Ich habe in den Morgennachrichten gehört, daß der Wagen auf ihre Eltern zugelassen ist und sie eine Parkgenehmigung für den Campus beantragt hatte. Es schmerzt mich, dies zu sagen, aber die Beweise sprechen eindeutig gegen sie. Ich wünschte, ich wüßte, wie man ihr helfen kann, aber wir wissen nicht einmal, wo sie ist und wie wir ihr versichern können, daß ... wir das so schnell wie möglich geklärt haben möchten. Wie schrecklich für sie, gerade in dieser Situation alleine zu sein. Sie hat offensichtlich furchtbare Angst, was mit ihr geschehen wird.«

Ich wartete darauf, daß Winkie den Anruf erwähnte, den ich erhalten hatte, aber sie sagte nur: »Ich habe Claire gerade erzählt, was für ein wunderbares Mädchen Jean Hall war, wie begeisterungsfähig und energiegeladen. Einige der Anwärterinnen müssen sie für eine Armeeausbilderin gehalten haben, wenn man bedenkt, wie sehr sie sie auf Trab gehalten hat.«

»Ja, wirklich«, erwiderte Eleanor gepreßt.

»Und sie selber war auch immer mit etwas beschäftigt«, fuhr Winkie fort. »Bei ihrem Eifer für den Unterricht und die Hausaktivitäten ist es ein Wunder, daß sie noch ein Privatleben hatte. Ich habe mit ihr darüber gesprochen und ihr vorgeschlagen, sich zu entspannen und zu versuchen, ihr letztes Jahr zu genießen, aber sie versicherte mir, daß sie sehr viel Spaß habe.«

»Ich hoffe, daß Sie das letzte Jahr auch genossen haben, liebe Winkie. All die Verantwortung muß Sie erschöpft haben.«

Ich kam mir vor, als würde ich ihnen dabei zusehen, wie sie sich immer wieder eine Handgranate zuwarfen. Entweder war es im Zimmer übermäßig warm, oder ihre zuckersüßen Worte, ihr schmales, unaufrichtiges Lächeln und ihre unausgesprochene Wut waren schuld daran.

Eleanor gab die Granate unerwartet an mich ab. »Winkie ist Tag und Nacht im Dienst, und als Hausmutter muß sie einen untadeligen Ruf und ein ebenso untadeliges Verhalten bewahren. Ich fürchte, mir wäre es eine zu große Last. Stimmen Sie mir da nicht zu?«

»O ja«, erwiderte ich. »Mir würde es fehlen, gelegentlich einen Scotch zu trinken und den Sonntagmorgen in meinem schäbigen Bademantel und mit nackten Füßen zu verbringen.«

Ich dachte, ich hätte die Granate an Winkie weitergegeben, aber sie landete in Eleanors manikürten Fingern. »Ich habe gehört, Sie haben ein Verhältnis mit diesem gutaussehenden Lieutenant, der gestern abend hier war. Rosen, nicht wahr?« Sie lachte, als ich den Mund öffnete, um zu widersprechen. »Farberville ist eine kleine Stadt, Claire, und Sie haben durch Ihre Beteiligung an einigen Kriminalfällen eine gewisse Berühmtheit erlangt.« Zu Winkie gewandt fügte sie hinzu: »Unsere Nachbarin ist eine bekannte Amateurdetektivin, was erklärt, warum sie so schnell und klug reagiert hat, als dieser schreckliche Mann sich im Garten herumtrieb. Sie wußte genau, was zu tun war.«

Dies erschien mir der richtige Moment, den neuesten »schrecklichen Mann« zu erwähnen, aber Winkie ignorierte wieder die Gelegenheit. »So schnell und klug«, murmelte sie. »So schnell und klug.«

Ich fühlte mich jedoch gar nicht schnell und klug, und außerdem hatte ich das Spielchen mit der Granate satt. Falls mir etwas zu Ohren gekommen war, das meine analytische Aufmerksamkeit verdiente, dann hatte ich es wohl überhört. Ich unterdrückte ein Gähnen, wünschte ihnen eine gute Nacht und ging. Dabei war es mir herzlich egal, ob eine von den beiden in die Luft flog, metaphorisch gesprochen oder sonstwie.

Kapitel 7

»Ich habe gehört, du bist neulich mit einem anderen Mann ausgegangen«, sagte Peter, als er das *Book Depot* betrat. Normalerweise war der Laden an Sonntagnachmittagen geschlossen, aber ich wollte auf gar keinen Fall auch nur einen einzigen Kunden verpassen, und in diesem Moment spielte ich mit dem Gedanken, eine Abteilung für griechische Artikel zu eröffnen. Kein natives Olivenöl oder Ouzo, sondern niedliche Kaffeetassen, Clipboards und pastellfarbenes Briefpapier, alles mit den passenden Buchstaben verziert. Die anderen Läden in der Stadt verkauften auch so etwas, aber meiner lag näher am Campus, und vielleicht hatte ich Erfolg damit. Doch vielleicht wäre es auch zu anstrengend, jeden Morgen blind das Make-up aufzutragen, wenn ich nicht mehr in der Lage sein würde, mir im Spiegel in die Augen zu sehen.

»Dein Überwachungssystem funktioniert ja prächtig«, erwiderte ich ruhig. »Wo warst du? Ich hatte schon den Verdacht, daß du zusammen mit Jorgeson ein paar romantische Tage in der Hütte verbringst. Der bloße Gedanke an solch einen Verrat trieb mich in die Arme eines anderen Mannes – das und das Bedürfnis, meiner Tochter aus dem Weg zu gehen, bis sie zu einer realistischen Einschätzung unserer finanziellen Situation gelangt.«

»Das könnte Jahre dauern.« Peter stützte die Ellbogen auf den Ladentisch. Er trug einen Baumwollpullover statt eines Anzugs, aber seine Wangen waren glattrasiert, und ich erhaschte einen Hauch des After-shaves, das ich ihm zum Geburtstag geschenkt hatte. Nach einem Moment erkannte ich, daß der Pullover ein Weihnachtsgeschenk von mir war. Den Rest seiner Kleidung hatte er selber gekauft; eine Dame verschenkt niemals Hosen oder Unterwäsche, und der Preis seiner Schuhe kam meiner Miete gleich.

»Jorgeson ist kein schlechter Kerl«, fuhr er fort, »aber er hat knochige Fußgelenke und schwitzt sehr stark. Also, wer ist dieser Typ?«

»Nur einer dieser potentiellen Millionäre, die man täglich auf der Straße trifft. Sobald sein Buch in den Bestsellerlisten erscheint, wird er mich in ein piekfeines Ferienhotel entführen, wo die Angestellten den ganzen Tag nichts weiter zu tun haben, als Mücken zu erschlagen.«

»Ich habe auch gehört, daß du gestern die Polizei und dann die Campuspolizei angerufen hast, die prompt vorbeikommen mußte, weil du mal wieder einen Eindringling in diesem verdammten Verbindungshaus gesehen hast. Du solltest gleich dort einziehen. Dann könntest du es dir sparen, jede Stunde hinüberzurennen.«

Ich erzählte ihm von dem Mann, den ich im Fenster gesehen hatte, und fügte hinzu, daß ich überzeugt sei, daß es der gleiche Mann war, der in der Nacht, in der Jean Hall getötet worden war, auf der Straße stehengeblieben war. »Und als ich ihn Winkie beschrieb, reagierte sie, als würde sie ihn kennen«, schloß ich und bemühte mich dabei, meinen Frust zu verbergen.

»Aber sie hat sich geweigert, dir den Namen mitzuteilen?« Er entblößte seine strahlend weißen Zähne. »Wie rücksichtslos von ihr. Ich werde morgen vorbeigehen und sehen, ob sie sich gegenüber einem Mitglied der Polizei kooperativer verhält. Gibt es sonst noch etwas, das du herausgefunden und uns noch nicht mitgeteilt hast?«

Ich überlegte, einen Handel mit ihm abzuschließen, aber ich hatte den Verdacht, daß er mein Angebot als Erpressung und nicht als einen Akt der Kameradschaft deuten würde. Ich erzählte ihm von Debbie Annes Anruf und sagte: »Sie schien sich aufrichtig Sorgen über etwas zu machen, das Jean ihr antun wollte, und ich glaube nicht, daß sie bluffte. Ich beschreibe sie immer als dusselige Triefnase, aber sie hat schließlich die High-School abgeschlossen und ist am *Farber College* akzeptiert worden. Also muß sie ja ein bißchen Verstand besitzen. Diejenigen, die sie besser kennen als ich, scheinen sie für eine verschlagene, hinterlistige und durchaus zur Manipulation fähige Person zu halten. Vielleicht ist sie tatsächlich eine zeitgenössische Mata Hari, die geheime Pläne hegt, der *Kappa-Theta-Eta*-Verbindung für alle Zeiten zu schaden. Vielleicht hat sie diesen Fremden engagiert und das Zusammentreffen mit ihm inszeniert, um uns an der Nase herumzuführen, hat ihm die Schlüssel gegeben und ihn letzte Nacht ins Haus geschickt, um ...«

»Bomben zu legen? Die Schlafzimmer zu verwanzen? Die Katze zu töten?«

»Ich weiß es nicht«, murmelte ich und fand seine gönnerhafte Haltung gar nicht witzig. Hier stand ich nun und war bereit, ihn an meinen Ideen teilhaben zu lassen und ihm Informationen zuzuspielen, und wurde dafür mit einem hämischen Grinsen, leicht hochgezogenen Augenbrauen und dem Anblick seiner blöden Zähne belohnt. Es war an der Zeit für eine neue Taktik. »Welche Fortschritte habt ihr gemacht? Habt ihr die Fingerabdrücke im Auto identifizieren können?«

»Abgesehen von ein paar verwischten Abdrücken gehören

sie alle der Person, die Debbie Anne Wrays Zimmer im Verbindungshaus bewohnte, ihre Zahnbürste benutzte und das Bild ihrer Eltern auf den Schreibtisch gestellt hat. Das Blut an der Stoßstange, auf der Motorhaube und an den Reifen stimmt mit dem des Opfers überein. Ein Glassplitter des zerbrochenen Scheinwerfers wurde auf der Leiche gefunden. Der Staatsanwalt wird keine Anklage erheben, bis wir sie nicht in Gewahrsam genommen haben und unseren Bericht abschließen können, aber selbst wenn es ein Unfall war, wird er wahrscheinlich auf fahrlässige Tötung und Fahrerflucht plädieren – beides ernste Verbrechen. Niemand scheint zu wissen, wo sie sich aufhält, also warten wir darauf, daß sie es müde wird, sich zu verstecken. Ich nehme an, wir könnten dein Telefon abhören.«

»Nicht ohne einen Gerichtsbeschluß vom Obersten Gerichtshof. Wenn Debbie Anne noch einmal anruft, werde ich versuchen, sie dazu zu überreden, mir ihren Aufenthaltsort zu verraten, und du erfährst es dann als erster. Aber ich werde dir nicht erlauben, meine Anrufe abzuhören oder mein Privatleben zu überwachen, als sei ich eine Kriminelle. Woher weißt du, daß ich gestern abend mit einem Mann zu abend gegessen habe?«

»Einer der Sergeants war im Restaurant und hat eine Bemerkung darüber gemacht«, sagte Peter und hatte wenigstens den Anstand, peinlich berührt auszusehen, weil ich ihn beim Tratschen erwischt hatte. Das verschaffte mir ein wenig Genugtuung. »Ich habe nur Spaß gemacht, Claire. Es steht dir völlig frei, zu treffen, wen du willst, oder mit anderen Männern auszugehen, oder das Wochenende mit ihnen zu verbringen. Es wird immer offensichtlicher, daß sich unsere Beziehung nicht in die Richtung entwickelt, die ich gehofft hatte. Vielleicht hilft es uns beiden, herauszufinden, was das beste ist, wenn wir uns mit anderen treffen.«

»Vielleicht hast du recht«, erwiderte ich tonlos, obwohl ich innerlich entsetzt war über die Vorstellung, noch einmal mit meinem Science-fiction-Hippie essen zu gehen, der zwar harmlos war (wenn er nicht gerade einen Vortrag über sein Manuskript hielt), den man aber wohl kaum so stimulierend wie Peter nennen konnte. Statt jedoch die Unterhaltung ins Kitschige abgleiten zu lassen, sagte ich ihm, daß ich nun zu tun hätte, und er zog verärgert ab.

Ich brach nicht in Tränen aus, aber ich gebe zu, daß ich ein wenig schnüffelte, während ich mit mehr als dem üblichen Eifer die Regale mit den Selbsthilfebüchern abstaubte. Daß ich an meiner Lage selber schuld war, machte das Ganze nur noch schlimmer, und als Caron und Inez in den Laden kamen, hatte ich bereits jedes Buch abgestaubt, den Boden gekehrt, die Schublade unter der Kasse ausgemistet und die Regale umgeräumt, um Platz für die Utensilien der Studentenverbindungen zu schaffen.

»Menopause«, erklärte Caron Inez. »Ihr Gesicht ist ganz rot, und sie ist in Schweiß gebadet. Außerdem benimmt sie sich in letzter Zeit sehr unberechenbar und – «

»Helft mir, diesen Tisch zu bewegen«, unterbrach ich sie mit eisiger Stimme und versuchte, mir *nicht* auszumalen, welche Befriedigung es mir bescheren würde, ihr auf der Stelle den Hals herumzudrehen.

Inez blinzelte mich ernst an. »Meine Mutter bekam ihre ersten Hitzewallungen mit Mitte Vierzig, Mrs. Malloy. Sie sagte, sie fühle sich, als sei sie in eine voll aufgedrehte elektrische Heizdecke eingewickelt. Manchmal fing sie ohne Grund an zu weinen, und der Arzt verschrieb ihr Östrogene. Es hat wirklich geholfen.«

Angesichts meines grimmigen Gesichtsausdrucks halfen sie mir wortlos, den schweren Eichentisch durch den Raum zu schleifen und ihn vor das Fenster zu stellen. »Ich habe keine Hitzewallungen«, sagte ich keuchend. »Peter und ich hatten eine Meinungsverschiedenheit, und ich war verärgert. Ich bin noch nicht einmal vierzig, verdammt noch mal, und ich kann gut auf Ratschläge von Teenagern verzichten, die ihre medizinischen Weisheiten aus Soap-operas beziehen. Habt ihr verstanden?«

»Wie du meinst.« Caron spazierte zum Büro hinüber. »Es hat übrigens heute nachmittag jemand für dich angerufen. Irgend so ein Mann, aber er hat weder seinen Namen noch seine Telefonnummer hinterlassen.« Sie schob die quietschende Tür auf und fügte mit unverhohlenem Vergnügen hinzu: »Er sagte, du solltest dich besser um deine eigenen Angelegenheiten kümmern, oder es würde dir noch leid tun.«

»Was?« fragte ich atemlos. »Erzähl mir genau, was er gesagt hat.«

»Das habe ich doch gerade getan, Mutter. Also ich fand das Ganze ziemlich abgedroschen, wenn du mich fragst, aber wahrscheinlich hatte er sich verwählt. Ich meine, warum sollte dich ein Mann anrufen? Hast du hier drinnen irgendwo Limonade versteckt? Nach all der Arbeit sterbe ich beinah vor Durst.«

Inez hatte sich hinter die Reiseführer verkrochen, als fürchtete sie, meine sogenannten Hitzewallungen könnten zu einer Explosion führen. »Wir haben nicht viel Zeit«, rief sie Caron zu. »Du hast in weniger als einer Stunde einen Termin, und wir werden für den Weg eine Weile brauchen, vor allem, wenn wir beim *Kappa*-Haus vorbei müssen, um die Ausrüstung zu holen.«

»Wer ist das Opfer?« fragte ich sie.

»Mrs. Verbena, die Kunstlehrerin an der High-School. Ich glaube, sie war nicht allzu begeistert, aber sie sagte schließlich, Caron könne vorbeikommen und es ihr erklären.«

»Sie ist der elegante Typ«, sagte Caron, die mit leeren Händen zurückkam. »Das werde ich ihr aber natürlich erst sagen, wenn sie zustimmt, mich dafür zu bezahlen. *My-Beautiful-Self*-Beraterinnen müssen vorsichtig sein, daß Leute nicht versuchen, ihnen kostenlose Ratschläge zu entlocken.« Ihre Augen verengten sich, während sie meine Jeans und das schwarze T-Shirt betrachtete. »Einige von uns könnten wirklich einen guten Rat gebrauchen, umsonst oder wie auch immer. Komm, Inez, wir müssen den ganzen Weg zum *Kappa*-Haus laufen und von dort aus wieder den ganzen Weg zu Mrs. Verbenas Haus zurückgehen. Wenn ich meine eigene Ausrüstung hätte, müßten wir nicht die sechs Blocks laufen, aber es wollte mir ja niemand nur für eine popelige Woche Geld leihen, damit ich sie mir kaufen konnte. Und deshalb müssen wir nun den ganzen Weg –«

»Pippa ist also nicht abgereist?« fragte ich, bevor wir uns noch einmal in aller Ausführlichkeit ihre Reiseroute anhören mußten, die sie scheinbar über eine Strecke mit glühenden Kohlen führen würde.

»Wenn sie abgereist wäre, könnte ich mir wohl kaum ihre Ausrüstung ausleihen, oder?« Sie stieß Inez an. »Ich muß nach Hause und mich umziehen. Dieses Waldgrün ist ja ganz gut, aber meine königsblaue Bluse demonstriert viel besser, wie effektiv meine Analyse ist. Wenn du mit deinen neuen Ohrringen nicht so geizig wärst, könnte ich wahrscheinlich noch eine Accessoire-Beratung dranhängen. Komm, wir brauchen wahrscheinlich mindestens eine halbe Stunde, um die Ausrüstung zu holen und Mrs. Verbenas Haus zu finden. Wenn wir auch nur Sekunden zu spät kommen, wird sie sich eine Ausrede einfallen lassen und verschwinden, und wir sind völlig umsonst durch die ganze Stadt gelaufen.«

Inez stapfte hinter ihr her, drehte sich aber noch einmal um und kam zurück, um ihre Hand auf meinen Arm zu legen.

»Warum rufen Sie nicht einfach meine Mutter an, Mrs. Malloy? Ich bin sicher, sie gibt Ihnen gerne die Telefonnummer ihres Arztes.«

»Ich werde darüber nachdenken«, stieß ich mühsam beherrscht hervor. Nachdem sie weg waren, setzte ich mich auf den Tisch und starrte zu den Spinnweben an den Dachbalken hinauf. Dabei wünschte ich mir, ich wäre mit der Sonntagszeitung und einer Kanne Tee im Bett geblieben – oder gleich mit dem Kopf unter der Bettdecke. Zuerst Peter, dann die Mädchen, und nun, um den Nachmittag perfekt zu machen, ein anonymer Drohanruf.

Nach einem weiteren Anfall von Selbstmitleid riß ich mich zusammen und wählte die Nummer, die Debbie Anne mir gegeben hatte. Diesmal meldete sich eine Frau, und ich erzählte ihr, wer ich war und warum ich anrief.

»Ich mache mir furchtbare Sorgen«, sagte Imogen Wray, nachdem sie sich mir mit der näselnden Stimme ihrer Tochter vorgestellt hatte. »Zuerst ruft die Polizei an, und dann kommt Brodie – unser Deputy Sheriff – vorbei, um nachzusehen, daß Debbie Anne sich nicht unter dem Bett oder in der Scheune versteckt hält. Das Magengeschwür meines Mannes wurde wieder so schlimm, daß er schließlich zum Drugstore gehen mußte, um eine Flasche von dieser rosafarbenen, schleimigen Medizin zu kaufen. Ich weiß nicht, was in Debbie Anne gefahren ist. Sie war immer so lieb und respektvoll und ist nie in irgendwelche Schwierigkeiten geraten. Da können Sie sämtliche Lehrer an ihrer Schule fragen, und die werden Ihnen genau das gleiche sagen.«

»Ich möchte ihr helfen, aber ich weiß nicht, wo sie ist oder wo ich sie finden kann. Hat sie jemals Freunde erwähnt, die in Farberville leben und die sie vielleicht bei sich aufgenommen haben?«

»Ich nehme an, sie hat außerhalb der Verbindung keine

Freunde«, antwortete Imogen prompt. »Sie spricht von nichts anderem, als von den Parties, dem gemeinsamen Kartenspielen und den Kinobesuchen. Sie scheinen sie sehr auf Trab zu halten, wenn sie nicht gerade lernt, aber vermutlich ist das der Sinn einer solchen Verbindung – daß man Freundinnen hat, die wie Schwestern sind.«

Ich versprach Mrs. Wray, sie wissen zu lassen, wenn ich Debbie Anne gefunden hatte, und legte auf. Wie es schien, hatte Debbie Anne es versäumt, von dem wahren Verhältnis zu ihren Verbindungsschwestern zu erzählen, aber das war verständlich und bewies nicht, daß sie generell verlogen war.

Ich brauchte weder Östrogene noch eine Therapie, sondern ein klares Bild von Debbie Annes Persönlichkeit. Und der von Jean Hall. Ich schrieb beide Namen auf einen gebrauchten Umschlag. Wahrscheinlich waren sie das genaue Gegenteil voneinander, aber ich wußte nicht, wer von ihnen gut und wer böse war. Winkie und Eleanor hatten ihre Meinung dazu klar zum Ausdruck gebracht, und Pippa und Rebecca würden dem wahrscheinlich zustimmen. Imogen Wray widersprach, aber sie war nicht objektiv. Und Peter war es egal. Ich schien die einzige zu sein, die bereit war, Debbie Anne zu verteidigen, obwohl ich dies erst tun würde, wenn ich mehr in der Hand hatte.

Unfähig, die Kraft zusammenzubringen, den Advocatus Diaboli zu spielen, malte ich mir das Szenario aus, in dem sie nur eine dusselige Triefnase war. Hätte diese Persönlichkeit Jean aus Versehen in der Gasse überfahren, wäre sie aus dem Auto gesprungen und nach drinnen gerannt, um einen Rettungswagen zu rufen. Vielleicht wäre sie ein bißchen hysterisch gewesen, aber in solch einem Anfall von Panik wäre sie höchstens zu meiner Wohnung gelaufen und hätte sich an meiner Schulter ausgeweint (wenn ich sie gelassen hätte, und da es mein Szenario war, ließ ich sie statt dessen am Küchentisch Platz nehmen und sich dort über ihre Sorgen auslassen).

Ihr Anruf verwirrte mich noch mehr. Falls sie die Wahrheit gesagt hatte, hatte sie ihren Wagen nicht gefahren und war aus einem anderen Grund untergetaucht – der mit einer illegalen Aktion zu tun hatte, die von der liebreizenden Jean angezettelt worden war, die nun nicht mehr für Befragungen zur Verfügung stand.

Der anonyme Anruf war ebenso verwirrend. Arnie? Der geheimnisvolle Mann im Mond? Ein Unbekannter, der nicht in der Lage war, sich eine originelle Drohung auszudenken? Schließlich kümmerte ich mich gerade nur um meine eigenen Angelegenheiten, wenn man an diesem ereignislosen Sonntagnachmittag im Juni überhaupt von so einer Handlung sprechen konnte. Es war nicht meine Schuld, daß ständig Fremde aus den Büschen vor dem *Kappa*-Haus auftauchten wie tollwütige Präriehunde.

Ein wachsendes Gefühl von Trotz provozierte mich, den Laden Stunden früher zu schließen, als ich eigentlich vorgehabt hatte. Ich nahm den längeren Weg nach Hause, um nicht am Verbindungshaus vorbei zu müssen, obwohl ich es mir nicht verkneifen konnte, einen Blick darauf zu werfen, als ich mich meiner Veranda näherte. Rebecca und Pippa saßen auf der obersten Treppenstufe, umgeben von zugeklappten Lehrbüchern, Notizheften, Chipstüten und Limodosen. Sie hatten offensichtlich mehr Interesse daran, sich die Fingernägel zu lackieren, als nach Wissen zu streben.

Ich überquerte den Rasen und fragte: »Haben Sie etwas von Debbie Anne gehört?«

Rebecca schüttelte den Kopf. »Ich sitze aber auch nicht hier und warte, daß sie auftaucht, damit ich sie zur Begrüßung umarmen kann. Nachdem, was sie Jean angetan hat, wäre es besser für sie, wenn sie längst den nächsten Bus in ihr Hinterwäldlerkaff genommen hätte, um wieder zwischen Schweineställen und Hühnergehegen zu leben.« Ihre anmutigen blauen Augen waren voller Tränen, und ihre liebreizende Stimme voller Bitterkeit. »Jean und ich waren seit dem ersten Semester befreundet und haben uns ein Zimmer geteilt, bis wir letztes Jahr Einzelzimmer bekamen. Alles lief prima – bis diese fromme kleine Kuh Anwärterin bei *Kappa Theta Eta* wurde und alles ruiniert hat.«

»Fromm?« wiederholte ich.

»Sie hielt alles für falsch, sogar die langweilige Öffentlichkeitsarbeit, die die Anwärterinnen jedes Jahr machen müssen. Offensichtlich raucht in ihrer Heimatstadt niemand mal eine Zigarette oder trinkt ein anständiges Glas französischen Wein oder feiert bis nach Mitternacht eine Party. Kurz vor den Osterferien hat Jean einen von der *Beta*-Verbindung geschmiert, damit er Debbie Anne ausführt und sie richtig betrunken macht, aber sie trank nur einen halben Martini, verschluckte sich an der Olive und kotzte ihm auf den Vordersitz. Was glauben Sie, wie sehr das unserem Ruf schadet?«

Darauf wußte ich keine Antwort. »Debbie Anne hat mir erzählt, daß sie gezwungen wurde, Dinge zu tun, die sie für falsch hielt.«

»Zum Beispiel?« fragte Rebecca mit einem verächtlichen Schnauben, das mich an Jean erinnerte.

»Sie sagte, sie könne es mir nicht sagen, da ich nicht in der Verbindung sei. Sie wurde jedoch ganz rot und deutete an, daß es Dinge seien, die ihren Prediger schockieren würden.«

Pippa kicherte. »Sie meinte wahrscheinlich das Wochenende mit der Schlafzimmer-Olympiade. Wie prüde!«

»Sie dürfen nicht vergessen, wo sie herkommt«, sagte ich

und hoffte, dabei nicht prüde zu klingen. »Aber Sie sind überzeugt davon, daß sie am Steuer des Wagens saß, der Jean überfahren hat?«

Rebecca lehnte sich zurück und betrachtete mich kühl. »Winkie wollte uns davon überzeugen, daß es ein Unfall war, und Mrs. Vanderson auch, aber das kaufe ich ihnen nicht ab. In der Gasse ist es hell genug, und es ist dort viel zu eng, um so schnell zu fahren. Es ist offensichtlich, daß Debbie Anne es mit Absicht getan hat. Sie hat Jean aus Eifersucht umgebracht.«

Ich versuchte, meine Überraschung zu verbergen, und sagte: »Ich hätte gedacht, es wäre eher ein Fall von Traurigkeit als von Eifersucht?«

»Jeder im Haus wußte, wie eifersüchtig sie war. Sie hat Jean mindestens zweimal eine Seidenbluse gestohlen und völlig überrascht getan, als Jeans Tennisarmband zufällig in ihrer Schreibtischschublade entdeckt wurde. Vielleicht wollte sie am Anfang einfach nur wie Jean sein, aber dann wurde sie so besessen, daß sie schließlich Jean sein mußte. Als sie erkannte, daß das nicht ging, hat sie sie schlechtgemacht und schließlich getötet.«

In ihrem Fall mußte ich offensichtlich nicht taktvoll nachfragen, um ihre Meinung über Debbie Anne herauszufinden. Ich wandte meine Aufmerksamkeit Pippa zu, auf deren Wangen sich ausnahmsweise keine Grübchen abzeichneten.

»Möglicherweise war es ein Unfall«, sagte sie auf meine indirekte Frage hin, »aber Debbie Anne war furchtbar launisch und reserviert. Sie beteiligte sich nie an den Unterhaltungen oder erzählte Witze, und es war eine völlige Zeitverschwendung, zu versuchen, ihr das Bridge-Spielen beizubringen. Eines Abends fand ich sie zusammengekauert in der Dusche, als hätte sie einen Schock oder so. Sie war richtig unheimlich, wenn Sie mich fragen.«

»Sie war eine richtig blöde Kuh«, knurrte Rebecca.

»Und keiner von Ihnen hat eine Ahnung, wo sie jetzt sein könnte?« fragte ich mit schwachem Optimismus.

Pippa warf mir einen unaufrichtig traurigen Blick zu. »Und keinen von uns interessiert es, Mrs. Malloy. Ich weiß nicht, ob Caron es Ihnen gesagt hat, aber Sie sollten kein Schwarz tragen. Es betont all die Falten um Ihre Nase und Ihr Kinn, und es läßt Ihre Haut bleich erscheinen.«

»Wie nett von Ihnen, mich darauf aufmerksam zu machen«, erwiderte ich, während sich meine Fingernägel in meine Handflächen gruben. »Caron erwähnte, daß Sie mit dem Gedanken spielen, für den Rest des Sommers das College zu verlassen. Ich nehme an, Sie haben es sich anders überlegt?«

»Du hast was?« Rebecca wandte sich ihr so abrupt zu, daß Nagellack auf ihr Knie spritzte und auf die Veranda tropfte wie pinkfarbenes Blut. »Du wirst dich verdammt noch mal nicht den Sommer über verdrücken, Schätzchen! Wir beide werden genau hier im *Kappa-Theta-Eta*-Haus bleiben, besonders nach dem, was mit Jean passiert ist.« Sie sah meinen begierigen Blick und rang sich ein melancholisches Lächeln ab. »Ich habe eine meiner besten Freundinnen verloren, und ich könnte es nicht ertragen, noch eine zu verlieren.«

Es klang wie eine Zeile aus Tennessee Williams, und sogar das Setting stimmte: eine heruntergekommene Villa, ein staubiger Sommernachmittag, eine gestörte schwesterliche Beziehung, schlecht verborgene, aufgewühlte Gefühle. Jetzt brauchten wir nur noch einen schlechtgelaunten Mann in einem schmutzigen Unterhemd und das Rattern einer Straßenbahn.

Ich zögerte, aber Rebecca wischte sich mit einem Taschentuch den Nagellack vom Knie, und Pippa schien fast in den

Holzplanken zu versinken. An diese gewandt sagte ich: »Es war nett von Ihnen, Caron Ihre Ausrüstung zu leihen.«

»Ach, das war doch nichts Besonderes. Außerdem hat sie mir leid getan. Ich weiß, welch ein psychischer Schaden durch finanzielle Entbehrungen entstehen kann, und es ist wichtig, sich in diesem verletzlichen Alter zu einer Gruppe von Gleichgesinnten zugehörig zu fühlen. Ich hoffe nur, sie wird diesen Sommer genug Geld verdienen, um sich ein Auto kaufen und sich in ihre Gruppe integrieren zu können.«

Ich unterdrückte den Drang, ihr darzulegen, daß Caron weder an finanziellen Entbehrungen litt noch sehr verletzlich war, auch wenn sie unaufhörlich das Gegenteil behauptete. Ihre Beziehung zu der berüchtigten Rhonda Maguire war die Wurzel allen Übels, und ich hatte keine Lust, mir von jemandem diesen Psychomist anzuhören, der seine Grübchen nicht im Griff hatte.

»Bitte lassen Sie es mich wissen, wenn Debbie Anne zurückkommt«, sagte ich und ging zu meiner Wohnung hinüber. Ich wollte gerade die Verandatür hinter mir zufallen lassen, als ein lautes Knattern und Röcheln an mein Ohr drang. Der grüne Pickup-Truck hielt am Randstein, und durch die mit Insekten bedeckte Windschutzscheibe war kein geringerer als Arnie Riggles zu erkennen. Er beugte sich über den Beifahrersitz und verschwand aus meinem Blickfeld, aber nach einem kurzen Moment bewegte sich die Fensterscheibe auf dieser Seite Stück für Stück nach unten.

Ich hatte ein paar Fragen an ihn, und dies schien mir der richtige Augenblick, sie ihm zu stellen. Bevor ich jedoch reagieren konnte, kam Rebecca den Bürgersteig entlanggerannt und unterhielt sich mit ihm durch das Fenster. Sie sprach schnell und eindringlich, schwieg immer wieder, um sich, wie es schien, vom unteren Teil des Beifahrersitzes Antworten anzuhören, und reagierte dann mit verstärkter Eindringlichkeit. Ich konnte nur verblüfft zusehen, wie sie einen Schritt zurücktrat, Arnie hinter dem Steuer auftauchte, an meinem Haus vorbeifuhr und um die Ecke bog. Ich blickte schnell zum Verbindungshaus hinüber und sah, wie Rebecca und Pippa hineingingen. Was zum Henker konnte die schöne, perfekte Rebecca mit so einem abstoßenden, schmierigen Typen wie Arnie zu bereden haben?

Dies war das zweite Mal, daß er davongekommen war, bevor ich ihn fragen konnte, was er mit alldem zu tun hatte, und ich kam zu dem Schluß, daß es höchste Zeit war, mich einmal mit ihm zu unterhalten. Bei dem bloßen Gedanken daran fing meine Haut an zu jucken, als hätte ich mich in Brennesseln gewälzt. Statt mich jedoch in die Badewanne zurückzuziehen, rief ich mir in Erinnerung, daß ich die einzige Person war, die ein Interesse daran hatte, Debbie Anne zu helfen, egal, ob sie es nun verdiente oder nicht.

Arnie stand nicht im Telefonbuch. Bei meiner letzten unglücklichen Begegnung mit ihm hatte er in einer Abstellkammer des städtischen Tierheims gewohnt. Er war jedoch entlassen worden – aus einem gerechtfertigten Grund –, und ich hatte keine Ahnung, wo er zur Zeit lebte. Ich hätte den Rest des Nachmittags damit zubringen können, Steine im Wald umzudrehen oder unter Brücken zu kriechen, um ihn zu finden, aber sogar ich hatte meine Grenzen. (Obwohl Peter Rosen der letzte war, der das zugeben würde.)

Ich kochte mir eine frische Kanne Tee und ließ mich auf dem Sofa nieder. Als Fan des sogenannten *Armchair-Detective*-Genres wollte ich mich nun eher auf meine deduktiven Fähigkeiten verlassen als auf körperliche Anstrengungen. Weibliche Heldinnen mit Messing-BHs und Testosteron statt Gehirnen riefen bei mir immer die Vorstellung von schmutzigen Fingern und Gewalt hervor. Tee und Intuition waren dagegen eher meine Sache.

Arnie war bei einem Handwerker angestellt, genauer gesagt, bei einem Anstreicher, dessen Namen ich zwar gehört, doch als unwichtig abgetan hatte. Wenn ich Winkie nach seinem Namen fragte, würde Rebecca möglicherweise davon erfahren und sich denken, daß ich sie mit ihm hatte reden sehen. Ich wollte ihm jedoch gegenübertreten, bevor er gewarnt wurde. Unter gar keinen Umständen würde ich einen gewissen Bullen bitten, Arnie ausfindig zu machen.

Nachdem ich eine zweite Kanne Tee zur Hälfte geleert hatte, fiel mir ein, daß Eleanor Vanderson den Namen des Anstreichers wissen würde, wenn nicht sogar Einzelheiten über Arnies erbärmliches Privatleben. Es stand nur ein Vanderson im Telefonbuch, und nach dem dritten Klingeln ging sie an den Apparat.

»Hier spricht Claire Malloy«, sagte ich. »Ich hatte gehofft – «

»Hat Debbie Anne Sie wieder angerufen? Wissen Sie, wo sie sich versteckt hält?«

»Nein, tut mir leid. Mein Anruf hat nichts mit dem schrecklichen Unfall in der Gasse zu tun. Ich spiele bloß mit dem Gedanken, meine Wohnung anstreichen zu lassen, und ich wollte den Namen Ihres Anstreichers wissen – natürlich nur, falls Sie ihn für kompetent und zuverlässig halten.«

Es entstand ein, wie Caron es ausgedrückt hätte, *beredtes Schweigen.* »Nun, ich könnte Ihnen natürlich den Namen nennen, aber sie haben bis jetzt noch nicht mit dem Anstrich begonnen. Ich fürchte, Winkie hat ihre Kompetenzen überschritten, als sie ihm und seinem Assistenten den Job versprach. Die Zentrale verlangt, daß wir Angebote einholen, um die günstigste Firma auszusuchen, und ich warte momentan auf die Angebote einiger anderer Handwerker, bevor ich eine Entscheidung treffen kann. Nach der Unterhaltung mit dem Mann, der behauptete, Sie zu kennen, bin ich ebensowenig begeistert wie Sie, eine Empfehlung auszusprechen. Er ist ein ziemlich dubioser Kerl, nicht wahr? Er ist so« – sie suchte nach einem Ausdruck, der der Gattin des Dekans gemäß war – »erdverbunden und hemmungslos.«

Einige von uns hätten es dreckig und krude genannt. Statt dessen sagte ich: »Ich könnte ja auch verschiedene Kostenvoranschläge einholen. Wie ist sein Name?«

»Ich muß erst mal die Unterlagen heraussuchen.« Im Hintergrund hörte ich Papier rascheln, während sie weitersprach. »Mein Mann beschwert sich immer über den Papierkram und die Zeit, die ich in die Verbindung investiere, aber nun, da meine Kinder weggezogen und verheiratet sind, hilft es mir, die Leere zu füllen. Manchmal frage ich mich, ob es unreif von mir ist, mich hauptsächlich mit solchen Aktivitäten zu beschäftigen, aber es war damals für mich selber so wichtig, und ich tue alles, was ich kann, um den Mädchen eine ebenso erinnerungswürdige Erfahrung zu ermöglichen. Und ich habe ein Talent dafür.«

Serienmörder hatten auch ein Talent. »Solange es Ihnen Spaß macht«, murmelte ich lahm, nachdem ich ihr innerlich zugestimmt hatte, daß es in der Tat unreif war, seine Energie einer solch albernen Vereinigung zu widmen. Es war nicht nur die Reaktion auf eine innere Leere, sondern ich vermutete, daß es einem Bedürfnis nach Macht entsprang. Ihre Kinder waren erwachsen, und sie hatte sie durch eine Gruppe von Mädchen ersetzt, deren Reihen jeden Frühling kleiner wurden, sich jedoch jeden Herbst bei der Schnupperwoche wieder füllten.

»Hier ist es ja«, sagte sie mit einem kleinen Auflachen. »Ich mußte mich erst durch einen ganzen Papierstapel hindurcharbeiten. Der Handwerker heißt Ed Whitbred.« Sie buchstabierte den Namen, gab mir die Telefonnummer und sagte dann: »Denken Sie bitte daran, daß ich ihm den Auftrag noch nicht erteilt habe, obwohl sein Angebot bis jetzt das günstigste ist. Winkie hat sich für seinen Charakter verbürgt, aber als Hausvorsitzende ist es meine Aufgabe, ihn persönlich zu befragen und mich davon zu überzeugen, daß er anständig und ehrlich ist.«

»Ich nehme nicht an, daß Sie Arnies Adresse haben?«

»Doch, die habe ich. Ich mußte Mr. Whitebred ein paar Formulare schicken, aber Arnie kannte seine Adresse nicht, also gab er mir seine.« Wieder raschelten Papiere wie trockenes Laub. Es fiel mir leicht, mir Berge von Ordnern vorzustellen, die mit dem *Kappa-Theta-Eta*-Emblem versehen waren und die alle die gleiche Farbe hatten. Eine Weile gab sie ungeduldige Laute von sich, aber dann gratulierte sie sich und sagte: »Sie war in der falschen Mappe. Er lebt im *Airport Arms Motel,* das sich wahrscheinlich in der Nähe des Flughafens befindet.«

»Wahrscheinlich.« Ich dankte ihr für die Zeit, die sie mir gewidmet hatte, und wünschte ihr einen angenehmen Nachmittag. Meiner würde ganz bestimmt nicht so ausfallen, falls ich ihn damit zubrachte, Arnie aufzuspüren und zu befragen. Falls ich jedoch blieb, wo ich war, würden wahrscheinlich bald Caron und Inez auftauchen und mir ihr medizinisches Wissen über meinen dem Verfall geweihten Körper mitteilen oder mir die Einzelheiten von Mrs. Verbenas Analyse erzählen. Peter würde ganz bestimmt nicht zu Besuch kommen.

Jeder, der den Flughafen finden konnte, konnte auch das *Airport Arms Motel* aufspüren. Ich nahm meine Handtasche und machte mich auf die Suche nach Arnie.

Kapitel 8

Das *Airport Arms Motel* lag ein Stück abseits der Schnellstraße. Davor befand sich ein mit Schotter bedeckter Parkplatz, auf dem kompakte Autos, Pickup-Trucks mit Gewehrständern und ein riesiges Motorrad mit einer unmöglich hohen Gabel standen. Letzteres war mit genügend Chromaccessoires ausgestattet, um die NASA zu interessieren. Das graue, verwitterte, eingeschossige Gebäude war so trostlos wie eine Militärbaracke und beherbergte sowohl im Erdgeschoß als auch im ersten Stock sechs Wohnungen. Als ich auf das Grundstück fuhr, donnerte ein Flugzeug über die Baumwipfel hinweg und setzte seinen Anflug auf die Landebahn auf der anderen Seite der Straße fort. Ein paar Minuten vergingen, bevor ich wieder in der Lage war, mich aufrecht hinzusetzen, mir die plötzlich ausgetrockneten Lippen zu befeuchten und neben einem verbeulten Auto zu parken, dessen Ausmaße denen von Debbie Annes tödlichem Gefährt ähnelten.

Arnies grüner Truck war nicht da, aber da ich auf meiner Mission einige Meilen gefahren war, wäre es albern – na gut, feige –, ohne den Versuch aufzubrechen, ihn zu finden. In der Hoffnung, daß sich hinter dem Gebäude noch ein Parkplatz befand, stieg ich aus dem Wagen und ging zu der Doppelreihe rostiger Briefkästen hinüber. Die ungelenken Nummern auf den Boxen konnte man noch lesen, aber die hastig hingekritzelten Namen waren zu verblaßt, um sie zu erkennen.

Ich kam mir vor wie beim Russisch Roulette. Hinter den verwitterten Türen lagen zwölf Wohnungen, und jede von ihnen konnte Arnie gehören. In den elf anderen wohnten die Besitzer der Fahrzeuge auf dem Parkplatz. Ich blickte zurück zu dem Motorrad, straffte die Schultern und klopfte an die erste Tür.

Die Frau, die öffnete, war ganz und gar nicht begeistert von meinem Besuch. Sie hielt ein Bier in der einen und ein halb aufgegessenes Sandwich in der anderen Hand und wandte den Blick nicht von dem voll aufgedrehten Fernsehgerät, das auf der anderen Seite des Zimmers stand und flakkernde, blaue Schatten auf die Wände warf. Nur eine Seite ihres Mundes bewegte sich, als sie fragte: »Was wollense?«

»Ich suche nach Arnie Riggles, und man sagte mir, er lebe hier.«

»Warum suchense den denn?«

»Ich will mit ihm über einen Job reden«, erwiderte ich, was schließlich zur Hälfte der Wahrheit entsprach.

Sie lachte meckernd über etwas, was sich auf dem Bildschirm abgespielt hatte, trank das Bier aus und zerknüllte die Büchse mit einer lässigen Handbewegung. Dann sagte sie: »Ich hab' noch nie von dem gehört.«

Die Tür schloß sich Zentimeter vor meiner Nase. In den nächsten zwei Behausungen war niemand da, und in der vierten spielte sich ein lautstarker Ehekrach ab, dessen Höhepunkt garantiert den Lärm des nächsten Flugzeugs übertönen würde.

Sicher würde niemand freiwillig mit Arnie zusammenleben, also ging ich weiter an den Türen entlang. Dabei störte ich eine andere Frau, die die gleiche Fernsehshow sah und auch noch nie von Arnie gehört hatte, und einen dunkelhäutigen Mann aus dem Nahen Osten, der als Antwort nur heftig zitterte, ehe er die Tür zuknallte.

Ich kehrte zur Mitte des Gebäudes zurück und ging die knarrende Treppe hinauf zu der Empore, wo weitere sechs Türen auf mich warteten. Mit weniger Begeisterung als zuvor klopfte ich an die Tür, die sich am Ende des Ganges befand. Entsetzt wich ich in Richtung Geländer zurück, als mein schlimmster Alptraum die Tür öffnete.

Er trug nur Stiefel und ausgefärbte Jeans, die ihm tief auf den Hüften saßen. Daher konnte ich einen ausgiebigen Blick auf seine Körperbehaarung erhaschen, die auf seiner Brust und seinem Bauch schwarz und lockig ausfiel, auf seinem Kopf zottig und mit grauen Strähnen durchzogen war und auf seinem Kinn und seinen Wangen in Büscheln wucherte. Seine Nase und seine Wangen waren rosig und sein Mund beinahe feminin. Das galt jedoch nicht für seine Arme, die so flächendeckend tätowiert waren, daß zwischen den Handgelenken und seinem Nacken praktisch keine Haut in der Originalfärbung mehr zu sehen war. Er schien mein Entsetzen zu bemerken und sagte mit einem spöttischen Lächeln: »Seien Sie vorsichtig, Ma'am. Das Geländer ist vermodert, und nach unten ist es ein langer Weg. Kann ich etwas für Sie tun?«

»Ich suche Arnie Riggles«, erwiderte ich und versuchte verzweifelt, nicht auf die Kreise auf seinen Armen zu starren. Ich war hier nicht auf dem Rummel und hatte auch keinen Vierteldollar bezahlt, um mich so unhöflich aufführen zu dürfen. Trotzdem hätte er sich ein Hemd anziehen können, bevor er die Tür öffnete.

»Er wohnt nebenan, aber er ist nicht zu Hause. Er war gerade hier, um mich zu fragen, ob ich ein bißchen mit ihm Pool spielen wolle. Wollte ich aber nicht. Soll ich ihm etwas ausrichten?«

»Nein. Haben Sie eine Ahnung, wann er zurückkommt?«

»Das hat er nicht gesagt, aber er ist die Straße runter im *Dew Drop Inn.* Sie können ihn dort finden.« Offensichtlich amüsierte ihn mein Verhalten, das er ohne Zweifel richtig interpretierte, und er drehte sich um und zeigte mir seinen Rücken, der verzierter war als ein mittelalterlicher Gobelin. Als er seine Arme hob und seinen Bizeps anspannte, bewegte sich eine Meerjungfrau, als würde sie zwischen lilafarbenen und blauen Fischen umherschwimmen, und ein Drache bewegte seinen silberfarbenen Schwanz hin und her. »Klasse, was?« fragte er und grinste mich über seine Schulter hinweg an. »Ich habe noch mehr, aber die zeige ich Damen erst, wenn wir ... uns intimer kennen.«

Das Geländer bohrte sich noch tiefer in meinen Rücken, und es kann sein, daß meine Stimme eine Oktave höher kletterte, als ich abwehrte: »Machen Sie sich keine Mühe. Wenn Sie so nett wären, mir die Richtung zu zeigen, in der die Kneipe liegt, die Sie gerade erwähnten, dann werde ich – mich wieder auf den Weg machen.«

»Ich sage Ihnen was. Ich ziehe mir schnell ein Hemd an und komme mit Ihnen. Das *Dew Drop* ist nicht der richtige Ort für eine Dame ohne Herrenbegleitung.« Bevor ich sein Angebot ablehnen konnte, verschwand er im Inneren der Wohnung. Als er zurückkehrte, trug er einen Helm in der Hand. Mit seinem langärmeligen Hemd und seiner Lederweste wirkte er gemäßigter (und weniger bunt) als zuvor. »Warum sucht jemand wie Sie nach jemandem wie Arnie?« fragte er, während wir nach unten gingen.

»Ich muß ihm ein paar Fragen über einige kürzlich geschehene Ereignisse stellen«, antwortete ich vage. »Das ist mein Auto. Soll ich Ihnen folgen?«

»Sie können gerne mit mir fahren, und ich bringe Sie

zurück, wann immer Sie wollen.« Er sprach sehr höflich, ohne auch nur die leiseste Spur von Provokation in der Stimme, aber sein Schnäuzer zitterte in dem Bemühen, nicht zu lachen. »Es ist nur ein oder zwei Kilometer von hier. An einem schönen warmen Abend wie diesem könnte es Ihnen vielleicht gefallen. ›In diesen Frühlingstagen des Jahres, wenn die Luft mild und angenehm ist, wäre es ein Verstoß und eine Verdrossenheit gegen die Natur, nicht hinauszugehen und ihre Reichtümer anzusehen und an ihrem Frohlokken mit dem Himmel und der Erde teilzuhaben.‹ Natürlich Milton, Traktat über die Erziehung.«

»Natürlich.« Er schüchterte mich gar nicht mehr so sehr ein wie in dem Moment, als er die Tür geöffnet hatte. Er war nicht größer als ich, und obwohl er die Statur einer Tonne hatte, konnte man ihn kaum ein riesiges, tobendes Monster nennen, das lebendige Hühner mit bloßen Zähnen zerriß. Auf der Rückseite seiner Weste war auch kein Totenkopf abgebildet. Abgesehen von der Gesichtsbehaarung und der, die sich, wie ich nun wußte, unter seinem Hemd verbarg, sah er eigentlich ganz gewöhnlich aus, wie eine sanfte, ungefähr fünfzigjährige Version des Weihnachtsmannes. Ein ganz gewöhnlicher Mann, abgesehen von seiner Fähigkeit, Milton zu zitieren.

»Sollen wir?« fragte er und zeigte auf sein Motorrad.

Meine Meinung über ihn zu ändern war eine Sache, den Verstand zu verlieren eine andere. »Ich kenne nicht einmal Ihren Namen.«

»›Was bedeutet ein Name? Und nannten wir die Rose bei einem anderen Namen, so würde sie doch ebenso süß duften.‹ Und ich wäre ebenso bereit, eine attraktive Frau wie Sie zu einem Loch wie dem *Dew Drop* zu eskortieren – und wenn auch nur, um herauszufinden, warum Sie Arnie finden wollen. Sind Sie dabei oder nicht?«

Das war wirklich eine gute Frage. Ungefähr vierundzwanzig Stunden zuvor war ich zu dem Schluß gekommen, daß ich mich isoliert hatte, daß ich meine Grenzen erweitern, neue Leute kennenlernen und neue Erfahrungen machen mußte. Zu diesem Zeitpunkt hatte ich nicht damit gerechnet, daß man mir eine Fahrt auf einem Motorrad offerieren würde. Schon gar nicht auf einem, das gut und gerne einem futuristischen Film hätte entsprungen sein können, in dem schwer bewaffnete Cyborgs mit schlechten Manieren auftraten. Aber hatte nicht Peter Rosen, Mr. Korrekt höchstpersönlich, vorgeschlagen, daß ich mich mit anderen Männern treffen sollte? Es bestand gar kein Zweifel, daß ich es bunter gar nicht treiben konnte.

»Sicher«, sagte ich. »Ich bin dabei. Was muß ich tun?«

Er gab mir den Helm, half mir auf den gepolsterten Sitz und zeigte mir, wo ich meine Füße abstellen sollte. »Sie müssen sich nur festhalten und mitgehen«, fügte er hinzu, als er sich rittlings vor mich hinsetzte, irgend etwas Mysteriöses tat und sich zurücklehnte. Der Motor erwachte mit einem Brüllen zum Leben, das Ähnlichkeit mit dem eines tollwütigen Büffel hatte.

Einfach festhalten und mitgehen, sagte ich mir, als wir mit quietschenden Reifen den Parkplatz verließen und die Schnellstraße entlangschossen. Mit Leichtigkeit überholten wir einen Pickup-Truck und einen Sattelschlepper. Ich hatte erwartet, gleichmütig und verängstigt zugleich zu sein, aber nach einer Minute lockerte ich den Todesgriff an seiner Taille und mußte einräumen, daß ich die Geschwindigkeit genoß und auch den Wind, der meine Haut streichelte und mein Hemd aufblähte, das Vibrieren der Maschine und das unaufhörliche Dröhnen, das uns von unserer Umgebung isolierte. Der Verkehr bewegte sich; aber wir waren die Bewegung selbst.

Ich war ein wenig enttäuscht, als wir langsamer wurden und auf einen Parkplatz einbogen. Mein Fahrer stellte den Motor ab. Das plötzliche Verstummen des Lärms war unheimlich.

»Na, was meinen Sie?« fragte er.

Ich nahm den Helm ab. »Eine denkwürdige Erfahrung, anders als alles, was ich bisher erlebt habe.«

Das *Dew Drop Inn* war noch schäbiger als das *Airport Arms Motel,* falls das überhaupt möglich war, und wurde von zersplitterten, nicht zusammenpassenden Seitenwänden, unleserlichen Metallschildern, Spucke und zahllosen Gebeten zusammengehalten. Auf dem Parkplatz standen mehr als ein Dutzend Fahrzeuge, und als ich ihm den Helm gab, fuhr gerade ein Auto vor.

»Heute ist Sonntag«, sagte ich, als wir auf die Tür zugingen. »Warum ist hier so viel los, wo es nicht einmal geöffnet sein dürfte?«

»Das *Dew Drop Inn* ist mehr so etwas wie ein Club als eine Gastwirtschaft, und heute nachmittag finden die *NBA Playoffs* statt. Letztes Jahr hat Mulie einen großen Fernseher aufgestellt. Es ist ein männliches Frühlingsritual, sich zu versammeln, bei ein paar Bier das Spiel anzusehen und derbe Sprüche zu klopfen. Hier gibt es von beidem eine Menge.«

Für mich bedeutete NBA den *National Book Award,* aber es war nur schwer vorstellbar, daß sich die Literaten über ein Netz hinweg Zitate zuwarfen. Falls doch, dann wurden unter den Zuschauern bestimmt Spitzfindigkeiten und Sherry verteilt. Verwirrt betrat ich das *Dew Drop Inn.*

Der Raum war dunkel und der Rauch so giftig wie der Himmel über Los Angeles. Es gab nur zwei Lichtquellen: eine schaukelnde, rechteckige Lampe über einem Billardtisch und ein riesiger Fernsehbildschirm, auf dem Männer in Boxer Shorts einem Ball hinterherjagten. Die meisten der ungefähr zwanzig anwesenden Männer saßen an Tischen und sahen dem Spiel zu, aber drei oder vier hielten sich im Schatten hinter den Pool-Tischen auf. Ohne sich der Asche bewußt zu sein, die von seiner Zigarette herunterfiel, stand ein Mann mit Cowboyhut über dem Tisch gebeugt. Die Spitze seines Queues ruhte auf dem abgeschabten, grünen Bezug des Tisches. Gegen das unaufhörliche Gelächter, die gutgelaunten Flüche und das laute Geplappere der Moderatoren klingelten unsichtbare Telefone an.

»Hey, Senator!«

Ich entdeckte Arnie an einem der Tische. Er wirkte nicht sehr feindselig, denn er winkte mir zu, während er mit seiner Bierflasche immer wieder auf den Tisch klopfte. »Ich sehe, wir haben ihn gefunden«, sagte ich zu meinem Begleiter. Ich war froh, ihn neben mir zu wissen, denn ich hatte mittlerweile genügend Aufmerksamkeit erregt und etliche neugierige, aber auch einige höhnische Blicke auf mich gezogen. Und falls ich ihn nicht ein zweites Mal falsch eingeschätzt hatte, würde ich von den zwielichtigen Typen im Raum keine Annäherungsversuche zu befürchten haben.

»Kommen Sie, gesellen Sie sich zu uns, Senator!« schrie Arnie, der sich immer noch aufführte, als wären wir bei einer Wahlkampfkundgebung und nicht in einer schäbigen Spelunke. »Ich will Sie etwas über diese Handelsdefizite im Pazifischen Raum fragen.«

Mir fiel auf, daß ich die einzige Frau war und es nicht einmal eine weibliche Bedienung gab, und ich ging zu seinem Tisch hinüber. »Kann ich alleine mit Ihnen sprechen?« fragte ich ihn.

Arnie schlug nach dem Mann, der neben ihm saß. »Mensch, McDooley, bist du im Stall großgeworden, oder was? Gib der Lady deinen Stuhl, bevor ich dir eine Bierflasche in den Hals schiebe.«

»Allein?« wiederholte ich eindringlich.

»Alles, was Sie wollen, Senator, sobald das Spiel vorbei ist. Ich habe ein großes Interesse am Ergebnis, ungefähr hundert Dollar groß.« Er wedelte diesmal so heftig mit der Hand herum, daß die Ansammlung von Bierflaschen auf dem Tisch zu wackeln anfing. »Hey, Ed, worauf wartest du – auf eine schriftliche Einladung? Komm, setz dich zum Senator. Ich lad' euch beide auf eine Flasche Bier ein. Arnie Riggles schwimmt heute in Knete.«

Ich zog die Augenbrauen in die Höhe, als mein stämmiger Fahrer sich auf den Stuhl setzte, den jemand auf Arnies anderer Seite hastig frei gemacht hatte. »Ed?«

»Senator?« imitierte er mich.

Arnie schlug sich auf seine affenartige Stirn, wobei es reines Glück war, daß er dazu nicht die Hand nahm, in der er die Bierflasche hielt. »Mann, Senator, ich dachte, Sie würden sich kennen, so wie Sie zusammen reingekommen sind. Dieser nette Kerl hier ist Ed Whitebred, mein Chef und mein bester Freund auf der ganzen verdammten Welt.« Er hickste und beugte sich vor, um einen Arm um Eds Schulter zu legen. »Ich kann Ihnen gar nicht sagen, wie oft er schon ins Gefängnis gekommen ist, um mich da rauszuholen und mich anschließend auf dem Nachhauseweg auszuschimpfen, daß ich eine Entziehungskur machen soll. Der alte Ed ist gemeiner als meine erste Frau und häßlicher als meine zweite, aber ich liebe ihn trotzdem.«

Arnie legte sein Gesicht an Eds Schulter und fing an zu weinen. Angesichts des mangelnden Interesses der anderen am Tisch kam ich zu dem Schluß, daß das weinerliche Getue nichts Besonderes war, und tatsächlich reagierte auch niemand darauf.

Ein Mann in einer dreckigen Schürze stellte zwei Flaschen Bier ab und stapfte wieder davon. Stirnrunzelnd betrachtete ich zuerst die Flasche und dann Ed. »Sie haben gar nicht erwähnt, daß Sie und Arnie so dicke Freunde sind.«

»Sie haben ja auch nicht danach gefragt«, erwiderte er. Er versuchte, sich aus Arnies Umarmung loszumachen, aber der ließ nicht locker. »Ich bin nicht sicher, ob er in der richtigen Stimmung für eine Unterhaltung ist.«

Am anderen Ende des Raumes öffnete sich eine Tür, und zwei Männer kamen herein. Das Geräusch von klingelnden Telefonen wurde lauter. Selbst bei geschlossener Tür konnte ich mindestens ein Dutzend davon hören. »Was hat es mit den Telefonen auf sich? Findet hier eine Art Spendenmarathon statt? Die Jungs hier sehen nicht gerade sehr karitativ aus.«

»Hundert Dollar«, sagte Arnie und hob den Kopf. »Wollen Sie ein bißchen Action, Senator? Sie müssen nicht viel setzen, und das Ganze macht ein Bisketball... das heißt, ein Basketballspiel nur noch interessanter. Ein Nickel oder ein Dime reichen völlig.«

Ich nahm eine Fünfcentmünze aus meinem Portemonnaie und legte sie auf den Tisch. »Ich wette mit Ihnen darum, daß Sie sich nicht gerade hinsetzen und mir ein paar einfache Fragen beantworten können, Arnie. Wenn doch, dann gehört alles Ihnen.«

Einer der Männer räusperte sich. »Es ist in Spielerkreisen Tradition, daß ein Nickel fünf Dollar und ein Dime zehn Dollar bedeuten. Aber wenn man bedenkt, in welchem Zustand er ist, dann spielt es vielleicht keine Rolle.«

»Könnten Sie sich bitte da raushalten?« Ich starrte ihn an, bis er den Blick abwandte, und schüttelte dann Arnies Arm. »Ich habe kein Interesse daran, die hiesigen Gepflogenheiten kennenzulernen. Wenn fünf Dollar nötig sind, dann gut!« Ich holte einen Schein aus meiner Tasche und knallte ihn auf den Tisch. Dabei kam ich mir vor wie ein verwegener Pokerspieler in einem Wildwest-Saloon. »Gilt die Wette oder nicht?«

Arnie wischte sich seine Nase an Eds Schulter ab und setzte sich mühsam aufrecht hin. »Ja, es hat noch niemand Arnold Riggles vorgeworfen, sich vor einer Wette zu drücken, egal, worum es ging. Es scheint mir jedoch, daß ein Senator mehr bieten sollte als mickrige fünf Dollar. Wie hoch ist heutzutage das Verteidigungsbudget? Was ist mit dem Gesundheitsbudget? Ihr habt letztes Jahr eure Gehälter erhöht –« Plötzlich sackte er nach vorne, und sein Kopf titschte mehrmals vom Tisch ab, bevor er zum Liegen kam.

»Ich bin keine Senatorin«, teilte ich Ed mit, der verständlicherweise etwas verwirrt war. »Wer immer auch behauptet hat, es sei unmöglich, die menschliche Intelligenz zu niedrig einzuschätzen, der muß dabei an Arnie gedacht haben. Der Rauch und der Gestank und all diese Telefone sind zu viel für mich. Würden Sie mich bitte zu meinem Auto zurückbringen?«

»Sicher, und ich komme besser noch einmal her, um Arnie nach Hause zu bringen. Er hat sein Limit für heute abend überschritten.«

Ich nickte den restlichen Männern am Tisch höflich zu und schob meinen Stuhl zurück, um aufzustehen, als die Vordertür aufging und eine Horde Männer in den Raum strömte. Männer in Mänteln und Krawatten, die Ausweise in die Höhe hielten. Männer in blauen Polizeiuniformen. Männer in khakifarbenen Polizeiuniformen. Männer in Overalls und Kappen. Junge Männer, alte Männer, genug Männer, um ein Football-Feld zu füllen. Vor allem aber waren es bewaffnete Männer. Und sie alle sagten, wenn auch nicht unisono, so doch in einem konfusen Stimmengewirr, in dem von Tenor bis Baß und von schrill bis eiskalt alles vertreten war: »Dies ist eine Razzia!«, »Keiner rührt sich!«, »Hände auf den Tisch, damit ich sie sehen kann!«, »Von der Tür wegbleiben!«, »Du da – runter mit dem Queue!«, »An die Wand, Bubba!«

Ich ließ mich zurück auf meinen Stuhl sinken, als am anderen Ende der Bar noch mehr Männer hereingestapft kamen. Aus dem Hinterzimmer ertönten Bruchstücke von offiziellen Phrasen. Es ging um den illegalen Besitz von Wettgerät, den Verstoß gegen das Bundesgesetz zur Bekämpfung des landesweiten organisierten Verbrechens und das Betreiben eines illegalen Wettetablissements.

»Was ist hier los?« fragte ich Ed mit einem erstickten Flüstern.

Bevor er antworten konnte, tauchte schon ein uniformierter Beamter vor uns auf. »Hände auf den Tisch, aber alle! Haltet den Mund! Das hier ist eine Razzia und keine verdammte Teeparty!«

Ich warf ihm einen kühlen Blick zu, der ihn ein wenig für seine irrige Annahme tadeln sollte. »Hier liegt ein Mißverständnis vor, Officer. Ich bin nur hergekommen, um mit jemandem zu reden. Ich weiß absolut nichts von illegalen Vorgängen, und ich habe in meinem ganzen Leben noch keine Wette abgeschlossen. Ich denke, es wäre das beste, wenn ich leise und unauffällig ginge.«

»Ist das Ihr Geld?« Er zeigte auf den Fünfdollarschein.

»Nein, natürlich nicht. Es gehört dem komatösen Herrn neben mir. Also, wenn Sie nichts dagegen hätten, werde ich –«

Der komatöse Herr drehte den Kopf zur Seite. »Klar ist das meins. Der Senator und ich haben eine kleine Wette laufen, und in einer Minute werde ich –« Sein Gesicht fiel wieder nach unten, bis seine Nase auf dem Tisch plattgedrückt wurde, und er fing an zu schnarchen.

»Politikerin, was?« Der Polizist schenkte mir ein eisiges Lächeln, während er mir meine Rechte vorlas.

Während der Fahrt zum Gefängnis, bei der ich in Handschellen gelegt und zwischen zwei übelriechenden anderen Gästen eingequetscht auf dem Rücksitz eines Polizeiwagens saß, erfuhr ich, daß das *Dew Drop Inn* schon seit über einem Jahr unter Beobachtung gestanden hatte. Meine Ankunft hatte nichts mit der Anordnung der Razzia zu tun. Ich hatte nur einen sehr ungünstigen Zeitpunkt gewählt, nämlich einen Tag, an dem die Spieler wie Würmer nach einem Wolkenbruch hervorkrochen und die Gesetzeshüter damit rechnen konnten, große Mengen Geld und Wettscheine vorzufinden.

Vermutlich war es eine lehrreiche Erfahrung, aber nicht gerade das Zeug, aus dem schöne Erinnerungen gemacht wurden. Man nahm mir Fingerabdrücke ab, machte ein Photo von mir (ich verlangte, daß man mir vorher einen Spiegel gab, aber sie waren nicht sehr kooperativ), steckte mich schließlich in eine nackte Zelle und teilte mir mit, daß man sich früher oder später um mich kümmern werde.

Ein paar Stunden zuvor, nach den unangenehmen Erlebnissen mit Peter, Caron und Inez und dem anonymen Anrufer, hatte ich angenommen, daß es nicht mehr schlimmer kommen könnte. Aber nun, als ich im Dunkeln auf der Metallpritsche saß, mir der Uringeruch in die Nase stieg, ich müßig die obszönen Graffitisprüche an den Wänden las und der Möglichkeit ins Auge sah, daß ich die nächsten zwölf Stunden nichts anderes tun würde, mußte ich zugeben, daß ich mich mit dieser Annahme wohl geirrt hatte. Und was hatte ich erreicht? Ich hatte Ed Whitebred kennengelernt, aber es bestand kein Grund zu glauben, daß er etwas mit Jean Halls Tod oder Debbie Anne Wrays Verschwinden zu tun hatte. Er war nicht mein Mann im Mond aus dem Verbindungshaus, es sei denn, er hatte ein unglaublich effektives Mittel gegen Haarausfall entdeckt.

Ich wußte nicht, wie man sich normalerweise in solch einer

Situation verhielt. Man würde mir vor dem Verhör einen Anruf gestatten, aber sie hatten angedeutet, daß mein Name noch lange nicht an die Spitze der Liste aufrücken würde. Ich hatte weder einen Metallbecher, mit dem ich gegen die Gitter schlagen konnte, noch einen gebogenen Löffel, um mir damit einen Tunnel in die Freiheit zu graben. Und Kirchenlieder kannte ich auch keine.

Ich spielte mit dem Gedanken, meinen Anruf dafür zu verwenden, mir eine Pizza zu bestellen, als sich die Zellentür öffnete und Jorgeson hereinkam. »Guten Abend, Mrs. Malloy«, sagte er, so als befänden wir uns unter dem Säulengang vor dem *Book Depot*. Hätte er einen Hut getragen, hätte er sich bestimmt höflich an die Krempe getippt. »Ich habe den Eindruck, Sie sitzen in der Klemme.«

»Um genau zu sein, ist es eine Zelle. Woher wußten Sie, daß man mich hier schon seit unzähligen Stunden verschimmeln läßt?«

»Laut Aussagen des Officers, der Sie festgenommen hat, und des Diensthabenden sind Sie seit weniger als einer Stunde hier drin – obwohl ich davon überzeugt bin, daß es sich länger anfühlt. Im Gefängnis von Farberville vergeht die Zeit nicht gerade wie im Flug, oder zumindest hat man mir das so erzählt.«

»Und was hat man Ihnen sonst noch erzählt?«

Er schien über die Ereignisse informiert zu sein, die zu meiner Verhaftung geführt hatten, und berichtete sie mir mit einer bemüht neutralen Stimme. Dann sagte er: »Einer der Beamten erkannte Ihren Namen und rief Lieutenant Rosen an, da er vermutete, daß er darüber informiert werden wollte. Der Lieutenant rief dann mich an.«

Ich war zuvor schon recht verstimmt gewesen, aber nun wurde ich wirklich wütend. »Warum ist er nicht selber hergekommen?«

Jorgesons bulliges Gesicht wurde rot, und seine Ohren fingen an zu zittern. Dies war eine Reaktion, die ich schon von früheren Anlässen her kannte, bei denen er sich sehr unwohl gefühlt hatte. Er schaute auf etwas über meinem Kopf an der Wand und sagte: »Ach, der Lieutenant sagte, er sei beschäftigt. Nachdem man ihm erzählt hatte, daß Arnie Riggles bei der Razzia aufgegriffen worden sei, war er überzeugt, daß Sie wieder mit Ihren üblichen – daß Sie sich eingemischt – ich meine, daß Sie sich an einer Ermittlung beteiligt hätten. Er sagte, er werde den Diensthabenden anrufen und ihn bitten, Sie bis zur Anhörung in meine Obhut zu entlassen.«

»Die Anhörung, Jorgeson? Wollen Sie etwa andeuten, daß Lieutenant Peter Rosen nicht beabsichtigt, sich mit dem Leiter der Razzia zu unterhalten und ihm klarzumachen, daß ich völlig unschuldig und nur einer falschen Einschätzung unterlegen bin? Daß man mich vor den Richter bringen und mir eine Geldstrafe oder einen weiteren Aufenthalt in diesem netten Raum hier aufbrummen wird? Wollen Sie das damit andeuten?«

»Ich glaube nicht, daß er so weit gehen wird, Mrs. Malloy. Als er den Anruf bekam, hatte er wahrscheinlich schlechte Laune, na ja, und er war ein bißchen außer sich, als er von Ihrem Freund mit dem Motorrad hörte. Ich bin sicher, er wird morgen etwas unternehmen, um Ihnen zu helfen.«

»Was meinten Sie damit, als Sie sagten, er sei beschäftigt?« fragte ich unnachgiebig. Mein Gesicht war mittlerweile so rot wie seines, und meine Ohren zitterten zwar nicht, prickelten jedoch ein wenig. »Was genau hat er getan, als er den Anruf bekam?«

Jorgeson schloß einen Moment lang die Augen, und man konnte beinah hören, wie er schluckte. »Ich glaube, er war nicht alleine. Los, wir gehen jetzt nach vorne und sorgen dafür, daß Sie entlassen werden. Dann sind Sie in Null Komma nichts zu Hause, sitzen mit einer schönen heißen Tasse Tee auf Ihrem Sofa, und all das hier kommt Ihnen wie ein böser Traum vor.«

»Nicht allein?« fragte ich, während ich aufsprang und ihm den Korridor entlangfolgte.

»Ich glaube, er sagte etwas über Lieutenant Pipkin. Das geht mich nichts an, Mrs. Malloy; ich befolge nur meine Anordnungen.«

»Diese Ausrede hat in Nürnberg auch nicht viel gebracht, Jorgeson. Wer ist Lieutenant Pipkin? Ist er beim CID?«

Er blieb so abrupt stehen, daß ich beinah mit ihm zusammengestoßen wäre, und er zog mich beiseite, als einer meiner Mitverschwörer aus dem *Dew Drop Inn* zu einer Zelle geleitet wurde. »Wie ich schon sagte, es geht mich nichts an, was Lieutenant Rosen in seiner Freizeit tut. Manchmal trinken wir ein Bier zusammen oder sehen uns ein Baseball-Spiel der College-Liga an, aber meistens gehen wir unserer eigenen Wege. Meine Frau und ich haben uns gerade ein Video angeschaut, und ich würde gerne nach Hause, damit wir es vor Mitternacht noch zu Ende sehen können. Wenn Sie wegen Lieutenant Pipkin neugierig sind, dann rufen Sie sie doch selber an. Sie gehört zur Campuspolizei.«

Trotz meiner ungestümen Gedanken legte ich ein beeindruckend emotionsloses Verhalten an den Tag, während Jorgeson den nötigen Papierkram für meine Entlassung erledigte, mich zum *Airport Arms* fuhr und mir schließlich zuwinkte, als er auf die Schnellstraße einbog. Ed Whitebreds Motorrad war nicht da, und ich fühlte mich ein bißchen schuldig, als mir klar wurde, daß er nicht im *Dew Drop* gewesen wäre, wenn er mich nicht begleitet hätte.

Arnie hatte alles verdient, was ihm geschah, und sogar noch viel mehr, aber Ed hatte sich nur um seine eigenen Angelegenheiten gekümmert – bis ich aufgetaucht war.

Ich öffnete die Tür meines Autos und warf dann einen Blick zum ersten Stock hinauf. Eds Wohnung lag völlig im Dunkeln, und die daneben ebenfalls. Ich wußte, wo die Bewohner waren und sehr wahrscheinlich auch bis zu ihrer Anhörung am nächsten Morgen bleiben würden. Würde ich die zufälligen Umstände ausnutzen, die zu meiner vorzeitigen Entlassung geführt hatten? Akzeptierten Fernsehprediger einen Blankoscheck?

Ich ging die Treppe hinauf und den Balkon entlang bis zu der vorletzten Wohnung. In den guten alten Zeiten des *Airport Arms* mochte ein Mieter noch in der Lage gewesen sein, seine Tür abzuschließen, um sich vor den diebischen Nachbarn zu schützen, aber nun schien der Knauf locker genug, um nach einem kurzen Ziehen in meiner Hand zu landen. Was eigentlich ganz gut so war, da Arnie seinen Schlüssel bestimmt genauso leicht verlor wie das Bewußtsein. Ich öffnete die Tür ein paar Zentimeter und rief in die Dunkelheit: »Hallo, ist da jemand?« Falls jemand da war, so war er oder sie nicht in Plauderstimmung. Ich ging hinein, schloß die Tür und tastete nach dem Lichtschalter. Dabei versuchte ich nicht an das letzte Mal zu denken, als ich in einer ähnlichen Situation gesteckt hatte. In Arnies Wohnung hausten wahrscheinlich Ratten.

Ich schaltete das Licht an und zog hastig die Vorhänge zu. Da das Licht dennoch sichtbar war, hoffte ich, daß derjenige, der es bemerkte, einfach annahm, daß der Mieter zu Hause sei. Das Wohnzimmer war schmutzig, um es milde auszudrücken. Die Inneneinrichtung bestand hauptsächlich aus Bierbüchsen, Tellern mit vergammeltem Essen, wackligen Stapeln aus vergilbten Zeitungen und Magazinen und Möbeln, die geradewegs gefährlich aussahen. Ich wußte, daß ich in der richtigen Behausung war.

Die Küche war dreckig, das Badezimmer ebenso, und das

Schlafzimmer sah aus, als wäre es einer Invasion zum Opfer gefallen, die im Ausmaß der Operation *Desert Storm* geähnelt haben mußte. Wie die Schwestern der *Kappa-Theta-Eta*-Verbindung bevorzugte Arnie den Boden statt des Schranks als Aufbewahrungsort seiner Sachen. Ich konnte jedoch zwischen all den farbbekleckssten Overalls und den schmuddelig grauen Jockey Shorts keine rosafarbenen Kaschmirpullover entdecken.

Es war hoffnungslos. Falls irgend etwas hier war, daß seine Beteiligung an der Sache erklärte, dann würde ich bestimmt nicht zufällig darüber stolpern, ohne vorher stundenlang alles durchwühlt zu haben. Ich öffnete die Kommodenschubladen, schaute in den Schrank und zwang mich, mich hinzuknien und schnell unter dem Bett nachzusehen. Hätte ich mich auf der Suche nach Staubflocken und Schnapsflaschen befunden, wäre ich unglaublich erfolgreich gewesen. Aber so kam ich zu dem Schluß, daß das Ganze sinnlos war, und kehrte ins Wohnzimmer zurück. Am Türgriff entdeckte ich einen Photoapparat, der an einem Plastikriemen hing. Mit Kameras kannte ich mich zwar ebensowenig aus wie mit männlichen Frühlingsriten, aber ich sah sie mir genauer an und stellte fest, daß sich eine Filmrolle darin befand. Würde sich darauf ein Photo von einer erschrockenen Buchhändlerin befinden, die mit offenem Mund dastand und mit gespreizten Fingern versuchte, den Blitz abzumildern? Was mich jedoch viel brennender interessierte, war, wen er sonst noch abgelichtet hatte. Arnie war kein Amateur, der unter den Fenstern des *Kappa-Theta-Eta*-Hauses seinem Hobby frönte. Ich hatte zwar zuvor behauptet, daß er kein Mörder sei, aber das hieß nicht, daß ich ihn nicht für einen potentiellen Voyeur hielt. Oder einen Erpresser, was bedeuten würde, daß sich auf der Filmrolle wahrscheinlich Beweismittel befanden.

Nach einigen ergebnislosen Versuchen, den Film herauszuholen, beschloß ich, mir die Kamera lange genug auszuborgen, um einen dieser netten jungen Angestellten im Photoladen mit dem Einstundenservice zu bitten, mir zu helfen. Ich schaltete das Licht aus und öffnete die Tür.

Ed Whitebred versperrte mir den Weg, sei es nun absichtlich oder nicht. »›Manchmal schließen sie dich ein im Gefängnis – in einer dunklen, dreckigen Zelle; Ich hoffe, die Burschen, die sie gebaut haben, finden das gleiche unten in der Hölle.‹ Natürlich E. F. Piper.«

»Natürlich«, wiederholte ich lahm. »Es freut mich, daß man Sie entlassen hat, Ed. Es war meine Schuld, daß Sie dort waren, und ich möchte mich entschuldigen. Falls Sie angeklagt werden sollten, werde ich selbstverständlich zu Ihren Gunsten aussagen.«

»Und ich brauche Sie nicht einmal in Ihrem Büro in Washington anzurufen, nicht wahr? Ich kann Sie in Ihrer Wohnung neben dem Verbindungshaus besuchen oder im *Book Depot* auf der Thurber Street.«

Mich irritierte nicht nur sein leicht sarkastischer Ton, sondern auch sein massiver Körper, der vor Arnies Wohnungstür Wurzeln geschlagen zu haben schien. »Jederzeit, Ed. Danke für die Fahrt auf dem Motorrad. Ich bin das erste Mal auf einem mitgefahren, und es ist wirklich ein ganz besonderes Gefühl, nicht wahr?« Meine schwitzigen Finger umklammerten den Photoapparat, aber es war ein bißchen zu spät, ihn hinter dem Rücken zu verstecken. »Nun, ich mache mich nun besser auf den Weg. Meine Tochter wird sich schon Sorgen machen, und ich bin nach meinem kurzen Gefängnisaufenthalt völlig ausgehungert. Und ein Täßchen Tee wäre jetzt einfach himmlisch. Sie werden es nicht glauben, aber ich dachte gerade darüber nach, den Anruf, der einem zusteht, zum Bestellen einer Pizza zu nutzen, als ... man mich entließ. Ist das nicht albern?«

Er ließ sich durch mein Gestammel nicht beeindrucken. »Was wollten Sie in Arnies Wohnung, Mrs. Malloy? Das einzig Wertvolle ist seine neue Kamera. Ich habe länger als eine Woche gebraucht, um ihm beizubringen, wie man sie benutzt, aber jetzt hat er den Bogen raus.«

Ich konnte mich nicht an ihm vorbeizwängen und verspürte nicht den Wunsch, in die Wohnung hinter mir zurückzukehren. Ich steckte irgendwie in einer Sackgasse. Wir starrten uns eine Ewigkeit an – so kam es mir jedenfalls vor –, und keiner von uns machte eine Bemerkung über den belastenden Gegenstand in meiner Hand. Schließlich gestand ich mir ein, daß ich schachmatt war, und hielt ihm die Kamera hin. »Ich wollte mich nur davon überzeugen, daß niemand in Arnies Abwesenheit in seine Wohnung eindringt. Als ich die hier entdeckte, habe ich mir Sorgen gemacht, daß sie jemand klauen könnte, also wollte ich sie an mich nehmen, bis er zurück ist. Doch da Sie jetzt da sind, können ebensogut Sie die Verantwortung übernehmen.«

Als er die Kamera nahm, stieß ich ihm so fest in den Bauch, daß er das Gleichgewicht verlor und ich an ihm vorbeisausen konnte. Ich polterte die Treppe hinunter, suchte in meiner Handtasche nach meinen Autoschlüsseln und blickte mich erst um, als ich in meinem Wagen saß, die Türen verschlossen und die Fenster hochgekurbelt hatte und der Schlüssel im Zündschloß steckte.

Der Balkon war leer, und in seiner Wohnung brannte Licht. Während ich wie eine linkische Heldin keuchend davongerannt war und mir dabei vorgestellt hatte, wie sich seine dicken Finger um meinen Hals legten oder mich zu Boden rissen, war Ed Whitebred einfach mit der Kamera hineingegangen und hatte sich wahrscheinlich eine Flasche Bier aufgemacht. Wenn er in diesem Stück den Bösewicht spielte, dann mußte er definitiv noch an seiner Rolle arbeiten.

Kapitel 9

»Und er hat Milton zitiert?« fragte Luanne mit erstickter Stimme. Sie ließ sich gegen die Bank zurücksinken, wobei sie so herzhaft lachte, daß das Bier aus ihrem Glas schwappte. »Warum? Hast du ihn nach dem Grund gefragt?«

Ich wußte, was sie meinte, zog es aber vor, sie falsch zu verstehen. »Ich bin sicher, er war der Meinung, die Situation verlange es.«

Es war Mittag am folgenden Tag, und wir hatten uns im Biergarten getroffen, um dort an unserem Lieblingstisch zusammenzusitzen. Nachdem ich von meinem katastrophalen Ausflug zum *Airport Arms* zurückgekehrt war, hatte sich nichts weiter ereignet. Caron und Inez saßen zusammen in Carons Zimmer und waren viel zu sehr mit finanziellen Dingen beschäftigt, um meine Abwesenheit bemerkt zu haben, und Peter Rosen war wahrscheinlich viel zu sehr mit seinem weiblichen Gegenstück bei der Campuspolizei beschäftigt, um sich wegen mir Sorgen zu machen.

Jorgeson hatte am Morgen angerufen, um mir mitzuteilen, daß mein Name aus den Berichten über die Razzia gestrichen worden sei und ich nicht zur Anhörung erscheinen müsse. Sein Angebot, mir mein Photo für die Verbrecherkartei als Souvenir zu schicken, wies ich verächtlich zurück. Als ich auf dem Weg zum *Book Depot* am *Kappa-Theta-Eta*-Haus vorbeigegangen war, hatte es dort keine Anzeichen für irgendwelche Aktivitäten gegeben, und weder Debbie Anne noch mein anonymer Anrufer hatten geruht, die darauf folgenden Stunden der Untätigkeit zu stören.

Luanne wischte sich die Tränen aus den Augen und bemühte sich um eine etwas gefaßtere Stimme, aber gelegentlich brachen immer wieder kleine Geräusche aus ihr heraus, die unterdrückten Niesern ähnelten. »Da triffst du einen *Hell's Angel,* der aussieht – ich weiß nicht – wie aus einem Comic-Heft, aber unbestreitbar die Seele eines Poeten besitzt. Nachdem ihr zwei der örtlichen Strafkolonie entkommen seid, begegnet ihr euch auf einem in Mondlicht getauchten Balkon wieder. Und klimperst du mit den Wimpern und hauchst ›Nun gute Nacht! So süß ist Trennungswehe, Ich rief wohl gute Nacht, bis ich den Morgen sähe‹? Nein, du schubst ihn gegen das Geländer und rennst weg. Du solltest endlich aufhören, diese schrecklichen Krimis zu lesen, Claire. Probier's doch mal mit einem Liebesroman! Azalea Twilight hat doch bestimmt einen über das primitive Vergnügen geschrieben, das man verspürt, wenn man ein Motorrad zwischen den Schenkeln hat, der Wind einem die Brüste liebkost und der schweigsame, aber dennoch äußerst potente Held... Nein, die Typen haben normalerweise geheimnisvolle Narben und keine flächendeckenden Tätowierungen.«

Ich zog eine Grimasse. »Ed ist auch nicht einfacher zu charakterisieren als all die anderen in diesem Schlamassel. Ich kann mich nicht entscheiden, ob er nun ein potentieller Party-Gast oder ein Mörder ist. Aber warum sollte ich bei ihm mehr Glück haben als bei den anderen? Keine meiner Informationen kommen von einer Quelle, die man unvoreingenommen nennen könnte. Die *Kappas* beteten Jean an und verabscheuen Debbie Anne. Mrs. Wray vertritt die prosaische mütterliche Haltung. Für Ed Whitebred macht sich kein geringerer als Arnie stark, der behaupten würde, eine Kuh zu verehren, wenn dabei etwas für ihn herausspringt. Warum kann ich es nicht einfach mit ein paar netten, unvoreingenommenen Leuten zu tun haben?«

Luanne steckte sich den letzten Rest ihres Sandwichs in den Mund und knüllte die Papierhülle zusammen. »Wie zum Beispiel gewisse Professoren am College?«

»Genau das wollte ich auch gerade sagen.«

Als ich zurück zum Buchladen kam, rief ich zu Hause an und ließ das Telefon klingeln, bis Caron sich geschlagen gab und sich mit einem verschlafenen Knurren meldete.

»Du mußt heute nachmittag auf den Laden aufpassen, Liebes«, sagte ich. »Sei in dreißig Minuten hier, oder du kannst deine Pläne für den heutigen Abend vergessen.«

»Und eine total langweilige Pyjama-Party bei Rhonda verpassen? Du meinst, ich darf nicht die ganze Nacht Limbo tanzen und mit rosafarbenen Lockenwicklern herumlaufen? Oder billige Chips und Käsedip essen, die aus den gleichen Chemikalien wie Napalm hergestellt wurden? Juxanrufe beim Football-Team machen? Wirf mich nicht in diesen Dornbusch, holde Mutter.«

Ich war beeindruckt von der Schnelligkeit, mit der sie ihre Schläfrigkeit abgelegt und ihren Sarkasmus wiedergefunden hatte. »Komm her« sagte ich, bevor sie zu Höchstform auflaufen konnte. Ich brauchte Debbie Annes Stundenplan. In der Vergangenheit hätte ich Peter angerufen, um es mit meinem üblichen Geschick aus ihm herauszukitzeln, aber nun würde ich mir eher einen Arm abhacken lassen. Die Verwaltung würde sofort abwinken und mir einen Vortrag über die Privatsphäre der Studenten halten. Lieutenant Pipkin von der Campuspolizei würde mir auch nicht sehr entgegenkommen – und ihrem neuen Liebhaber von meiner Anfrage berichten.

Ich rief Eleanor Vanderson an, die weder beim ersten Klingeln noch nach den nächsten fünfzehn Stück diensteifrig ans Telefon kam. Wahrscheinlich aß sie gerade mit den Fakultätsfrauen Hühnchensalat zum Mittagessen oder spielte Bridge. Ich vermutete, daß sie bei letzterem sehr gut war – und ersteres nur anrührte, wenn es mit hausgemachter Mayonnaise und Mandelscheiben angereichert war. Im *Kappa*-Haus hob auch niemand ab.

»Ich kann nicht glauben, daß du mir das antust, Mutter«, sagte Caron, als sie und Inez eine Stunde später in den Laden geschlendert kamen. »Obwohl dieses Land auf der ökonomischen Notwendigkeit von gekauften Dienern und Sklaven aufgebaut wurde, glaube ich doch, daß Mr. Lincoln dieser Sache vor über hundert Jahren Einhalt geboten hat. Ich hatte eigentlich vor, das Jahrbuch nach potentiellen *My-Beautiful-Self*-Klienten durchzusehen. Pippa sagt, sie hätte das auch getan, als sie anfing. Weißt du, wieviel Geld sie in den letzten drei Jahren verdient hat?«

»Sie hat sich nach dem ersten Jahr ein Kabrio gekauft«, steuerte Inez zu der Unterhaltung bei. »In den Osterferien ist sie nach Cozumel geflogen und hat dort genug Geld verdient, um die ganze Reise zu finanzieren. Sie hat direkt am Strand ihre Sitzungen abgehalten.«

Caron verschwand hinter den Regalen mit den Selbsthilfebüchern, aber ihre Stimme war immer noch sehr gut zu verstehen. »Pippas Mutter hat ihr am Anfang geholfen, indem sie Partys geschmissen und ihre Freundinnen zu einer Beratung überredet hat. Ihre Mutter hat sehr viele Freunde, denn sie ist ein ehemaliges Mitglied des nationalen Frauenvereins und eine aktive *Kappa*-Ehemalige. Außerdem arbeitet sie ehrenamtlich im Krankenhaus und hat eine wichtige Aufgabe im Country Club. Ich glaube, sie ist Vorsitzende des Dekorationskomitees.«

»Während du mit einer Mutter geschlagen bist, die unseren Lebensunterhalt verdienen muß«, sagte ich, so freundlich ich konnte. »Vielleicht kannst du heute abend bei Rhonda ein paar Klientinnen werben.«

Caron schaute über den Rand der Liebesromane zu mir herüber. »Nach dem Limbo?«

Inez blinzelte mich an wie eine kleine, braune Scheuneneule. »Rhonda ist völlig verrückt nach Limbo. Es ist beinah eine Krankheit, und wenn man sagt, daß man nicht will, oder sich ins Badezimmer einsperrt, dann zerrt sie einen förmlich ins Wohnzimmer und schiebt einen unter den Besenstiel.«

»Wie tief kommst du runter?« ertönte eine körperlose Stimme aus der Richtung der Kochbücher. »Niemand kommt tiefer als Rhonda, denn sie hat all ihr Übergewicht an den Hüften, und ihr Gravitationspunkt liegt niedriger als bei anderen Leuten.«

»Genug!« befahl ich. »Ich werde in ungefähr einer Stunde zurück sein. Nehmt keine Süßigkeiten von Fremden und keinen einzigen Cent aus der Kasse, es sei denn, ihr müßt Wechselgeld herausgeben. Ihr könnt immer noch das Jahrbuch nach Opfern durchsehen; die Chancen stehen recht gut, daß euch während meiner Abwesenheit niemand stören wird. Um ehrlich zu sein, stehen die Chancen ausgezeichnet.«

Ich steckte ein Notizbuch in meine Handtasche und war schon fast aus der Tür, als Caron sagte: »Dieser Mann hat wieder angerufen.«

»Wann?« fragte ich. »Was hat er gesagt?«

Sie stand mittlerweile hinter dem Ladentisch und betrachtete mit einem rätselhaften Glitzern in den Augen die Kasse. »Das Ganze war ziemlich doof. Als ich abhob, hörte ich nur dieses schwere Atmen. Ich wollte nicht meine Zeit verschwenden, also habe ich gefragt, ob dies ein obszöner Anruf sei, und er –«

»Du hast gefragt, ob es ein obszöner Anruf sei?« fragte ich langsam.

»Warum sollte er die Leitung blockieren, wenn er doch nur schwer atmet, Mutter? Vielleicht versuchte in der Zeit gerade jemand, einen Termin für eine *My-Beautiful-Self*-Beratung auszumachen. Jedenfalls hat er sich geräuspert und gesagt, daß dies natürlich kein obszöner Anruf sei und er es gar nicht schätzen würde, wenn man ihm solch ein unwürdiges Verhalten vorwerfe. Ich machte ihn darauf aufmerksam, daß er schließlich derjenige sei, der hyperventiliere und nicht ich. Er erwiderte, er würde darüber nachdenken, was er sagen wolle. Ich machte ihn darauf aufmerksam, daß er sich das vorher hätte überlegen sollen, und dann habe ich aufgelegt.«

»Aber er hat zurückgerufen«, mischte sich Inez tapfer ein, bevor sie hinter dem Regal mit den Science-fiction-Büchern verschwand. Caron, wie jeder temperamentvolle Star, mochte es gar nicht, wenn die Zweitbesetzung sie unterbrach.

»Er hat zurückgerufen?« fragte ich.

Caron zog eine Puderdose aus der Tasche und betrachtete mit der Akribie eines Mikrobiologen ihre Nasenspitze im Spiegel. Als ich meine Frage wiederholte, klappte sie die Dose zusammen und seufzte. »Ungefähr zwei Minuten später. Ist das zu fassen? Er gab zu, daß er sich vor seinem Anruf hätte überlegen müssen, was er sagen wolle, aber er war immer noch ein bißchen beleidigt über meine völlig vernünftige Frage.«

Ihre völlig vernünftige Mutter war viel zu verwirrt, um etwas anderes zu tun, als zu murmeln: »Und ...?«

»Er sagte, daß du, wenn du nicht aufhören würdest, dich in seine Angelegenheiten einzumischen, auf dem Bürgersteig verbrannte Bücher verkaufen könntest. *So etwas Blödes*. Ich meine, hat der noch nie was von einer Feuerversicherung gehört? Du hast doch wohl eine ausreichende Versicherung, oder?« Ihre grünen Augen nahmen die Farbe von mintfarbener Tinte an. »Wäre dann wohl noch genug übrig, um einen Gebrauchtwagen zu kaufen?«

»Nein! Es wäre ganz bestimmt nicht genug übrig, um überhaupt etwas zu kaufen. Ich habe eine Versicherung, aber –« Ich unterdrückte ein Stöhnen, während ich zu den alten trokkenen Dachbalken hinaufblickte und dann meine Augen über die endlosen Reihen von gut brennbaren Büchern, die Kartons an den Wänden und die Stapel mit Rechnungen, Bestellformularen und Katalogen gleiten ließ. Ich könnte den Laden spaßeshalber in *Zündholz Depot* umbenennen, aber ich war nicht zu Späßen aufgelegt. »Hat dieser Mann sonst noch etwas gesagt?«

»Nein, eigentlich nicht«, antwortete Caron, die immer noch über die Möglichkeit eines fetten Schecks von der Versicherung nachdachte. »Er sagte, wenn du die Negative hättest, dann solltest du sie ihm besser zurückgeben.«

»Welche Negative?«

»Das hat er nicht gesagt, und offen gestanden wurde er ziemlich lästig. Ich sagte ihm, ich sei nicht deine Privatsekretärin, und er solle dich selber anrufen, wenn er noch weitere seltsame Botschaften habe. Und dann sind Inez und ich gegangen, bevor er ein drittes Mal anrufen konnte. Deshalb sind wir auch so spät gekommen.«

»Was ist mit seiner Stimme?« fragte ich. »Kannst du was über sein Alter sagen? Hatte er einen Akzent?«

»Er war schon älter und hatte keinen Akzent. Er wollte schlau sein und hat ganz leise gesprochen, weshalb ich ihn ständig bitten mußte, seine Worte zu wiederholen. Ich hätte am liebsten geschrien. Wenn Leute keine Manieren haben, dann sollten sie auch nicht telefonieren dürfen.« Sie verschränkte die Arme vor der Brust und schenkte mir einen eisigen Blick. »Mußt du nicht los und tun, was immer du auch vorhattest? Inez und ich haben nicht den ganzen Nachmittag Zeit, weißt du. Wir sollen um sechs Uhr bei Rhonda sein und müssen uns vorher noch die Haare frisieren.«

Ich ging völlig verwirrt und wütend zurück zu meiner Wohnung. Wer war dieser nervige Typ? Ich mochte es nicht, auf diese Art bedroht zu werden. Vor allem war es nicht sehr fair. Ich konnte nichts im Gegenzug unternehmen, bevor ich nicht wußte, wer er war. Ich hatte seine verdammten Negative nicht. Ich wußte nicht einmal, was darauf abgebildet war. Möglich, daß Ed Whitebred sie hatte oder sie gehabt hatte, bis Arnie wieder auf die nichtsahnende Gesellschaft losgelassen worden war. Es gab noch andere Kameras in Farberville. Die Anzahl der neckischen Bilder im *Kappa-Theta-Eta*-Haus ließ zum Beispiel darauf schließen, daß dort zahlreiche Photoapparate existierten.

Ich setzte mich auf meine Veranda. Wenn der nächtliche Ruhestörer gleichzeitig mein Anrufer war, dann hatte er vielleicht den zweiten Stock des Verbindungshauses nach den mysteriösen Negativen abgesucht. Wurde er von einem der Mädchen erpreßt, das den Sommer über nach Hause gefahren war? Das letzte, was ich jetzt gebrauchen konnte, war eine weitere *Kappa,* die mein bereits völlig überlaufenes Szenario durcheinanderbrachte.

Nebenan tauchte Winkie mit einer unglücklich dreinblikkenden Katze im Arm auf der Veranda auf. Sie wirkte beinahe wie eine Witzfigur mit ihrem rosafarbenen, plüschigen, breitkrempigen Hut, der aussah, als hätte er sich aus eigenem Antrieb auf ihrem Kopf breitgemacht und weigerte sich nun, wieder zu verschwinden. Nachdem sie sorgfältig die Tür abgeschlossen hatte, steuerte sie auf den Bürgersteig zu.

»Haben Sie etwas von Debbie Anne gehört?« rief ich und ging auf sie zu. Ich blieb außerhalb der Reichweite von Katies

Zähnen stehen, obwohl ich auch dort nicht vor ihrem bösen Blick sicher war.

»Nein, gar nichts. Es ist nun schon drei Tage her, und ich hoffe wirklich, daß die Polizei ihr Verschwinden nun ernster nehmen wird. Ihre Mutter hat mich zu allen möglichen Tages- und Nachtzeiten angerufen, aber ich kann ihr einfach nicht weiterhelfen. Rebecca und Pippa sind sich sicher, daß Debbie Anne keinen Freund hat. Ich habe die paar Mädchen angerufen, die während des Semesters ihre Freundinnen waren. Sie wußten jedoch nichts, und keines von ihnen hat von ihr gehört. Das ist bei weitem das Rücksichtsloseste, was sie sich bisher geleistet hat. Dieses Mädchen wird niemals eine *Kappa.*«

»Haben Sie eine Kopie ihres Stundenplans? Ich dachte, ich könnte mit ihren Professoren sprechen und sie fragen, ob sie etwas wissen.« Ich hielt den Atem an und lächelte mit der Erwartungsfreude einer Anwärterin.

»Den habe ich wohl, aber er ist im Haus, und Katie hat einen Termin beim Tierarzt.« Sie zögerte, fügte dann aber hinzu: »Ich werde Ihnen eine Kopie holen. Es kann mit Sicherheit nicht schaden, mit ihnen zu reden, und wenn wir sie nicht bald finden, werde ich die Geduld verlieren und Mrs. Wray gegenüber sehr ungehalten reagieren. Halten Sie bitte Katie kurz fest, während ich ihn holen gehe.«

Sie drückte mir die Katze in die Arme, ganz so, wie ich es mit der Kamera gehandhabt hatte. »Nein, bitte nicht!« protestierte ich, aber Winkie befand sich bereits auf dem Weg zur Haustür. Dabei murmelte sie etwas über nächtliche Störungen und rücksichtslose Mädchen. Die Katze brauchte nur ein paar Sekunden, um zu begreifen, welcher Verrat an ihr begangen worden war, und stieß ein wütendes Jaulen aus, das ihre Verwandtschaft mit Dschungelkatzen erkennen ließ. Kurz darauf biß sie mich so heftig in die Hand, daß ich sie instinktiv zu Boden warf und einen Schritt zurücktrat.

Mit offenem Mund starrte ich zuerst auf das Blut, das aus der gezackten Wunde quoll, und dann auf den weißen Schatten, der blitzschnell in den Büschen verschwand. Ich blinzelte die Tränen weg, holte ein Taschentuch aus meiner Handtasche und versuchte ohne großen Erfolg, die Blutung zu stoppen. Die Wunde pochte so heftig, daß mir langsam schwindelig wurde. Ich ließ mich auf den Rasen sinken und umklammerte meine Hand. Dabei vergaß ich völlig, was um mich herum vorging, und erschrak, als ich Winkies Stimme hörte. »Was ist passiert? Wo ist Katie? Warum benehmen Sie sich so merkwürdig?«

Ich zeigte ihr die Bißwunde und erzählte ihr grimmig, was passiert war. »Und sie ist dort hinübergerannt«, sagte ich und zeigte mit meiner unverletzten Hand in besagte Richtung. Ich behielt jedoch für mich, was dem Tier meiner Meinung nach bei seiner Flucht zustoßen sollte.

»Das ist ja furchtbar«, sagte Winkie. »Wir müssen sofort etwas unternehmen, Claire.«

»Die Blutung hat aufgehört, und ich glaube nicht, daß es genäht werden muß. Ich habe Jod in mei –«

»Wir müssen Katie finden«, unterbrach sie mich streng. »Ihr Termin beim Tierarzt ist in weniger als einer Stunde. Ich wollte sie hinbringen, damit sie nicht mehr in der Lage sein wird, sich fortzupflanzen. Ein unverantwortlicher Mensch hat vor ein paar Tagen das Fliegengitter vor meinem Fenster heruntergestoßen, und Katie hat die Nacht draußen verbracht. Ich habe nicht vor, in meiner engen Wohnung auch noch kleine Kätzchen aufzuziehen.« Sie ging zu dem betreffenden Busch hinüber und rief: »Hierher, Kätzchen. Komm schon, Katie, die Frau wird dir nicht noch einmal weh tun. Komm zu Winkie.«

Ich stand auf, das Taschentuch immer noch gegen meine Hand gedrückt, und versuchte, ihr eine Spur von Mitleid zu entlocken. »Sie hat mich schon einmal gebissen. Ich habe versucht, Ihnen das zu sagen, als Sie sie mir in den Arm drückten.«

»Das ist doch lächerlich. Katie beißt nicht.« Sie hielt mir einen Zettel hin. »Hier ist Debbie Annes Stundenplan. Ich gehe jetzt wohl besser wieder hinein und trinke ein Glas Wein. Das Leben als Hausmutter ist bestimmt nicht einfach, aber das hier ist mehr, als ich ertragen kann. Eleanor muß für den Rest des Sommers jemand anderen finden. Der Druck ist wirklich zuviel für mich.« Sie ging ins Haus und würdigte mein blutiges Taschentuch keines Blickes. Die Hausmütter von *Kappa-Theta-Eta* waren offensichtlich nicht in der sanften Kunst der Ersten Hilfe unterwiesen worden.

Nachdem ich die Wunde so gut es ging versorgt hatte, machte ich mich in Richtung Campus auf. Dabei träumte ich von einer rustikalen Hütte irgendwo in den Wäldern. Aber es saß niemand mit mir zusammen auf der Terrasse, während die Sonne hinter den Bergen unterging; ich war allein mit einem Glas Scotch und einem Teller voller Cracker und Käse. Niemand jammerte, beschwerte sich, biß mich, setzte mir zu oder schimpfte mich aus. Und vor allem trieb mich niemand in die Arme eines tätowierten Motorradfahrers, während er sich selber mit einem Mitglied der Campuspolizei vergnügte.

Ich ging in das gelbe Backsteingebäude, in dem der Lehrstuhl für Pädagogik untergebracht war. Da nur Sommerkurse angeboten wurden, hatte Debbie Anne nur zwei Stück belegt. Sie sollte sich im Moment in einem Seminarraum befinden, in dem *Lesebereitschaft des Kindes* alias *EE1009* unterrichtet wurde.

»Was immer das auch sein mag«, knurrte ich. Dann sprach

ich ein selbstbewußtes junges Mädchen in Jeans an und fragte nach dem Raum. Die Tür war nur angelehnt, und ich drückte mich auf dem Gang herum, bis ich ganz sicher war, daß Debbie Anne sich nicht unter den ungefähr sechs Mädchen befand, die stupide auf eine Tafel starrten, während eine ältere Frau eintönig auf sie einredete.

Der oder die Dozentin von *Entwicklungspsychologie (EE1147)* war nicht in seinem oder ihrem Büro, es sei denn, daß er oder sie sich hinter einer verschlossenen Tür versteckte. Ein anderes selbstbewußtes junges Mädchen informierte mich, daß der Unterricht in zehn Minuten zu Ende sein würde und sie nicht wisse, wann ich Professor Costandaza antreffen könne. Sie selbst habe den Psychologiekurs bei Professor Simpson belegt, weil er »absolut sexy« sei und sie sich kaum hätte beherrschen können, ihn nicht »gleich auf dem Tisch zu verführen«.

Ernsthaft in Sorge um die Zukunft unserer Zivilisation las ich die Aushänge am schwarzen Brett, die über Symposien über audiovisuelle Unterrichtsmittel, gemeinsame Abendessen und horrend teure Studienaufenthalte im Ausland informierten. Schließlich ertönte ein Summer, und Studenten strömten aus den Seminarräumen. Ich ging zum ersten Raum zurück. Die Frau packte gerade ihre Aktentasche und zeigte sich nicht besonders hilfsbereit, nachdem ich mich vorgestellt und ihr erzählt hatte, worüber ich mit ihr reden wollte.

Sie schaute auf ihre Uhr, seufzte und sagte: »Ich muß in fünfzehn Minuten zu einer Fakultätssitzung. Ich habe gestern abend in den Nachrichten von dem Wray-Mädchen gehört, und außerdem stand etwas in der Zeitung. Das ist eine sehr traurige Sache, aber die Fakultätssitzung kommt direkt nach dem Tod und der Steuer.«

»Ich hatte gehofft, Sie könnten mir etwas über Debbie

Anne erzählen. Alle scheinen eine sehr vehemente und gleichzeitig sehr subjektive Meinung über sie zu vertreten.«

»Als ich die Nachrichten sah, habe ich versucht, mich an sie zu erinnern. Sie war im Frühjahr bei mir im Kurs, und diesen Sommer noch einmal. Sie war schüchtern und still, beteiligte sich nur selten an den Diskussionen und lieferte mittelmäßige, nicht sehr einfallsreiche Arbeiten ab.« Sie schwieg einen Moment lang. »Ich weiß noch, daß es mich sehr überraschte, als sie einmal einen Pullover der Studentenverbindung zum Unterricht trug. Immer weniger von ihnen machen heutzutage einen Lehrer-Abschluß, aber früher hatte ich ganze Horden von ihnen in meinem Unterricht – sehr zu meinem Ärger. Ich glaube, sie machen heute alle einen Abschluß in Wirtschaft. Sie kam mir nicht vor wie eine typische Verbindungsschwester.«

»Hat Debbie Anne je gemogelt oder die Beherrschung verloren?«

Die Frau nahm ihre Aktentasche in die Hand. »In *Lesebereitschaft des Kindes* mogelt niemand, Mrs. Malloy. Dafür ist der Kurs viel zu einfach. Und was die Beherrschung angeht, weiß ich nicht, ob sie dazu überhaupt in der Lage ist. Sie ist eine dieser unscheinbaren, nur halbwegs intelligenten, schlecht ausgebildeten jungen Frauen, die aus den Kleinstädten zu uns kommen. Wenn das hier nicht passiert wäre, wäre sie gerade so durchgekommen und hätte ihren Abschluß gemacht, um dann in einer anderen kleinen Stadt zu unterrichten und uns noch mehr schlecht ausgebildete junge Frauen zu bescheren.«

Ich ging nach draußen und setzte mich auf eine Steinbank. Zum ersten Mal in nahezu drei Tagen hatte ich Fortschritte gemacht, auch wenn man die nur in Millimetern und nicht in größeren Abschnitten messen konnte. Debbie Anne Wray war eine dusselige Triefnase, die nur aus finanziellen Gründen in die Verbindung aufgenommen worden war und aus sozialen Gründen abgelehnt wurde. Jean Hall hatte sie gezwungen, etwas Illegales zu tun, und daher hatte sich Debbie Anne versteckt. Jemand anders hatte sich Zugang zu ihren Autoschlüsseln verschafft und Jean Hall in der Gasse überfahren.

Es gab sicherlich noch ein paar kleinere ungelöste Fragen, zum Beispiel, nach dem wer, was, wann, wohin, warum und wie, aber ich war längst nicht mehr so verwirrt wie zu Beginn der ganzen Angelegenheit. Während ich aufstand und einer Gruppe von Studenten zulächelte, überlegte ich, was ich als nächstes Ziel angehen würde. Ich beschloß, zum *Book Depot* zurückzukehren und in schönster Amateurdetektiv-Tradition Listen anzufertigen. Ich würde die einzige Verfechterin einer hehren Sache sein – der Unschuld von Debbie Anne. Die Polizei konnte ruhig dasitzen und warten. Ich würde etwas unternehmen, brillante Schlußfolgerungen ziehen, die Schuldigen entlarven und die Unschuldigen retten.

Und diesmal schwor ich mir, daß Claire Malloy nicht vor dem Scheinwerferlicht zurückschrecken und der Polizei das ganze Lob überlassen würde. Ich würde Interviews geben, in den Abendnachrichten auftauchen, für Photos vor dem *Book Depot* posieren. Und wenn der Bürgermeister darauf bestand, mir einen Orden für mein pflichtbewußtes Handeln zu verleihen, dann würde ich ihn mit schicklicher Bescheidenheit akzeptieren.

Als ich an der Bibliothek um die Ecke bog, grinste ich über das ganze Gesicht, statt meiner Umgebung und den Fußgängern Beachtung zu schenken. Ich prallte gegen jemanden, stolperte nach hinten und blickte auf, um mich zu entschuldigen (natürlich mit schicklicher Bescheidenheit). Und sah mich dem Mann im Mond gegenüber. Ich starrte ihn an, und er starrte mich an.

»Sie!« krächzte ich.

Er hörte auf, mich anzustarren, und versetzte mir einen Stoß, so daß ich quer über den Bürgersteig taumelte und gegen einen sehr alten, sehr harten Baumstamm prallte. Ich traf zuerst mit dem Kopf auf, der anschließend ruckartig nach vorne schnellte, ein scharfer Schmerz durchfuhr meine Schulter, und mir wich sämtliche Luft aus den Lungen. Ich fiel zu Boden, wo ich gegen die schwarzen Kreise vor meinen Augen ankämpfte und versuchte, wieder zu Atem zu kommen.

»Geht es Ihnen gut?« fragte eine Stimme so dicht bei mir, daß ich beinahe laut aufgeschrien hätte.

Ich öffnete die Augen. Der Junge, der vor mir hockte, hatte dunkles Haar und ein schmales, beinahe ausgezehrtes Gesicht. »Der Mann im Mond – ich meine, der Mann, der mich umgestoßen hat –, haben Sie ihn gesehen?« stieß ich mühsam hervor.

»Ich habe jemanden um die Ecke biegen sehen, aber ich konnte ihn nicht richtig erkennen. Vielleicht bleiben Sie besser noch ein bißchen liegen, bis sich vor Ihren Augen nicht mehr alles dreht.« Er blickte sich um und sah zu der Gruppe von Studenten hoch. »Einer von Euch sollte die Campuspolizei anrufen und ihnen sagen, daß jemand angegriffen wurde.«

»Nein«, sagte ich, aber als ich versuchte, mich aufzurichten, wurde mir schwarz vor Augen, und es dröhnte in meinen Ohren, als läge ich in einem Glockenturm.

»Lehnen Sie sich einfach zurück, Ma'am«, befahl der Junge, der offensichtlich genau wußte, was das beste für eine hilflose Achtzigjährige war, die gerade ihren Angreifer als Mann im Mond bezeichnet hatte. »O Gott, das ist Mrs. Malloy!« kreischte Pippa, die daraufhin ihre Bücher fallen ließ und sich neben mich kniete. »Was ist passiert? Sind Sie in Ohnmacht gefallen? Caron erwähnte, daß Sie unter der Menopause leiden. Da kann einem schwindelig werden oder – «

»Jemand hat mich geschubst«, murmelte ich. Während des Sommers waren nicht viele Studenten da, aber dank des Dramas, das sich gerade abgespielt hatte, war der Bürgersteig nun völlig überlaufen.

»Das ist ja schrecklich! Wer?«

»Ein Mann«, antwortete ich mürrisch und warf dem Jungen einen Blick zu, der ihm verbieten sollte, auch nur ein Wort zu sagen. Gehorsam starrte er auf den Boden. »Ich bin gegen ihn geprallt, als ich um die Ecke bog, und er hat überreagiert und völlig seine Manieren vergessen.«

Pippa zeigte empört ihre Grübchen. »Manche Männer sind wirklich Grobiane. Meine Mutter wollte letzte Woche Golf spielen, und da waren ein paar Männer, die haben einfach weitergespielt, ohne sich um die Sicherheit oder die Gefühle anderer zu scheren. Sie lassen heutzutage ja jeden in den Klub. Oh, gut, da kommt die Campuspolizei. Vielleicht ist es noch nicht zu spät, diesen Mann zu finden. Er hat doch nicht versucht, Sie zu belästigen, oder?«

»Mitten am Tag, in der Nähe der Bibliothek? Nein, Pippa, er hat mich einfach nur im wahrsten Sinne des Wortes aus dem Weg geräumt.« Ich erkannte den einen der uniformierten Beamten, die auf uns zu kamen, als Officer Terrance. Der andere war eine hochgewachsene, schlanke Frau, die sich graziös auf uns zubewegte. Ich ließ mich wieder gegen den Baumstamm sinken und versuchte, ohnmächtig zu werden. Ich kniff die Augen zu und hielt die Luft an. Außerdem redete ich mir ein, daß das Geschlecht der Beamtin reiner Zufall war und daß ich für heute genug abbekommen hatte. Oder genauer gesagt, für das ganze Jahr. Ich überlegte, einen Pakt mit dem Teufel abzuschließen. Wieviel war meine Seele in Relation zu der bevorstehenden Peinlichkeit wert?

»Mrs. Malloy?« hörte ich Officer Terrance sagen. Er klang nicht sehr überrascht. »Brauchen Sie medizinische Hilfe?«

»Nein, mir geht es in einer Minute wieder besser.« Ich öffnete meine Augen einen Spalt. Auf dem Namensschild der Frau stand in der Tat das gefürchtete Wort *Pipkin*. Davor stand ein weniger spezifisches *S*, wie für Sabine, Stefanie oder Spott. Es mußte doch einen Weg geben, das Bewußtsein zu verlieren. Ich schloß die Augen und konzentrierte mich auf die rauhe Rinde, die sich mir in den Rücken bohrte. Mein Kopf schmerzte dumpf, aber ich wußte, daß er sich in einer Stunde wie ein Strand bei einem Hurrikan anfühlen würde. Meine Hand tat immer noch weh, wo die Katze mich gebissen hatte, und dieser neuste Zufall gefiel mir ganz und gar nicht.

»Sie hat etwas von einem Mann im Mond gemurmelt«, sagte mein verräterischer Retter mit leiser Stimme. »Ich habe flüchtig einen älteren Mann sehen können, der am Gebäude der Landwirtschaftsschule vorbei ist. Er ging sehr schnell, ist aber nicht gerannt.«

Pippa drückte mein Knie. »Hier ist Ihre Handtasche, Mrs. Malloy. Ich habe Ihre Sachen für Sie eingesammelt. Wollen Sie versuchen aufzustehen? Ich weiß mehr über die psychologischen Aspekte eines Schocks als über die physischen, aber Sie bekommen langsam wieder Farbe im Gesicht.« Sie schwieg einen Moment lang, brachte ein taktvolles Grübchen zustande und fügte dann hinzu: »Sie sollten wirklich kein marineblau tragen.«

Das reichte. Ich öffnete die Augen und funkelte sie mit gerunzelter Stirn an. »Ich brauche keine *My-Beautiful-Self*-Beratung, um in Zukunft geschmackvoll gekleidet angegriffen zu werden!« Ich schob ihre Hand weg und stand auf. »Ich kann den Mann beschreiben, Officer Terrance. Das ist das erste Mal, daß ich ihm so nahe gekommen bin, und ich hatte nur einen kurzen Augenblick Zeit, bevor er mich umstieß, aber ich weiß, was ich gesehen habe.«

»Ich bin Officer Pipkin«, sagte die Frau mit professionellem Mitgefühl, das mich jedoch keinen Moment lang täuschte. »Wir wären Ihnen sehr dankbar, wenn Sie uns in unser Büro begleiten würden. Auf dem Weg dorthin können wir auf der Krankenstation vorbeischauen, damit die Sie kurz durchchecken oder Ihnen ein Aspirin geben können.«

»Vielen Dank für Ihre Besorgnis, Officer Pipkin«, sagte ich. Ich berührte die Beule an meinem Hinterkopf und wünschte sofort, ich hätte es gelassen. »Es ist keine offene Wunde, und ich habe genügend Medikamente zu Hause. Ich würde es vorziehen, das hier so schnell wie möglich hinter mich zu bringen.«

Officer Terrance räusperte sich. »Sie sagten, dies sei das erste Mal gewesen, daß Sie ihm so nahe gekommen seien. Heißt das, daß Sie diesen Mann schon einmal gesehen haben – im zweiten Stock des *Kappa-Theta-Eta*-Hauses?«

»Das können wir in Ihrem Büro besprechen«, sagte ich bestimmt.

Pippa tätschelte meinen Arm. »Winkie hat uns erzählt, daß Sie ausgeflippt sind, als Sie einen Lichtreflex in der Scheibe sahen. Sie sagte, Sie hätten die Polizei angerufen, um einen Eindringling zu melden, obwohl es doch nur der Mann im Mond gewesen sei! Ist das nicht lustig?«

Kapitel 10

Das Revier der Campuspolizei war in einem relativ neuen Gebäude untergebracht, das sich auf der anderen Seite des Football-Stadions befand. Einige Studenten standen mißgelaunt in der Schlange an, um ihre Strafzettel zu bezahlen, und andere saßen trübsinnig auf einer Bank im Gang. Uniformierte Beamte bewegten sich in einem Raum mit Glaswänden, der voller elektronischer Geräte stand. Im Gegensatz zum örtlichen Gefängnis hing hier nichts Bedrohlicheres in der Luft als der schale Geruch, der modernen Bürogebäuden mit versiegelten Fenstern eigen ist.

Officer Terrance begleitete mich zu einem Besprechungszimmer, das mit Karten des Campus und Postern dekoriert war, die vor übermäßigem Alkoholgenuß warnten. Officer Pipkin gesellte sich mit einem Tablett voller Kaffeetassen, Zuckertütchen und einem Glas mit Milchpulver zu uns.

Während sie die Gastgeberin spielte, betrachtete ich sie genauer, natürlich nur aus reiner Neugier. Sie schien nicht älter als dreißig, hatte kurzes, dunkles Haar, ein hübsches Gesicht, einen straffen Körper und die Kraft und Beweglichkeit einer Turnerin. Sie hatte nur ein paar Worte gesprochen, während wir zum Büro gefahren waren, und ihre Stimme enthielt keine Spur eines Akzents aus der Gegend. Ich hatte mich noch nicht entschieden, ob sie einen belustigten Unterton enthalten hatte.

»Nun, Mrs. Malloy«, sagte sie und legte ein Clipboard auf den Tisch. »Könnten Sie uns bitte erzählen, was passiert ist?«

Officer Terrance warf einen Blick auf seine Uhr und schob seinen Stuhl zurück. »Mist, ich hätte beinahe vergessen, daß ich die Schwester meiner Frau am Flughafen abholen muß. Können Sie das hier alleine erledigen, Officer Pipkin?«

»Das werde ich schon hinkriegen, Officer Terrance.« Sie wartete, bis er weg war, und schenkte mir dann ein flüchtiges Lächeln. »Ganz, ganz alleine. Ich bin schon drei Jahre länger dabei als er und hätte seinen Babysitter spielen können, als er noch in den Windeln lag. Ich habe den zweiten schwarzen Gürtel in Karate, erziele bessere Ergebnisse auf dem Schießstand als er und mache gerade einen Abschluß in Personalführung. Manchmal ist es gar nicht so schwer zu verstehen, warum einige Frauen ins Kloster gehen, oder?«

»Ja, ich weiß«, sagte ich, wild entschlossen, die Distanz zwischen uns zu wahren. Dies konnte ein Trick sein. Vielleicht trug sie ein verstecktes Mikrophon, und Lieutenant Peter Rosen von dem CID Farbervilles saß im Nebenraum, schaute durch ein Guckloch und grinste höhnisch, während er unserer Unterhaltung lauschte. »Ich würde das hier gerne hinter mich bringen, wenn Sie nichts dagegen haben. Ich bekomme langsam Kopfschmerzen. Ich bog bei der Bibliothek um die Ecke und –«

»Warum waren Sie auf dem Campus, Mrs. Malloy?«

Bloß nicht zuviel sagen, befahl ich mir. »Es war solch ein wunderschöner Nachmittag, daß ich zum *Senior Walk* spazieren wollte, um dort die Namen der Absolventen zu lesen, auf dem Weg die Blumen zu bewundern und ein paar Münzen in den Brunnen vor der Studentenvereinigung zu werfen. Ich bog um die Ecke, zugegebenermaßen in Gedanken versunken, und stieß gegen diesen Mann. Vielleicht hat er ganz automatisch reagiert und ist, als ihm bewußt wurde, was er getan hatte, in Panik geraten und geflüchtet.«

Sie hielt zwar einen Stift in der Hand, machte aber keine Anstalten, sich etwas zu notieren. »Haben Sie ihn richtig sehen können?«

»Er war ungefähr ein Meter siebzig, vielleicht sogar kleiner, hatte kleine, farblose Augen, sehr dünnes, blondes Haar, so daß er beinah kahl wirkte, und ein sehr auffälliges, rundes, bleiches Gesicht. Er kann alles zwischen fünfzig und siebzig sein, fürchte ich. Diese Art von Babygesicht ist schwer einzuordnen.«

»Und was hatte er an?« murmelte sie und machte sich wenigstens jetzt ein paar Notizen.

Ich zuckte zusammen, als ich versuchte, mich daran zu erinnern. »Tut mir leid, habe ich nicht registriert. Die Begegnung hat nur zwei oder drei Sekunden gedauert, und dann lag ich auch schon auf dem Boden, und die Raketen und Sirenen gingen los. Ich habe eine ganze Weile gar nichts mehr gesehen.«

Sie warf mir einen durchdringenden Blick zu. »Und haben Sie diesen Mann jemals zuvor gesehen, Mrs. Malloy? Lassen Sie sich bitte Zeit. Wenn Sie möchten, kann ich Ihnen ein Aspirin besorgen.«

»Ich habe Aspirin in meiner Handtasche.« Ich war nicht sicher, wie ich die Frage beantworten sollte, und dachte darüber nach, während ich in meiner Handtasche nach dem kleinen Metallkästchen suchte. Meine Finger fanden es schließlich, aber etwas fehlte. Etwas, das ich normalerweise immer berührte und das stets in der Tasche herumklimperte. Ich legte das Aspirinkästchen auf den Tisch und sagte: »Könnte ich bitte ein Glas Wasser bekommen?«

Sobald sie weg war, öffnete ich meine Handtasche und

suchte noch einmal nach meinem Schlüsselbund. Ich war zu Fuß zum *Book Depot* gegangen, statt zu fahren, und als ich nach Hause zurückgegangen war, um den Katzenbiß zu versorgen, hatte ich angenommen, daß Caron die Tür nicht verschlossen hatte. Aber ich hatte den Laden aufgeschlossen, was bedeutete, daß der Schlüsselbund in meiner Tasche gewesen war. Und ich ihn nicht daraus entfernt hatte.

Officer Pipkin kehrte mit dem Wasser zurück. »Sie scheinen ein bißchen verwirrt zu sein, Mrs. Malloy. Ich werde Sie auf die Krankenstation bringen, damit wir sichergehen können, daß Sie keine Gehirnerschütterung erlitten haben, und dann fahre ich Sie nach Hause. Morgen oder wann immer Sie sich dem gewachsen fühlen, würde ich Ihnen gerne ein paar weitere Fragen stellen und Ihnen auf dem Polizeirevier von Farberville einige Photos aus der Verbrecherkartei zeigen.«

Ich schluckte zwei Aspirin. »Ich möchte nicht zur Krankenstation, aber ich würde das hier gerne ein oder zwei Tage verschieben, um nach Hause zu gehen und mich ein wenig hinzulegen. Ich kann Sie ja anrufen, wenn es mir wieder bessergeht. Vielleicht steht es dann besser um mein Gedächtnis.«

»Hoffen wir es«, erwiderte sie sanft.

Als wir in ihrem Wagen saßen, nannte ich ihr meine Adresse und fragte dann, um die Stille zu überbrücken: »Wie lange sind Sie schon Detective?«

»Seit die Meldung über den Angriff auf Sie hereinkam. Ich bin normalerweise für die Öffentlichkeitsarbeit zuständig, aber die Erwachsenen waren alle mit etwas anderem beschäftigt, und der arme Officer Terrance mußte sich mit mir begnügen.« Sie bremste an einem Fußgängerüberweg und wartete, bis ein Student vorbeigeschlendert war. »Ich bin in einem Team, in dem die örtliche Polizei und die Campuspolizei zusammenarbeiten. Wir versuchen, Wege zu finden, wie man die Zahl der Eigentumsdelikte verringern kann. Im letzten akademischen Jahr wurden auf dem Campus Gegenstände im Wert von über hunderttausend Dollar gestohlen. Wir haben weniger als ein Drittel davon wiedergefunden, aber das entspricht immerhin dem nationalen Durchschnitt.«

Das war zwar nicht ganz das Thema, das ich angeschnitten hatte, aber es war immer noch besser, als über meinen Angreifer zu reden. »Ich habe gehört, daß es in den Studentenheimen und den Verbindungshäusern Diebstähle gegeben hat. Ich kann ja verstehen, daß bei einem Student, der seine Tür offen läßt, jedermann aus dem Haus einfach hineinschleichen und sich schnappen kann, was auf der Kommode liegt. Aber wie kann jemand einen großen, sperrigen Computer aus einem geschäftigen Büro auf dem Campus stehlen?«

»Es wurden Computer, Videorecorder, an der Wand festgeschraubte Lautsprecher, Overhead-Projektoren und Photokopierer gestohlen – alles, was Sie sich vorstellen können. Das Problem liegt in der Apathie der Leute. Jemand kommt hereingeschlendert, behauptet, er sei vom Lehrstuhl für Biologie, verkündet, Professor Smith habe gesagt, er solle den Computer zum Labor im zweiten Stock bringen, und trägt ihn durch die Tür. Professor Smith denkt, ein Kollege habe ihn geborgt, und zieht fröhlich in sein Freisemester ab. Im nächsten Gebäude behauptet jemand, er sei vom Reparaturdienst, zückt ein Formular und nimmt den Kopierer mit. Weder die Graduiertenstudenten noch die Sekretärinnen machen sich die Mühe, nach dem Ausweis zu fragen, und der höfliche Student, der dem Dieb noch die Tür aufhält, ist viel zu sehr mit seiner Abschlußarbeit beschäftigt, um jemandem ins Gesicht zu sehen. Die Büros und Seminarräume bleiben nachts unverschlossen. Der Schuppen der Gärtner befindet sich in einer abgelegenen Ecke des Campus.«

»Wie kann man die Sache stoppen?« fragte ich.

Sie hielt vor meinem Haus. »Das können wir nicht, und es kostet den Steuerzahler eine Menge Geld, das ganze elektronische Spielzeug zu ersetzen. Wo wir gerade davon sprechen. Ich habe einen Bericht gesehen, der Sie interessieren dürfte, Mrs. Malloy. Ein Verkäufer in einer Boutique im Einkaufszentrum hat Debbie Anne Wrays Gesicht in den Nachrichten wiedererkannt und uns angerufen. Vor ein paar Monaten ist sie in einen Laden gegangen und wollte eine teure Wolljacke umtauschen. Sie hatte zwar keinen Kassenzettel, aber es hingen noch die Schilder daran, und die Jacke war noch nicht getragen worden. Da der Laden bemüht ist, mit den Studenten Geschäfte zu machen, handhaben sie das Umtauschen sehr großzügig. Der Angestellte zählte gerade das Geld ab, als der Geschäftsführer aus der Mittagspause zurückkam und bemerkte, daß sie die Marke gar nicht verkaufen. Als er diesbezüglich etwas sagte, brach Debbie Anne in Tränen aus und rannte aus dem Laden. Die Jacke ließ sie zurück. Es war so merkwürdig, daß er und der Verkäufer sich an ihr Gesicht erinnern konnten.«

»Warum glauben Sie, daß mich das interessieren könnte, Officer Pipkin?«

»Ach, es war nur so ein Gefühl«, erwiderte sie und legte den Gang ein. »Ich fahre jetzt besser zurück zu meinem Meeting, Mrs. Malloy. Rufen Sie mich doch bitte an, wenn Sie sich besser fühlen.«

Debbie Annes seltsames Verhalten würde warten müssen. Ich setzte mich auf die Treppenstufen der Veranda und sah noch einmal nach, ob sich mein Schlüsselbund nicht doch in den dunklen Ecken meiner Handtasche versteckte. Ich hatte meine Handtasche die ganze Zeit über bei mir gehabt, seit ich am Morgen die Wohnung verlassen hatte. Als Katie mich gebissen hatte, hatte ich sie zwar fallen gelassen, aber sie war nicht aufgegangen. Daher kam ich mit einem Seufzer, der meiner Tochter auf dem Höhepunkt ihres Martyriums würdig gewesen wäre, zu dem Schluß, daß der Schlüsselbund aus meiner Tasche gefallen sein mußte, als der Mann im Mond mich angegriffen hatte. Pippa hatte den Inhalt zusammengesucht und wieder hineingesteckt, aber den Schlüsselbund wahrscheinlich unter einem Blatt oder einem Grasbüschel übersehen.

Gutorganisierte Menschen haben nicht nur einen Ersatzschlüssel, sie kleben auch Schildchen darauf und wissen genau, wo sie sie aufbewahren. Wir anderen erinnern uns bloß vage an die Existenz eines Ersatzschlüssels, der wahrscheinlich in einer Küchenschublade voller Krimskrams... oder in einer kleinen Kiste mit ausländischen Münzen und alten Briefmarken... oder in einer Schuhschachtel mit abgelaufenen Coupons und Postkarten von Leuten, die sich gewünscht haben, man wäre bei ihnen, liegt. Ich kenne solche gutorganisierten Menschen, da ich mit einem Mann verheiratet war, der Garantiescheine ausfüllte und abschickte, Quittungen abheftete, Meinungsverschiedenheiten mit der Bank gewann und sich, in präzise chronologischer Reihenfolge, sämtliche Folgen von *Das Haus am Eaton Place* ansah. Er sympathisierte mit den Bewohnern der unteren Gefilde, die dafür sorgten, daß alles reibungslos und effizient ablief, und war ärgerlich auf die Herrschaft, die stets ihre Sonnenschirme und weißen Handschuhe verlegte.

Ich überquerte die Straße und stapfte auf die Bibliothek zu, wobei ich mir schwor, meine Unordnung zu überwinden, falls ich meine Schlüssel wiederfinden sollte. Der Unterricht schien für den Tag beendet zu sein, denn es saßen nur noch ein paar Studenten auf den Bänken vor der Bibliothek oder warteten an der Ampel vor der Studentenvereinigung. Es war jedoch keine dunkle und stürmische Nacht, und ich machte mir mehr Sorgen um meinen Schlüssel als um potentielle Diebe in den Büschen.

Er lag nicht im Gras unter dem Baum. Ich suchte systematisch einen circa fünf Meter großen Radius ab, lehnte mich dann gegen den Stamm und dachte über alles nach, was ich getan hatte, seit ich um neun Uhr die Tür zum *Book Depot* aufgeschlossen hatte. Ich hatte meine Schlüssel nicht aus meiner Tasche genommen, und diese war die ganze Zeit über bei mir gewesen – mit Ausnahme der wenigen Minuten, in denen sie mir aus der Hand gefallen war. Es war möglich, daß Pippa nicht nur niedlich, empört und begeistert dreinschauen konnte, sondern auch diebisch. Mürrisch malte ich mir aus, was es hieß, keinen Schlüssel für mein Auto, meine Wohnung und den Buchladen zu haben – ganz zu schweigen von den Schlüsseln, die ich Jahr für Jahr aufbewahrte, in der Hoffnung, mich irgendwann wieder daran erinnern zu können, zu welchem Schloß sie gehörten.

Offensichtlich war es an der Zeit, mich mit Pippa zu unterhalten, und wenn nötig ein paar Handgreiflichkeiten auszutauschen. Meine unfreiwillige Bekanntschaft mit den *Kappa Theta Etas* hatte mir nichts als Kopfschmerzen eingebracht, sowohl im wörtlichen als auch im übertragenen Sinne. Man hatte mich zweimal gebissen, ins Gefängnis geworfen, gegen einen Baum geschleudert und einigen bizarren Subkulturen ausgesetzt, die bis dahin ganz gut ohne meine Einmischung existiert hatten. Mein Entschluß, Debbie Anne bis zum bitteren Ende zu verteidigen, schmolz dahin wie eine Eiskugel.

Ich ließ sie noch drei Schritte länger schmelzen, verlangsamte meine Schritte und steuerte dann auf den Pfad zu, der am Gebäude der Landwirtschaftsschule vorbeiführte. Mein Angreifer drückte sich sehr wahrscheinlich nicht mehr in den Büschen herum, aber bisher hatte ich sein Verhalten nicht besonders zutreffend vorhergesagt. Ich passierte das Gebäude, ignorierte zwei kichernde Studentinnen und ging in die Richtung, in die er vermutlich verschwunden war.

Das Gebäude, in dem sich das Seminar für Journalismus befand, wirkte verlassen, wie auch das viereckige Haus, in dem meiner Vermutung nach Philosophie und andere vergeistigte – und daher unprofitable – Hauptfächer untergebracht waren. Die Sekretärinnen machten gerade Feierabend und wurden von den Reinigungskräften, ein paar ernst dreinblikkenden Studenten und einer Rarität – einem Fakultätsangehörigen mit einer dicken Aktentasche und den obligatorischen Lederflicken auf den Ellbogen – abgelöst.

Es ging auf fünf Uhr zu, was bedeutete, daß Caron sich wahrscheinlich langsam in einen ordentlichen Wutanfall hineinsteigerte. Mein zielloser Spaziergang hatte mich zum Eingang des Guzman-Gebäudes geführt, in dem sich die juristische Fakultät befand. Im Gegensatz zu den anderen Gebäuden war es erleuchtet, und im Aufenthaltsraum und in der Bibliothek waren Studenten zu sehen. Ich beschloß, einen Münzsprecher ausfindig zu machen und Caron zu sagen, daß sie den Laden zumachen könne – falls sie in der Schublade unter der Kasse einen Schlüssel fand ... oder in den Schreibtischschubladen, oder in der Kiste mit Krimskrams, die auf dem Aktenschrank stand, oder in einem ähnlichen Behälter, der sich in dem kleinen Badezimmer befand. Und sollte sie bei dieser lustigen kleinen Schatzsuche kein Glück haben, mußte sie den Schlüsseldienst anrufen und auf ihn warten. In meinem Kopf fing es gleichmäßig an zu pochen, als ich mir ihre Antwort auf diese letzte Möglichkeit vorstellte.

Ich betrat das Gebäude mit der nötigen Vorsicht eines Zivilisten, der sich in die Höhle des Löwen begibt. Die Studenten, die an mir vorbeigingen, sahen ganz normal, ja sogar unscheinbar aus, aber ich wußte, welchen Berufsweg sie einschlagen wollten, und hielt mein Gesicht abgewandt, während ich nach einem Telefon suchte. Die Anmeldung, ein angrenzender Raum, in dem bestimmt Verfahren nachgespielt wurden, und das Büro des Dekans waren dunkel. Es war niemand da, der mir bei einem juristischen Notfall hätte helfen können. Um die Ecke ertönte Gelächter, und ich vermutete, daß es aus dem Aufenthaltsraum kam, den ich durch das Fenster gesehen hatte. Im Bücherbestand der Bibliothek gab es bestimmt nichts, worüber man kichern, geschweige denn lachen könnte.

In einem Aufenthaltsraum gab es meistens Automaten, unbequeme Möbel, gute Laune und Telefone. Ich drehte mich um – und stieß einen überraschten Laut aus, als ich schon wieder das unheimlich bleiche Gesicht des Mannes im Mond vor mir sah. Mit aufgerissenen Augen stolperte ich nach hinten und stieß gegen einen Wasserspender. Dann aber begriff ich, daß es sich nur um ein Porträt handelte, das am Ende einer langen Reihe von Bildern an der Wand hing, die wie eine protzige Ahnengalerie wirkte.

Nachdem ich mich gefaßt hatte, ging ich zu dem Gemälde hinüber und las die Inschrift darunter: John W. Vanderson, Dekan des Guzman-Zentrums für Recht, 1983 –. Mit gerunzelter Stirn ließ ich meinen Blick von den Buchstaben zu dem Bild hinaufwandern und versuchte, mir einzureden, daß ich einfach nur verwirrt und konfus war, mich irrte, unter einer Gehirnerschütterung litt oder schlicht und ergreifend völlig verrückt war. Aber das stimmte nicht. Sein Gesicht war auffällig und leicht wiederzuerkennen, auch wenn er jetzt freundlich lächelnd hinter einem breiten, aufgeräumten Schreibtisch aus Walnußholz saß, hinter dem Bücherregale, gerahmte Diplome und eine amerikanische Flagge zu erkennen waren.

Ich überzeugte mich davon, daß ich alleine war, setzte mich auf die andere Seite des Flurs und starrte zu John W. Vanderson hinauf, der gleichzeitig Dekan der juristischen Fakultät, Ehemann der Hausvorsitzenden der *Kappa-Theta-Eta*-Verbindung (was immer das auch sein sollte), fieser Fußgänger und geschickter nächtlicher Eindringling war. Obwohl ich mir große Mühe gab, das Gegenteil anzunehmen, konnte ich keinen Funken Zweifel aufbringen. Er war der Mann, der vor dem *Kappa*- Haus stehengeblieben war, um sich das Kinn zu reiben, der Mann, der in der darauffolgenden Nacht aus dem zweiten Stock auf mich heruntergeschaut hatte, und der Mann, der mich erst vor kurzem gegen einen Baum gestoßen hatte und geflüchtet war. Und er war der Hauptverdächtige für die Rolle als mein anonymer Anrufer.

Ich rieb mir übers Kinn, so wie er es getan hatte, während ich versuchte, in dem Ganzen einen Sinn zu erkennen. Nun verstand ich auch, warum Winkie ihn anhand meiner Beschreibung erkannt hatte; sie hatte ihn wahrscheinlich bei einem Ehemaligentreffen, zu dem er Eleanor begleitet hatte, oder im Haus der Vandersons kennengelernt. Ihre Verschwiegenheit war schwieriger zu verstehen, aber wahrscheinlich basierte sie auf einem Befehl der Zentrale oder entsprang einem mystischen Ritus der Schwesternschaft.

Aus der Richtung, aus der ich gekommen war, ertönten Geklapper und Gesprächsfetzen. Ich stand auf und kehrte, nachdem ich Dekan Vanderson zum Abschied einen letzten ratlosen Blick zugeworfen hatte, in die Eingangshalle zurück. Büros, die zuvor im Dunkeln gelegen hatten, waren nun erleuchtet, und in einem entdeckte ich einen Mann, der einen Mülleimer in einen großen Plastikbehälter leerte, und einen zweiten, der einen Eimer auf Rollen vor sich herschob.

Die Tür zum Büro des Dekans war nur angelehnt. Wenn er irgendwo unbefugt eindringen konnte, dann konnte ich das auch, obwohl ich vorhatte, es mit weitaus mehr Vorsicht zu tun. Ich wartete, bis die Putzleute außer Sicht waren, und sprintete in das Büro. Ich verharrte hinter der Tür und gratulierte mir erst dann selbstgefällig zum Gelingen dieses ersten Teils, als mein Herz aufhörte, in meiner Brust wie wild zu hämmern. Ich wußte allerdings nicht genau, was ich tun sollte, aber ich sah keinen Grund, mich mit Kleinigkeiten dieser Art zu belasten.

Im Vorzimmer standen ein Schreibtisch, ein Computer, der mit einer Plastikhülle zugedeckt war, Aktenschränke und zwei Stühle mit geraden Rückenlehnen neben einem kleinen Tisch mit Magazinen und einer Schale voller Pfefferminzbonbons. Die Tür auf der anderen Seite des Zimmers war geschlossen, aber nicht unbedingt verschlossen, dachte ich fröhlich, während ich auf den immer noch leeren Gang hinausschaute und dann hinüberhastete.

Sekunden später stand ich in Dekan Vandersons Büro, und mich erfaßte ein Gefühl von Déjà-vu, bis ich begriff, daß sein Porträt in diesem Raum gemalt worden war und es bis ins kleinste Detail stimmte. Auf der anderen Seite des Fensters befand sich ein weitläufiger Rasen, und in der Ferne erhob sich über den Baumwipfeln die imposante *Farber Hall.*

Ich zwang mich, das Büro nicht mit meinem winzigen, staubigen Büro im *Book Depot* zu vergleichen, wo ich mich immer fragte, wie die Kakerlaken sich nachts gegen die Mäuse behaupten konnten. Neben dem Schreibtisch stand ein kleiner Tisch, und darauf befand sich ein Telefon. Wenn ich schon einmal dabei war, konnte ich auch eine weitere Straftat begehen und ein Zehncentstück sparen.

Ich wählte die Nummer meines Buchladens und lehnte mich gegen den Schreibtisch, um mich gegen den Wutausbruch meiner Tochter zu wappnen. »Hallo, Liebes«, setzte ich an, als Caron sich gemeldet hatte. »Ich werde ein bißchen später kommen, also warum – «

»*Ein bißchen später*? Wir reden hier gerade von hundertsiebenundfünfzig Minuten, Mutter. Ich habe dir doch gesagt, daß wir uns noch die Haare frisieren müssen, bevor wir zu Rhonda gehen. Ich habe sie eben angerufen, um ihr zu sagen, daß ich nicht mal den Limbo tanzen würde, wenn sie mich dafür bezahlte, und sie sagte, Louis und ein paar Jungs aus dem Football-Team würden nach dem Kino vorbeikommen. Willst du, daß ich da hineinmarschiere und aussehe wie ein Landei? Es ist schlimm genug ...«

Möglich, daß sie noch einiges hinzufügte, aber ich hörte nicht mehr hin. Ich starrte auf ein Stück pinkfarbenes Papier, das unter dem Computer am anderen Ende des Schreibtisches hervorlugte. Die Farbe kam mir bekannt vor und rief unangenehme Gefühle in mir wach.

»Schließ den Laden ab, wenn du gehst«, sagte ich, legte auf und bewegte mich vorsichtig auf den Computer zu. Während ich versuchte, die scheußliche pinkfarbene Katze hervorzuziehen, redete ich mir ein, daß dies kein Manipulieren von Beweismitteln war. Niemand von der Polizei oder der Campuspolizei hatte mir geglaubt, daß ich Vanderson bei früheren Gelegenheiten gesehen hatte. Daher gab es auch keine Spuren, da es gar kein Verbrechen gab, nicht einmal eines, das gegen ein ungeschriebenes Gesetz verstieß. Nun war ich erst eine halbe Stunde im Guzman-Gebäude und hatte schon mein erstes Plädoyer verfaßt. Langsam wurde ich ungeduldig, da ich das Papier nicht mit dem Fingernagel zu fassen bekam.

Ich versuchte es mit einem Bleistift, den ich mir aus dem ledernen Stifthalter des lieben John borgte, aber die Karte wurde vom Gewicht des Computers festgehalten. Ehrlich wie ich bin, stellte ich den Stift zurück, suchte den Rechner nach möglichen Griffen ab und hatte ihn gerade ein paar Zentimeter hochgehoben, als eine kalte, unfreundliche Stimme sagte: »Stellen Sie ihn wieder hin.«

Das tat ich dann auch.

»Was glauben Sie, tun Sie da, Lady? Wenn Sie einen Computer wollen, dann gehen Sie in einen Laden und kaufen sich einen, statt ihn der Universität zu klauen.«

Ich sah mich um und entdeckte einen Mann mittleren Alters in einer grauen Uniform, der einen Wischmop in der Hand hielt. Sein Gesichtsausdruck war so unfreundlich wie seine Stimme. »Ich stehle ihn ja gar nicht«, setzte ich an, räusperte mich dann und fuhr mit mehr Überzeugung fort, als ich besaß: »Es sieht seltsam aus, nicht wahr? Ich komme mir albern vor, daß Sie mich so erwischt haben, wo ich doch nur versucht habe ... nun, was so aussieht, als ...«

»Lassen Sie sich was einfallen, während ich die Campuspolizei anrufe«, sagte er und schwenkte so heftig seinen Mop, daß Wassertropfen auf den Boden fielen. »Jedesmal, wenn einer von euch etwas aus diesem Gebäude stiehlt, schnüffeln die Bullen mir hinterher. Ich brauche diesen Job, Lady. Ich habe eine Familie wie jeder andere auch, und meine drei Kinder sollen mal aufs College.« Er funkelte mich an, als hätte ich gerade die Erhöhung der Studiengebühren verkündet. »Drei Kinder, die alle was Besseres sein wollen als ein Hausmeister.«

»Ich verstehe«, sagte ich besänftigend. »Ich habe eine fünfzehnjährige Tochter, die am Ende des Sommers ein Auto haben will. Und die Kosten für ein vierjähriges Studium reichen aus – «

»Bleiben Sie, wo Sie sind«, sagte er. Er ging ins Vorzimmer und griff nach dem Telefon.

Mir blieben zehn Sekunden, den Computer hochzuheben, mir die Pappkatze zu schnappen, sie in meine Tasche zu stopfen und ins Vorzimmer zu rennen, bevor er die letzte Nummer gewählt hatte. »Warten Sie!« rief ich und packte ihn am Handgelenk. »Rufen Sie bitte nicht die Polizei. Der Computer ist immer noch vollständig angeschlossen. Ich hätte ihn doch gar nicht bewegen können, ohne alles auszustöpseln. Ich schwöre, ich wollte ihn nicht stehlen.«

Meine Logik schien ihn auch nicht mehr zu beeindrucken als mein Versuch, an sein elterliches Solidaritätsgefühl zu appellieren. »Das sagen sie alle, Lady. Was wollten Sie denn? Ihn beiseite schieben, um Staub zu wischen? Ich wüßte nicht, daß jemand Neues eingestellt wurde.«

Ich hatte gar nicht daran gedacht, mir eine Ausrede einfallen zu lassen, bevor ich das Büro des Dekans betreten hatte. Im Gegensatz zu den schlagfertigen Charakteren in Kriminalromanen war mein Hirn so leer wie John Vandersons Kopfhaut. »Ich bin nicht – nein, ähm – es ist doch wohl offensichtlich, daß ich nicht zum Reinigungsteam gehöre«, stammelte ich.

»Was Sie nicht sagen, Sherlock.« Er löste seine Hand aus meiner Umklammerung und fing an, noch einmal die Nummer zu wählen, die für mich eine Menge Komplikationen bedeuten würde.

Er war schon bei der sechsten Nummer angekommen, als mir endlich etwas einfiel. Ich drückte auf den Knopf, um die Verbindung zu unterbrechen, zog die Augenbrauen in die Höhe und sagte: »Ich glaube, Dekan Anderson wird nicht sehr erfreut darüber sein, daß Sie die Campuspolizei bemühen. Da ich seine Frau bin, habe ich ein Recht, mich in diesem Büro aufzuhalten. Er hat mich sogar gebeten, vorbeizuschauen und für ihn ein paar Unterlagen abzuholen. Er dachte, sie würden sich unter dem Computer befinden, aber er hat sich geirrt.«

»Seine Frau?«

»Ich bin Eleanor Vanderson«, sagte ich betont deutlich und fragte mich, was ich tun sollte, wenn er ihr schon einmal begegnet war.

Wir schienen diese Hürde ohne Probleme zu nehmen, aber die nächste tauchte mit schwindelerregendem Tempo auf. »Können Sie sich ausweisen?«

»Mein lieber Mann«, sagte ich mit der Überheblichkeit einer *Kappa-Theta-Eta*-Ehemaligen, die bei einer Tasse Tee eine Anwärterin befragte. »Selbstverständlich kann ich mich ausweisen, aber ich habe nicht vor, das zu tun. Ich kann jedoch gerne den Dekan anrufen und ihm erklären, daß ich wegen Ihrer lächerlichen Anschuldigungen zu spät kommen werde. Wir müssen Punkt sechs Uhr zu einer Veranstaltung der Fakultät. Sie findet im *Thurber Farber Manor,* dem Haus des Universitätspräsidenten, statt. Ich will nicht mit Ihnen streiten, aber ich kann nur hoffen, daß der Dekan bei Ihrem Vorgesetzten keine Beschwerde über Sie einreicht. Es würde mir sehr leid tun, wenn Sie, als Vater von drei Kindern, die aufs College wollen, Ihre Arbeit verlören.«

Er blieb noch eine ganze Weile bei seinem lächerlichen Verdacht, zuckte dann jedoch die Achseln und sagte: »Ich weiß nicht, Lady. Wenn Sie wirklich die Frau des Dekans wären, hätten Sie das von Anfang an gesagt, statt sich wie ein ertappter Dieb zu verhalten. Aber ich muß jetzt arbeiten, denn ich würde noch gerne das Ende des Spiels sehen, wenn ich nach Hause komme.« Er nahm seinen Mop und ging zur Tür. »Ich werde dieses Büro nun abschließen. Wenn Sie das nächste Mal herkommen und für den Dekan was erledigen wollen, machen Sie sich darauf gefaßt, Ihren Ausweis vorzuzeigen.«

»Ich werde dem Dekan von Ihrer Hilfsbereitschaft erzählen, die ihn sicherlich beeindrucken wird«, sagte ich, immer noch völlig in meine Rolle vertieft. Ich rauschte an ihm vorbei und aus der Tür des Guzman-Zentrums für Recht. Erst als ich mich auf der anderen Seite der Landwirtschaftsschule befand, ließ ich mich auf eine Bank sinken und gestattete mir,

mir die Absurdität dieser Szene vor Augen zu führen. Ich würde mir selber einen Oscar verleihen. In der Kategorie *Beste Schauspielerin in einer improvisierten Rolle.*

Ich nahm die zusammengefaltete Karte aus der Tasche, strich sie glatt und machte mich auf eine süßliche Nachricht gefaßt. Wie erwartet lautete der gedruckte Teil: »Katie, das *Kappa*-Kätzchen bedankt sich!« Die handschriftlichen Worte waren: Dafür, daß du brav Deinen Beitrag geleistet hast!«

Beitrag leisten? John Vanderson war kein *Kappa*-Mitglied und würde auch nie eines sein. Und seine Frau war nicht die Sorte Mensch, die mit Hilfe von niedlichen Nachrichten an ihre Aufgaben erinnert werden mußte. Ich bezweifelte, daß Ehemalige Beiträge zahlten, obwohl sie sehr wahrscheinlich bis zu ihrem Ableben in regelmäßigen Abständen von der Zentrale angemahnt wurden.

Die kringelige Handschrift schien von einer Frau zu stammen. Ich hatte die zwei letzten Karten nicht aufgehoben, aber soweit ich mich erinnern konnte, war diese Nachricht nicht in der gleichen Handschrift verfaßt worden. Wenn ich also Jean und Pippa ausklammerte, blieben nur Rebecca, Debbie Anne und die anderen sechzig *Kappa Theta Etas,* die Zugang zu den Kartons voller Grußkarten hatten. Zumindest existierten in meiner Phantasie unzählige von besagten Kartons. Ich betrachtete die Karte genauer, konnte aber nicht feststellen, wann sie geschrieben worden war.

Die Katze war in meiner Hand, wenn nicht sogar aus dem Sack, und sie bewies meine Theorie, daß Dekan Vanderson auf irgendeine Weise involviert war. Vielleicht nicht in den Augen von Officer Terrance und Michaels oder denen von Officer Pipkin und Lieutenant Rosen, die sich so prima in ihrem Team zu amüsieren schienen, daß sie sogar freiwillig Überstunden machten.

Ich schlenderte über den Rasen, drehte immer wieder die Karte zwischen den Fingern und blieb dann auf der anderen Straßenseite stehen. An dem *Kappa-Theta-Eta*-Haus war ein Gerüst aufgebaut worden, das darauf schließen ließ, daß die Anstreicher bald beginnen würden. Falls Ed Whitbred und sein hirnloser Gehilfe den Zuschlag erhalten hatten, konnte es gut möglich sein, daß sie am nächsten Tag auftauchen würden. Ich hatte keine Ahnung, was ich sie fragen sollte, aber ich war mir sicher, daß mir die Fragen genauso leicht über die Lippen kommen würden wie die Lügen im Gebäude der juristischen Fakultät. Ich würde sie erbarmungslos wie ein Schmetterlingssammler festnageln, ihnen Antworten entlokken und eine Theorie entwickeln, die mich zu Debbie Anne Wray, dem Mörder und vielleicht sogar einer Lösung für das Problem der Erderwärmung führen würde.

Viel später lehnte die neuste Pappkatze an der Kaffeekanne. Auf dem Küchenschrank lag ein rostiger Schlüssel, und ich hoffte aufrichtig, daß er zur Tür des *Book Depot* gehörte. Im Verbindungshaus hatte niemand den Hörer abgenommen, also konnte ich im Moment nichts wegen meines Schlüsselbundes unternehmen. Sowohl Caron als auch ihr Schlafsack und ihr Kosmetikkoffer waren verschwunden. Ich hatte Luanne angerufen und ihr die Highlights des Nachmittags berichtet, worüber sie sich köstlich amüsierte. Wir waren zu dem Schluß gekommen, daß ich als nächstes einen Termin mit John Vanderson vereinbaren mußte. Im Mülleimer lag die Verpackung eines fettarmen, sodiumarmen Mikrowellengerichts, das ich durch die Zugabe von Salz und Butter genießbar gemacht hatte.

Ich lag in der Badewanne, drehte mit den Zehen immer wieder den Heißwasserhahn auf und ließ die Wärme meinen maltrātierten Körper verwöhnen. Dabei las ich einen Kriminalroman, in dem ein kluger Amateurdetektiv – eine Frau mittleren Alters, die mutig zugab, keine Katzen zu mögen – auf jeder Seite unfähige, schlechtgelaunte Polizisten überlistete.

Ich griff gerade nach meinem Drink, als ich einen Schrei hörte.

Kapitel 11

Ich stürzte meinen Drink hinunter, trocknete mich ab, fuhr in meine Kleider und rannte nach unten und über den Rasen auf das *Kappa-Theta-Eta*-Haus zu. Wie konnten diese Frauen – und ihre Nachbarn – überhaupt zum Schlafen kommen, wenn sie bei jeder Gelegenheit losschrien. Sosehr ich meine Wohnung mit Blick auf den Campus und die Nähe zu meinem Buchladen auch liebte, vielleicht war es an der Zeit, weiter wegzuziehen.

Ich fragte mich, wie kalt die Winter in Fairbanks wohl waren, während ich an die Tür hämmerte. Winkie riß sie mit einem Ruck auf und starrte mich mit offenem Mund an. »Claire?« fragte sie überrascht, so als wäre ich eine Erscheinung mit Tutu und einem glitzernden Zauberstab in der Hand. Dabei war sie diejenige, die mit ihrem aufreizenden, scharlachroten Negligé und ihrer Make-up-Schicht, die einer altgedienten Nutte alle Ehre gemacht hätte, einen denkwürdigen Anblick bot. Aber nichts, was sie oder die *Kappas* in letzter Zeit taten, konnte mich noch groß überraschen.

»Wer hat diesmal geschrien?« fragte ich.

Sie zog mich ins Haus und schloß die Tür. »Pippa. Sie und Rebecca sind in meinem Zimmer. Sie sind beide so verstört, daß ich aus medizinischen Gründen ein Glas Weißwein für das richtige hielt. Ich habe sogar Katie ein wenig davon in ihr Schälchen getan.«

Als ich sah, wie sie vor mir durch die Eingangshalle schwankte, kam ich zu dem Schluß, daß sie offensichtlich mehr als nur ein bißchen in ihr eigenes Schälchen geschüttet hatte. Die beiden Mädchen saßen in ihren Morgenmänteln auf dem Sofa. Pippas Gesicht war bleich und ihr Haar unordentlich, aber es gelang ihr, mit relativ ruhiger Hand ein Glas zum Mund zu führen.

Falls Rebecca eine Dosis Medizin benötigt hatte, so hatte sie wahre Wunder bewirkt. Sie warf mir über den Rand ihres Glases einen durchdringenden Blick zu, trank dann aus und sagte: »Haben wir Sie also wieder einmal gestört, Mrs. Malloy. Sie müssen uns für völlig verrückt halten, aber manchmal ereignet sich, außer einer Maus in der Vorratskammer, wochenlang nichts Aufregendes.«

»Hätten Sie gerne ein Glas Wein?« fragte Winkie mit einem strahlenden Lächeln. »Das ist unsere Geheimwaffe gegen eine zu lebhafte Phantasie.«

Ich wußte nicht, auf wessen Phantasie sie anspielte – auf meine oder auf Pippas. »Vielen Dank, aber ich bin nicht zu Besuch hier. Um ehrlich zu sein, ärgern mich diese späten Besuche genauso, wie sie Sie zu ärgern scheinen. Sagen Sie mir also einfach, warum Pippa geschrien hat, und ich mache mich wieder auf den Weg.«

In der darauffolgenden Stille schlich Katie in den Raum und sprang auf Pippas Schoß. Sie war offensichtlich ebensowenig von meinem Anblick begeistert wie ich von ihrem. Der Verband an meiner Hand schien sie zu faszinieren, sie war sicherlich stolz auf ihr Werk. Winkie ging in ihre Küche, kehrte mit der Weinflasche zurück und machte es sich in ihrem Schaukelstuhl bequem. Rebecca faßte ihr langes, schwarzes Haar zusammen und wickelte es wie einen Schal um ihren Hals.

»Warum haben Sie geschrien?« fuhr ich die Schuldige an. »Ist der geheimnisvolle Fremde wieder aufgetaucht, oder war eine Maus in der Vorratskammer?«

»Es war seltsam, Mrs. Malloy. Ich war so erschrocken, daß ich erst hinterher bemerkte, daß ich geschrien hatte. Ich habe wahrscheinlich meine Ängste unterdrückt, bis ich kurz vor einer Psychoneurose stand, die verständlicherweise durch meine Depression angesichts Jeans Tod ausgelöst wurde. Hätte ich mir mehr Mühe gegeben, meine Inneres zu –«

»Jemand war vor ihrem Fenster«, warf Rebecca ruhig ein und strich Katie mit einer trägen Geste, die zu ihrem Tonfall paßte, über das Fell. »Er ist auf einen trockenen Ast getreten, und das Geräusch hat ihr angst gemacht.«

Pippa kicherte nervös, wenn nicht sogar ein bißchen psychoneurotisch. »Ich hatte gerade meinen Büstenhalter ausgezogen und betrachtete meine Bräunungsstreifen, also muß er alles gesehen haben.« Sie senkte mit einem bescheidenen Grübchen den Blick. »Ich habe mich in einem wirklich süßen, kleinen Bikini gesonnt. Und heute abend im Einkaufszentrum habe ich einen unglaublich tollen Einteiler in einem perfekten Perlgrau gesehen, aber ich weiß einfach nicht, wie ich ihn mit den weißen Streifen auf dem Rücken tragen kann.«

Ich befahl mir, mit dem Zähneknirschen aufzuhören. »Ich bin sicher, Ihnen wird noch eine Lösung einfallen. Sie waren also in Ihrem Zimmer, und jemand stand vor Ihrem Fenster. Haben Sie sein Gesicht sehen können?« Sie schüttelte den Kopf. »Hat jemand die Campuspolizei angerufen?«

»Oh, Claire, ich glaube nicht, daß das nötig sein wird«, sagte Winkie vorwurfsvoll. »Was müssen die von uns denken? Wie Sie wissen, ist eine Studentenverbindung nur so stark wie ihr Ruf. Und jedes Haus muß sich bemühen –«

Ich war nicht in der richtigen Stimmung für eine ausgiebige Analyse der Gefahren eines zweifelhaften Rufs. »Sie müssen

Eleanor Vanderson anrufen und sie fragen, ob Sie die Campuspolizei benachrichtigen sollen. Wenn sie Ihnen zustimmt, kann zumindest ihr Mann vorbeikommen und sich davon überzeugen, daß der Spanner weg ist und die Türen und die Fliegengitter sicher verschlossen sind.«

Winkie schaute mich stirnrunzelnd an. »Ich möchte sie nicht stören, und Dekan Vanderson ist ein vielbeschäftigter Mann mit zahlreichen Verpflichtungen. Es ist viel zu spät, um sie anzurufen.«

»Dann werde ich es tun.« Ich griff nach dem Telefon. »Sagen Sie mir bitte die Telefonnummer, und dann können wir alle wieder ins Bett gehen.« Ich war verwundert, als sie meiner Bitte nachkam. Sekunden später war ich überrascht *und* enttäuscht, als sich eine männliche Stimme meldete.

»Spricht dort Dekan Vanderson?« fragte ich knapp.

»Ja.« Seine Stimme klang ganz ruhig, und es schien unwahrscheinlich, daß er in den letzten zehn Minuten in Eile gewesen war. »Wer spricht dort?«

»Ich rufe im Auftrag der Hausmutter der *Kappa*-Verbindung an. Sie muß mit Mrs. Vanderson über ein Problem hier im Haus reden.« Ich drückte Winkie den Hörer in die Hand und ging auf die Tür zu, kehrte dann jedoch wieder um und setzte mich neben Pippa. Leise, um Winkie bei ihren gestammelten Entschuldigungen nicht zu unterbrechen, sagte ich: »Wir müssen etwas besprechen. Heute nachmittag, als Sie die Sachen aufhoben, die aus meiner Handtasche gefallen sind, haben Sie versäumt, meinen Schlüsselbund zurückzustecken. Falls Sie ihn als Souvenir behalten haben, möchte ich Sie bitten, ihn mir zurückzugeben. Sie haben mir große Unannehmlichkeiten bereitet.«

»Ich würde niemals Ihren Schlüsselbund nehmen, Mrs. Malloy«, erwiderte sie schockiert. »Das wäre ja Diebstahl. *Kappa-Theta-Eta*-Anwärterinnen legen einen heiligen Schwur ab, diesen wirklich komplexen Ehrenkodex hochzuhalten und niemals die Verbindung zu entehren. Wir müssen schwören, niemals betrunken in der Öffentlichkeit zu erscheinen, nicht zu mogeln, uns nicht in anrüchigen Bars oder Nachtclubs erwischen zu lassen – «

»Oder in Motels«, warf Rebecca ein.

Pippa errötete. »Oder in Motels. Wir wollen auf keinen Fall, daß man uns für Flittchen hält. Wir tragen Montag abends zum Essen immer elegante Abendgarderobe und – «

»Sie haben meinen Schlüsselbund also nicht?« fragte ich. »Haben Sie sonst jemanden gesehen, der ihn genommen haben könnte?«

Sie beteuerte weiterhin so beharrlich ihre Unschuld, daß ich anfing, ihr zu glauben. Winkie legte den Hörer auf und sagte: »Eleanor stimmt mir zu, daß kein Grund besteht, die Campuspolizei anzurufen. Sie und ihr Mann lagen bereits im Bett, als Sie anriefen, und sie ist nicht bereit, ihn zu bitten, sich anzuziehen und herzukommen. Sie wird morgen jemanden vorbeischicken, der überprüft, ob alle Fliegengitter richtig eingesetzt und befestigt sind.«

»Was ist mit dem vor Ihrem Fenster?« fragte ich, während ich in ihre Küche ging und die rosafarbenen Ginganvorhänge beiseite schob. »Es ist nicht richtig eingesetzt, und ein winziger Stups genügt, um es zu Boden zu werfen.« Ich tat genau dies, um meine Behauptung zu beweisen. »Oh, tut mir leid, aber ich konnte nicht anders«, rief ich. »Sie sollten wirklich die Fenster im Erdgeschoß verschlossen halten, bis dieser Herumtreiber gefaßt ist.«

Pippa schnappte hörbar nach Luft. »Mein Fenster steht sperrangelweit offen. Was, wenn der Unbekannte in meinem Zimmer ist?«

Ich öffnete und schloß das Fenster, bevor ich ins Wohnzimmer zurückkehrte. »Ich denke, ich überprüfe besser sämtliche Fenster im Erdgeschoß, besonders die der leerstehenden Zimmer.«

»Mrs. Malloy hat recht, Winkie.« Rebecca streckte die Hand aus. »Geben Sie mir die Schlüssel, und ich begleite sie. Sie und Rebecca können hier warten, bis die Zugbrücke hochgezogen ist und die Alligatoren im Burggraben herumschwimmen.«

Winkie schien ein wenig verwirrt, aber sie nahm die Schlüssel aus ihrer Handtasche und gab sie Rebecca. Wir gingen zuerst in die Küche und sahen dort nach, ob Fenster und Türen verschlossen waren. Dann taten wir das gleiche im Aufenthaltsraum und betraten anschließend den Flur, von dem die Zimmer abgingen.

»Mein Zimmer ist ein Saustall«, sagte Rebecca, obwohl sie dies nicht besonders zu stören schien. Sie ging hinein, stieg über Kleider und andere Gegenstände auf dem Boden hinweg, verschloß ihr Fenster und kehrte dann mit einem unergründlichen Lächeln auf den Lippen zurück. »Bei mir wird es keine nächtlichen Besucher geben«, sagte sie, während sie Pippas Tür aufschloß und mir ein Zeichen machte, vor ihr herzugehen.

Ich hatte einen schnellen Blick auf die pinkfarbenen Grußkarten an ihrer Wand geworfen, auf denen Nachrichten wie »Du bist eine tolle große Schwester!« und »Ich habe eine Eins in meiner Arbeit!« standen. Die Handschriften waren unterschiedlich; offensichtlich fungierten die Karten sowohl als interne Memos als auch als offizielles Briefpapier.

Seit meinem letzten Besuch hatte Pippa nicht aufgeräumt. Der perlgraue Badeanzug hing an einem Griff an der Kommode, Bücher waren zu der Unordnung auf dem Boden hinzugekommen, und eine offene Schreibtischschublade, die voller Krimskrams war, erinnerte mich an meine eigene. Das Rollo war heruntergezogen, und das Fenster stand weit offen. Das Fliegengitter saß jedoch an seinem Platz, und niemand schien sich daran zu schaffen gemacht zu haben.

Wir gingen in Debbie Annes Zimmer, das immer noch aufgeräumt, sauber und deprimierend unpersönlich wirkte. Die einzige Veränderung bestand in der dünnen Puderschicht, mit deren Hilfe die Spurensicherung Fingerabdrücke abgenommen hatte. Ich nahm das Bild ihrer Eltern in die Hand. »Ich mache mir wirklich Sorgen um Debbie Anne. Sie klang zwar nicht besonders verängstigt, als sie mich anrief, aber vielleicht – «

»Sie hat Sie angerufen?« Rebecca strich sich das Haar zurück und starrte mich an. »Warum hat sie das getan?«

»Offensichtlich fand sie mich sympathisch, und sie bat mich, ihre Mutter anzurufen. Das habe ich auch getan, in der Hoffnung, daß sie möglicherweise weiß, wo sich Debbie Anne aufhält.«

»Und wußte sie es?«

»Ihre Mutter unterlag der irrigen Ansicht, daß Debbie Anne ein geschätztes Mitglied der Verbindung sei und all ihre Freizeit mit ihren Schwestern verbringe«, sagte ich mit einem bissigen Unterton in der Stimme.

»Es war klar, daß sie so etwas behaupten würde.« Nachdem sie sich davon überzeugt hatte, daß das Fenster tatsächlich verschlossen war, fügte sie hinzu: »Sie hat uns bestohlen, Jean in der Gasse überfahren und versteckt sich jetzt. Sie ist bestimmt davon überzeugt, daß sie das Opfer einer Verleumdung ist. Es überrascht mich gar nicht, daß sie ihre Mutter angelogen hat. Können wir das hier jetzt zu Ende bringen? Ich habe morgen früh ein Vorsprechen und muß noch meinen Text lernen.«

Ich ging zu Jeans Zimmertür und wartete, bis sie aufgeschlossen hatte. Die Kleidung und die persönlichen Dinge des Mädchens waren in Koffer und Kartons gepackt worden, die in der Mitte des Raums aufeinandergestapelt standen. Das Bett war abgezogen, und die pinkfarbenen Katzen waren verschwunden.

»Debbie Anne Wray hat versucht, *Kappa Theta Eta* zu zerstören«, sagte Rebecca, die noch in der Tür stand. »Wir haben unser Bestes getan, sie zu einer von uns zu machen, aber sie hat es nicht geschafft. Mir ist es egal, ob sie sie jemals finden. Ich hoffe, sie versteckt sich irgendwo im Wald, wo die Bären sie erwischen.« Sie lehnte sich an die Wand auf der anderen Seite des Gangs. Ihr Gesicht war vor Wut verzerrt, und sie hatte die Hände zu Fäusten geballt. Sie wandte sich ab und begann zu weinen.

Ich beschloß, ihren Ausbruch zu ignorieren und zu verschwinden, bevor mir der Geduldsfaden riß. Sogar die freundlichste Buchhändlerin der Welt kann militant werden, wenn man sie provoziert. Ich ging um die Kartons herum, sah nach, ob das Fenster zu war, und wollte schon das Zimmer verlassen, als ich einige Gegenstände auf der Kommode sah, die sie scheinbar beim Packen als unwichtig erachtet hatten. Darunter befanden sich mit Puder bedeckte Haarklammern, eine leere Schachtel Mentholzigaretten, Plastikstifte, Büroklammern und die weiße Kappe einer Shampooflasche. Und ein Streichholzbriefchen eines Motels namens *Hideaway Haven.* Ich ließ es unauffällig in meine Tasche gleiten. »Wer hat Jeans Sachen gepackt?« fragte ich Rebecca.

»Ich hatte angeboten, es zu tun, aber ihre Sachen anzuschauen war zu schmerzhaft für mich, und ich konnte es einfach nicht machen«, antwortete sie und wischte sich die Tränen ab, die ihr die Wangen herunterliefen. Im Gegensatz zu gewissen anderen Leuten weinte sie sehr leise und bekam weder geschwollene Augen noch eine rote Nase. »Ich glaube, Winkie hat die Putzfrau gebeten, fertig zu packen, oder sie hat es sogar selber getan.«

»Haben Sie einen Satz Negative gefunden?« fragte ich sie unglaublich unauffällig.

Meine Frage ließ ihre Tränen versiegen. »Wovon, Mrs. Malloy?« fragte sie. Ihre Haare verbargen ihren Gesichtsausdruck, aber ihr kühler Ton war nicht zu überhören.

»Ich habe keine Ahnung«, erwiderte ich, obwohl das Streichholzbriefchen in meiner Tasche zu glühen begann wie ein Stück Kohle und mir langsam ein paar sehr häßliche Möglichkeiten einfielen. »Es scheint alles in Ordnung zu sein. Sie können also in Ruhe Ihren Text lernen. Ich werde auf meinem Weg nach draußen noch bei Winkie vorbeischauen.«

Ich hatte gehofft, daß sie mich in Jeans Zimmer alleine lassen würde, aber sie wartete, während ich das Licht ausknipste, die Tür schloß und mich zu ihr in den Gang gesellte. Sie ging in ihr Zimmer, und statt Jeans Sachen zu durchstöbern, sah ich mich gezwungen, zu tun, was ich gesagt hatte. Winkie war in ihrem Schaukelstuhl eingeschlafen, und Pippa spielte mit Katie, in dem sie ein pinkfarbenes Band vor ihr hin und her baumeln ließ. Sie versicherte mir, daß sie Winkie ins Bett bringen würde, und dankte mir für meine Besorgnis.

Die war zwar gar nicht vorhanden, aber ich nickte müde und ging zurück in meine Wohnung. Das dampfende, heiße Wasser hatte mich entspannt, und ich war bereit gewesen, ins Bett zu gehen. Nun rasten mir dank der *Kappa Theta Etas* chaotische Gedanken durch den Kopf, von denen die meisten mit Erpressung zu tun hatten. Ich wünschte mir, mit jemandem darüber reden zu können, aber derjenige, der mir spontan einfiel, kam nicht in Frage. Dies würde eine Sololeistung werden, und ich würde die Lösung erst dann den Verantwortlichen präsentieren, wenn ich sie in eine große rosafarbene Schleife verpackt hatte.

Ich setzte mich hin und betrachtete die Aufschrift auf dem

Streichholzbrief. Das *Hideaway Haven,* ein schäbiger Laden, der mir zwar schon aufgefallen, in dem ich aber noch nie abgestiegen war, lag westlich der Stadt. Der Kundschaft standen Filme für Erwachsene und große Wasserbetten zur Verfügung. Ich vermutete, daß es nicht nur Wochen- und Monatstarife gab, sondern auch Stundenpreise, falls jemand Dienstleistungen in Anspruch nehmen wollte, die es sonst nur an Rastplätzen gab. Was konnte ich nun mit diesem Beweisstück anfangen – außer die Kerzen anzuzünden und im schummerigen Licht herumzusitzen? Peter hatte Kerzen in seinem Eßzimmer, in seinem Wohnzimmer und in seinem Schlafzimmer, und er beschwerte sich ständig über meinen Pragmatismus, wenn ich das Licht einschaltete, um mir nicht die Zehen zu stoßen. Officer Pipkin konnte im Dunkeln wahrscheinlich besser sehen als eine Katze.

Zugegeben, ich brütete vor mich hin, was nicht nur eine sinnlose und wenig bekömmliche Beschäftigung war, sondern auch langsam Selbstmitleid bei mir hervorrief. Ich schwebte ernsthaft in Gefahr, eine Johnny-Mathis-Platte aufzulegen und die ganze Nacht lang vor mich hin zu weinen. Ich kam zu dem Schluß, daß körperliche Betätigung das richtige für mich war. Ich steckte das Streichholzheft in die Handtasche und ging durch meine Küche in Richtung Hintertreppe, die zu meiner Garage führte. Ich überlegte gerade, wie ich dem Nachtportier am besten Fragen über seine studentische Kundschaft stellen sollte, und hatte schon die Hand auf den Türknauf gelegt, als mir einfiel, daß ich nirgendwo hinfahren würde. Es sei denn, ich schloß meinen Wagen kurz.

Ich ließ meine Handtasche auf den Tisch fallen und begann, die Schubladen nach dem Ersatzschlüssel für den Wagen zu durchsuchen. Als ich endlich einen Schlüssel gefunden hatte, der in Frage kam, war es bereits nach Mitternacht. Triumphierend ging ich ins Bett.

Früh am nächsten Morgen kamen Caron und Inez hereingeschlichen, als ich gerade bei meiner Tasse Kaffee saß. Beide hatten aufgedunsene Gesichter, rotunterlaufene Augen und einen griesgrämigen Gesichtsausdruck. All das ließ auf eine schlaflose Nacht schließen. In Carons Zimmer polterten Sachen auf den Boden, und ich trank gerade hastig meine Tasse leer, als die beiden in die Küche kamen.

»Ich werde, solange ich lebe, nicht mehr vor die Tür gehen«, verkündete Caron. »Ich werde in meinem Zimmer bleiben, bis ich graue Haare kriege, mir die Zähne ausfallen und meine Haut mit Leberflecken und ekeligen haarigen Warzen übersät ist. Kleine Kinder werden sich vorsichtig in den Garten schleichen, flüstern und auf mein Fenster zeigen und dann bei der leisesten Bewegung meiner Vorhänge laut schreien und weglaufen. Ich werde in Farberville eine Legende werden, aber eines Tages werden alle aufhören zu spekulieren und die alte Hexe vergessen, die auf dem Dachboden lebt.«

»Du sprachst doch von deinem Zimmer«, warf Inez ein, verstummte dann jedoch aus Rücksicht auf ihre Gesundheit.

»Es gibt einen Dachboden«, sagte ich. »Ich war zwar noch nie dort oben, aber vor ein paar Jahren hat der Vermieter jemanden hochgeschickt, um gegen die Wespen zu sprühen. Im Kämmerchen im Flur gibt es eine Klappe.«

»Das ist nicht sehr witzig.« Caron legte sich auf den Boden, schloß die Augen und verschränkte die Hände in der klassischen Pose einer lieben Verstorbenen vor der Brust. »Rhonda Maguire ist nichts weiter als eine dumme Schließfrucht«, sagte sie mit düsterer Stimme. »Es ist mir völlig egal, ob ich sie die nächsten fünfzig Jahre nicht mehr sehe, aber sie sollte sich in acht nehmen, wenn ich tot bin. Dann komme ich als fleischfressender Zombie zurück.«

Ich warf Inez einen fragenden Blick zu. »Eine Schließfrucht?«

Sie nickte mir feierlich zu, sah auf den Körper hinunter, der versuchte, auf dem Boden zu verwesen, und schlich sich zum nächsten Stuhl. Sie flüsterte mir stumm etwas zu, aber es hätte alles bedeuten können, angefangen von einer Verwünschung bis hin zu einem Sonett.

»Eine dumme Nuß, Mutter«, sagte Caron ungeduldig. »Behindern diese Hitzewallungen deine Fähigkeit, deine Kultur zu begreifen?«

»Ganz bestimmt.« Ich setzte die Tasse ab und stand auf. Ein gütiges Elternteil wäre lautlos verschwunden oder hätte mitfühlend nachgefragt, um die ganze Tragödie zu erfahren. »Wie war der Limbo? Hast du einen Preis gewonnen, oder hat Rhondas niedriger Gravitationspunkt gesiegt?«

»Louis Wilderberry betritt die Terrasse, und sofort schnappt Rhonda sich ihn und fängt an, diese unglaublichen Lügen zu erzählen. Ich würde behaupten, die ultimative Modezarin des Jahrhunderts, wenn nicht sogar des Jahrtausends zu sein. Alle – Anwesende eingeschlossen – haben gekichert und höhnisch gelacht, und dann sagt Rhonda doch tatsächlich: ›Warum legen wir nicht alle zusammen, damit Miss Farbskala eine *My-beautiful-Self*-Beratung für Louis machen kann?‹ Das war ihm so peinlich, daß er regelrecht zu seinem Auto geflüchtet ist. Sie hielt das für unglaublich komisch, und ich mußte es mir immer wieder anhören, bis im Morgengrauen der Hahn dreimal krähte.«

Inez rutschte auf ihrem Stuhl immer tiefer, bis sie in Augenhöhe mit der Tischplatte war. »Ich habe kein Wort gesagt, Caron. Ich fand, Rhonda hat sich wirklich blöd benommen, aber ich denke immer noch, daß du zu weit gegangen bist, als du dich über eine Stunde in ihrem Zimmer eingeschlossen hast.«

»Und was hast du da getan?« fragte ich, so ruhig ich konnte.

Caron kniff die Augen noch fester zu. »Gar nichts, Mutter. Ich bin kein rachsüchtiger Mensch. Wenn Rhonda anruft, sag ihr, ich sei nach Frankreich in ein Château gezogen.«

Ich blickte Inez an, die die Achseln zuckte und noch weiter in Richtung Boden rutschte. »Was immer du sagst, Liebes. Vielleicht brauche ich dich heute nachmittag im Laden. Ich werde es dich wissen – «

»Du scheinst vergessen zu haben, daß ich nie wieder diese Wohnung verlasse. Außerdem werde ich nicht ans Telefon gehen. Also muß dein anonymer Perverser jemand anders nerven. Inez, sieh nach, ob im Kühlschrank noch Orangensaft ist. Ich spüre schon, wie meine Knochen brüchig werden.«

Ich ging, bevor ich erfahren konnte, was Caron in Rhondas Zimmer angestellt hatte, obwohl ich es früher oder später doch herausfinden würde. Der Schlüssel aus der Schublade paßte ins Zündschloß, und der Schlüssel, der auf dem Küchenschrank gelegen hatte, paßte zur Vordertür des *Book Depot.* Wenn doch nur die Hinweise, auf die ich zufällig gestoßen war, auch passen würden. Ich setzte mich auf den Hocker hinter dem Ladentisch. Arnie und Ed Whitbred hatten irgend etwas mit dem zu tun, was da vor sich ging. Und ich besaß so etwas wie einen Beweis, daß Dekan Vanderson auch beteiligt war. Die aktiven *Kappa Theta Etas,* die Ehemaligen, die verreisten und sogar die verstorbenen Mitglieder kamen ebenfalls für eine Rolle in diesem Durcheinander in Frage.

Der beste Plan wäre wohl, sie alle in eine Reihe zu stellen und den Manager vom *Hideaway Haven* zu fragen, ob er sie schon einmal gesehen habe. Das war jedoch eine Möglichkeit, die nur der Polizei zur Verfügung stand, die sehr wahrscheinlich nicht mit mir kooperieren würde. Das gleiche traf garantiert auch auf John Vanderson zu, aber ich rief dennoch bei der Telefonzentrale des Colleges an und fragte nach seiner Büronummer, die ich anschließend wählte.

»Dekan Vanderson ist in einer Sitzung«, informierte mich seine Sekretärin. »Dann hat er den restlichen Nachmittag über Termine, und um fünf findet ein Empfang für einen Bundesrichter statt. Danach gibt er ein Abendessen für den Richter und einige Angehörige der Fakultät. Morgen reist er zu einem einwöchigen juristischen Symposium nach Las Vegas. Wenn Sie ihn erwischen, grüßen Sie ihn von mir.«

Ich wartete einen Moment, ob sie noch etwas hinzufügen würde. »Das kann aber nicht eine Woche warten.«

»Das gleiche gilt für die endgültige Zustimmung zur Stipendienvergabe, die am Freitag fällig ist, den Herausgeber des *Law Review,* die Studentin mit der Klage wegen sexueller Belästigung und den Fakultätsberater des juristischen Komitees.« Dann legte sie auf.

Hm, dachte ich, während ich zur Tür ging. Es sah nicht so aus, als würde ich noch einmal so leicht Zutritt zu Dekan Vandersons Büro bekommen wie am Abend zuvor – nicht bei dieser Medusa im Vorzimmer, die sowohl Studenten als auch Besucher zu Stein verwandelte. Und selbst wenn ich es riskierte, konnte ich immer noch dem unfreundlichen Hausmeister in die Arme laufen.

Die unechte Mrs. Vanderson beschloß herauszufinden, was sie der echten entlocken konnte. Ich setzte mich wieder, suchte ihre Telefonnummer heraus und wählte sie, in der Hoffnung, daß der Lunch-Marathon bei den Damen noch nicht begonnen hatte.

»Hier bei Vandersons.«

Ich war völlig irritiert und fragte mich, ob mein Hirn sich schon zu Stein verwandelte hatte. Ich schluckte und fragte schließlich: »Debbie Anne? Sind Sie das?«

»Nein, bin ich nicht!«

Mein ganzer Körper mußte zu Stein erstarrt sein, denn ich konnte nur noch dem Tuten zuhören, bis mich die kurzen Töne schließlich wieder ins Hier und Jetzt beförderten. Benommen wählte ich erneut die Nummer. Nach etlichen Klingelzeichen legte ich auf und ging im Geiste noch einmal die sieben Wörter durch, die sie gesagt hatte. Die nasale Stimme war unverwechselbar, und ihre Besitzerin hatte ihren Aufenthaltsort als das Haus der Vandersons identifiziert. Hatte ich einen so ernsten Fauxpas begangen, daß die Frau am anderen Ende beleidigt außer Reichweite des Telefons marschiert war? Oder gar aus dem Haus? Falls es wirklich Debbie Anne war, warum hatte sie dann so heftig reagiert? Und was zum Teufel machte sie im Haus der Vandersons?

Ich notierte mir die Adresse, schloß den Laden ab und rannte zu meinem Auto. Dabei gratulierte ich mir, daß ich das Auto mit zum *Book Depot* genommen hatte – für den Fall, daß ich Dekan Vanderson an einem entlegenen Ort aufsuchen müßte. »Bitte bleib dort«, murmelte ich, während ich in die Thurber Street einbog und in Richtung des historischen Bezirks von Farberville fuhr.

Ich hatte diese Bitte ungefähr hundertmal wiederholt, als ich die Washington Avenue entlangkroch und nach der richtigen Hausnummer suchte. Die meisten der historisch korrekten Anwohner hatten Nummern an ihren Häusern befestigt, so daß ich mit der Treffsicherheit einer Bodenluftrakete ein guterhaltenes, gelbgestrichenes viktorianisches Haus ansteuern konnte, das einen Turm besaß, auf dem ein Bronzeadler saß. Ich parkte meinen Wagen davor und betrachtete es genauer. Das Gebäude an sich und das darum befindliche Grundstück waren in tadellosem Zustand, und die Auffahrt war leer.

Ich versuchte mich zu beruhigen, daß seit dem Anruf keine

fünfzehn Minuten verstrichen waren, eilte auf die Veranda zu und klopfte an die Tür. Es waren keine dünnen Mädchen auf dem Bürgersteig an mir vorbeispaziert, und ich wußte, daß sie nicht mit ihrem Wagen weggefahren war. Ich klopfte erneut, entdeckte dann jedoch einen altmodischen Klingelzug, den ich energisch drehte. Ich konnte hören, wie er sich drinnen mit einem Knirschen bewegte und darum bat, daß jemand an die Tür kam. Das geschah jedoch nicht, und schließlich ließ ich meine Hand sinken.

»Wollen Sie zu Eleanor?«

Ich blickte mich um und entdeckte eine Frau mit blauen Haaren, die einen Regenmantel trug und eine Leine in der behandschuhten Hand hielt. Am Ende der Leine befand sich ein Cockerspaniel, der aufgeregt herumtänzelte. »Ja.« Ich versuchte, nicht den Anschein zu erwecken, als hätte ich gerade mit dem Gedanken gespielt, in das Haus einzubrechen. »Wissen Sie, wann sie zurückkommt?«

»Sie ist in ihrem Gartenclub, und ich glaube, heute nachmittag ist sie in dem Geschenkeladen im Krankenhaus an der Reihe.« Die Frau warf mir einen mißtrauischen Blick zu. »Ich wohne nebenan und werde ihr gerne ausrichten, daß Sie hier waren.«

»Das ist sehr lieb von Ihnen. Im Grunde suche ich nach einer *Kappa-Theta-Eta*-Anwärterin, die zur Zeit bei ihr wohnt.«

»Eleanor hat gar nicht erwähnt, daß sie und John einen Gast haben. Letzten Sommer war ihre Nichte für zwei Wochen hier, aber sie ist eine Ehemalige und keine Anwärterin. Ein reizendes Mädchen und sehr klug. Sie hat einen Abschluß in Wirtschaftswissenschaften, aber wegen der Zwillinge und ihren Bemühungen, für die Verbindung Gelder aufzutreiben, hat sie ihre Karriere erst einmal auf Eis gelegt. Ihr Mann ist Kieferorthopäde.«

»Ach, wie interessant«, murmelte ich verlogen. Ich wartete, aber die Frau schien wild entschlossen, auf dem Bürgersteig Wurzeln zu schlagen. Ihr Hund hatte sich zu ihren Füßen niedergelassen und leckte ihre Schuhe, entweder aus Zuneigung oder vor Hunger. »Ihnen ist also kein großes, dünnes Mädchen mit braunen Haaren aufgefallen?«

»Sie sind doch heutzutage alle groß und dünn, nicht wahr? Als ich noch jung war, durfte man ruhig ein paar Kurven haben, aber heute wollen sie alle wie Streichhölzer aussehen.« Sie zerrte an der Leine. »Hör auf damit, Brandy. Sind Sie eine *Kappa Theta Eta*, meine Liebe? Ich war in der *Chi-Omega*-Verbindung. Ich hatte so viele Patinnen, daß man mich am ersten Tag der Schnupperwoche beinahe durch die Tür getragen und auf einen Thron gesetzt hätte. Meine Enkeltochter ist diesen Herbst Anwärterin an meiner Universität.«

Sie war eine großartige Gegnerin. Ich beugte mich ihrem Sieg, lächelte dem Hund flüchtig zu und sagte, daß ich Eleanor ein anderes Mal aufsuchen würde. Sie stand immer noch auf dem Bürgersteig, als ich losfuhr. Aber wohl eher, weil sich die Leine verheddert hatte, als aus Mißtrauen – das hoffte ich zumindest. Ich fuhr an der Bibliothek vorbei und den Hügel hinauf. Ich kaute auf meinem Fingernagel herum und überlegte, was ich tun sollte. Ich wußte natürlich, was das beste wäre. Es bestand gar keine Frage, daß ich an der Grenze dessen herumspazierte, was richtig war bzw. was ich vor mir selber verantworten konnte. Peter würde mir zuhören (und immer wieder seine langweiligen Bemerkungen über meinen Hang zur Neugier machen). Und er war auch in der Lage, die Vandersons zu befragen, das Haus zu durchsuchen und schließlich festzustellen, daß sie einer Flüchtigen Zuflucht gewährten. Ich hingegen war von einer Frau mit einem Hund außer Gefecht gesetzt worden. Einem stiefelleckenden Cockerspaniel.

Ich stand kurz davor, Eleanors Gartenclub zu stürmen und sie als Geisel zu nehmen, so ratlos war ich. Schließlich parkte ich an einer Stelle, an der stets mondsüchtige Liebende hielten, schaltete den Motor aus und ließ meinen Kopf gegen den Sitz sinken. Jean Hall hatte Debbie Anne dazu gezwungen, etwas anzustellen – wahrscheinlich etwas, das mit der Boutique im Einkaufszentrum zu tun hatte. Warum war sie davongerannt, statt ihren Irrtum zuzugeben und in den richtigen Laden zu gehen? Hatte Dekan Vanderson Debbie Anne auf dem Speicher versteckt und war in das Verbindungshaus eingestiegen, um die Negative zu bekommen? Negative wovon? Es war furchtbar ärgerlich, daß der anonyme Anrufer lieber mit Caron telefonierte, schoß es mir durch den Kopf.

Mein nächster Schachzug war nun offensichtlich, wenn auch nicht besonders nett.

Kapitel 12

Kurz vor sieben parkte ich an einer strategisch günstigen Stelle in der Straße, die rechtwinklig zur Washington Avenue lag. Dann ließ ich mich im Sitz hinunterrutschen, wie es die abgestumpften, verlebten Privatdetektive immer taten, wenn sie in einer langweiligen und bitterkalten Nacht einen Überwachungsjob erledigen mußten. (Es war ein milder Abend, und ich hatte noch zwei Stunden Tageslicht vor mir, aber ich war, wie Caron es wohl ausgedrückt hätte, *in einer gewissen Stimmung.*) Der Mercedes der Vandersons stand unter einem alten Magnolienbaum in der Auffahrt, und während ich das Haus beobachtete, fuhr das Auto, das vor dem *Kappa-Theta-Eta*-Haus gehalten hatte, vor und parkte dahinter. Mein Opfer eilte ins Haus.

Ich trug keinen Trenchcoat und Filzhut, sondern ein grünes Kleid, das mir sehr gut stand. Ich hatte für den Anlaß sogar Strumpfhose, hohe Schuhe und falsche Perlen angelegt. Da ich noch nie einen Bundesrichter zu Besuch hatte, wußte ich nicht, wann die Feierlichkeiten anfangen würden, aber ich betete, daß mir ein paar Minuten Zeit bleiben würden, um mit dem Dekan einige ungestörte Worte zu wechseln.

Meine Gebete wurden nicht erhört. Bevor ich das Haus erreichte, hielt ein schwarzer Cadillac am Bordstein, gefolgt von einer ganzen Flotte importierter Wagen. Eine Gruppe hochgradig gestylter Leute stieg aus und ging, miteinander plaudernd, auf das Haus zu. Ich griff auf meinen Ersatzplan zurück, mischte mich unter die Leute und schob meine Hand unter den Arm eines der Männer. Er hatte die weißen Haare und die trügerisch vertrauenserweckenden Augen eines Fernsehpredigers und außerdem eine leicht nach unten gebogene Nase – und war daher sehr wahrscheinlich der ehrenwerte Richter.

»Ist das nicht reizend von John und Eleanor?« fragte ich, während ich ihn auf die Veranda zuschob.

Er drückte meine Hand. »Und von Ihnen ebenfalls, meine Liebe. Ich glaube, wir sind uns auf dem Empfang gar nicht vorgestellt worden. Gehören Sie zur Fakultät?«

»Ich habe Ihnen quer durch den Raum zugewinkt, aber es war ja so ein Gedränge, nicht wahr? Was meinen Sie, Euer Ehren, wollen wir heute abend ein bißchen miteinander plauschen?«

Die Haustür stand offen, und wir strömten hinein, wie Stare zu ihrem Schlafplatz. Eleanor begrüßte ihre Gäste mit professioneller Selbstsicherheit, übergab dem wartenden Mädchen Mäntel und Stolen und hieß uns mit einem warmen Lächeln und herzlichen Worten willkommen. Die meisten von uns jedenfalls. »Richter Frankley, es ist uns solch eine Ehre und Freude, daß Sie heute abend kommen konnten, Sie und …« Eine winzige Falte tauchte zwischen ihren Augen auf, und dann noch ein paar in ihren Mundwinkeln.

»Claire«, teilte ich ihr höflich mit. »Ich glaube, da drüben ist die Bar, Richter Frankley. Wie wäre es mit einem Martini?«

Er grunzte glücklich, als wir das Wohnzimmer betraten, das aus einem Hochglanzmagazin zu stammen schien. Hohe Wände, poliertes Holz, Antiquitäten, Deckchen auf den

Tischen, ein Korb mit Pinienzapfen neben dem Kamin, ein Afghan, der über eine Sofalehne drapiert war – der ganze amerikanische Kram.

»Wie lange bleiben Sie in Farberville?« fragte ich meine Geisel, während wir uns einen Platz vor dem Tisch erkämpften, auf dem Flaschen, ein silberner Eiskübel mit einer Silberzange und Kristallschalen mit Oliven und Zitronenscheiben standen.

Seine Antwort entging mir. John Vanderson stand wie angewurzelt in der Tür zum Eßzimmer und betrachtete mich mit solch einer Panik, als würde er kurz vor einem Schlaganfall stehen. Ich lächelte ihn an und zog die Augenbrauen in die Höhe. Er stolperte außer Sichtweite. Benahm sich so ein guter Gastgeber?

»... später in meinem Hotel eine kleine Party«, sagte der Richter. »Natürlich nur ein ausgewählter, kleiner Kreis. Es würde mir das Herz brechen, wenn Sie mir eine Absage erteilten, meine Liebe.« Er drückte meine Hand noch fester. »Vielleicht verklage ich Sie wegen Mißachtung des Gerichts.«

»Es würde mir nicht im Traum einfallen, sie zu verpassen«, erwiderte ich. Nach einem kurzen Kampf befreite ich meine Hand. »Wenn Sie mich entschuldigen würden, aber ich muß kurz mit Dekan Vanderson sprechen. Warum setzen Sie sich nicht hier auf dieses kuschelige Sofa, und wenn ich zurückkomme, können Sie mir alles über Ihre klugen Urteile erzählen.«

Ich schlängelte mich durch die Menge ins Eßzimmer, wo mich der Glanz des Silberbestecks und der Kristallgläser vorübergehend erblinden ließ. Dekan Vanderson war offensichtlich durch die Tür auf der anderen Seite des Raums entkommen, also ging ich in diese Richtung. Die Küche war völlig überfüllt, und niemand der Angestellten reagierte auf meine Fragen. Ich ging weiter, in der Hoffnung, mich nicht am oberen Ende der Kellertreppe oder am Fuß der Speichertreppe wiederzufinden. Bei dem Zimmer hinter der Küche handelte es sich jedoch nur um einen harmlosen Wintergarten mit Ausblick auf den Garten und einen Swimmingpool.

Ich wollte es schon mit der nächsten Tür versuchen, als ich Dekan Vanderson mit gesenktem Kopf und hängenden Schultern in einer Ecke entdeckte. Ich näherte mich ihm, wie ich es bei einem verwundeten Tier getan hätte (obwohl ich an meinen Gliedmaßen natürlich viel zu sehr hänge, um so etwas zu tun), und ich war mir relativ sicher, daß mir die Angestellten in der Küche zur Hilfe eilen würden, falls er sich auf meine zugegebenermaßen verführerische Halsschlagader stürzte. »Wir müssen uns unterhalten«, sagte ich sanft. »Wir können das unter vier Augen tun oder vor Ihrer Frau und Ihren Gästen.«

»Sollen wir ein wenig am Pool entlangspazieren, Mrs. Malloy?«

»Ich bin eine gute Schwimmerin«, warnte ich ihn, während wir die Stufen in den Garten hinuntergingen. Azaleen und Rhododendronbüsche blühten in arrangierter Unordnung, und Geißblattranken wanden sich um die verfallene Mauer eines alten Brunnens. Ich hatte zu viele Krimis gelesen, um nicht einen flüchtigen Blick in den Schacht zu werfen. Er war nur drei Meter tief, der Grund sah ungetrübt aus, und Debbie Anne hockte auch nicht dort unten.

»Standen Sie auf der Gästeliste?« fragte Dekan Vanderson, der meinen kleinen Umweg verwirrt beobachtet hatte.

»Nein, und ich werde auch mit hungrigem Magen wieder verschwinden, wenn Sie meine Fragen beantwortet haben. Ich weiß nicht genau, was Sie mit den *Kappa Theta Etas* zu tun haben, aber mir fallen ein paar ziemlich plausible Erklärungen ein, die ich der Polizei mitteilen werde, falls es nötig ist. Ich weiß nicht, ob sie vor Gericht standhalten, aber sie werden Ihnen eine Menge Schwierigkeiten machen.« Ich blieb am Rand des Pools stehen und vergewisserte mich, daß keine Leichen in der Nähe des Abflusses herumtrieben. Ich konnte nur ein Magnolienblatt entdecken, das aussah wie ein kleiner Rochen.

Er stellte zwei Aluminiumstühle zusammen und deutete mir an, mich zu setzen. »Es mag zu Fehltritten gekommen sein, aber das gehört der Vergangenheit an und hat nichts mit dem Tod des Mädchens zu tun. Ich gebe zu, daß ich Sie heute nachmittag zu Boden geschubst habe. Als ich Ihnen so unerwartet begegnete, war ich sehr erschrocken und reagierte, ohne nachzudenken. Dafür möchte ich mich aufrichtig entschuldigen. Ich hoffe, es kam zu keinen ernsthaften Verletzungen?«

»Ich möchte nicht über heute nachmittag reden, Dekan Vanderson. Ich möchte mit Ihnen über Jean Hall reden.«

Er fröstelte trotz des Sonnenscheins und zog ein Taschentuch hervor, um sich damit die Stirn abzuwischen. »Ach ja, ich hatte sie angestellt, um Botengänge für mich zu machen und Arbeiten im Büro zu erledigen. Ihr Gehalt befand sich im Rahmen unseres winzigen Budgets, daher gestattete ich ihr zusätzlich, bei einigen Vorlesungen zuzuhören, damit sie sich auf ihr Jurastudium vorbereiten konnte, das sie im Herbst antreten wollte. Eleanor hat mir von ihrem tödlichen Unfall berichtet. Eine schreckliche Tragödie für sie, den Fahrer und die ganze Verbindung.«

»Sie wurde umgebracht«, erwiderte ich unverblümt.

»Ist die Polizei der gleichen Meinung?« Seine bleichen Wimpern waren beinahe unsichtbar, als er mich nervös anblinzelte. »Eleanor sagte, sie wäre zu dem Schluß gekommen, es sei ein Unfall gewesen, der durch eine der Anwärterinnen verursacht worden sei.«

»Die hierherkam, um sich zu verstecken.«

»Hierher? Unmöglich. Wäre sie nach dem Unfall hergekommen, hätte Eleanor ihr geraten, sich zu stellen. Sie hätte sie sogar zur Wache gefahren und mir bestimmt davon erzählt. Ich habe in akademischen Kreisen eine Position zu verlieren, Mrs. Malloy, und die Verbindung bedeutet meiner Frau sehr viel. Niemand von uns würde das, was er erreicht hat, aufs Spiel setzen, um einer Flüchtigen Unterschlupf zu gewähren.«

»John!« rief Eleanor von der Tür herüber. »Was macht ihr da draußen? Falls es dir entgangen ist, wir haben Gäste. Richter Frankley fragt nach dir.«

Ich lächelte sie an und sagte mit leiser Stimme: »Wo sollen wir über die Negative reden – hier oder auf dem Sofa mit Richter Frankley?«

Er betrachtete mich einen Moment lang und schien sich zu fragen, wie gut ich wohl schwimmen konnte. »Ich nehme an, hier«, sagte er schließlich resigniert und rief dann seiner Frau zu: »Ich komme gleich, Liebling. Sag einfach den Leuten, es hätte ein kleines Problem an der Universität gegeben, das gelöst werden muß, bevor ich morgen abreise.«

Eleanor sah nicht sehr überzeugt aus; mir fiel auch kein Grund ein, warum das der Fall sein sollte. Nach einem Moment nickte sie jedoch und verschwand im Haus, um die Gäste mit Cocktails, Kanapees und Ausreden friedlich zu stimmen.

Dekan Vanderson gab sich größte Mühe, juristische Würde auszustrahlen, aber er sah mit den geschürzten Lippen, den gesenkten Augen und der in Schweiß gebadeten Stirn eher aus wie ein kleiner Junge, der jeden Moment in Tränen ausbrechen würde. Ich klopfte ihm auf die Schulter und sagte: »Kommen Sie, mir können Sie es ruhig sagen. Wenn Sie kooperieren, verspreche ich Ihnen, nicht zur Polizei zu gehen.«

»Jean ist letzten Herbst an mich herangetreten. Ich hatte sie bei verschiedenen Verbindungstreffen gesehen; bei Mittagessen, Teegesellschaften usw., aber wir haben immer nur Small talk gehalten. Bei diesem speziellen Anlaß, einem Football-Brunch im Haus, fragte Jean mich, ob wir einen Termin ausmachen könnten, da sie meinen Rat wegen der verschiedenen juristischen Fakultäten bräuchte. Sie kam ein paarmal in mein Büro, mit Katalogen und Fragen, und ich war mehr als glücklich, ihr Hilfestellung zu geben.«

»Und auch im *Hideaway Haven*?«

Er starrte mich mit offenem Mund an und schluckte dann schwer. Er hatte offensichtlich einen sehr unangenehmen Geschmack im Mund gehabt. »Sie scheinen gut informiert zu sein, Mrs. Malloy.«

»Danke«, murmelte ich und quittierte sein Kompliment mit einem bescheidenen Nicken – und wünschte, es wäre gerechtfertigt.

»Ich will nicht leugnen, daß ich von der Existenz eines Etablissements mit Namen *Hideaway Haven* weiß. Was auch immer dort geschehen sein mag, man kann es wohl am besten als eine Reihe von völlig harmlosen Tändeleien beschreiben. Meine Frau ist in immer stärker werdendem Maße mit ihrer ehrenamtlichen Arbeit, ihren Clubs und natürlich mit ihren Verpflichtungen bei den *Kappa Theta Etas* beschäftigt. Wenn sie nach Hause kommt, ist sie oft völlig erschöpft. Eleanor ist eine attraktive Frau und eine außergewöhnliche Gastgeberin, aber wenn es uns gelingt, uns ... zusammen zurückzuziehen, verhält sie sich so geistesabwesend, daß ich den Verdacht habe, sie stellt im Geiste Gästelisten zusammen oder denkt über Menüfolgen nach. Ich finde das äußerst frustrierend.«

Ich versuchte, den Ekel aus meiner Stimme zu verbannen, aber möglicherweise gab ich mir nicht genug Mühe. »Sie haben eine schöne Frau, ein reizendes Zuhause, eine respektable Position im College und in der Gemeinde. Bundesrichter trinken in Ihrem Wohnzimmer Martini. In Ihrer Küche drängeln sich uniformierte Köche. Studenten notieren sich Ihre Ansichten, und Fakultätsangehörige betteln Sie um Pennies an, damit sie Notizblöcke und Papierklammern kaufen können. Warum in aller Welt riskieren Sie das Ergebnis eines arbeitsreichen, ambitionierten Lebens für eine Affäre mit einer Studentin in einem schäbigen Motel?«

»Es ist schwer zu erklären«, sagte er und wischte sich den Nacken trocken. »Es war schmeichelhaft, verstehen Sie. Ich war noch nie sehr attraktiv. Eleanor hat mich wegen meiner einflußreichen Familie und meiner Karriereaussichten geheiratet. Ich hatte ähnliche Beweggründe. Als ich Jura studierte, wurde ich immer besessener von jungen gutaussehenden Kerlen mit gewelltem Haar und glühendem Blick. Manche waren so klug wie ich, andere wiederum würden nur wegen ihrer äußeren Attribute Erfolg haben. Ich zog mich ins akademische Leben zurück, wo ich auf intellektueller Ebene den Kampf ausfechten konnte, aber selbst jetzt, wenn ich vor einer Klasse spreche oder Bewerber befrage, werde ich ...« Er gestikulierte mit seiner dicklichen, weißen Hand herum. »Dies ist nicht der richtige Zeitpunkt für das Abschlußplädoyer der Verteidigung, nicht wahr?«

»Ich habe nicht das ganze Haus voller Gäste. Aber ich bin bereit, diese psychologischen Spuren Ihrer Vergangenheit zur Kenntnis zu nehmen und zur Sache zu kommen. Sie und Jean haben sich im *Hideaway Haven* getroffen. Jemand hat Sie während dieses Fehltritts fotografiert und erpreßt Sie seitdem. Wie mache ich mich bis jetzt?«

Er warf mir einen seltsamen Blick zu. Ohne Zweifel war er von meinem Scharfsinn beeindruckt. »Bis zu einem gewissen Punkt haben Sie mit Ihrer Annahme recht, Mrs. Malloy. Vor ungefähr drei Wochen wurde mir eine schreckliche Abbildung von Aktivitäten zugeschickt, die ich Ihnen wohl nicht näher beschreiben muß, begleitet von einer seltsamen Katzenkarte und einer handschriftlichen Aufforderung, eine private Spende zu tätigen. Ich war in der Lage, dies ohne größere Probleme zu tun. Eine zweite folgte und gestern eine dritte. Es wurde mir klar, daß mich bis in alle Ewigkeit ein Mitglied der *Kappa-Theta-Eta*-Verbindung verfolgen würde. Ich träume mittlerweile davon, diese verdammte Katze zu erwürgen, das Haus niederzubrennen, eine Selbstmordankündigung zu verfassen und in der Wildnis Kanadas unterzutauchen.«

Ich erinnerte mich an Officer Pipkins Bemerkung über Frauen, die ins Kloster gehen, lehnte mich in meinem quietschenden Stuhl zurück und verschränkte die Arme vor der Brust. »Ist Ihnen niemals der Gedanke gekommen, zu beichten und die Bestrafung zu akzeptieren, die Ihnen Ihre Frau und die Verwaltung auferlegen? Erpressung ist ein äußerst häßliches Verbrechen. Wollen Sie der Schuldigen erlauben, so weiterzumachen? Bedeutet Ihnen Gerechtigkeit und all das denn gar nichts?«

»John!« rief Eleanor scharf von der Tür herüber. »Richter Frankley fragt immer noch nach dir, und das Essen ist auch fertig. Was mußt du denn mit Claire besprechen, das nicht warten kann? Die Wachteln werden zäh.«

»Ich bin gleich da«, rief er zurück, wartete, bis sie weg war, und warf mir dann einen Blick zu wie ein gescholtener Welpe, der einen Hausschuh zerbissen hatte. »Ich muß mich um meine Gäste kümmern. Ich habe einen Fehler gemacht und muß nun anscheinend dafür bezahlen. Da haben Sie Ihre Gerechtigkeit, Mrs. Malloy.«

»Aber Sie geben doch zu, daß Sie das Verbindungshaus nach den Negativen durchsucht haben, auf denen Sie und

Jean abgebildet sind?« fragte ich, als er sich erhob. »Haben Sie auch ihre Handtasche durchsucht?«

»Nachdem ich sie in der Gasse überfahren habe?«

Ich unterließ es, mir zu meiner gerissenen Fangfrage zu gratulieren. »So etwas in der Art«, räumte ich mit einem Achselzucken ein.

»Erlauben Sie mir, einige Ihrer unbegründeten, irrigen Vorstellungen zu korrigieren. Ich hatte tatsächlich in der Nacht, in der sie ermordet wurde, eine Verabredung mit ihr. Wir haben uns in dem eingezäunten Garten des Verbindungshauses getroffen, das an die Gasse angrenzt. Bei der Gelegenheit gab sie zu, die Erpresserin zu sein, und informierte mich darüber, daß größere Summen fällig würden. Keine war so hoch, daß ich sie nicht ohne großes Aufsehen aufbringen konnte. Die Negative sollten als Quittung fungieren. Sie nahm eins aus ihrer Tasche, und der Handel wurde durchgeführt.«

»Sind Sie sicher, daß sie ihre Handtasche dabei hatte?«

»Versuchen Sie doch bitte, meinen Worten zuzuhören. Sie nahm die Negative aus der Tasche und zeigte sie mir. Eine Minute später steckte sie einen Umschlag voller Zwanzigdollarscheine in ihre Tasche.«

Ich versuchte, mir die Szene vorzustellen, aber statt des kaltblütigen Handels tauchte nur die blutige Leiche in der Gasse vor meinem geistigen Auge auf. Und etwas fehlte. »Trug sie ihr Verbindungsabzeichen?«

»Ich habe mich nicht sonderlich für ihre Accessoires interessiert, aber ich erinnere mich, daß ich es für protzig hielt. Aber zitieren Sie mich bitte nicht. Ich ließ sie jedenfalls auf der Bank zurück, wo sie sich auf erschreckend zufriedene Art die Lippen leckte. Danach habe ich sie nicht mehr wiedergesehen.«

»Später sind Sie am Haus vorbeigefahren. Ich habe Sie von meinem Schlafzimmerfenster aus gesehen.«

»Nachdem ich Gelegenheit hatte, über die Situation nachzudenken, beschloß ich, Jean vorzuschlagen, unsere Geschäftsbeziehung durch eine einmalige Zahlung im Austausch für alle Negative zu beenden. Ich fuhr am Haus vorbei, sah die Polizeiwagen in der Gasse und kehrte nach Hause zurück. Erst als Eleanor kam, erfuhr ich, was passiert war.«

»Aber nun erpreßt Sie jemand anderes«, sagte ich ermutigend (falls man diesen Begriff in solch einem Zusammenhang benutzen kann). »Sie haben den zweiten Stock durchsucht, hatten aber sehr wahrscheinlich keinen Erfolg. Wie sind Sie dort hineingekommen?«

»Eleanor hat einen Satz Schlüssel, falls bei einem Notfall ein Klempner oder ein Elektriker Zugang zum Haus haben muß. Ich habe ihn mir von ihrem Schreibtisch geliehen und wieder dort hingelegt, sobald ich zu Hause war.« Er schenkte mir ein vorwurfsvolles Lächeln. »Ich hatte vor, mich von oben nach unten durchzuarbeiten, aber Sie sahen aus wie jemand, der die Polizei informiert. Anschließend fehlte mir der Mut, zurückzukehren und meine Suche fortzusetzen.«

»Jeans Zimmer ist im Erdgeschoß.«

»Das wußte ich nicht, aber sie war auch nicht jemand, der belastende Beweise in ihrer Kommode aufbewahrt oder offen auf ihrem Schreibtisch herumliegen läßt. Sie behauptete, sie habe die Negative irgendwo im Haus versteckt. Ich bin von Natur aus ein methodisch vorgehender Mensch, Mrs. Malloy.«

»Wer, vermuten Sie, hat denn die Aufnahmen von Ihnen und Jean im *Hideaway Haven* gemacht?«

»Sie sind nicht von mir und Jean, Mrs. Malloy.« Dekan Vanderson steckte das Taschentuch zurück in seine Gesäßtasche und schaute auf mich hinunter, als wäre ich eine faule Studentin. »Vor ein paar Tagen dachte ich plötzlich, Sie hätten sie, aber nun sehe ich, daß dem nicht so ist. Ich habe nie behauptet, eine Affäre mit ihr gehabt zu haben. Sie hat mich nur ein paar ihrer attraktiven, jungen Freundinnen vorgestellt, die das Zusammensein mit ... sagen wir, erfahrenen Männern genießen.«

»Sie hat was?« Ich sprang so abrupt auf, daß ich beinahe einen unfreiwilligen Schwalbensprung in den Pool vollführt hätte. »Sie hat für Sie die Zuhälterin gespielt?«

»Sie hat mich nur einigen jungen Damen vorgestellt«, wiederholte er geduldig.

Ich versuchte, in mehr als einer Hinsicht mein Gleichgewicht wiederzufinden. »Sie hat Ihnen Mädchen vorgestellt, mit denen Sie daraufhin Sex hatten? Mit ihren attraktiven, jungen Freundinnen? Im *Hideaway Haven* mit seinen Pornofilmen und Wasserbetten? Definieren Sie doch bitte einmal Zuhälterei, Dekan Vanderson.«

Ich hatte die Worte ziemlich zusammenhanglos herausgeschleudert, aber er schien ihren Sinn zu begreifen. »Jean hat mir einen Dienst erwiesen, und bis ich ihrer ersten erpresserischen Forderung nachgab, hatte sie von mir nichts weiter als einen onkelhaften Ratschlag und einen Halbtagsjob erhalten. Eleanor hat dies sogar vorgeschlagen. Und was die Mädchen angeht, so habe ich oft darauf bestanden, meinem Dank für ihre jugendliche Begeisterung und Hemmungslosigkeit Ausdruck zu verleihen. Ein Mädchen war so bezaubernd unerfahren und zurückhaltend in seinen Bemühungen, als ich es in die süßen Geheimnisse der Liebe einweihte, daß ich es äußerst großzügig belohnte. Ich bin Lehrer und mir der Bedeutung von positiver Bekräftigung in Lernsituationen durchaus bewußt.«

Ich mußte meine Hände hinter dem Rücken verschränken, um mich zu beherrschen. »Waren es alles Studentinnen der *Kappa-Theta-Eta*-Verbindung?«

»Sie haben nicht ihre Verbindungsabzeichen getragen,

Mrs. Malloy.« Er strich sich den blassen, seidigen Flaum auf dem Kopf nach hinten und nickte mir zu. »Ich muß mich nun wirklich um meine Gäste kümmern. Ich bin auf Ihre Bedingungen eingegangen und hoffe, daß Sie sich nun auch an unsere Abmachung halten.«

»Einen Schritt weiter, und ich setze mich auf Richter Frankleys Schoß und erzähle ihm die ganze Geschichte«, sagte ich. Ich war immer noch so erbost, daß ich am ganzen Körper zitterte. »Geben Sie zu, daß Sie bei mir zu Hause angerufen und meiner Tochter gedroht haben?«

»Sie hat am Telefon eine etwas verwirrende Art an sich. Was genau ist eigentlich eine Farbberatung? Gibt es wirklich einen Grund, zehn Dollar zu bezahlen, wenn ich sowieso nur dunkle Anzüge und weiße Hemden trage? Das einzige, was sich ändert, sind meine Krawatten.«

Es war der reine Irrsinn. Ich stand neben einem Pool und unterhielt mich mit dem Mann im Mond, der sich Sorgen um seine Farbskala machte. Mit Studentinnen im Bett herumzutollen, die dreißig Jahre jünger waren als er, bereitete ihm keine Probleme, und Erpressung war in seinen Augen bloß eine vertrackte Sache, aber die Farbe seiner Krawatte bereitete ihm Schwierigkeiten. War dunkelrot zu mutig? Sollte er es wagen, grün mit blauen Streifen zu probieren?

»Ich werde es überprüfen und mich wieder mit Ihnen in Verbindung setzen«, sagte ich wie betäubt und ging dann an ihm vorbei durch das Tor, das auf die Auffahrt hinausführte. Ich schaffte es bis zu meinem Auto, rollte die Fensterscheiben hoch und schloß die Türen ab. Dann legte ich meine Stirn auf das Steuer und wartete, ob ich zu weinen oder zu lachen anfangen würde. Schließlich kam ich jedoch zu dem Schluß, daß ich viel zu verwirrt war, um überhaupt etwas zu tun.

Man hatte mir erzählt, daß Jean Hall die Anwärterinnen mit Picknicks, Parties und gesellschaftlichen Verpflichtungen auf Trab gehalten hatte. Niemand hatte weniger unschuldige, dafür aber lukrativere Beschäftigungen erwähnt. War Dekan Vanderson der einzige selbstgerechte Satyr auf dem Campus? Und, was noch viel wichtiger war, wußte die Zentrale hiervon? Stand es womöglich im Handbuch für Anwärterinnen, neben den Regeln, Bestimmungen und der Anleitung für den geheimen Pfiff? War dies eine sanktionierte Methode, mit der im Frühjahr Geld gesammelt wurde?

Eine Faust klopfte an die Scheibe. Bevor ich schreien konnte, was ich ganz fest vorhatte, fragte eine besorgte männliche Stimme: »Ist mit Ihnen alles in Ordnung, Ma'am?«

Ich atmete aus und sah, daß die Stimme einem Polizisten gehörte, der gerade mal die zwanzig überschritten hatte. »Mir geht es gut, danke. Ich habe nur einen Moment lang nachgedacht, bevor ich nach Hause fahren wollte.«

Er machte kreisende Bewegungen mit seinem Finger, bis ich widerstrebend die Scheibe herunterkurbelte. »Würden Sie bitte aussteigen, Ma'am.«

»Ich werde auf gar keinen Fall aussteigen, Sir. Das würde es mir unmöglich machen, nach Hause zu fahren, und sobald Sie einen Schritt zurück gemacht haben, werde ich genau dies tun.«

»Ich fordere Sie noch einmal auf, aus Ihrem Fahrzeug zu steigen«, sagte er nun um einiges unfreundlicher. »Wenn Sie sich weigern, werde ich mich gezwungen sehen, Schritte gegen Sie einzuleiten.«

»Werden Sie mich aus dem Wagen zerren und auf den Boden zwingen? Warum? Habe ich nicht nah genug am Bordstein geparkt? Oder ist es gewöhnlichen, gesetzestreuen Bürgern nicht erlaubt, dazusitzen und nachzudenken? Müssen sie statt dessen jedem idiotischen Wunsch eines Gesetzeshüters gehorchen?« Der Spruch war gut, aber sein finsterer Gesichtsausdruck zeigte mir, daß er nicht gut genug war. Ich fuhr fort. »Und warum sind Sie überhaupt hier? Dies hier ist eine gutbürgerliche Wohngegend, keine Sozialbausiedlung mit Crackdealern und Zäunen und Gangmitgliedern an jeder Ecke. Schauen Sie dort drüben, Officer. Ist da ein hinterhältiger Killer? Ich sehe keinen.«

»Ich habe den Auftrag, für die Sicherheit einer bekannten Persönlichkeit des öffentlichen Lebens zu sorgen, die in dieser Gegend zu Besuch ist. Ich sage es jetzt zum letztenmal. Steigen Sie aus Ihrem Wagen aus, Ma'am, und halten Sie Ihre Hände da, wo ich sie sehen kann.«

Ich tat, wie mir befohlen, und verlieh dabei meiner Verärgerung deutlich Ausdruck. Währenddessen überzeugte er sich davon, daß ich in der Lage war, auf einer geraden Linie entlangzugehen, meine Nasenspitze mit geschlossenen Augen zu berühren und seinem Finger zu folgen, den er vor meinem Gesicht hin und herbewegte. Er nahm meinen Führerschein und meine Autopapiere unter die Lupe und gab sie per Funk durch. Ich hingegen verspürte die ganze Zeit den Wunsch, ihm zu sagen, daß sich in dem gelben Haus, das keine hundert Meter entfernt stand, ein gefährlicher Mörder aufhielt, der gerade Wachteln verspeiste und sich mit der prominenten Persönlichkeit des öffentlichen Lebens über Themen wie rechtswidrige Handlungen unterhielt – wenn auch nicht über die eigenen, die er mit seinen Studentinnen vollzogen hatte.

»Miss Marple ist so etwas nie passiert«, knurrte ich, als ich meine Papiere entgegennahm. »Sie mußte sich nicht mit übereifrigen Polizisten herumschlagen, die besser mit einem Babysitter zu Hause säßen, statt unbescholtene Bürger zu belästigen.«

»Tun Sie uns beide einen Gefallen, und ziehen Sie nach St. Mary Mead.«

Wütend fuhr ich nach Hause und parkte den Wagen in der

Garage. Weder auf dem Fußboden in der Küche noch im Kinderzimmer gab es Anzeichen für einen erfolgreichen Verwesungsversuch. Ein Zettel auf dem Couchtisch setzte mich davon in Kenntnis, daß ihr Vorhaben, nie wieder einen Fuß vor die Tür zu setzen, grausam unterminiert worden war. Inez' Eltern hatten sie und ihre Tochter zu einer Dreiervorstellung ins Drive-in-Kino eingeladen. Ich goß mir einen Drink ein und ließ mich aufs Sofa fallen. Die Ereignisse des Abends wirbelten mir durch den Kopf wie braunes Wasser, das gurgelnd in einem Abfluß verschwand.

Die *Kappa Theta Etas* mit ihrem perfektem Zahnfleisch, ihren geraden Zähnen, glänzenden Augen, rosafarbenen Kaschmirpullovern, teuren Sportschuhen und Anstecknadeln aus vierundzwanzigkarätigem Gold waren also nicht ganz so nett wie ihr Ruf. Einige verdienten ihr Geld und ihre Studiengebühren im *Hideaway Haven,* während eine von ihnen die Highlights mit der Kamera einfing. Dekan Vanderson hatte die erpresserischen Karten erwähnt; hatte eine »Katie, das *Kappa*-Kätzchen, bedankt sich! Dafür, daß du so ein großzügiger alter Bock bist!« gelautet?

War Jean Hall zu gierig gewesen? Vanderson behauptete, Jean kurz vor ihrem Tod getroffen und ihr die Summe gegeben zu haben, die sie verlangte. Er hatte sie angeblich gesund und munter und erheblich reicher in dem eingezäunten Garten zurückgelassen. Sie hatte ihren unehrlich erworbenen Gewinn in ihre Tasche gesteckt und war die Gasse in Richtung *Kappa-Theta-Eta*-Haus entlanggegangen. Jemand am Steuer von Debbie Annes Auto hatte sie überfahren, entweder versehentlich oder mit böser Absicht. Ein zweites Erpressungsopfer? Soweit ich wußte, war Jeans Handtasche immer noch verschwunden, und so auch ihr Verbindungsabzeichen. Das bedeutete, daß ein erstaunlich gefaßter Fahrer aus dem Wagen gestiegen war, sich die Handtasche geschnappt und sich lange genug dort aufgehalten hatte, um der Leiche die Anstecknadel von der Brust zu nehmen. Es schien jedoch wahrscheinlicher, daß Dekan Vanderson sich irrte oder ich das Abzeichen übersehen hatte. Mit einem Schauder rief ich mir in Erinnerung, daß dort sehr viel Blut gewesen war.

Debbie Anne Wray war ebenfalls verschwunden. War sie im Haus der Vandersons an den Apparat gegangen – oder litt ich unter einer leichten Gehirnerschütterung? Dekan Vanderson hatte ehrlich geklungen, als er ihre Anwesenheit leugnete. Eleanor Vanderson war zu diesem Zeitpunkt in ihrem Gartenclub gewesen. Hatte Debbie Anne sich heimlich ins Haus geschlichen? Menschen, die irgendwo einbrachen, spielten dort selten die Privatsekretärin, aber es hatte auch niemand behauptet, daß Debbie Anne Anwärterin für den Mensa Club war.

Ich mußte mit Eleanor sprechen, aber ich konnte mich schlecht ins Eßzimmer stehlen, Wachteln knabbern, Champagner schlürfen und ihr ganz nebenbei meine Fragen stellen.

Zudem bestand noch die Gewissensfrage, was ich mit meinen neugewonnenen Informationen anfangen sollte. Dekan Vanderson schien zu glauben, daß wir eine Art Vertrag abgeschlossen hatten, und schließlich war er der Jurist, nicht ich. Ich hatte nicht direkt geschworen, seine Geschichte nicht zu verbreiten, aber vielleicht hatte ich es angedeutet. Falls er die Wahrheit sagte, dann waren seine Verbrechen nur in den Augen der Hüter von Moral und gutem Geschmack unrecht. Schließlich beschloß ich, zu warten, bis ich mit Eleanor gesprochen hatte, bevor ich Lieutenant Peter Rosen anrief und ihm erzählte, was ich wußte... oder zumindest das erzählte, was er meiner Meinung nach zu wissen verdiente.

»Diese verdammten *Kappas«*, murmelte ich, als ich in mein Schlafzimmer ging und auf ihr Haus hinausschaute.

Aus den Fenstern im Erdgeschoß strömte Licht, und aus einem erklang leise Musik. Es war an der Zeit, daß wieder einmal eine von ihnen schrie. Seit dem letzten Mal waren bereits mehr als vierundzwanzig Stunden vergangen, und sie kannten schließlich ihre Verpflichtungen. Und wo steckte unser verläßlicher Fremder?

Ich war auf unerklärliche Weise verärgert über den Mangel an Unruhe nebenan. Ich zog mir etwas Bequemes an, nahm mir ein Taschenbuch und kehrte ins Wohnzimmer zurück, um Scotch zu trinken und etwas zu lesen, das annähernd einen Sinn ergab.

Das Buch endete mit einer Auflösung im Salon eines Landhauses, Sekunden bevor der Constable durch die Tür kam, der wie üblich von unüberwindbaren Schneeverwehungen aufgehalten worden war. Der Bösewicht, der von der unerbittlichen Logik des schlauen Amateurdetektivs überrollt wurde, war wie ein Klumpen Fetakäse zerbröselt und hatte alles gestanden. Vielleicht sollte ich nach St. Mary Mead ziehen und mit dem Stricken anfangen. Ich legte das Buch zur Seite und stand auf, um mir im Schlafzimmer ein neues zu holen. Ich könnte Caron einen Camaro stricken.

Ich überlegte gerade, was mein nächster Ausflug ins Land der kriminellen Phantasie werden sollte, als in der Gasse ein Dröhnen ertönte, als würde dort gerade ein Flugzeug landen. Ich lächelte ob dieser absurden Idee, suchte mir ein Buch heraus und griff nach dem Lichtschalter. Als der Krach langsam verstummte, erkannte ich, was es war. Die Gasse war nicht zu schmal für ein Motorrad, nicht einmal für eines in der Größe von Ed Whitbreds Ungetüm.

Ich schaute aus dem Fenster, aber das winzige Stück Asphalt, das ich aus diesem Winkel sehen konnte, war leer. Das Motorrad hatte nicht hinter meinem Haus gehalten, und es war mir so vorgekommen, als sei es am Verbindungshaus vorbeigefahren. Aber es war auch nicht die ganze Gasse entlanggefahren und in der Ferne in die Thurber Street eingebogen.

Ich schaltete das Licht aus, kehrte zum Sofa zurück und versuchte, mich einer ganz normalen Freizeitbeschäftigung zu widmen. Nachdem ich ein und dieselbe Seite dreimal gelesen hatte, gestand ich mir, daß ich auf das Motorrad lauschte – oder vielmehr auf Schritte auf meiner Hintertreppe. Ich schob meine Nervosität auf meinen Lesestoff, legte das Buch zur Seite und überprüfte, ob alle Türen verschlossen waren. Sämtliche Verbindungshäuser waren mit einer Ausnahme den Sommer über geschlossen. Das baptistische Studentenzentrum, das sich sinnigerweise genau zwischen zwei der lautesten Verbindungshäuser befand, war ebenfalls geschlossen.

Ich hatte Dekan Vanderson mit einem verwundeten Tier verglichen, aber ich selber lief gerade wie ein eingesperrter Tiger in meiner Wohnung auf und ab. Warum hatte das Motorrad in der Gasse angehalten – was mittlerweile über eine Stunde her war? Brach gerade jemand in eines der leerstehenden Häuser ein?

Es mußte einen völlig unschuldigen Grund geben, warum das Motorrad irgendwo in der Gasse parkte. Falls der Fahrer jedoch nicht bald den Motor anlassen und wegfahren würde, würde ich noch den Teppich durchlaufen. Ich würde mich erst entspannen, wenn er wiederkam.

Zwanzig Minuten später verließ ich, nachdem ich mich gründlich gescholten hatte, meine Wohnung durch die Hintertür und stieg die Treppe zur Gasse hinunter.

Kapitel 13

Ich versicherte mir, daß es wirklich noch nicht so spät war, schaute in beide Richtungen und ging dann am Müllcontainer des *Kappa-Theta-Eta*-Hauses vorbei. Ich war gegen acht Uhr zu Hause gewesen, und Caron und die Thorntons sahen sich wahrscheinlich gerade erst den zweiten Film der Mutanten-Insekten-Nacht an. Es war erst 23.30, und daher konnte man es noch nicht als mitternächtlichen Spaziergang bezeichnen.

Ich gelangte ans andere Ende der Gasse, ohne das Motorrad zu entdecken. Enttäuscht, aber auch ein bißchen erleichtert, ging ich wieder zurück und blickte immer wieder zu den dunklen Fenstern der leerstehenden Häuser hinauf. Die Parkplätze waren leer, und in den Gärten hinter den Gebäuden sproß schon das Unkraut aus dem Boden.

Ich blieb an einem hohen Holzzaun hinter einem der Häuser stehen. Es war wahrscheinlich der eingezäunte Garten, in dem Dekan Vanderson Jean Hall in der Nacht ihres Todes getroffen hatte. Ich schob das quietschende Tor auf und entdeckte dahinter ein paar ramponierte Liegestühle, einen Picknicktisch, einen Haufen Bierdosen und Pizzakartons – und ein großes, verchromtes Motorrad. Da ich zugegebenermaßen in solchen Dingen ein Amateur war, wußte ich nicht, ob es sich um das von Ed Whitbred handelte.

Die Hintertür des Verbindungshauses war mit einem schweren Vorhängeschloß gesichert, und im Inneren des Gebäudes herrschte völlige Dunkelheit. Ich setzte mich auf den Picknicktisch und betrachtete das Motorrad etwas genauer. Ich war jedoch nicht in der Lage, mich zu entscheiden, ob ich es nun erkannte oder nicht. (Ich habe ein ähnliches Problem mit den Tieren und Kindern von anderen Leuten.)

Und wo war der Fahrer? Er befand sich weder im Verbindungshaus noch in der Gasse, und es war unwahrscheinlich, daß er in einer der Bars auf der Thurber Street war, wo es im Sommer genügend Parkplätze gab.

Ich trug keine Uhr. Also hatte ich keine Ahnung, wie lange ich so dagesessen und nachgedacht hatte, als ich auf der anderen Seite des Zauns Schritte hörte. Der Kies knirschte, und das Tor quietschte. Statt zu schreien, wartete ich unter einem würdevollen Mantel des Schweigens, bis der schwarzgekleidete Motorradfahrer im Inneren des Gartens war, bevor ich sagte: »Hallo, Ed, wie geht's?«

Er entdeckte mich auf meiner im Dunkeln liegenden Sitzgelegenheit, stieß einen Seufzer aus und erwiderte: »Ach, es ging schon mal besser. Was machen Sie hier, wenn ich fragen darf?«

»Ich versuche herauszufinden, was im *Kappa-Theta-Eta*-Haus vor sich geht. Ich wünschte, ich könnte behaupten, daß es mir gelungen wäre, aber ich bin immer noch verwirrt. Ich habe jedoch schon einige Fortschritte gemacht und bin sicher, daß sich alles noch zu einem Ganzen fügen wird. Und was machen Sie hier?«

Seine schmalen Augen waren in dem diffusen Licht der Straßenlaterne auf der anderen Seite der Gasse beinahe nicht zu erkennen. »Ich habe mein Motorrad hier geparkt und bin nun zurückgekommen, um es zu holen«, erklärte er schließlich.

»Also wirklich, Ed«, sagte ich und machte sein Seufzen nach, »ich bin die ganze Gasse entlangegangen, und mein Haus und das der *Kappa-Theta-Eta*-Verbindung sind die einzigen Gebäude, die zur Zeit bewohnt werden. Die Frau, die unter mir lebt, ist eine reizende Frau, aber sie ist nicht der Typ, der einen Veteranen der *Hell's Angel* zu sich einlädt. Und mich wollten Sie auch nicht besuchen. Daher bleibt nur ein Ziel, oder?«

»Sieht so aus.« Er setzte sich an das andere Ende des Picknicktisches und spielte nervös mit dem Reißverschluß seiner Lederjacke herum. Offensichtlich versuchte er, sich eine halbwegs plausible Ausrede einfallen zu lassen.

Langsam bekam ich Mitleid mit ihm (und wurde die aufdringlichen Stechmücken leid). Daher sagte ich: »Eleanor Vanderson hat vor ein paar Tagen etwas erwähnt, das jetzt eine ganz neue Bedeutung erhält. Sie meinte, daß Winkie Ihnen praktisch schon den Auftrag für die Renovierung gegeben hat. Warum würde Winkie durch diese eklatante Mißachtung der Regeln für solch eine Auftragsvergabe den Zorn der Zentrale auf sich ziehen?«

»Winkie?« fragte er und runzelte verwirrt die Stirn.

»Sie wissen schon, die zierliche Hausmutter, die ihre Fliegengitter nicht unter Kontrolle hat.« Ich schlug nach einer Mücke und versuchte, keine metaphorischen Parallelen zu ziehen. »Sie betont immer wieder, wie wichtig der Ruf der Verbindung ist, aber ich glaube, sie macht sich um ihren eigenen ebenso große Sorgen. Hausmüttern ist es nicht gestattet, zu trinken, zu rauchen, auf die Pauke zu hauen – oder Gentlemen in ihre privaten Gemächer einzuladen. Es ist bloß eine Vermutung, aber ich denke, Hausmüttern ist es ganz bestimmt nicht erlaubt, sich mit alternden, bärtigen Motorradfahrern einzulassen, die mit zahlreichen Tätowierungen verziert sind.«

Er kicherte, aber ich vermutete, daß er nicht mit ganzem Herzen dabei war. »Darüber weiß ich nichts, aber ich glaube, sie haben wirklich für so ziemlich alles Regeln. ›Jeder Narr kann Regeln aufstellen, und jeder Narr wird sie befolgen.‹ Aber bedenken Sie, daß Mr. Thoreau nie mit Menschen wie den *Kappa Theta Etas* zu tun hatte. Als Mrs. Vanderson mir offiziell den Zuschlag erteilte, mußte ich mich durch Dutzende von Seiten voller Kleingedrucktem über Arbeitsunfall- und Haftpflichtversicherungen, Säumnisstrafen und Schätzwerte kämpfen. Man hätte meinen können, ich würde einen Flügel an das Pentagon anbauen und nicht ein schäbiges Haus anstreichen.«

»Und nun wollen Sie mich davon überzeugen, daß Sie in der Nacht zum Haus gegangen sind, um am Gerüst zu rütteln? Ich bin nicht von gestern, Ed. Ich bin ... schon viel älter. Sie und Winkie haben was miteinander, nicht wahr?« All das sagte ich mit der Überzeugungskraft einer gewissen Jungunternehmerin. Dafür, daß es reine Spekulation war, hatte ich es sehr gut vorgebracht, und ich wartete, daß er auf die Tischplatte sinken und mit einem Schuldbekenntnis herausplatzen würde.

»Ich bin hergekommen, um ein paar Farbmuster vorbeizubringen. Sie soll sie morgen Mrs. Vanderson zeigen und sich anschließend mit mir in Verbindung setzen.«

Ich konnte mir gerade noch verkneifen, ihm mit dem Finger zu drohen. »Das ist nicht der richtige Zeitpunkt für Märchen, Ed. Ich sitze seit Stunden hier und versuche, mir eine Theorie einfallen zu lassen, die Winkies Problem mit ihrem Fliegengitter und das sporadische Auftauchen des noch nicht identifizierten Störenfrieds erklären könnte. Dabei ist mir der Fuß eingeschlafen, und ich habe einer endlosen Zahl von Mücken literweise Blut gespendet. Sie haben nicht vor dem Haus geparkt; statt dessen sind Sie durch die Gasse gefahren und haben Ihr Motorrad hinter einem Zaun versteckt. Das letzte, was ich jetzt hören will, ist irgendein Unsinn über Farbmuster!«

»Sie wollten Weiß, aber sie können sich nicht entscheiden zwischen Eierschalenweiß, Altweiß, Muschelweiß – «

»Ich werde Beweise finden«, unterbrach ich ihn, und in meiner Stimme schwang ein Hauch von Trotz mit, der sehr wahrscheinlich von meiner Blutarmut herrührte. Ich machte Anstalten aufzustehen, ließ mich aber wieder nieder, als mir eine Idee kam. Hatte Jean Hall Beweise gefunden? Sie hatte bereits eine Person erpreßt, und bei ihrem dürftigen Sommerstundenplan hatte sie sicherlich Zeit für weitere Opfer gehabt. Ich betrachtete stirnrunzelnd den Zaun und versuchte mir vorzustellen, wie ihre habsüchtige Begegnung mit Winkie abgelaufen sein mußte. Jean Hall sitzt triumphierend da, als Dekan Vanderson geht. Das Tor öffnet sich quietschend, und Winkie kommt herein. Geld wechselt den Besitzer, und Winkie bittet Jean, noch ein paar Minuten zu warten, während sie zurück zum Haus geht und sich in Debbie Annes Auto setzt. Mir fielen jedoch ein paar Unstimmigkeiten ein. Die offensichtlichste war, warum sie das Geschäft in dem Garten und nicht in Winkies Zimmer abgeschlossen hatten. Außerdem konnte man Winkie wohl kaum als reich bezeichnen. Und Debbie Anne hatte womöglich etwas dagegen einzuwenden gehabt, ihre Schlüssel herauszurücken und durch ihre Abwesenheit die Schuld auf sich zu nehmen. Ich kam zu dem Schluß, daß diese Theorie löchriger war als der Zaun vor mir.

Ich versuchte, Ed mit einem Themenwechsel zu überrumpeln. »Also, Ed, warum war Ihr Freund Arnie in der Nacht, als Jean getötet wurde, in den Büschen neben dem Haus?«

»Arnie war in den Büschen? Wovon reden Sie?« Er kam zu meinem Ende des Tisches hinüber, ballte die Hände zu Fäusten und baute sich bedrohlich vor mir auf. »Was hat er da gemacht?«

»Das habe ich Sie doch gerade gefragt«, erwiderte ich, fest entschlossen, nicht erschreckt zusammenzuzucken. »Ich war auf dem Weg nach Hause und dachte gerade darüber nach, was ich zu Abend essen sollte, als Arnie mir zuzischte. Er tauchte aus den Büschen auf, bettelte mich an, es niemandem zu verraten, machte ein Photo von mir und fuhr weg, ehe ich eine Erklärung verlangen konnte.«

Ed wandte sich ab und setzte sich auf die Stufen, die zur Hintertür hinaufführten. Dabei murmelte er wütend etwas vor sich hin. Soweit ich es verstehen konnte, handelte es sich um Phrasen wie »mieses Arschloch«, »dreckige kleine Ratte« und andere weniger schmeichelhafte Beschreibungen des guten alten Arnie Riggles. Ich konnte ihm nicht widersprechen, da ich völlig seiner Meinung war.

Als Ed sich schließlich beruhigt hatte, sagte ich: »Wenn er vermutete, daß Sie und Winkie... eine Affäre hatten, dann hat er vielleicht versucht, Beweise zu bekommen, mit denen er sie erpressen konnte. So etwas würde ausreichen, ihre Karriere bei der *Kappa-Theta-Eta*-Organisation zu ruinieren, und sie hat nur noch ein Jahr bis zu ihrer Pensionierung und dem Rentenfond. Besteht die Möglichkeit, daß er davon wußte?«

»Er hat einmal eine abfällige Bemerkung über ihre Größe gemacht, und ich hatte das Bedürfnis, weitere Äußerungen zu unterbinden«, räumte Ed zögernd ein. »Ich habe seinen grünen Truck ein paarmal in der Gasse in der Nähe des *Kappa*-Hauses gesehen und ihn danach gefragt. Beim ersten Mal lachte er nur und sagte, er sei bei einem Wettkampf für Schlammringerinnen draußen auf dem Land gewesen. Das andere Mal behauptete er einfach, es sei nicht sein Truck gewesen. Ich beschloß, die Sache zu vergessen, statt herauszufinden, was er so spät in der Gasse getrieben hatte.«

»Sie geben also zu, daß Sie und Winkie eine Beziehung haben?«

»Das habe ich doch offensichtlich gerade getan. Wir haben uns in den Osterferien in einer Schlange vor dem Kino kennengelernt, einen Kaffee miteinander getrunken, über dies und das geredet und uns für einen weiteren Film verabredet. Wir sind beide auf unsere Art Außenseiter« – er hob die Hand, um mögliche Argumente meinerseits im Keim zu ersticken – »und wir haben eine Menge gemeinsam. Dann sagte ein Mädchen, das in der Stadt lebt, zu Winkie, es habe uns miteinander gesehen, und machte unhöfliche Bemerkungen über mein Äußeres und mein Transportmittel. Winkie flippte aus und beschloß, daß wir uns nicht mehr gemeinsam in der Öffentlichkeit sehen lassen dürften. Wir trafen uns ein paar Mal in Motels, aber dann wurde sie deshalb genauso paranoid und schlug vor, daß wir uns auf mitternächtliche Begegnungen in ihrer Wohnung beschränken müßten. Randolph hatte recht mit dem, was er über verbotene Früchte behauptete.«

»Kletterten Sie gerade aus Winkies Küchenfenster, als Debbie Anne den Pfad neben dem Haus entlangging?«

Verlegen räusperte er sich, bevor er antwortete. »Ich war in Gedanken so bei dem, was sich gerade zuvor abgespielt hatte, daß ich sie erst sah, als ich mit ihr zusammenstieß. Sie hat wirklich gute Lungen, nicht wahr?«

»Ja, das hat sie«, erwiderte ich geistesabwesend und versuchte, die Ereignisse im Garten des Verbindungshauses in der richtigen Reihenfolge zu behalten. »Aber Sie können Eleanor Vanderson am folgenden Abend nicht niedergestoßen haben. Es war vor neun Uhr und daher zu früh für ein geheimes Treffen. Könnte es Arnie gewesen sein?«

»Vielleicht, aber ich glaube nicht, daß er Winkie erpreßt. Jemand anders vielleicht. Vor einem Monat entdeckte ich eine dieser idiotischen pinkfarbenen Grußkarten im Mülleimer und holte sie heraus. Jemand hatte der Katze mit einem Filzstift Halbkreise um die Augen gezeichnet, so daß sie aussah, als würde sie schlafen. Die Nachricht erinnerte Winkie daran, daß es nur noch ein Jahr bis zu ihrer Pensionierung sei. Ich fragte sie danach, aber sie antwortete lediglich, es sei nur ein kleiner Scherz, und nichts weiter. Seitdem ist sie fahrig, trinkt zuviel, nimmt unzählige von diesen angeblich schwachen Beruhigungstabletten und hat ständig Angst, daß die Vorhänge nicht richtig zugezogen sind.«

Ich kannte sie erst seit ungefähr einer Woche, aber mir war aufgefallen, wie nervös sie war, wenn sie vom guten Ruf der Schwesternschaft faselte. Im Gegensatz zu Dekan Vanderson schien sie Erpressung nicht gefaßt und mit einem leichten Anflug von Verachtung hinzunehmen. »Arnie kann nicht dahinterstecken«, murmelte ich. »Er ist erst seit kurzem dabei und hat keinen Zugang zu den Karten. Und er ist der letzte, der meiner Meinung nach über die Regeln der Verbindung Bescheid weiß – und schlau genug ist, sie sich zunutze zu machen.«

»Oder nüchtern genug«, fügte Ed trocken hinzu. »Aber Sie haben ihn mit dem Photoapparat in den Büschen entdeckt, also muß er etwas auf dem Kerbholz haben. Ich würde ihm am liebsten die Hände um den dürren Hals legen und es aus ihm herauspressen.«

»Tolle Idee, Ed. Warum tun Sie es nicht und rufen mich anschließend an?«

»Nach der Razzia ist er nicht wieder in seiner Wohnung aufgetaucht, also habe ich im Gefängnis angerufen. Der Diensthabende sagte, er sei auf Kaution freigelassen worden. Es wäre mir egal, wenn er in einem Fluß ertrinken würde, aber jetzt muß ich morgen zum Arbeitsamt gehen und mir einen neuen Gehilfen suchen.« Er stand auf und zog seinen

Helm an. »Ich hoffe, Sie halten es nicht für nötig, mit Mrs. Vanderson über das hier zu reden. Winkie steht im Moment so sehr unter Druck, daß sie wahrscheinlich ausflippt, wenn sie ihren Job verliert.«

»Ich sehe keinen Grund, es irgend jemandem zu erzählen«, sagte ich und fügte damit ein weiteres Detail meiner Liste von den Dingen hinzu, die ich eigentlich der Polizei mitteilen müßte. »Aber warten Sie! Sie haben Arnies Photoapparat. Warum lassen Sie nicht den Film entwickeln? Dann erfahren wir, ob Arnie jemanden erpreßt oder sich bloß auf dem Weg zur nächsten Bar verlaufen hatte.«

Er versprach mir, sich darum zu kümmern, schob sein Motorrad in die Gasse hinaus und schoß so rasant davon, daß der Kies aufspritzte. Ich ging zurück zu meiner Wohnung und hatte einige Schwierigkeiten, mir Winkie und Ed in einem leidenschaftlichen Moment vorzustellen, bei dem der Drache und die Meerjungfrau auf seinem Rücken konvulsivisch zuckten. Die Zentrale würde sicherlich nicht sehr begeistert von einer Verbindung zwischen einer Hausmutter und einem Biker sein, egal, wen er zitierte.

Jean Hall war wirklich eine fleißige, junge Frau gewesen, mit den Picknicks der Anwärterinnen, den Vorlesungen an der juristischen Fakultät, dem Zuhälterjob, bei dem sie ihre Schwestern vermittelte, der Erpressung des Dekans, der Hausmutter und möglicherweise anderer Leute. Von den zwei verbliebenen *Kappa Theta Etas* war Rebecca die logische Nachfolgerin für diesen Job. Sie hatte Pippa sogar wegen des Motelzimmers aufgezogen, als wollte sie mich herausfordern, das Rätsel zu lösen. Sie konnte ja nicht wissen, daß ich eine Frau mit detektivischem Talent war, die sich gerne in fremde Angelegenheiten einmischte – und dies stets bis zum bitteren Ende.

Als ich zu Hause ankam, starrte ich lange auf das Telefon

und kämpfte mit mir, ob ich Lieutenant Peter Rosen anrufen sollte, um ihm zu erzählen, was ich erfahren hatte. Stirnrunzelnd ging ich schließlich in die Küche und stellte den Wasserkessel auf. Es war viel zu spät. Die rotäugigen Zuschauer im Drive-in-Kino waren mittlerweile beim dritten Film angekommen. Keine meiner Enthüllungen war besonders dringend. Dekan Vanderson hatte ein Motiv für den Mord an Jean, so wie auch Winkie... und Ed. Rebecca hatte möglicherweise beschlossen, das lukrative Geschäft zu übernehmen. Pippa war eine weniger aussichtsreiche Verdächtige, aber es war dennoch möglich. Und Debbie Anne Wray, die Besitzerin und angebliche Fahrerin des tödlichen Gefährts, konnte ich auch nicht völlig ausklammern.

»Wo kann sie nur sein?« wollte ich von dem pfeifenden Teekessel wissen. »Sie kennt niemanden außerhalb der Verbindung. Sie hat keine anderen Freunde, und sie ist nicht bei ihrer Familie. Die zwei Campuspolizisten hatten das Haus gründlich durchsucht und –« Ich unterbrach meine Unterhaltung mit dem Wasserkessel, als mir klar wurde, daß sie das ganz und gar nicht getan hatten.

Ich schaltete den Herd aus, schloß die Haustür ab und ging die Treppe zur vorderen Veranda hinunter. Im Verbindungshaus brannte nur ein Licht in einem der Schlafzimmer, und nach kurzem Nachdenken kam ich zu dem Schluß, daß Pippa wach sein mußte. An ihre Fensterscheibe zu klopfen würde nur zu einem weiteren panischen Aufschrei führen. Die *Kappas* waren in letzter Zeit ein wenig nervös.

Meine Knöchel waren schon ganz wund, als Pippa endlich die Haustür öffnete. »Mrs. Malloy?« sagte sie, als sie mich mit einer Handbewegung nach drinnen bat. Ihr Haar war in Schaumgummiwickler gedreht, die beinahe vollständig unter einer rosafarbenen Spitzenhaube verschwanden. Ein Phrenologe hätte bei dem Anblick einen Schlaganfall bekommen. »Ist etwas nicht in Ordnung? Haben Sie wieder einen nächtlichen Eindringling gesehen?«

»Holen Sie den Schlüssel zum Versammlungsraum.«

Sie schaute mich unsicher an. »Winkie besitzt das einzige Exemplar, und sie schläft bereits. Außerdem würde ich in ernste Schwierigkeiten geraten, wenn ich Sie hineinließe. Der Zutritt zum Versammlungsraum ist nur *Kappas* erlaubt. Dort sind Dinge aufbewahrt, die unglaublich geheim sind.«

»Holen Sie den Schlüssel, Pippa.«

Rebecca kam in die Eingangshalle. Sie trug ein rosafarbenes Nachthemd, und ihr Gesicht glänzte von Fettcreme, aber sie sah keineswegs verschlafen aus. »Den Schlüssel wofür?« fragte sie.

Winkie tauchte aus ihren Zimmern auf, und sie trug den schrillen Peignoir, den ich zuvor schon einmal an ihr gesehen hatte. »Was geht hier vor sich, Mädchen? Es ist viel zu spät, um – Claire!«

Meine Hoffnung, mich schnell und diskret im Versammlungsraum umzusehen, würde sich also nicht erfüllen. »Ich halte es für möglich, daß Debbie Anne sich im Versammlungsraum versteckt«, erklärte ich. »Wir sind uns alle einig, daß sie außerhalb der Verbindung keine Freunde hat und nirgendwohin kann. Die Campuspolizisten haben die oberen Stockwerke untersucht, aber nicht hier unten nachgesehen.«

»Sie kann gar keinen Schlüssel haben«, sagte Rebecca mit einem wütenden Unterton in der Stimme. »Es gibt nur ein Exemplar, und das befindet sich immer in Winkies Obhut. Und wenn Sie Winkie nicht beschuldigen wollen, mit unserer flüchtigen Anwärterin unter einer Decke zu stecken, dann irren Sie sich, Mrs. Malloy.«

Ich war nicht in der Stimmung, mich um so unwichtige

Details wie Schlüssel zu kümmern. »Ich bin mir nicht sicher, wen ich wessen beschuldige. Warum sehen wir nicht im Versammlungsraum und in den restlichen Kellerräumen nach, und dann gehe ich nach Hause, und Sie können wieder ins Bett?«

Rebecca schüttelte den Kopf. »Außer den Mitgliedern und den Anwärterinnen ist niemand der Zutritt zum Versammlungsraum gestattet. Wenn Sie und Winkie hier warten, können Pippa und ich nach unten gehen und nachsehen, ob Debbie Anne sich nicht hinter dem Heizkessel versteckt. Ich bin das ranghöchste Mitglied des Hauskomitees, und ich muß darauf bestehen, daß die Hausregeln nicht verletzt werden.«

Ich verschränkte die Arme vor der Brust und funkelte alle drei wütend an. Es wäre doch schön, wenn sich wenigstens ein Mal meine Verdächtigen wie im Krimi verhielten, schoß es mir durch den Kopf. Sie hätten von meiner unbestechlichen Logik so überwältigt sein und mich längst in den Keller führen müssen. Das Szenario sah außerdem vor, daß in der Ferne ein Hund heulte, jemand von ihnen den Schlüssel in der schwitzigen Hand hielt, die Stufen knarrten und unser Weg vom Schein einer flackernden Kerze beleuchtet wurde – zumindest aber von einer einzelnen schwachen Birne, die wie irre an einer dünnen Kordel hin und her schwang. Ich wollte ein Melodrama und keine Halsstarrigkeit.

»Gelten die Regeln auch für das, was sich im *Hideaway Haven* abspielt?« fragte ich abrupt.

Pippa und Rebecca tauschten erschrockene Blicke aus. Winkie hingegen gab einen erstickten Laut von sich und stolperte nach hinten, bis sie so hart gegen den Rand des Tisches prallte, daß die Vase mit den Plastikblumen herunterfiel.

»Woher wissen Sie ...?« keuchte sie.

Ich ignorierte sie und sagte zu Rebecca: »Entweder holen Sie jetzt den Schlüssel, oder ich rufe sofort Eleanor Vanderson an. Es wäre doch eine Schande, sie zu stören.« Ich machte eine Pause, um die Wirkung zu verstärken, falls ihnen die Bedeutung meiner Worte entgangen sein sollte. »Ganz zu schweigen von ihrem Mann.«

»Ja, das stimmt«, sagte Winkie mit dünner Stimme. Ihre weißen Finger umklammerten den Ausschnitt ihres Peignoirs. »Mein Schlüssel befindet sich in meiner Handtasche auf dem Couchtisch, Pippa. Bitten holen Sie sie, damit Claire sich überzeugen und wieder gehen kann. Ich bin sicher, sie wird nicht erwähnen, was sie im Versammlungsraum gesehen hat, und die Zentrale wird nie davon erfahren. Es wird unser kleines Geheimnis bleiben, nicht wahr?«

»Geh schon«, befahl Rebecca Pippa. »Du und Winkie, ihr könnt in ihrem Zimmer warten, bis wir diese idiotische Sache hier hinter uns gebracht haben.«

Kurz darauf gingen sie und ich in den Keller. Wir hatten ausreichend Licht, und die Treppenstufen gaben keinen Laut von sich.

»Das ist die Tür zum Versammlungsraum«, murmelte Rebecca. Sie ging weiter den Flur entlang, öffnete eine unverschlossene Tür und erklärte ohne große Begeisterung: »Hier bewahren wir die Requisiten für die Sketche während der Schnupperwoche auf.« Eine zweite Tür führte in den Heizungskeller und eine dritte in einen höhlenartigen Raum, in dem sich eine Kiste und ein paar Stücke Holz befanden. In einem weiteren Raum hingen Kostüme an einer Metallstange, und im letzten befanden sich nur Mäuseköttel und der Sicherungskasten.

Wir kehrten zu der Tür zurück, die zum Versammlungsraum führte. Ich hatte das Gefühl, als würde ich gleich in das innerste Heiligtum eines Schreins gebracht, und zögerte daher beinahe, Rebecca in den Raum zu folgen. Ich weiß nicht, was ich erwartet hatte, aber die aufgereihten Metallstühle, die paar Tische und das lasche Banner, das mit griechischen Buchstaben und pinkfarbenen Rosen bestickt war, beeindruckten mich nicht gerade.

»Das ist alles?« fragte ich.

»Sie ist offensichtlich nicht hier.« Rebecca trat zurück und wollte mich aus dem Raum drängen. »Sie haben selbst gesehen, daß sich hier niemand verstecken kann. Sie hätte auf gar keinen Fall hier unten überleben können, ohne daß ihr jemand Essen und Wasser bringt und sie das Bad nur mitten in der Nacht benutzt.«

Ich dachte an etwas, das Debbie Anne mir erzählt hatte. »Was ist mit dem Ritualschrank?«

»Woher wissen Sie davon?«

»Ich habe einfach angenommen, daß alle Verbindungen so etwas haben«, log ich glatt. »Ich werde nicht die Kerzen zählen oder die Farbe der Kutte der Hohepriesterin verraten, aber ich finde, wir sollten einen raschen Blick hineinwerfen. Falls Debbie Anne uns hat kommen hören, hat sie sich vielleicht darin versteckt.«

»Seien Sie nicht albern! Ich habe Ihnen doch bereits erklärt, daß sie gar keinen Schlüssel haben kann. Winkie besitzt das einzige Exemplar. Am Tag der Treffen gibt sie ihn mittags der Präsidentin des Hauskomitees, damit der Raum vorbereitet werden kann, und nach dem Treffen erhält sie ihn sofort wieder zurück. Die Anwärterinnen rühren den Schlüssel niemals an.«

»Aber Jean Hall hatte ihn ein paar Stunden die Woche«, erwiderte ich. »Falls sie sich ein Duplikat hat machen lassen, bewahrte sie es vielleicht in ihrer Handtasche auf. Die Tasche ist in der Nacht, in der sie getötet wurde, verschwunden. Wenn Sie so überzeugt davon sind, daß Debbie Anne die Schuldige ist, warum soll sie dann nicht Jeans Tasche genommen haben und nun im Besitz des Schlüssels sein?«

Rebecca dachte einen Moment lang darüber nach, zuckte dann die Achseln und erlaubte mir, den Raum wieder zu betreten. »Bringen wir es hinter uns, ja?« sagte sie, während sie auf eine Tür zuging, die sich in der hinteren Wand befand. Wir schlängelten uns zwischen den Stühlen entlang. Dann verlangsamte sie ihre Schritte und blieb schließlich naserümpfend wie ein verliebtes Karnickel stehen. »Was ist das für ein Gestank?«

Ich konnte es auch riechen, und es brachte Erinnerungen an meinen unangenehmen Aufenthalt im Gefängnis von Farberville zurück. »Er scheint aus dem Schrank zu kommen«, sagte ich und war nun nicht mehr so erpicht darauf, das Heiligtum unter die Lupe zu nehmen. »Vielleicht sollten wir die Polizei anrufen.«

»Die Zentrale würde einen Anfall bekommen, wenn sie wüßten, daß die Polizei im Versammlungsraum war und sogar in den Ritualschrank geschaut hat.« Sie wickelte sich ihr Haar um den Hals und starrte auf die Tür. Ihr Mund verzog sich auf unschöne Weise, während sie offensichtlich die unterschiedlichen Möglichkeiten in Betracht zog.

Ich streckte die Hand aus. »Geben Sie mir den Schlüssel, Rebecca. Vielleicht ist ein ammoniakhaltiges Putzmittel im Schrank ausgelaufen. Morgen können Sie und Pippa es aufwischen, ohne daß unbefugte Touristinnen Sie dabei stören.«

Sie gehorchte und wich dann zurück, als ich den Schlüssel ins Schloß steckte und die Tür öffnete. Der Gestank, der herausströmte, brachte meine Augen zum Tränen. Ich zwang mich, lange genug stehen zu bleiben, bis ich den Körper erkannt hatte, der auf dem Boden lag. Dann schloß ich die Tür und trat so weit wie möglich vom Schrank weg.

Rebecca hustete und fragte: »Was ist?«

»Arnie Riggles liegt darin«, erwiderte ich und schnappte

nach Luft. »Er ist vielleicht nur bewußtlos; er muß nicht unbedingt tot sein. Wir müssen ihn herausziehen und tun, was wir können, bis der Rettungswagen hier ist.« Ich wischte mir die Augen und Wangen ab und befahl meinem Magen, sich nicht mehr zusammenzukrampfen. »Wir stellen uns beide vor die Tür. Wenn ich es sage, machen Sie sie auf, und ich packe ihn. Sobald ich ihn draußen habe, schließen Sie die Tür und rufen einen Krankenwagen.«

An diese Aktion erinnere ich mich nicht gerade gerne zurück, aber sie verlief erfolgreich, und Rebecca rannte aus dem Raum, wobei sie abwechselnd würgte und wimmerte. Der schlimmste Gestank befand sich im Schrank, aber Arnies Jeans waren urindurchtränkt, und eine Menge anderer Gerüche gaben mir das Gefühl, in einen großen Sumpf geraten zu sein.

Während ich Arnies leblose Gestalt betrachtete, blubberte Speichel von seinen Lippen. Er drehte sich in eine bequemere Position und fing an zu schnarchen. Ich kam zu dem kaltherzigen Schluß, daß er betrunken war. Wie er es geschafft hatte, im Ritualschrank der *Kappa Theta Etas* zu landen, war mir ein Rätsel, aber Arnie war ein Mann von erstaunlicher Intelligenz, und es hätte mich auch nicht überrascht, wenn ich ihn in einem Taufbecken gefunden hätte – oder in Eleanor Vandersons Bett.

Ich trat auf den Flur hinaus, um auf die Sanitäter und Campuspolizisten zu warten, die gleich die Treppe hinunterstürmen würden, um den Trunkenbold abzuholen. Ed Whitbred hatte gesagt, daß Arnie seit seiner Verhaftung nicht in seine Wohnung zurückgekehrt sei. Wie war er aus der Zelle in den verschlossenen Schrank geraten?

Ein leises, kehliges Schnurren unterbrach meine wirren Gedanken. Ich blickte mich um. Am oberen Ende der Stufen saß Katie, das *Kappa*-Kätzchen, dessen plüschige Silhouette sich gegen das Licht der Eingangshalle abzeichnete. Seine bernsteinfarbenen Augen waren völlig unbeweglich, während es überlegte, wie man dieses neueste Geschmeiß loswerden konnte, das in das *Kappa-Theta-Eta*-Haus eingedrungen war.

Kapitel 14

Ich saß in Winkies Wohnung, als die Sanitäter und die Campuspolizisten eintrafen. Rebecca hatte sich angezogen und die Sache in die Hand genommen, was mir ganz lieb war. Ich konnte ihre kühle, entschiedene Stimme in der Halle hören, aber ich machte mir nicht die Mühe, der Unterhaltung zu folgen. Auf dem Couchtisch standen eine Flasche Wein und zwei nicht zusammenpassende Gläser. Katie befand sich in den Armen von Pippa.

»Ich kann ebensogut bereits anfangen, meine Sachen zu packen«, sagte Winkie verdrießlich. Ihrer Stimme fehlte jedoch die Überzeugung, so daß ich mich fragte, ob sie die Vorstellung wirklich erschreckte – oder ob sie innerlich sicher war, daß es gar nicht so weit kommen würde. »Das ist unentschuldbar. Männer im Versammlungsraum und dann noch dieser dämliche Mann im Ritualschrank. Eleanor wird morgen früh mit der Zentrale telefonieren, und bis zum Mittag werde ich auf der Straße sitzen.«

Pippa vergrub ihr Gesicht im Fell der wiedergefundenen Katze. »Ich verstehe einfach nicht, wie dieser Mann hier hereinkommen konnte, es sei denn, er ...«

»Hat den Schlüssel aus Jeans Handtasche genommen«, beendete ich den Satz für sie.

Winkie hickste und berührte dann, begleitet von einem

Kichern, mit den Fingerspitzen ihre Lippen. »Was bedeutet, daß er und Debbie Anne unter einem Hut stecken, nicht wahr? Einer von beiden hat Jean überfahren – vielleicht waren sie es auch zusammen –, dann ihre Handtasche gestohlen und sich mit ihrem Schlüssel Zugang zum Versammlungsraum und dem Schrank verschafft. Was für ein merkwürdiger Platz für ein Versteck, falls er sich überhaupt dort versteckt hat.« Sie hickste und kicherte erneut. »Sind Sie sicher, daß Debbie Anne nicht bei ihm war? Vielleicht fanden es die beiden aufregend, sich gemeinsam ein paar neue Rituale einfallen zu lassen.«

»Ich denke, davon hätten wir bereits erfahren«, erwiderte ich trocken. Mein Hirn war mittlerweile ein wenig betäubt, aber ich unterdrückte ein Gähnen und ließ mir ihre Bemerkungen noch einmal durch den Kopf gehen – ihre und die von Rebecca und einer anderen Person. »Es ist möglich, daß es mehrere Schlüssel zum Versammlungsraum gibt. Sie haben das Original. Jean Hall hat sich einen Abdruck machen lassen. Aber besitzt Eleanor Vanderson nicht auch einen kompletten Satz?«

»Natürlich nicht«, tadelte Winkie mich. »Sie hat Schlüssel zu allen Außentüren, den Schlafzimmern und den Abstellkammern im Erdgeschoß, aber die Zentrale erlaubt nur einen Schlüssel für den Keller. Sicherheit steht an oberster Stelle.«

Pippas Grübchen waren auf ihren blassen Wangen nur noch ein Schatten ihrerselbst, und sie sprach mit der Ernsthaftigkeit eines Revisors vom Finanzamt. »Und Sie müssen mir versprechen, daß Sie niemandem verraten, was Sie hier drinnen gesehen haben, Mrs. Malloy.«

Als ob die Weltbevölkerung begierig darauf wartete, zu erfahren, wie viele Klappstühle im Versammlungsraum der *Kappa Theta Etas* standen. Ich wollte gerade etwas in der Art sagen, als ein Campuspolizist in der Tür auftauchte. Zu meiner Freude war er im mittleren Alter, dicklich – und mir völlig unbekannt.

»Wir haben den Eindringling in die Ausnüchterungszelle des Städtischen Krankenhauses gebracht«, sagte er. »Laut seines Führerscheins, der vor acht Jahren für ungültig erklärt wurde, heißt er Arnold Riggles und ist Saisonarbeiter. Wir werden ihn verhören, sobald er nüchtern ist, und wenn er sich an etwas erinnert, kann er uns sagen, was er dort unten zu suchen hatte. Miss Faulkner hat sich kurz umgesehen und festgestellt, daß nichts fehlt. Sie behauptet, nicht zu wissen, wie er dort hingelangt ist und warum. Hat eine von Ihnen etwas zu sagen, das nicht bis morgen warten kann?«

Wir schüttelten die Köpfe, und Katie nieste als Zeichen der Verneinung. Er sagte, die Ermittlung werde am nächsten Morgen fortgeführt, betonte, wie wichtig es sei, das Haus stets gut verschlossen zu halten, und versprach, regelmäßig einen Streifenwagen vorbeizuschicken. Nach ein paar dumpfen Poltergeräuschen und einem kurzen, gemurmelten Wortwechsel in der Halle wurde die Tür zugeknallt, und Rebecca gesellte sich zu uns.

»Haben Sie die *Kappa Theta Etas* mit einem Fluch belegt?« fragte sie mich, während sie sich ein Glas Wein einschenkte und es sich am Ende der Couch gemütlich machte. Sie betrachtete mich mit dem gleichen nachdenklichen Glitzern in den Augen, das ich bei Katie gesehen hatte. »Bis letzte Woche ist hier alles völlig normal verlaufen. Jedesmal, wenn ich jetzt das Haus verlasse, um zu einem Vorsprechen oder zum Einkaufen zu gehen, frage ich mich, ob ich zu einem Häuflein Asche zurückkehren werde.«

»Rebecca!« sagte Winkie. »Gerade Sie sollten –«

»Das war doch nur ein Witz, Winkie«, unterbrach Rebecca sie.

Pippa setzte die Katze ab und stand auf. »Ich gehe ins Bett. Ich habe morgen eine ziemlich schwere Prüfung in *Abnormaler Psychologie*. Gute Nacht miteinander.«

»Würden Sie bitte einen Moment warten«, bat Rebecca mich und folgte Pippa aus dem Zimmer. Nach einer geflüsterten Unterhaltung tauchte sie wieder im Türrahmen auf und verschränkte die Arme vor der Brust. »Es war eine kluge Idee von Ihnen, daß jemand im Schrank steckt, Mrs. Malloy. Danke, daß Sie uns gewarnt haben.«

»Ich bin sicher, Arnie wird ebenso dankbar sein, wenn er wieder nüchtern ist«, sagte ich.

Pippa kam in den Raum zurück und gab mir meinen Schlüsselbund. Mit einem angemessen reuigen Lächeln sagte sie: »Es war mein Fehler, und es tut mir wirklich leid, daß ich ihn nicht sofort gefunden habe. Ich bin zurückgegangen und dreimal um den Baum herumgekrochen, bis ich ihn in einem Loch fand. Ich hoffe, Sie werden mir verzeihen.«

»Das tue ich«, erwiderte ich hastig und ging, bevor sie mir wieder eine pinkfarbene Karte mit einer Einladung zum Abendessen in die Hand drücken konnten. Ich hatte die *Kappa Theta Etas* nicht mit einem Fluch belegt. Im Gegenteil. Ich kehrte nach Hause zurück und schwor mir, die ganze Sache zu vergessen und mich um wichtigere Dinge zu kümmern, wie zum Beispiel um meinen bevorstehenden Bankrott und meine unfreiwillige Enthaltsamkeit.

Die Tür war unverschlossen, und sämtliche Lampen brannten. Caron saß mit gekreuzten Beinen auf dem Boden und hatte einen Kalender vor sich ausgebreitet. Mit gezücktem Bleistift sagte sie gerade: »Na gut, ich werde Marissa für Donnerstag morgen eintragen, aber Ashley kann an dem Nachmittag nicht.« Sie blickte zu Inez auf, die inmitten unzähliger Blätter aus einem Notizblock auf dem Sofa saß.

»Wenn wir Tara auf den Samstag verschieben«, sagte Inez

mit einem Stirnrunzeln, »dann kann Ashley den Freitagnachmittag haben. Aber das bedeutet, daß wir den Terminkalender für den Rest des Wochenendes völlig umstellen müssen.«

»Hallo, Mädchen«, begrüßte ich sie vorsichtig. »Plant ihr eine Invasion? Wenn ja, dann solltet ihr CNN anrufen und sie warnen. Und denkt dran, ich will keine Nuklearwaffen auf meiner Kreditkartenrechnung finden.«

Caron strich einen Eintrag durch, bevor sie mir einen mürrischen Blick zuwarf. »Wir arrangieren gerade den Terminplan für ungefähr ein Dutzend *My-Beautiful-Self*-Beratungen, Mutter. Es ist sehr kompliziert und wäre ohne störende Unterbrechungen um einiges einfacher. Hör zu, Inez, ein paar von ihnen müssen eben ihre übrigen Pläne ändern. Ich kann nicht auf *jeden* Rücksicht nehmen, der einen Zahnarzttermin hat oder ins Einkaufszentrum will.«

Inez schaute auf ein Stück Papier hinunter, dann auf ein anderes und runzelte dabei die Stirn, bis sie aussah wie ein gestreßter Pekinese. »Aber wenn Charlene den ganzen Freitagnachmittag babysitten muß...«

»Sie soll sich einen Ersatz suchen!« Caron knallte den Stift auf den Boden und stolzierte in die Küche. »Willst du etwas zu trinken?«

Ich spielte mit dem Gedanken, mich bei Inez nach dem Grund für diese plötzliche Nachfrage zu erkundigen, befürchtete jedoch, eine Antwort zu hören, die bei mir zu Verstopfung und Schlaflosigkeit führen würde. Es war bereits nach drei Uhr. Ich ging ins Bett und zog mir ein Kissen über den Kopf, um die gelegentlichen Ausbrüche im Konferenzraum von Caron Malloy, Inc. auszublenden.

Am folgenden Morgen las ich gemütlich die Morgenzeitung, trank dazu einige Tassen Tee und hoffte, Ed Whitbreds Motorrad zu hören, damit ich mit ihm über Arnies unschickliches Auftauchen reden konnte. Möglich, daß ich außerdem die Hoffnung hegte – und dabei war ich weniger gelassen –, Lieutenant Rosen könne den Bericht über den neusten Unsinn im *Kappa-Theta-Eta*-Haus gelesen haben und sich bemüßigt fühlen, mich nach weiteren Einzelheiten zu fragen.

Als das Telefon schließlich klingelte, stellte ich vorsichtig meine Tasse ab und tupfte meine Lippen mit einer Serviette ab, bevor ich den Hörer abnahm. »Ja?« meldete ich mich mit melodischer Stimme.

»Ist Caron da?« fragte eine unmelodische und außerdem viel jüngere weibliche Stimme.

»Sie schläft noch, und ich habe keine Ahnung, wann sie aufstehen wird. Wenn du willst, kann ich ihr eine Nachricht aufschreiben.«

Ich hörte ein deutliches Schnüffeln, und dann sagte die Stimme: »Sagen Sie ihr, daß mein Vater Anwalt ist. Er sagt, daß das, was sie tut, Erpressung ist, oder so ähnlich, und daß sie echte Schwierigkeiten bekommen wird, wenn sie damit weitermacht.«

»Wer spricht da? Worum geht es überhaupt?«

»Richten Sie es ihr einfach aus.«

Ich konnte meine Hand nicht dazu bringen, auch nur ein einziges Wort dieser alarmierenden Unterhaltung mit diesem neuen anonymen Anrufer aufzuschreiben. Mein Telefon wurde langsam zu einer Art Quelle, aus der die Drohungen und Warnungen nur so heraussprudelten. Ich ging in Carons Zimmer und rüttelte sie an der Schulter, aber als Antwort bekam ich nur den schlechtgelaunten, gemurmelten Befehl, sie in Ruhe zu lassen. Ihre Mitverschwörerin hatte die Augen fest zugekniffen, obwohl ich vermutete, daß sie ein auf Bäumen lebendes, amerikanisches Beuteltier nachmachte (genauer gesagt ein Didelphis virginiana). Ich kehrte in die

Küche zurück, schluckte mit dem Rest des lauwarmen Tees eine Aspirin und überließ sie ihrem Schicksal. Möglich, daß jemand, der hartnäckiger war als ich, sie in ein Jugendgefängnis bringen würde, aber was sollte ich machen.

Im *Book Depot* angekommen, nahm ich einen Zettel und vertrieb mir die Zeit damit, mir noch mehr Notizen zu machen, die keine große Hilfe waren. Ich erstellte eine Liste der potentiellen Erpresser, der ich mürrisch den Namen meiner Tochter hinzufügte, und dann eine mit potentiellen Erpreßten. Alle die, die weder für die eine noch die andere Liste in Frage kamen, schrieb ich unten auf die Seite. Ich war gerade dabei, Kategorien für sie zu erfinden, als die Tür aufging.

Für ihren morgendlichen Ausflug trug Eleanor Vanderson ein leichtes Leinenkostüm in einem hellen, grün-blauen Farbton und eine gestärkte weiße Bluse. Zu ihren Accessoires gehörten ein weißer Gürtel und weiße Pumps, ein blau-lilafarbener Schal, den sie sich kunstvoll um den Hals drapiert hatte, eine schmale, silberne Armbanduhr und eine weiße Strohtasche.

Offensichtlich lebte sie in Harmonie mit ihrer Farbskala und war gerade auf dem Weg zu Hühnchensalat und einer Partie Bridge. Wir anderen, die wir ausgefranste Jeansshorts und eines von Carons alten Sportshirts trugen und unser Outfit mit einer billigen Uhr und einem zerkratzten Ehering aufgepeppt hatten, der ebenfalls billig gewesen war, mußten uns mit so etwas Köstlichem wie Hamburger und Diätcola begnügen. Da ich jedoch um die kleinen, dreckigen Geheimnisse ihres Mannes wußte, verdiente ich auch nichts Besseres.

»O Claire«, sagte sie, als sie auf den Ladentisch zukam und meine Hand drückte, »wahrscheinlich stehen Sie kurz davor, das Verbindungshaus dem Erdboden gleichzumachen – und ich würde Ihnen nicht einmal den leisesten Vorwurf machen, wenn Sie schon die ersten Schritte dazu in die Wege geleitet hätten. Ihnen kommt dies alles bestimmt vor, wie ein langer, nie enden wollender Alptraum. Die Schreie, die angeblichen Ruhestörer, dieser schreckliche Unfall in der Gasse, die Anwärterin, die Sie mit ihrem Anruf belästigt hat, und nun noch der Vorfall von letzter Nacht!«

Ich zog meine Hand aus ihrer Reichweite und legte die Arme auf die belastenden Listen (die leider nur mich selber belasteten). »Es war kein sehr verheißungsvoller Start in den Sommer«, erwiderte ich und merkte, daß ich ihr oberflächliches Lächeln imitierte und mit dem gleichen schwesterlichen, verständnisvollen Unterton in der Stimme sprach. Während wir uns weiterhin freundliche Blicke zuwarfen, keimte in mir der hysterische Verdacht auf, daß sie mich langsam in ihren Bann zogen. Ich hatte den Versammlungsraum und den Ritualschrank gesehen. Ich war durch das Haus geführt worden und hatte ihre Spaghetti gegessen. Sie hatten mich wahrscheinlich mit dem *Kappa-Theta-Eta*-Virus infiziert, und bald würde ich süchtig nach rosafarbenen Kaschmirpullovern sein. In den Buchladen würde eine weiße, flauschige Katze einziehen. Ich würde immer stärker darunter leiden, daß Caron nicht bereits kurz nach ihrer Geburt angefangen hatte, Silbertöne zu tragen. Hatte Eleanor mir den geheimen Handschlag gegeben? Waren ihre Lippen nicht ein wenig geschürzt? Würde ich eine Zahnfleischkorrektur benötigen?

Sie mußte gespürt haben, daß ich nicht mehr ganz bei mir war, denn sie trat ein paar Schritte zurück und sah sich im Laden um. »Das ist ja so reizend, Claire. Ich weiß gar nicht, warum ich noch nie zuvor hier war, aber ich werde in Zukunft ganz bestimmt häufiger herkommen. Ich finde es ganz entzückend, wie Sie alles arrangiert haben, um dem Ganzen ein gemütliches, behagliches Flair zu verleihen.«

»Danke.«

»Ich würde gerne etwas mit Ihnen besprechen«, fuhr sie fort, »aber es ist sehr schmerzlich für mich, und es wäre schön, wenn wir uns an einen Ort zurückziehen könnten, an dem wir unter uns sind und nicht gestört werden.«

»Dann sind wir ja hier genau richtig. Es hat den ganzen Morgen über noch niemand einen Fuß über die Türschwelle gesetzt, und ich vermute, daß das in unmittelbarer Zukunft auch niemand tun wird.«

»Es tut mir leid, daß Ihr Geschäft so schlecht läuft, aber ich bin sicher, daß es bald besser wird. Wären Sie damit einverstanden, wenn wir uns in Ihr Büro setzten?« Sie warf mir einen Blick zu, den ich von den Postern kannte, auf denen Kinder aus der dritten Welt abgebildet waren.

Ich führte sie in mein Büro, nahm ein paar Bücher vom Stuhl und stellte sie in einer Ecke ab. Dann betrachtete ich unglücklich die schwarze Kruste in der Kaffeekanne und ließ mich schließlich hinter dem Schreibtisch nieder, um sie über einen Stapel Rechnungen, eine Tasse mit abgenutzten Bleistiften, einige Selbsthilfebücher über die Kunst des Organisierens und ein paar vertrocknete Kakerlaken hinweg anzusehen.

»Das ist alles so schwierig.« Eleanor nahm ein Taschentuch aus ihrer Handtasche und tupfte sich die Augenwinkel ab. »Als die Party gestern zu Ende war, habe ich John gefragt, was er mit Ihnen am Pool besprochen hat. Anfangs weigerte er sich, es mir zu sagen, aber ich insistierte, und als ich ihn heute morgen zum Flughafen fuhr, erzählte er mir schließlich das Wichtigste. O Claire, ich kann mir vorstellen, wie Sie sich gefühlt haben müssen, als er Ihnen diese... abstoßenden Geschichten erzählte, aber Sie erkennen sie doch sicherlich als das, was sie sind.«

»Sicher«, erwiderte ich gehorsam, wenn auch ziemlich tonlos.

»Ich habe ihm vorgeschlagen, die Reise nach Las Vegas abzusagen, aber er regte sich so darüber auf, daß ich ihm schließlich einen Abschiedskuß gab und ihn gehen ließ. Ich habe bereits mit seinem Arzt gesprochen, und wenn John zurück ist, wird als erstes seine Medikamentendosis überprüft.« Sie tupfte sich das zweite Auge trocken und schenkte mir dann ein tapferes, wenn auch ein wenig zittriges Lächeln. »Ich bin so froh, daß Sie es verstehen, Claire. Diese letzten Jahre waren die Hölle für mich, und manchmal frage ich mich, ob ich mich deshalb so sehr mit der Schwesternschaft befasse. Meine Großmutter wurde nie müde, mich daran zu erinnern, daß die beste Medizin für persönliche Schwierigkeiten ein wohltätiger Zweck sei, der einer Vorsitzenden bedarf.«

»Sie wollen mir doch nicht sagen, daß das, was er mir erzählt hat...?«

»Nichts weiter als ein bemitleidenswertes Produkt seiner Phantasie ist. John ist ein brillanter Gelehrter und hat Hunderte von Artikeln in den angesehensten Fachzeitschriften im ganzen Land veröffentlicht. Er hat bereits zweimal erfolgreich vor dem Obersten Gerichtshof der Vereinigten Staaten gesprochen, und es kursiert das Gerücht, daß der neue Flügel der juristischen Fakultät nach ihm benannt werden soll.« Sie machte eine Pause, um mir Gelegenheit zu geben, vor Ehrfurcht im Boden zu versinken, aber ich konnte mich gerade noch zurückhalten. »Vor fünf Jahren fing er an, ein paar harmlose Marotten zu entwickeln – zuerst nichts allzu Bizarres, aber später wurde es auffälliger. Ich brachte ihn schließlich zum Medizinischen Zentrum in Houston, wo man eine degenerative neurologische Krankheit diagnostizierte, die ihn sowohl körperlich als auch mental behindert. Die meiste Zeit funktioniert er normal, aber hin und wieder kommt es vor, daß er etwas von sich gibt, das jeglicher Realität entbehrt.«

Ich dachte einen Moment lang über ihre Worte nach. »Er klang völlig normal, als er mir von seinen Abenteuern in diesem Motel erzählte. Ich habe natürlich nicht nach Einzelheiten gefragt, aber er schien sich noch sehr ... lebhaft daran erinnern zu können, was mit wem stattgefunden hat.«

»Er klang auch völlig normal, als er unserer Tochter erklärte, er sei einem Konvent beigetreten und höre seitdem auf die Anrede Schwester Beatrice.« Sie schüttelte den Kopf und stieß einen Seufzer aus. »Bis jetzt hatten wir Glück, daß diese Vorfälle nur vereinzelt und nicht im Beisein von Universitätskollegen aufgetreten sind. Aber einer völlig Fremden zu erzählen, daß er ... Nun, es ist offensichtlich, daß wir seinen Rücktritt erklären müssen, sobald er wieder zu Hause ist.«

Ich gab mir größte Mühe, mir Dekan Vanderson nicht in einer hübschen schwarzen Schwesterntracht vorzustellen, und fragte: »Dann hat er sich also nicht heimlich mit Verbindungsstudentinnen im *Hideaway Haven* getroffen, und Jean Hall hat ihn auch nicht erpreßt?«

»Oh, Claire, ich wußte, daß Sie es verstehen würden!« Eleanor steckte ihr Taschentuch zurück in ihre Handtasche und bedachte mich erneut mit einem schwesterlichen Lächeln. »Es wird Sie erleichtern zu erfahren, daß ich beschlossen habe, das *Kappa*-Haus für den Rest des Sommers zu schließen. Winkie, Rebecca und Pippa wissen bereits, daß sie bis sechs Uhr heute abend das Haus verlassen haben müssen, und als ich ging, sahen sie bereits die Wohnungsanzeigen durch und riefen bei verschiedenen Vermietern an. Es wird sehr umständlich für mich sein, jeden Tag dort vorbeizufahren, um die Renovierungsarbeiten zu beaufsichtigen, aber es muß getan werden.«

Obwohl mich ihre Neuigkeit freute, war ich noch nicht bereit, Dekan Vandersons Enthüllungen als die Spinnereien eines neurologisch Degenerierten abzutun. »Wenn Ihr Mann nicht erpreßt wurde, warum befand sich dann eine pinkfarbene Grußkarte in seinem Büro?«

»Sie waren in seinem Büro?« fragte sie höflich, wenn auch ziemlich ungläubig.

Da ich die juristische Fakultät nicht gerade mit einem Durchsuchungsbefehl betreten hatte, ging ich nicht weiter auf ihre Frage ein und sagte: »Ja, und ich habe unter dem Computer eine Karte in Form einer Katze gefunden. Es klang in meinen Ohren wie die ganz normale Nachricht eines Erpressers: knapp, drohend und ein wenig beschränkt. Ich bin gestern abend bei Ihnen zu Hause vorbeigekommen, um ihn danach zu fragen.«

»Wie merkwürdig«, murmelte sie. Sie holte ihre goldene Puderdose heraus und sah im Spiegel nach, ob ihr während der theatralischen Beichte der Gebrechen ihres Mannes die Wimperntusche über die Wangen gelaufen war. Nachdem sie einen unsichtbaren Fleck entfernt hatte, ließ sie die Dose zuschnappen. »Es sei denn, er hat die Nachricht selber geschrieben, um sich zu beweisen, daß er potent und sexuell unersättlich ist, und um so zu tun, als wäre er ein Mitwirkender in einer düsteren Soap-opera, die sich um ihn herum abspielt. Er ist in den letzten Jahren immer kindlicher geworden, und dieses Verhalten entspricht seinem Bedürfnis, sich als etwas anderes zu sehen als einen blassen, dicklichen Juraprofessor in mittleren Jahren.«

Ich sprang nicht auf, um einen anklagenden Finger auf sie zu richten und ihr zu sagen, daß John ja gar keinen Zugang zu den pinkfarbenen Grußkarten habe. »Und Sie haben zu Hause ganze Schubladen voll mit diesen Dingern?« fragte ich mit resignierter Stimme.

»Sie befinden sich in einem Karton in meinem Arbeitszimmer, zusammen mit der Korrespondenz mit der Zentrale, vertraulichen Berichten von Ehemaligen und zahllosen Akten. Sie und ich scheinen den gleichen Kampf zu führen, um nicht in Papierkram zu ertrinken, nicht wahr?« Ich nickte, während sie aufstand. »Ich muß Sie nur noch um eines bitten, Claire. Es ist furchtbar wichtig, daß das, was ich Ihnen gerade erzählt habe, nicht allgemein bekannt wird. John geht es nicht gut, und sollte sein Ruf von gräßlichen, nicht fundierten Anschuldigungen beschmutzt werden, könnte ihn das umbringen. Ich kann Ihnen doch vertrauen, nicht wahr?«

Ich versicherte ihr, daß sie das könne, begleitete sie nach draußen und setzte mich wieder hinter den Ladentisch. Ich enthielt der Polizei mittlerweile genügend Informationen vor, um sie zu alphabetisieren und in Form einer Enzyklopädie zu veröffentlichen. Allerdings würde die Neuigkeit, daß John Vanderson nichts mit den Verbindungschwestern gehabt hatte und nicht erpreßt worden war, niemanden umhauen.

Der Nachmittag schwand dahin, wie auch meine Hoffnung, einen Haufen von angeblich unzusammenhängenden Einzelheiten in ordentlich kleine Schubladen zu sortieren. Niemand rief an, um mich oder mein Kind zu bedrohen, und es rief auch niemand an, um nachzufragen, ob ich mich in eine offizielle Untersuchung einmischte – falls es überhaupt eine gab. Die Polizei gab sich mit einem tödlichen Unfall und einer Flüchtigen zufrieden, die schon noch auftauchen würde. Obwohl ich herausgefunden hatte, daß sich Ed Whitbred und Arnie Riggles in den Büschen vor dem Verbindungshaus herumgetrieben hatten, bestand kein Grund, es jemandem zu erzählen. Da das Haus für den Sommer geschlossen werden würde, mußte Winkie sich eine Wohnung suchen, und sie und ihr haariger Don Juan konnten sich dann unter entspannteren Umständen treffen. John Vanderson würde von seiner Position in der juristischen Fakultät zurücktreten und sich die Zeit vielleicht mit dem Verfassen von Romanen vertreiben. Das New Yorker Verlagshaus, das *Nebrasqué* kaufte, würde begeistert sein von seinen pornografischen Schreibversuchen. Caron würde die Party zu ihrem sechzehnten Geburtstag für ihre Zellennachbarn schmeißen; ich würde meinen vierzigsten Geburtstag alleine begehen, mir im Spiegelbild zuprosten und gegen die verheerenden Auswirkungen der Menopause ankämpfen.

Ich amüsierte mich bei diesem Exkurs ins Selbstmitleid prächtig, während ich am späten Nachmittag nach Hause spazierte. Als ich an dem bald leerstehenden Verbindungshaus vorbeikam, erkannte ich jedoch, daß Eleanors Erklärung für das seltsame Verhalten ihres Mannes einen winzigen Schönheitsfehler aufwies. Er war vor ein paar Nächten im zweiten Stock des Hauses gewesen. Ich versuchte, mir einzureden, daß es für ihn ein Spiel war und er statt Cowboy oder Astronaut den Detektiv mimte, aber ich glaubte nicht so recht daran. Er war dort gewesen, und er hatte auch in der Nacht von Jeans Tod am Bordstein gehalten. Eleanor mochte sich verzweifelt wünschen, daß ihr Mann unter Wahnvorstellungen litt und daß das, was er mir erzählt hatte, Unsinn war – aber sie konnte sich auch irren.

Miss Marple-Malloy war wieder im Geschäft. Ich eilte nach Hause, suchte das Telefonbuch heraus und rief Ed Whitbred an. »Ich nehme an, Sie haben bereits von Arnie gehört?« fragte ich, ohne kostbare Zeit zu verschwenden.

»Winkie hat es mir erzählt«, sagte er. »Sie regt sich riesig darüber auf, daß das Haus geschlossen wird, aber ich denke, sie ist besser dran, wenn sie für eine Weile von diesen Blutsaugern wegkommt. Sie und Eleanor hatten heute morgen einen Riesenkrach wegen des Schlüssels zum Versammlungsraum. Winkie schwört, daß der Schlüssel seit dem letzten Treffen im Mai ständig in ihrer Obhut war, und Eleanor räumte schließlich ein, daß die Heilige Jean Hall sich ein Duplikat hat anfertigen lassen.«

»Wird Winkie ihren Job behalten können?«

»Ich glaube schon. Ich habe ihr gesagt, ich würde ihr bei der Suche nach einer Wohnung helfen, also mache ich mich besser – «

»Haben Sie den Film aus Arnies Kamera entwickeln lassen?«

»Ich habe ihn im Drugstore in der Thurber Street vorbeigebracht, aber vergessen, ihn nach der Arbeit abzuholen. Wie wäre es, wenn ich ihn morgen vorbeibringe, wenn ich – «

»Ach, schon gut, Ed. Viel Glück bei der Wohnungssuche.« Ich legte auf und ging in Carons Zimmer, um dort nach irgendwelchen Nachrichten bezüglich Kautionsforderungen oder bevorstehenden Gerichtsverhandlungen zu suchen. Ich fand jedoch nur schmutzige Gläser, eine zusammengeknüllte Tüte Kartoffelchips, schimmlige Teller unter dem Bett, mit denen man möglicherweise den Nobelpreis in Biochemie gewinnen könnte, und ihren Kalender. Der letzte Eintrag verriet, daß Gretchen in einer Stunde dazu verdammt sein würde, ihre Farbskala korrigiert zu bekommen.

Ich fragte mich, warum Carons Freunde plötzlich nachgegeben hatten, mixte mir einen Drink und wanderte zu meinem Schlafzimmerfenster, um auf das *Kappa-Theta-Eta*-Haus hinüberzustarren. Die Schatten des Gerüsts auf der verwitterten Fassade ähnelten langen, diagonalen Gefängnisgittern, und der Effekt war ziemlich bedrohlich.

Als es langsam dunkel wurde, fuhr ich zum Drugstore. Dort führte ich eine lebhafte Diskussion mit einem geschlechts- und hirnlosen Wesen, dessen Hauptargument darin bestand, daß ich keinen Abholzettel besaß. Ich konterte mit der Drohung, die ganze Nacht dazubleiben und mit ihm zu streiten. Das wiederum führte dazu, daß ich im Austausch für eine gewisse Summe einen Packen Photos erhielt. Als ich schließlich im Auto saß, holte ich tief Luft und zog das Ergebnis von Arnies nächtlichen Aktivitäten heraus.

Er hatte nicht nur Pippa eingefangen, die ihre Brüste bewunderte, sondern auch Jean, die gerade ein T-Shirt auszog, Rebecca, die sich in einem durchsichtigen Hemd die Haare bürstete, Debbie Anne, die gerade mit einem Paar zu enger Shorts kämpfte, und ein Dutzend anderer, mir unbekannter Mädchen, von denen keines vollständig angezogen war. Der Hintergrund war jedesmal in Pink gehalten, so daß sie wohl alle zu der *Kappa*-Verbindung gehörten. Offensichtlich hatte sich unser angehender *Penthouse*-Fotograf gegen Ende des letzten Semesters meist in den Büschen herumgetrieben.

Arnie hatte ebenfalls auf meiner Liste der potentiellen Erpresser gestanden, aber nun zog ich im Geiste einen Strich durch seinen Namen und setzte ihn auf meine neue Liste mit Spannern. Es war merkwürdig, daß er sich gerade diese Verbindung ausgesucht hatte. Ich verließ den Parkplatz und fuhr in Richtung Schnellstraße. Es war das einzige Haus, das während des Sommers geöffnet war, aber im letzten Semester hätte er sich jede andere Verbindung auf dem Campus aussuchen können, von denen einige in weniger verwilderten Gärten lagen. War dies wieder nur ein Zufall?

Ich fuhr zweimal am *Hideaway Haven* vorbei, bevor ich mich dazu überwinden konnte, über den mit Schlaglöchern übersäten Parkplatz zu holpern und vor dem Gebäude zu parken, das sich hochtrabend »Büro« nannte. Durch das schmutzige Fenster konnte ich einen stämmigen Mann mit orangefarbenem Haar, einem schmutzigen T-Shirt und karierten Shorts sehen. Eine brennende Zigarette hing zwischen seinen Lippen, und die Asche rieselte auf seinen Bauch hinunter. Er schien gerade eine Klatschzeitung zu lesen, aber wahrscheinlich war er der intellektuellen Herausforderung nicht gewachsen und sah sich statt dessen nur die Bilder an.

Während ich im Wagen hockte und schwitzte wie eine Frau, die seit achtzehn Stunden in den Wehen lag, kam ich zu dem Schluß, daß es keinen vornehmen Weg gab, die Sache zu erledigen. Nicht einmal die Heldinnen in meinen Kriminalromanen würden diese abscheuliche Angelegenheit würdevoll hinter sich bringen können. Ich rutschte noch tiefer im Sitz nach unten, als ein Auto neben dem meinen hielt. Der Fahrer schien sich mit dem Prozedere auszukennen und war nach wenigen Minuten im Besitz eines Schlüssels. Seine üppige Begleiterin schlenderte ihm nach, als er auf sein Zimmer zuhastete. Der Mangel an Gepäck ließ darauf schließen, daß es sich um professionelle Dienste handelte, die stundenweise bezahlt wurden.

Ich hingehen hatte alle Zeit der Welt, um über meine Motive nachzudenken, warum ich nun vor dem Büro des *Hideaway Haven* in meinem Auto saß. War ich auf der Suche nach Wahrheit und Gerechtigkeit? Kämpfte ich für Recht und Gesetz? Machte ich mir ernsthaft Sorgen um Debbie Anne – oder um eine andere der verdammten *Kappas,* um deren Liebhaber oder deren Anstreicher? Oder wollte ich Lieutenant Peter Rosen einfach nur beweisen, daß ich mich kein bißchen für seine außerdienstplanmäßigen Aktivitäten interessierte und mich damit zufrieden gab, mich in die offiziellen Ermittlungen von jemand anderem einzumischen?

Ich nahm das Päckchen mit den Bildern und ging in das Büro. »Entschuldigen Sie«, sagte ich kühl, »aber erkennen Sie eine dieser jungen Frauen?«

»Wer sind Sie – die Direktorin der High-School?«

Ich breitete die Bilder vor ihm aus. »Ich habe nicht vor, mein Privatleben mit Ihnen zu diskutieren. Hat eine dieser Frauen je ein Zimmer bei Ihnen gemietet?«

Offensichtlich hatte ihn mein unnachgiebiges Auftreten schwer beeindruckt, denn er betrachtete jedes Photo sehr ausgiebig und pfiff gelegentlich durch die Zähne oder hielt eines so dicht vor die Augen, daß es durch seinen Atem beschlug. Er leckte sich so oft die Lippen, daß sein Kinn glänzte – wenn auch nicht so sehr wie seine kleinen Augen. Endlich schien ich weiterzukommen.

»Nein, habe ich noch nie gesehen.« Er nahm seine Zeitung wieder hoch und schlug sie auf. »Das mit Elvis ist ja kaum zu glauben. Ich persönlich denke, der ist tot wie ein Sargnagel, aber ständig sehen ihn irgendwelche Leute. Ich weiß nicht, wie der ständig auftauchen kann, wo er doch tot ist.« Er kratzte sich den Kopf, bis Schuppen durch die Luft wirbelten.

»Elvis ist tot, und Sie haben diese Mädchen schon einmal gesehen«, erwiderte ich, entschlossen, wenn nötig, die Wahrheit aus ihm herauszuschütteln. »Wenn Sie das nicht zugeben, werde ich die Polizei anrufen und melden, daß hier Prostitution und Drogenhandel betrieben werden.«

Er riß den Blick von der »professionellen Aufnahme« von Elvis los, auf der dieser das Weiße Haus betrat. »Sie haben keine Beweise.«

»Nein, aber ich werde ihnen sagen, daß ich welche habe, und wenn sie einmal anfangen, hier herumzustochern, werden sie sicherlich genügend Indizien finden. Und wenn Sie Ihren Laden nur dichtmachen müssen, weil Sie gegen Gesundheits- und Brandschutzbestimmungen verstoßen haben.«

Er nahm den Zigarettenstummel aus dem Mundwinkel und starrte mich an, als wäre ich gerade seiner Zeitung entstiegen und hätte behauptet, gleich spontan in Flammen aufzugehen. »Aber das wäre ja gelogen, Lady.«

»Da haben Sie wohl recht, und ich muß Sie warnen, daß

ich darin sehr geübt und überzeugend bin. Würden Sie sich die Photos nun noch einmal ansehen?«

»Vielleicht sollte ich Doobie fragen«, erwiderte der Mann, ließ die Zigarette fallen und trat sie auf dem Boden aus. »Er arbeitet normalerweise nachts, aber er wollte heute tauschen, damit er sich so ein blödes Basketball-Spiel ansehen kann. Dauert nur 'ne Minute.« Er nahm die Photos und verschwand durch eine Tür, die er hinter sich schloß, bevor ich dagegen protestieren konnte.

Während ich wartete, wurde mir bewußt, daß ich mich genausogut vor die Leinwand des Drive-in-Kinos hätte stellen können. Die Dunkelheit draußen verstärkte nur die Wirkung der Lampen im Büro, und ich wußte, daß man mich vom anderen Ende des Parkplatzes, wenn nicht sogar von der Schnellstraße aus sehen konnte. Im Gegensatz zu den *Kappas* hatte ich grundsätzlich keine Angst vor einem schlechten Ruf, aber die Vorstellung, jemandem meine Anwesenheit im *Hideaway Haven* zu erklären, war so furchteinflößend, daß ich eine Gänsehaut auf den Armen bekam und sich meine Nackenhaare sträubten. Ich war versucht, mich hinter den schrillen Seiten der Klatschzeitung zu verstecken, aber es wäre um einiges schwieriger, jemandem zusätzlich zu meiner Anwesenheit auch noch meinen Lesestoff zu erklären. Ich dachte dabei an einen gewissen Bullen.

Ungefähr fünfzehn Minuten verstrichen, bevor der Manager mit den Photos in der Hand und einem mißtrauischen Ausdruck auf dem Gesicht wieder auftauchte. Ich klappte die Zeitung zu – nun würde ich nie herausfinden, wie genau sich Big Foot einer kanadischen Farmerin in amouröser Absicht genähert hatte – und lächelte erwartungsvoll.

»Doobie hat keine von denen hier gesehen«, berichtete er, wobei er meinem Blick auswich und so tonlos klang wie der tote Elvis. »Er sagt, sie können jederzeit herkommen, ob nun angezogen oder nackt, und ganz besonders die Torte mit den schwarzen Haaren, aber er hat noch nie welche von denen hier gesehen. Aber« – er hob eine schmutzige Hand, um meine Antwort im Keim zu ersticken – »Doobie sagt, daß Hank vielleicht Dienst hatte. Sie können ja nächste Woche wiederkommen und ihn fragen. Hank ist mit seiner Frau zu diesem Bowling-Turnier drüben in Sallisaw gefahren. Sie hat nämlich Geburtstag.«

»Und Doobie hat so lange gebraucht, um das zu sagen?« fragte ich.

Erneut rieselten Schuppen auf seine Schultern, als sich seine Nägel in seine Kopfhaut gruben. »Doobie hat sich die Bilder sehr genau angesehen, bevor er sich entschieden hat, daß er die Mädchen nicht gesehen hat. Hier kommen 'ne Menge College-Kids her, besonders am Wochenende, und die sehen alle gleich aus. Wie ein Haufen Barbiepuppen in Designerklamotten und teuren Turnschuhen.«

Als ich die Bilder zurück in die Hülle schob, beschloß ich, noch einen weiteren Versuch zu starten. »Es gibt noch jemanden, der möglicherweise in letzter Zeit hier war«, setzte ich an und beschrieb ihm dann John Vanderson.

Der Manager zuckte zusammen, runzelte flüchtig die Stirn, und seine Lippen waren plötzlich völlig ausgetrocknet. »Nein, kenne ich nicht.«

In seinen Augen hatte sich jedoch ein Ausdruck des Erkennens widergespiegelt, der gleiche flüchtige Ausdruck, der in Winkies Augen aufgetaucht war, während ich in ihrer Wohnung die Beschreibung heruntergeleiert hatte. Das sagte ich ihm auch, aber er leugnete beharrlich, John Vanderson je gesehen zu haben, nahm sich schließlich seine Zeitung und verschwand im Hinterzimmer. Diesmal schien die zufallende Tür mir ein mürrisches »Auf Wiedersehen« zuzurufen, obwohl ich vermutete, daß der Manager im Geiste eine obszönere Idiomatik verwendete, die sich auf Teile seiner – oder meiner – Anatomie bezog.

Da mir der Mut fehlte, ihm hinterherzustürmen, kehrte ich zu meinem Wagen zurück. Als ich die Hand nach dem Türgriff ausstreckte, hörte ich ein leises Stöhnen. Ich wirbelte herum und starrte in die pechschwarze Dunkelheit neben dem Gebäude. »Hallo?« rief ich zaghaft. »Ist jemand verletzt?«

Es ertönte ein zweites leises Stöhnen. Ich kam zu dem Schluß, daß es sich nicht um das Wimmern eines verletzten Tieres handelte, und ging langsam auf die Hausecke zu. Dabei umklammerte ich krampfhaft das Päckchen mit den Photos und war mir durchaus bewußt, daß ich mich in einer sehr verwundbaren Lage befand und keinerlei Erfahrung mit den Gepflogenheiten eines Bordells hatte.

Vor den Zimmern des Motels parkten zwar einige Autos, aber dicke Vorhänge verhinderten, daß Licht durch die Fenster nach draußen drang. Neben dem Grundstück erstreckte sich ein großes Feld, auf dem ein paar kurze, dürre Bäume und die verrosteten Überreste eines alten Autos standen.

Ich blieb in dem rechteckigen Lichtschein stehen, der aus dem Büro nach draußen fiel, schirmte meine Augen ab und versuchte, den Standort des Stöhners zu orten. »Ist da jemand?« rief ich.

Scheinwerfer erwachten zum Leben, blendeten mich und ließen mich erstarren wie ein Reh auf der Autobahn. Ich blieb wie angewurzelt stehen und konnte nicht einmal mit den Augen blinzeln. Ein Motor röhrte auf, und quietschende Reifen drehten auf dem Schotterbelag durch. Die Scheinwerfer rasten auf mich zu. Vor meinem geistigen Auge tauchte keine komprimierte Zusammenfassung meiner neununddreißig Lebensjahre auf, sondern ein anschauliches Bild dessen, was ich darstellen würde, wenn ich nicht verdammt schnell aus dem Weg sprang. Ich dachte an Pfannkuchenteig.

Ich warf mich gegen die Mauer des Gebäudes. Die Scheinwerfer schwenkten auf mich zu, schossen dann jedoch an mir vorbei. Schotter prasselte auf mich herunter wie Hagelkörner. Ich machte mich von der Wand los und sah noch die Schlußleuchten, als der Wagen mit quietschenden Reifen auf die Schnellstraße einbog und davonraste.

Kapitel 15

Der Manager und sein unsichtbarer Kumpel Doobie kamen nicht herausgestürmt, um sich nach meinem Wohlbefinden zu erkundigen. Sie steckten nicht einmal die Nase aus der Tür zum Hinterzimmer, um nachzusehen, ob die Fenster noch ganz waren oder der Fußboden mit dem Blut meiner zerschundenen Leiche bespritzt war.

Während ich mir mit der einen Hand die Schulter massierte und mir mit der anderen die Schottersteine vom Ellbogen zupfte, humpelte ich zu meinem Wagen und ließ mich unbeholfen hinter dem Steuer nieder. Nachdem ich die Türen abgeschlossen hatte, untersuchte ich die schmerzenden Stellen und kam zu dem Schluß, daß nichts gebrochen oder ernsthaft beschädigt war. Abgesehen von meinem freundlichen Naturell und meinem Sinn für Humor. Ich hatte ja wirklich eine entzückende Zielscheibe abgegeben. Ich entfernte einen kleinen Stein von meinem aufgeschürften Knie. Hatte mich nur ein betrunkener Fahrer übersehen, oder hatte mich jemand erschrecken – oder auf die gleiche Art töten wollen wie Jean Hall?

Ein Kombi hielt neben meinem Wagen. Zwei Mädchen im Teenageralter in knappen Shorts und noch knapperen, schulterfreien Oberteilen stöckelten in das Büro, schlugen auf die silberne Klingel und riefen so lange, bis der Manager aus dem

Hinterzimmer auftauchte. Nach einigem Hin und Her und viel Gelächter kam ein anderer Mann mit den Armen voller Bierbüchsen und einem lüsternen Grinsen auf seinem Schweinsgesicht aus dem Hinterzimmer.

Falls es sich bei ihm um Doobie handelte, dann hatte keiner von beiden das Gebäude durch die Hintertür verlassen und versucht, mich zu überfahren. Allerdings hatte Doobie verdächtig lange dazu gebraucht, festzustellen, daß er keine der *Kappas* wiedererkannte. Jedenfalls lange genug, um jemanden anzurufen. Aber wen? Ich hatte nicht einmal einen flüchtigen Blick auf den Fahrer werfen können, und ich war mir ziemlich sicher, daß keine Zeugen aus den Zimmern kommen und den Fahrer oder das Auto beschreiben würden. Ich konnte die Polizei anrufen, was ganz amüsant werden würde, wenn sie die Namen und Adressen der Gäste des *Hideaway Haven* aufnahm. Es bedeutete jedoch auch, daß ich eine Menge komplizierter Erklärungen abgeben müßte – und zwar gegenüber Lieutenant Rosen.

Die kleine Party im Büro schien sich gerade zu einer Orgie zu entwickeln, als ich hineinging. Ich ignorierte Doobies Hand in einem der schulterfreien Oberteile und die Verführungsszene, die auf der roten Plastikcouch gerade ihren Anfang nahm, und verkündete: »Jemand hat gerade versucht, mich draußen auf dem Parkplatz zu überfahren. Ich bestehe darauf, daß Sie sofort die Polizei rufen.«

»O Gott, Schätzchen«, sagte eines der Mädchen und klapperte mit den falschen Wimpern, als wolle es Fliegen damit vertreiben. »Jetzt sieh sich mal einer ihr Knie an. Doobie, warum nimmste nicht mal deine Hand von meinen Titten und holst den Erste-Hilfe-Kasten für die Lady. Kannste nicht sehen, daß die blutet wie ’ne abgestochene Sau?« Sie warf mir ein übertrieben fürsorgliches Lächeln zu, während sie mich zu einem Stuhl führte wie eine Patientin in einem

Altenheim. »Ich mache diesen Sommer einen Kurs in Krankenpflege. Wenn Doobie endlich seinen faulen Arsch hochkriegt, habe ich Sie in Null Komma nichts verarztet.«

Das andere Mädchen setzte sich auf die Ecke des Empfangstresens und machte Blasen mit ihrem Kaugummi, als wäre es ein Chinakracher. »Warum hat denn jemand versucht, Sie zu überfahren? Hatten Sie Streit mit Ihrem Freund, oder was? Ich und mein Freund haben uns letzte Woche gestritten, und er ist betrunken bei mir zu Hause aufgetaucht und wollte mir die Haare ausreißen. Da habe ich ihm aber ein, zwei Sachen beigebracht.«

Doobie und der Manager standen hinter ihr und unterhielten sich nervös. Die zukünftige Krankenschwester wiederholte ihre Forderung nach Verbandszeug, während ihre Freundin mir in grausigen Einzelheiten schilderte, wie sie mit ihrem Billy Bob oder Bobby Bill, oder wie immer er auch hieß, fertig geworden war, der nun angeblich humpelte. Ich saß einfach nur da und wartete, daß die beiden Männer eine Entscheidung trafen. Sie flüsterten sich noch einmal eindringlich etwas zu und waren dann offensichtlich soweit.

Der Manager durchquerte den Raum und streckte mir die Hand entgegen. »Lassen Sie uns noch mal die Bilder sehen.«

Die Mädchen hängten sich an seinen Arm und kicherten, während er die Bilder durchging. Er schüttelte sie ab und sagte: »Ja, ein paar von denen waren hier, aber ich habe sie nicht nach ihren Namen oder so gefragt. Hier heißt jeder Smith, und mich interessiert sowieso nur, ob die Kohle stimmt.«

»Welche Mädchen?« fragte ich mit heldenhafter Gelassenheit.

Er reichte mir ein Dutzend Bilder. »Von den anderen waren vielleicht auch welche hier und haben im Auto gewartet, während ihre Freunde für das Zimmer bezahlten. Manchmal sehe ich sie, wenn sie rauskommen, um sich eine Limo am Automaten zu ziehen, und ich gerade hinsehe.«

Vier der Mädchen waren mir unbekannt. Es erstaunte mich nicht sehr, daß Pippa unter denen war, die er herausgesucht hatte, aber mir fiel beinah die Kinnlade herunter, als ich Debbie Anne Wray sah, die sich in pinkfarbene Shorts zwängte. »Sind Sie sich bei diesem Mädchen hier sicher?«

Er blickte sich zu Doobie um, der mürrisch nickte. »Die hier war bis gestern hier«, sagte er. »Ich weiß nicht, was sie hier wollte, aber sie hat für eine ganze Woche bezahlt und niemanden gestört.«

Ich stand langsam auf. »Wie ist sie hergekommen? Hatte sie Besuch? Als sie auszog, hat sie da erwähnt, wo sie hinwollte? Wer hat sie abgeholt?«

»Das hier ist kein Pfadfindercamp«, protestierte er und wich langsam vor mir zurück. »Sie ist an einem Nachmittag aufgetaucht, ich glaube, es war Freitag. Ohne Koffer – aber das ist ja nichts Neues. Einmal habe ich sie gesehen, als sie über die Schnellstraße zum Supermarkt ging, ein anderes Mal war sie am Getränkeautomat. Ich weiß auch nur, daß sie abgehauen ist, weil an dem Morgen die Tür zu ihrem Zimmer offenstand und ich rüber bin, um nachzusehen, ob sie nicht tot ist. In dem Zimmer lagen nur Pappbecher und Hamburger-Verpackungen.«

»Ich hab' gesehen, wie sie in einen Truck gestiegen ist«, sagte das Mädchen mit dem Kaugummi. »Darlene und ich hingen hier rum, während Doobie Bier kaufen ging, und ich habe es auch nur gesehen, weil der Truck so grün war wie der von Doobie und ich schon sauer war, daß Doobie unser Bier wegen so einer blöden Schlampe vergessen hat.«

»Das stimmt«, sagte Doobie, der in der Tür stand. »Sie ist mit so einem Clown abgezogen und nicht wiedergekommen. Hören Sie, Lady, die Mädchen sind hier gewesen, um sich ein bißchen zu amüsieren, und wenn Sie nicht mit uns ins Hinterzimmer kommen wollen, dann verziehen Sie sich lieber.«

Ich war mir ziemlich sicher, daß er mich nicht angreifen würde, solange man uns von der Schnellstraße aus sehen konnte, aber seine Stimme klang bedrohlich genug. Ich wünschte ihnen einen angenehmen Abend, rannte zu meinem Auto hinüber und fuhr so schnell vom *Hideaway Haven* weg, wie es das Gesetz erlaubte.

Nachdem ich den Wagen in meiner Garage abgestellt hatte, blieb ich noch ein bißchen im Dunkeln darin sitzen und ließ mir diese merkwürdige Geschichte durch den Kopf gehen. Debbie Anne war am Freitag, am Nachmittag vor Jeans Tod, im Motel aufgetaucht und dort bis gestern morgen geblieben. Dann war sie in Arnies Truck gestiegen und hatte sich ein neues Versteck gesucht. Offensichtlich hatte sie dies ohne Überredung oder Einschüchterung seitens des Fahrers getan. Und wohin hatte der Möchtegern-Fotograf sie gebracht? Jedenfalls nicht zum Verbindungshaus. Ed Whitbred hatte erwähnt, daß Arnie nach der Razzia nicht nach Hause zurückgekehrt war, und wahrscheinlich hätte er es bemerkt, wenn Debbie Anne nebenan untergekrochen wäre.

Wenn sie in ein anderes Motel gezogen war, würde ich sie finden – und ich hatte langsam das Gefühl, daß dies unbedingt notwendig war. Ich bevorzugte die Vorstellung, daß jemand nur versucht hatte, mir Angst einzujagen. Und das war diesem Jemand auch perfekt gelungen. Plötzlich wirkten die dunklen Ecken der Garage auf mich wie das mögliche Versteck eines Killers und nicht mehr wie der harmlose Aufbewahrungsort für kaputte Tennisschläger, alte Zeitungen und Möbel, die niemand mehr restaurieren würde.

Ich überzeugte mich davon, daß der Riegel an der Küchentür fest verschlossen war, bevor ich das Licht anknipste und nach Caron rief. Daß sie nicht antwortete, hieß nicht, daß sie nicht da war, aber ein schneller Rundgang durch die Wohnung überzeugte mich davon. Es herrschte jedoch keine Totenstille. Die Flasche stieß mit einem Klirren gegen den Glasrand, als ich mir einen Drink einschenkte, und die Eiswürfel klapperten, während ich ins Wohnzimmer hinüberging und mich auf mein Sofa setzte. Nächtliche Vögel zwitscherten in den Bäumen, Laubfrösche quakten, und Grillen zirpten. Die Frau, die unter mir wohnte, schaute fern, und gelegentlich fuhr ein Auto vorbei, dessen Scheinwerfer flüchtig die Decke beleuchteten.

Es donnerten jedoch keine Motorräder durch die Gasse, und vom *Kappa-Theta-Eta*-Haus drangen weder Musik noch Schreie zu mir herüber. Eleanor hatte wohl dafür gesorgt, daß das Haus ordnungsgemäß geräumt worden war. Ich nippte an meinem Scotch und schaute zur Decke hinauf, von der ich mir eine himmlische Eingebung erhoffte.

Eleanor mochte die Effizienz in Person sein, aber was ihren Mann anging, so irrte sie sich. Der Manager des *Hideaway Haven* hatte ihn erkannt, und es war schwer vorstellbar, daß dort Seminare oder Fakultätsbankette stattfanden. Irrte sie sich auch, was seinen Terminplan anging? War er wirklich bei einer Juristentagung (oder mitten in einem Spiel Blackjack), oder suchte er gerade das inzwischen unbewohnte Verbindungshaus nach den belastenden Negativen ab?

Ich ging in mein Schlafzimmer und hielt hoffnungsvoll nach dem herumwandernden Strahl einer Taschenlampe Ausschau. Es tauchte weder ein Lichtschein auf, noch schwebte ein körperloses, bleiches Gesicht hinter einer Fensterscheibe entlang wie das Spiegelbild des Mannes im Mond. Ich konnte nur eine Seite des Hauses erkennen, und er war wahrscheinlich auch nicht entgegenkommend genug, auf Kommando aufzutauchen.

Während ich die Treppe hinunterging, redete ich mir ein, daß ich lediglich in sicherer Entfernung um das Haus herumgehen wollte. Ich blieb kurz in meinem Vorgarten stehen, um Mut zu fassen. Tollkühne Heldinnen mochten ja auf Dachböden und in Kerkern herumkriechen, aber ich hatte damit in der Vergangenheit schon einmal Ärger bekommen – und es war nur der Ankunft der Polizei zu verdanken, daß ich in der Lage sein würde, die Highlights meinen Enkeln zu erzählen.

Beeindruckt von diesem Zeichen von gesundem Menschenverstand schlenderte ich auf dem Bürgersteig entlang, während meine Augen hektisch die Fenster in den oberen Stockwerken absuchten. Als ich am Haus vorbei war, durchquerte ich den Garten eines anderen Verbindungshauses, erreichte die Gasse und überzeugte mich davon, daß keine Autos in den Schatten lauerten. Dann ging ich vorsichtig an der Seite des *Kappa*-Hauses entlang. Als ich den Rand der vorderen Veranda erreichte, ging ich wieder zurück zur Gasse, nahm die Fenster der Rückseite des Gebäudes genauer unter die Lupe und betrat anschließend den Garten, der zu meinem Haus gehörte.

Fünf Minuten später hatte ich den Rundgang beendet und absolut nichts gesehen, was mein Herumschleichen gerechtfertigt hätte. Ich lehnte mich an die Veranda und gestand mir die Möglichkeit ein, daß John Vanderson tatsächlich in Las Vegas war, Debbie Anne und Arnie sich im *Dew Drop Inn* aufhielten, Winkie und Ed im Mondschein eine Spazierfahrt auf einer Landstraße unternahmen, Rebecca und Pippa sich im *Hideaway Haven* mit Männern trafen, Eleanor Vanderson gerade mit einem Neurologen telefonierte und ich als Amateurdetektivin eine Niete war. Eine ramponierte Niete, die auf die Vierzig zuging, angeblich in die Menopause kam und mit einer Tochter geschlagen war, die bereits in kriminelle Machenschaften verwickelt war. Und die mit Leichtigkeit in der Lage war, einen Mann zu verjagen.

Ein weißer Schatten sauste an mir vorbei und verschwand in den Büschen. Ich schluckte einen Schrei hinunter und starrte ihm hinterher, wie er zum Fensterbrett hinaufkletterte und sich mit einem Jaulen unter das Fliegengitter schob und im Haus verschwand. Katie hatte beschlossen, Eleanors Befehl, das Haus zu räumen, zu ignorieren. Oder ein Instinkt hatte ihr befohlen, zurückzukehren.

Wenn die Katze die ganze Nacht im Haus herumschleichen wollte, dann ging mich das nichts an. Winkie würde wissen, wo sie sie suchen mußte, und sie am nächsten Morgen holen. Meine guten Taten beschränkten sich auf meine eigene Gattung, und auf meiner Hand und meinem Knöchel befanden sich Bißspuren, die mein Desinteresse am Wohlergehen der Katze verstärkten. Ich haßte mich regelrecht dafür, als ich mich durch die Büsche schob, die Ecke des Fliegengitters hochhob, nicht sehr elegant durch das Fenster kroch und auf dem Tisch in Winkies Küche landete.

»Katie!« flüsterte ich, da ich nicht in der Lage war, zu fauchen.

Es tauchten jedoch keine bernsteinfarbenen Augen im Dunkeln auf. Ich wiederholte sanft ihren Namen und schob mich über den Tisch. Ich schaffte es, Boden unter die Füße zu bekommen, ohne mir dabei den Kopf zu stoßen. Von draußen strömte genug Licht herein, um zu sehen, daß Katie sich nicht in meiner unmittelbaren Nähe befand. Die Türen zum Schlafzimmer und zum Bad waren geschlossen, und daher konnte sie sich nicht in diese Räume geflüchtet haben. Ich ging ins Wohnzimmer. Die Möbel standen noch da, aber die persönlichen Sachen waren verschwunden.

Ich bemerkte verstimmt, daß die Tür der Wohnung offenstand und die Katze somit Zutritt zum gesamten Haus hatte.

Ich begriff jedoch, daß das auch für mich galt, als ich Winkies Schlüsselbund auf dem Couchtisch entdeckte. Daneben lag eine pinkfarbene Grußkarte mit dem üblichen, zuckersüßen Aufdruck und der handschriftlichen Nachricht, daß es Winkie sehr leid tue, in der Eile nicht in der Lage gewesen zu sein, die Schlüssel persönlich bei Eleanor vorbeizubringen. Was für eine Schande. Ich nahm den Schlüsselbund und ging in die Eingangshalle. Dabei erinnerte ich mich an meine Mission und rief immer wieder pflichtschuldig nach der Katze, während ich durch die Küche, das Wohnzimmer, den Aufenthaltsraum, das Eßzimmer und den Flur schlich, von dem die Zimmer der Mädchen abgingen.

Ich blieb vor Jeans ehemaligem Zimmer stehen. Das letzte Mal, als ich es betreten hatte, war ihre ganze Habe in Kisten und Koffer verpackt gewesen, die in der Mitte des Raumes aufgestapelt standen. Möglicherweise hatte Eleanor dafür gesorgt, daß sie nach Kalifornien geschickt worden waren, aber vielleicht hatte sie diese Aufgabe in ihrer Eile, das Haus für den Sommer aufzulösen, auch übersehen.

Ich probierte ungefähr die Hälfte der Schlüssel aus, bevor ich den richtigen fand. Im Inneren des Raumes war es hell genug, um festzustellen, daß die Kisten und Koffer immer noch da waren. Jean hätte das Päckchen niemals irgendwo im Verbindungshaus versteckt. Ich setzte mich auf den Rand der abgezogenen Matratze und stützte mein Kinn in die Hand. Sogar der Ritualschrank wäre zu riskant gewesen, da die Schwestern an Versammlungsabenden Zugang dazu hatten. Ich versuchte, mich an Jeans Besitztümer zu erinnern und herauszufinden, welche von ihnen als Behälter für die Photos in Frage kamen, die den Dekan der juristischen Fakultät in schimpflicher Nacktheit zeigten. Als mir jedoch nichts einfiel, setzte ich mich auf den Boden und öffnete die erste Kiste.

Eine Stunde später wußte ich, daß keines der Bücher zu einem Versteck umfunktioniert worden war. Sie hatte auch nichts in den Schuhen, der kleinen Tasche, dem Kosmetikkoffer und dem Aktenkoffer versteckt. Sie besaß eine erschreckend große Anzahl von pinkfarbenen Grußkarten mit affektierten handschriftlichen Nachrichten, aber das schienen auch die einzigen Souvenirs an ihre College-Zeit zu sein.

Abgesehen von den belastenden Bildern, die sie verkauft hatte. Es kam mir der Gedanke, daß Rebecca sie vielleicht gefunden hatte, als sie Jeans Sachen packte, und nun in ihrer neuen Wohnung saß und eifrig einen Zahlungsplan für John Vanderson ausarbeitete – einer, der dunkle Gassen ausklammerte.

Ich hatte alles auf methodische und ordentliche Art und Weise durchsucht und anschließend wieder brav zurückgelegt, nachdem ich damit fertig war. Ich nahm die Plüschkatzen auf den Arm und warf sie einzeln in eine Kiste, beseelt von dem Wunsch, Katie ebenso einfach einzusammeln und sie ihrer Besitzerin zurückzugeben. Es waren ziemlich viele Katzen... und sie erinnerten mich an die Bierbüchsen in Doobies Armen ... und die gebrauchten Lehrbücher, die Debbie Anne Wray an jenem, wie Caron es ausgedrückt hätte, *verhängnisvollen* Tag ins *Book Depot* gebracht hatte.

Neue Lehrbücher kosteten ein Vermögen, und gebrauchte brachten auch eine ordentliche Summe zusammen. Sie zu verkaufen würde jedoch nicht soviel bringen wie ein umgetauschter Mantel, den man im Einkaufszentrum gestohlen hatte, oder wie der Weiterverkauf von einem Computer oder einem tragbaren Fernseher.

Ich ließ die Plüschkatzen auf den Boden fallen, kehrte zum Bett zurück und legte mich hin. Hatten die *Kappa Theta Etas* unter Jean Halls Führung nicht nur durch Prostitution und

Erpressung Geld gemacht, sondern auch durch Diebstahl? Ich erinnerte mich daran, was Peter über Arnies Kundschaft bei einem bekannten Hehler gesagt hatte. Hatte Arnie, nun, da der Betreiber im Gefängnis saß, das Unternehmen übernommen? Das würde erklären, warum er auf einmal in der Lage war, Miete zu bezahlen und im *Dew Drop Inn* Bier auszugeben. Es erklärte außerdem, warum er und Rebecca sich kannten, warum er um Mitternacht in der Gasse geparkt hatte und warum er sich vor dem Haus herumgetrieben hatte und in der Lage gewesen war, bei der Gelegenheit gleich ein paar Photos zu schießen. Ganz der ehrgeizige Geschäftsmann hatte er einen Abhol- und Bringdienst betrieben.

Endlich hatte ich etwas, das ich der Polizei erzählen konnte, auch wenn das bedeutete, daß ich Peter gegenübertreten mußte. Sicherlich würden er und Officer Pipkin so dankbar für den Tip sein, daß sie sich so lange körperliche Intimitäten verkneifen konnten, bis sie mir zu meiner brillanten Leistung gratuliert hatten. Die Seriennummern auf den Computern, die in den oberen Stockwerken des Verbindungshauses standen, würden meine Hypothese bestätigen, und Arnie konnte erstaunlich unterwürfig sein, wenn man ihn dazu aufforderte, verschiedene Verbrechen zu gestehen. Die Polizei würde sämtliche Mitglieder der Schwesternschaft befragen, und die Mädchen würden schließlich zusammenbrechen und sich mit der gleichen Begeisterung, mit der sie die *Kappa*-Hymne sangen, gegenseitig belasten. Das gleiche galt für Winkie, wenn sie erkannte, zu was ihre jungen, kultivierten Mädchen fähig waren. Debbie Anne würde irgendwann wieder auftauchen, besonders, wenn der Manager vom *Hideaway Haven* und sein Kumpel es ratsamer fanden, sich kooperativ und gesprächsbereit zu zeigen.

Und anschließend würde ich es in dieser Sache Herodes nachtun und meine Hände in Unschuld waschen. Ich stand auf und sammelte die Plüschkatzen wieder ein, um sie in die Kiste zu werfen. Als ich bei der letzten angekommen war, beschloß ich, noch schnell nach der lebenden zu suchen, bevor ich das Haus auf würdevollere Weise verließ, als ich es betreten hatte, und Peter von meiner Wohnung aus anrief. Falls ich ihn bei etwas störte, würde ich mich *nicht* entschuldigen, sondern ihm einfach nur all das erzählen, was ich in den letzten Tagen herausgefunden hatte, seinen Namen aus meinem Gedächtnis streichen und mich nach den Grundstückspreisen in St. Mary Mead erkundigen. Caron könnte mir nachreisen, sobald sie auf Bewährung draußen war.

Ich entdeckte eine letzte Plüschkatze unter dem Tisch und hob sie auf. Als ich sie jedoch gerade zu den anderen werfen wollte, kam mir der Gedanke, daß sie vielleicht einem wichtigeren Zweck diente, als nur das Zimmer zu schmücken. Ich überprüfte, ob sich jemand an den Säumen des Plüschtiers zu schaffen gemacht hatte, konnte jedoch nichts entdecken. Trotzdem zerrte ich die Kiste neben den Tisch und untersuchte die anderen Katzen. Ein besonders pinkfarbenes Exemplar mit einem verdatterten Gesichtsausdruck entpuppte sich als kleine Tasche, in der sich ein Nachthemd, ein Seidenschlüpfer und ein dünner Stapel mit Photos befanden.

Ich sah bestimmt ebenso verdattert aus wie die Plüschkatze, als ich sie in die Kiste fallen ließ und mich daran machte, die Lasche des Umschlags zu öffnen. Darin befanden sich vier Abzüge und zahlreiche Negativstreifen in Zellophanhüllen. Ich schluckte ein paarmal und versuchte mir einzureden, daß ich mich keineswegs wie ein Spanner verhielt. Aber schließlich steckte ich das Päckchen in meine Tasche und beschloß, erst zu Hause nachzusehen, wie verderbt Dekan Vanderson und die *Kappas* tatsächlich sein konnten.

Ich schaltete das Licht aus und trat in den Flur hinaus. Plötzlich hörte ich, wie sich die Haustür mit einem schwachen, aber dennoch hörbaren Klicken schloß. Das Geräusch war nicht besonders ermutigend. Ich hatte Jeans Zimmertür hinter mir ins Schloß fallen lassen und wußte, wie lange ich brauchen würde, um den richtigen Schlüssel zu finden und mich im Zimmer zu verstecken, bis der oder die Unbekannte in der Eingangshalle verschwunden war. Zu lange.

Ich versuchte mir einzureden, daß es bestimmt nur ein Campuspolizist war, der vorbeigekommen war, um nach dem Rechten zu sehen, und wartete, daß er das Licht einschaltete. Statt dessen sah ich am Ende des Gangs eine Taschenlampe aufleuchten. »Oje«, murmelte ich lautlos, während ich mich in das Bad auf der anderen Seite des Flurs schlich.

Ich hatte mich zuvor noch über die dußligen Heldinnen des Schauerromans mokiert, die sich immer selber in Gefahr brachten. Ich hatte mir versichert, daß ich viel zu klug sei, um mich auf einem düsteren Landsitz verfolgen zu lassen. Schade, daß ich mir nicht besser zugehört hatte. Ich lauschte angestrengt auf Schritte auf dem Gang – oder vielmehr auf Schritte, die sich durch die Haustür entfernten.

Etwas berührte meinen Fuß. Aus Angst, daß sich eine Ratte oder die entflohene Boa eines Reptilienliebhabers zu mir gesellt hatte, schlug ich mir die Hand vor den Mund und schaute nach unten. Die gleiche Katze, die mich zweimal gebissen und sich vor mir im Haus versteckt hatte, schien nun beschlossen zu haben, daß mein linker Knöchel ihr bester Freund war. Sie schlich um mich herum, strich mir mit dem Schwanz am Bein entlang und fing auf einmal an zu schnurren wie ein Staubsauger.

»Schhh!« zischte ich. Daraufhin schnurrte sie noch lauter und umkreiste erneut mein Bein. Katzenpsychologie war nicht mein Spezialgebiet, und ich konnte sie nur hilflos anstarren.

Das Licht ging an, und Katie, die nun nicht mehr in zärtlicher Stimmung war, raste aus der Tür. Ich war so verblüfft, daß ich Eleanor Vanderson nur anstarren konnte, die ebenso erschrocken wirkte wie ich.

»Claire!« sagte sie mit zittriger Stimme. »Gott sei dank, Sie sind es. Ich hatte schon Angst, ich würde – ich weiß nicht. Ich bin so froh, daß Sie es sind.« Sie kam ins Badezimmer und lehnte sich gegen das Waschbecken. Ihr sorgfältig aufgetragenes Make-up konnte ihre Blässe nicht überdecken. Meine Reflexion im Spiegel hinter ihr verriet mir, daß es um mich nicht viel besser bestellt war. Mein weißes Gesicht über dem schwarzen T-Shirt ließ mich aussehen wie ein Standbild aus einem alten Film.

»Was machen Sie hier?« fragte ich.

Sie wandte sich um, drehte den Wasserhahn auf und spritzte sich das Gesicht naß. Sie warf mir im Spiegel einen Blick zu und erwiderte: »Ich wollte nachsehen, ob das Haus abgeschlossen ist, als ich in einem der Zimmer dieses Flügels Licht bemerkte. Ich nahm an, daß eines der Mädchen versäumt hatte, es auszuschalten, aber in letzter Zeit hat es so viele Vorfälle gegeben, daß ich lieber nachsehen wollte.«

Ich erzählte ihr, daß ich Katie ins Haus nachgegangen sei, um sie herauszuholen, ließ dabei aber weg, was ich danach getan hatte. Die Worte hallten von den Keramikoberflächen wider und klangen hohl und unglaubwürdig. »Ich bin in Panik geraten, als ich die Tür hörte, und habe mich hier drinnen versteckt«, schloß ich.

»Es ist sehr nett von Ihnen, sich um Katie Sorgen zu machen, Claire, aber es war ein wenig leichtsinnig von Ihnen. Ich bin sicher, daß ich ein Licht gesehen habe. Es kann sein, daß genau in diesem Moment noch jemand im Haus ist.« Schaudernd blickte sie in den Gang hinaus und versuchte dann, das übliche *Kappa*-Lächeln aufzusetzen. »Es besteht kein Grund, melodramatisch zu werden, nicht wahr? Es ist wahrscheinlich nur Rebecca oder Pippa, die etwas holen will, das sie in der Eile beim Packen vergessen hat. Oder vielleicht Winkie, die nur ihre entlaufene Katze suchen wollte, sie aber nicht gefunden hat und durch die Hintertür verschwunden ist, als ich gerade durch die Vordertür hereinkam.«

»Ich habe niemanden gesehen, aber es gibt hier eine Menge Zimmer und Flure«, erwiderte ich. »Ich weiß nicht, wie ich annehmen konnte, die Katze in diesem Labyrinth zu finden.«

Eleanor hatte sich wieder gefangen, schaute nun auf ihre Uhr, schüttelte den Kopf und sagte: »Lassen Sie uns nachsehen, ob alle Lichter aus sind, und dann können wir beide nach Hause gehen. John hat versprochen, mich um elf von seinem Hotel aus anzurufen, und er wird sich furchtbare Sorgen machen, wenn ich nicht zu Hause bin.« Sie nahm den Schlüsselring aus ihrer Handtasche und rauschte aus dem Badezimmer, davon überzeugt, daß ich ihrem Plan zustimmen würde. Sie zögerte eine Sekunde, steuerte dann jedoch zielstrebig auf die Tür von Jean Halls Zimmer zu und suchte im Schein der Taschenlampe den richtigen Schlüssel heraus. »Wie merkwürdig«, sagte sie, als sie das Licht einschaltete und stirnrunzelnd den Stapel mit Koffern und Kisten betrachtete. »Ich dachte, Winkie hätte die Sachen des armen Mädchens bereits zu seinen Eltern geschickt. Sie hätte doch nur eine dieser Umzugsfirmen anrufen müssen, die all das bei ihrer nächsten Lieferung nach Kalifornien mitgenommen hätten. Ich frage mich, warum sie sich nicht darum gekümmert hat.«

Ich wollte sie gerade darauf aufmerksam machen, daß Winkie wahrscheinlich anderweitig beschäftigt war, als die Haustür aufging, der Boden knarrte und jemand die Halle betrat. Eleanor packte meinen Arm, zerrte mich in den Raum, schloß die Tür und löschte das Licht. Mit dem Ohr an der Tür flüsterte sie: »Jemand ist da draußen.«

Ich setzte mich auf die Bettkante. »Sind Sie sicher, daß Ihr Mann wirklich in Las Vegas ist?«

»Warum sollte er nicht dort sein?«

»Ich fürchte, seine Phantasien enthalten einen Funken Wahrheit«, erwiderte ich vorsichtig. »Ich habe mit dem Manager des Motels gesprochen, in dem sich bekanntermaßen... Erwachsene vergnügen, und er scheint Ihren Mann anhand meiner Beschreibung erkannt zu haben. Er hat außerdem einige der *Kappa Theta Etas* als Stammgäste wiedererkannt.«

Sie nahm das Ohr von der Tür und richtete sich auf. Ihr Gesicht war im Dunkeln nicht zu erkennen, aber ihre Stimme klang skeptisch und unfreundlich. »Was genau wollen Sie damit sagen, Claire? Ich habe Ihnen Johns Verfassung erklärt und dachte, Sie hätten es verstanden. Ihm geht es nicht gut. Um ehrlich zu sein, ist er physisch gar nicht dazu in der Lage, das zu tun, was Sie andeuten. Und was die Mädchen angeht, so existieren strikte Regeln darüber, wo sie sich in der Öffentlichkeit sehen lassen dürfen, und sie sind sich durchaus der strengen Bestrafung bewußt, die sie erwartet, sollten sie diese nicht befolgen. Die einzige von ihnen, die je einen Fuß in solch ein Etablissement setzen würde, ist Debbie Anne Wray.«

»Die letzte Woche tatsächlich ihren Fuß dort hineingesetzt hat und sogar ein paar Nächte dort geblieben ist«, erwiderte ich. »Eine andere Zeugin hat gesehen, wie sie gestern morgen in einen grünen Truck einstieg und wegfuhr.«

»Ein grüner Truck?« Eleanor setzte sich neben mich, und ihre Handtasche zerknitterte protestierend, als sie sie umklammerte. »Dieser schreckliche Mann, der im Ritualschrank gefunden wurde, fährt einen grünen Truck, nicht wahr? Ich verstehe das alles nicht. Debbie Anne hat sich also in einem Motel versteckt, und dieser Mann hat sie abgeholt und an einen anderen Ort gebracht? Er ist doch nur ein Anstreicher. Es besteht kein Grund, warum sie ihn kennen, geschweige denn, ihm vertrauen und mit ihm wegfahren sollte.«

In der Hoffnung, daß sie nicht die These vertrat, daß man den Überbringer der schlechten Nachricht töten sollte, sagte ich: »Es gibt vielleicht einen Grund dafür, daß sie und einige andere Mädchen Arnie kennen. Ich vermute, daß sie seit dem Frühjahr mit ihm Geschäfte machen und ihn dazu benutzen, gestohlene Sachen zu verhökern.«

»Gestohlene Sachen?« wiederholte sie betäubt. »Aber sie sind *Kappa Theta Etas* und nicht irgendwelche gewöhnlichen Mädchen, die mit Ach und Krach die High-School schaffen und Fabrikarbeiter heiraten und dann die nächsten fünfzehn Jahre schwanger bleiben. Wir können nicht mehr so wählerisch sein, wie wir gerne möchten, aber wir überprüfen ihre Herkunft und ihren schulischen Hintergrund, bevor wir sie akzeptieren, und wenn sie erst einmal Anwärterinnen sind, tun wir, was in unserer Macht steht, um ihnen ein angemessenes Benehmen beizubringen. Zuerst verleumden Sie meinen Mann, und nun beschuldigen Sie uns des Diebstahls und der Promiskuität!«

»Es tut mir leid, aber ich muß der Polizei erzählen, was ich herausgefunden habe. Wenn Arnie wieder nüchtern ist, kann er uns sagen, wo Debbie Anne sich befindet. Sie scheint nur widerstrebend bei alldem mitgemacht zu haben, aber es würde mich nicht überraschen, wenn sie bereitwillig die ganze schäbige Geschichte erzählt. Der Hotelmanager wird möglicherweise auch einen Handel abschließen wollen.«

»Die Polizei wird tatsächlich den dreien glauben? Einem

stadtbekannten Trinker, einem Bauernmädchen und einem Angestellten des *Hideaway Haven*? Ich würde dem Metzger, dem Bäcker und dem Kerzenmacher mehr Glauben schenken.«

»Deren Töchter niemals *Kappa Theta Etas* sein könnten«, erwiderte ich, um die arbeitende Bevölkerung dieser Welt zu verteidigen. »Jedenfalls wird es bald nicht mehr in unserer Hand liegen, und wir werden sehen, was passiert. Ich weiß nicht, wer sich gerade durch das Haus schleicht, aber es ist mir wirklich egal, ob es Ihr Mann auf der Suche nach den Photos oder Winkie auf der Suche nach der Katze ist. Ich gehe jetzt nach Hause.«

Sie folgte mir in den Flur und sprach schneller, als ich jemals in der Lage sein würde zu gehen. »Ich wünschte, Sie würden noch einmal darüber nachdenken, die Polizei mit Ihren wüsten Anschuldigungen anzurufen, Claire. Sie haben keinerlei Beweise für all dies, wenn man einmal von Ihren spinnerten Ideen und unglaubwürdigen Zeugen absieht. Aber das Gerücht wird sich ausbreiten und sich verheerend auf unsere Schnupperwoche auswirken. Wir werden das erste Mal jemanden vom landesweiten Vorstand der Verbindung dabei haben. Es ist äußerst wichtig, einen guten Eindruck auf sie zu machen, damit wir weiterhin mit finanzieller Unterstützung rechnen können, bis wir unser Budget geordnet haben.«

Ich verlangsamte meine Schritte. »Winkie erwähnte, daß am Ende des Sommers jemand herkommen würde, um die Bücher zu prüfen. Ich frage mich, ob die Zahl der Diebstähle hochgeschnellt ist, nachdem die Mädchen erfahren hatten, daß ein Buchprüfer sich alles ansehen würde? Jean Hall war bestimmt höchst beunruhigt. Yale hätte womöglich ihre Zulassung zurückgezogen, wenn man dort erfahren hätte, daß sie Gelder ihrer Verbindung unterschlagen hat. Und die

Zentrale macht auf mich den Eindruck, als würde sie ohne Probleme Anklage erheben.«

»Unterschlagen?« wiederholte Eleanor, die offensichtlich Spaß daran fand, meine Schlagworte zu wiederholen.

»Ich denke, es dürfte einer Absolventin der Wirtschaftswissenschaften nicht schwerfallen. Ein paar Rechnungen schreiben, sich von einem Konto bedienen, um die Defizite auf einem anderen abzudecken, die Kosten für eine Party zu hoch ansetzen, ein paar andere Rechnungen frisieren – alles ganz einfach, bis eine ausgebildete Buchprüferin vorbeikommt. Jean mußte genügend Geld auftreiben, um das abzudecken, was sie, Rebecca und möglicherweise auch Pippa benutzt hatten, um ihre Garderobe aufzustocken und ihre Miete zu zahlen.« Ich ging in die Halle, wo niemand Neues zu entdecken war. Ich hörte mit halbem Ohr zu, wie Eleanor mich weiterhin wie ein schmieriger Winkeladvokat anflehte, aber ein paar weitere Geistesblitze ließen es mir ratsam erscheinen, sofort zu gehen.

»Sie hat meine Schlüssel genommen«, ertönte eine eisige Stimme.

Ich steuerte weiter auf die Haustür zu, als Winkie aus ihrer Wohnung trat und mir einen mißbilligenden Blick zuwarf. Sie hatte nichts Kindliches mehr an sich, sondern sah nun aus wie ein bösartiger Gnom aus einem gruseligen Märchen.

»Und sie hat Jeans Sachen durchsucht«, erklang eine völlig unterkühlte Stimme aus dem unbeleuchteten Wohnzimmer herüber.

Möglich, daß ich ein wenig zögerte, als Rebecca in die Halle trat. Sie warf ihr Haar in den Nacken und sprach weiter. »Sie sollten außerdem hoffen, daß sie nichts gefunden hat.«

»Ach, ich doch nicht«, protestierte ich, während ich nach dem Türknauf griff. Plötzlich ertönte ein Geräusch, als würde ein Abzugshahn gespannt, und ich erstarrte.

Kapitel 16

»Ich werde Sie erschießen, wenn ich muß, Claire«, sagte Eleanor in einem Plauderton, der eher auf eine Cocktailparty im Country Club gepaßt hätte. »Ich weiß noch nicht genau, was ich der Polizei sagen werde, aber ich bin sicher, mir wird noch eine perfekte Ausrede einfallen, warum ich Sie mit einem Einbrecher verwechselt habe. Dank Ihnen gibt es ja bei der Campuspolizei zahlreiche entsprechende Berichte.«

Ich ließ widerstrebend die Hand sinken und drehte mich um. Sie hielt eine Pistole in der Hand, die zwar nicht pink war, aber klein und schick und genau das richtige für eine perlenbesetzte Abendhandtasche, die man in die Oper mitnehmen konnte. »Mein Gott, Eleanor, Sie werden mich doch wohl nicht in Gegenwart von zwei Zeuginnen erschießen.«

Sie entblößte sämtliche Zähne und obendrein noch ihr schimmerndes, rosafarbenes Zahnfleisch. »Wir sind *Kappa Theta Etas.* Wir würden nie gegen unsere Schwestern aussagen. Loyalität ist die wichtigste Grundlage bei unserem Aufnahmeritual: Wenn wir erst einmal unsere Abzeichen angesteckt haben, sind wir miteinander verbunden und bleiben sogar bis in den Tod treue Mitglieder der Ewigen Verbindung.«

Winkie und Rebecca nickten grimmig, und letztere sagte:

»Außerdem ziehe ich am Ende des Sommers nach New York und nicht in ein Frauengefängnis. Das wäre mir zu langweilig.« »Finanziert John Vanderson Ihnen das?« fragte ich ruhig.

Sie zuckte zusammen, als Eleanor die Waffe auf sie richtete. »Ich weiß nicht, wovon Sie sprechen. Ich meine, Jean hatte eine Abmachung mit ihm, nicht ich.«

»Jetzt kommen Sie schon«, erwiderte ich spöttisch. »Sie haben die Photos in Jeans Zimmer gefunden und Dekan Vanderson erst neulich eine Erpressernachricht geschickt. Ich glaube, er sagte, am Montag. Ich habe sie in seinem Büro gefunden.«

»Hat sie das?« fragte Eleanor. Die Frage war an mich gerichtet, aber die Waffe zielte, zumindest vorübergehend, auf Rebecca.

»Habe ich nicht!« protestierte Rebecca hastig. Jean muß die Photos in ihrer Tasche gehabt haben, als sie Ihren Mann in der Gasse traf. Wenn sie überhaupt jemand benutzen konnte, dann Debbie Anne. Sie hat Jeans Schlüssel zum Versammlungsraum. Warum soll sie nicht auch die Photos haben?«

»Das glaube ich nicht«, sagte Eleanor. Dann richtete sie die Waffe auf Winkie. »Haben Sie zufällig Jeans Sachen durchgesehen?«

Winkie schüttelte vehement den Kopf. »Nein, und ich weiß auch nichts von dieser Geschichte. Ich wußte, daß Jean und ein paar der Mädchen sich ... schlecht benahmen, aber sie machte mir unmißverständlich klar, daß ich mich um meine eigenen Angelegenheiten kümmern solle. Sollte die Zentrale jemals von den Dingen erfahren, die sich hier im Haus abgespielt haben, würde sie unserem Verbindungszweig die Berechtigung entziehen. Sie wissen doch, wie sehr ich die Pension brauche, Eleanor.«

Ich beschloß, die Unterminierung der *Kappa*-Loyalität voranzutreiben. »Aber warum sind Sie heute abend ins Haus zurückgekehrt? Wollten Sie die Sicherheit Ihres Jobs noch erhöhen, indem Sie Eleanor mit etwas unter Druck setzten?«

»Ich hatte befürchtet, nicht alle Türen verschlossen zu haben. Mag sein, daß ich von den Mädchen etwas über Dekan Vanderson erfahren habe, aber ich würde mich niemals zu so etwas wie Erpressung erniedrigen. Nun, ich hielt es für wichtig, dafür zu sorgen, daß kein belastendes Material an Jeans Eltern geschickt würde.«

»Das stimmt«, pflichtete Rebecca ihr bei, die immer noch sehr hastig sprach und beinahe ihren Text verpatzte. »Jeans Eltern hätten vielleicht verrückt gespielt und die Zentrale angerufen. Ihr Vater ist ein Senator, und er hat genug Einfluß, die örtliche Polizei dazu zu zwingen, den Fall wieder aufzurollen. Wenn das Haus gründlich durchsucht würde, wäre das eine Katastrophe für uns alle.«

»Aufhören!« Eleanor lehnte sich gegen die Wand und rieb sich mit der freien Hand über das Gesicht. Ihr Stirnrunzeln vertiefte sich, als sie von einem zum anderen blickte. »All diese Anschuldigungen und Lügen sind so verwirrend. Ich glaube, wir müssen uns gemeinsam hinsetzen und darüber reden, was wir der Zentrale sagen und was wir besser nicht erwähnen. Wir sind schließlich *Kappa Theta Etas*.«

Dies war nicht der richtige Zeitpunkt, sie zu korrigieren. Ich nickte und sagte: »Warum nehmen Sie nicht die Waffe herunter, und wir tun genau das?«

»Was ist mit ihr?« fragte Rebecca und machte sich nicht einmal die Mühe, in meine Richtung zu zeigen.

Eleanor zögerte einen Moment lang und richtete dann die Waffe auf mich. »Ich muß Sie bitten, im Versammlungsraum zu warten, während wir die Sache klären. Sie haben vorhin einige vorschnelle und unüberlegte Bemerkungen über unsere Verbindung gemacht, und ich kann Ihnen noch nicht erlauben zu gehen. Winkie, wären Sie so nett, Ihre Schlüssel aus Claires Tasche zu holen und die Tür zur Kellertreppe aufzuschließen? Rebecca, warum kochen Sie uns nicht in Winkies Wohnung einen Tee? Ich bin sofort wieder zurück.«

Sie bohrte mir den Pistolenlauf in den Rücken, während wir in den Keller gingen. Ich hoffte, daß sie Probleme haben würde, die Tür zum Versammlungsraum aufzuschließen, aber statt Winkies unhandlichem Schlüsselbund zog sie einen einzelnen Schlüssel aus der Tasche und benutzte ihn, ohne auch nur eine Sekunde lang den Pistolenlauf sinken zu lassen.

»Ich würde Ihnen ja gerne unseren Versammlungsraum vorstellen«, sagte sie, während sie mich in den Raum schubste, »aber Sie haben ihn ja schon gesehen, nicht wahr? Manche Verbindungshäuser haben öffentliche Versammlungsräume, aber es ist uns zu umständlich, nach jedem Treffen die Banner und Stühle wegzuräumen. Es ist viel einfacher, ihn einfach verschlossen zu halten.«

Ich war nicht in der richtigen Stimmung für eine Lektion in schwesterlichen Protokollfragen, da ich mir viel mehr Sorgen um meine Situation machte. »Lassen Sie es uns hinter uns bringen«, sagte ich. »Entscheiden Sie sich, wer wen erpreßt, und lassen Sie mich hier raus, damit ich nach Hause und in mein Bett gehen kann.«

»Ich fürchte, das wird etwas dauern. Haben Sie sich den Ritualschrank genauer ansehen können, als Sie Arnie entdeckten?« Ich zuckte die Achseln. »Die *Kappa Theta Etas* haben eine ganz besondere Aufnahmezeremonie voller Geheimnisse und Symbole. Was hier gesagt und getan wird, darf nie den Raum verlassen; der erste Schwur besagt, daß man die heilige und geheime Zeremonie ehren muß. Und was glauben Sie, passiert dann?

Argwöhnisch bemerkte ich, wie stark ihre Augen glänzten. »Ich habe absolut keine Ahnung, Eleanor. Warum gehen Sie nicht nach oben und – «

»Jede Anwärterin steigt in einen echten Sarg, und wenn sie spürt, daß sie bereit ist, kommt sie wieder heraus und wird von ihren neuen Schwestern begrüßt. Das ist symbolisch für ihre Wiedergeburt als *Kappa Theta Eta*!« Sie kicherte, als sie meinen Gesichtsausdruck sah. »Oh, wir haben mehr Symbole, als Sie sich vorstellen können. In regelmäßigen Abständen werden die Anwärterinnen im Garten aufgestellt und mit einem Gartenschlauch abgespritzt, damit sie wachsen. Bei Vollmond wecken die Mitglieder die Anwärterinnen und singen für sie, während sie so tun, als wären sie Rosen in einem Blumenbeet.«

»Sie sollten mir nicht alle Geheimnisse der Schwesternschaft verraten«, sagte ich. Ich meinte es ganz aufrichtig, da ich an ihre Bemerkung bezüglich der Dinge dachte, die diesen Raum niemals verlassen durften.

»Dann erzählen Sie mir doch, welche Geheimnisse Sie bereits kennen. Nein, warten Sie, ich versuche, es zu erraten! Sie scheinen über Johns schmutzige kleine Abenteuer in dem Motel Bescheid zu wissen, nicht wahr? Ich habe eine Weile gebraucht, es herauszufinden, aber er hat doch tatsächlich die Photos aufbewahrt, die Jean aus einem Schrank heraus gemacht hat. Ich habe die kleinen Souvenirs in seiner Kommodenschublade gefunden, zusammen mit den pinkfarbenen Karten.«

»Einschließlich der, die ihm befahl, sich Samstag abend mit Jean in dem eingezäunten Garten der Verbindung zu treffen?«

Sie strahlte mich an. »Ich bin beeindruckt von Ihrer Intelligenz! Erzählen Sie mir doch mehr.«

Ich beschloß, bei ihrem irren Spiel mitzumachen, in der

Hoffnung, daß jemand dazwischenkommen würde. Die Chancen standen zwar besser, daß eine mumifizierte Ehemalige aus dem Schrank springen würde, als daß die Polizei die Treppe heruntergepoltert käme, aber was blieb mir anderes übrig. »Seien Sie nicht so bescheiden, Eleanor. Sie haben sehr klug und schnell reagiert, als Debbie Anne zu Ihnen kam und Ihnen die Diebstähle beichtete. Haben Sie sich schockiert gegeben und ihr gesagt, sie solle im *Hideaway Haven* absteigen, bis Sie etwas unternehmen konnten?«

»Ja, stimmt! Das habe ich tatsächlich! Ich sagte ihr, Jean und Rebecca könnten ihr gefährlich werden und sie müsse sich verstecken, bis ich Montag in der Zentrale angerufen hätte. Ich bot ihr sogar an, ihr Auto umzuparken, damit es niemand vor dem Motel sieht.« Sie schnalzte mißbilligend mit der Zunge. »Debbie hätte nie ermutigt werden sollen, Anwärterin zu werden. Ihr fehlt es an Initiative.«

Ich setzte mich auf einen Klappstuhl und schlug die Beine übereinander. »Aber sie hat mich angerufen, nicht wahr? Das muß Sie so verärgert haben, daß Sie sie in Ihr Haus brachten, um ihr die Leviten zu lesen.«

Eleanor setzte sich ebenfalls, aber in einiger Entfernung zu mir, so daß mögliche leichtsinnige Aktionen meinerseits ausgeschlossen waren. Wären wir eine beschlußfähige Mehrheit gewesen, hätten wir eine Versammlung über die Gefahren von Handfeuerwaffen abhalten können. Immer noch strahlend sagte sie: »Ich war verärgert, das stimmt, aber ich bat Arnie, sie in mein Haus zu bringen, damit sie bei mir putzen konnte. Meine Haushälterin hat genau an dem Tag gekündigt, an dem Richter Frankley bei uns eingeladen war. Debbie Anne erledigte die Sache recht ordentlich, aber sie fand eine Zeitung mit einem Artikel über Jeans Tod und regte sich so sehr auf, daß ich ihr ein Beruhigungsmittel geben mußte, bevor ich sie in unser Gästezimmer im zweiten Stock brachte. Es schien mir angemessen, sie dort oben zu lassen, bis John nach Las Vegas aufbrach.«

»Warum hat Arnie bei alldem mitgemacht?«

»Ich habe ihn natürlich bezahlt. Er hat mich aus dem Gefängnis aus angerufen. Seine Anschuldigungen waren absurd, aber ich brauchte jemanden, der ein Auge auf das Mädchen hatte, bis ich mir darüber im klaren war, was ich tun sollte. Ich stellte seine Kaution und befahl ihm, im Motel das Zimmer neben ihrem zu mieten. Nachdem Debbie Anne in mein Haus gezogen war, sah ich keinen Grund mehr, für sein Zimmer zu bezahlen – oder für sein Schweigen. Nachdem er sie hier abgeliefert hatte, bat ich ihn, seinen Wagen auf der Thurber Street zu parken und mich in der Gasse zu treffen. Dann brachte ich ihn über die Hintertreppe in den Keller und befahl ihm, einen Fernseher aus dem Schrank zu holen.« Sie kicherte erneut, als sie mein Gesicht sah. »Wenn ich geahnt hätte, daß Sie darauf bestehen würden, dort drinnen nach Debbie Anne zu suchen, hätte ich mir ein anderes Versteck ausgesucht. Eigentlich hätte ihn niemand vor Mitte August aufgemacht, und ich hatte vor, mich viel früher um die Überreste zu kümmern.«

Ich blickte auf die Tür und versuchte, mir nicht auszumalen, was sie nach zwei heißen Monaten dahinter vorgefunden hätte. Mir kam eine noch unangenehmere Ahnung in den Sinn. »Darf ich annehmen, daß Debbie Anne sich nun dort drin befindet?«

»Und Sie werden sich bald zu ihr gesellen«, sagte sie. Ihre Überschwenglichkeit verpuffte, als sie aufstand und mit eisiger Miene die Waffe auf mich richtete. »Ich mußte Debbie Anne eine stärkere Dosis des Beruhigungsmittels geben, aber sie wird bald zu sich kommen, und Sie beide können sich dann gegenseitig die Zeit vertreiben. Irgendwann werden Sie zu schwach werden, um zu reden, und vielleicht kommen Sie irgendwann auf den Gedanken, daß der Sarg ganz bequem sein könnte. Wenn ich so darüber nachdenke, eignet sich eine der pinkfarbenen Kutten vorzüglich als Totenhemd. Es hat gar keinen Zweck, gegen die Tür zu hämmern oder zu rufen, denn das verringert den Sauerstoff. Die Tür des Schranks ist sehr solide, und die nächsten zwei Monate wird niemand das Haus betreten.«

»Vergessen Sie es, Eleanor«, sagte ich und weigerte mich, aufzustehen. »Winkie und Rebecca werden darauf kommen, was Sie getan haben, und Sie können angesichts von drei Morden nicht ewig auf ihre Loyalität bauen. Vor allem, da eine *Kappa Theta Eta* unter den Opfern war.«

»Doch, das kann ich. Keine von beiden ist sich bewußt, daß ich in meiner Funktion als Ehemalige und Sponsorin der Verbindung Jean Hall davon abhalten mußte, all das zu bedrohen, was *Kappa Theta Eta* wichtig ist. Katie, das *Kappa*-Kätzchen, so zu mißbrauchen war ein unentschuldbarer Verstoß gegen unsere Überzeugung.«

»Und deshalb haben Sie ihr auch das Verbindungsabzeichen abgenommen?«

»Sie war nicht länger würdig, es zu tragen, aber der Prozeß, mit dem ein Mädchen ausgestoßen wird, dauert sehr lange und ist für alle sehr schmerzhaft – angefangen von den Mitgliedern des Verbindungszweigs, bis hin zu den Angehörigen des betreffenden Komitees der Zentrale. Es war viel einfacher, die Sache selber in die Hand zu nehmen. Jean konnte ja wohl schlecht protestieren, nicht wahr? Jedenfalls werde ich Winkie und Rebecca ermutigen zu glauben, daß Debbie Anne ein Verbrechen begangen hat und geflüchtet ist. Und ich vermute, daß sie es nicht allzu ernsthaft hinterfragen werden. Winkie ist sehr darauf bedacht, noch ein letztes Jahr ihren Job zu behalten, und Rebecca ist ein reizendes und ehrgeiziges Mädchen, das wohl kaum der Polizei gegenüber seine Beteiligung an all dem eingestehen wird.« Sie klopfte ungeduldig mit dem Fuß auf den Boden, aber ihre Stimme blieb kühl und höflich, als sie sagte: »Bitte machen Sie jetzt keine Schwierigkeiten, Claire. Wir wissen doch beide, wie schwer es ist, Blutflecken aus dem Teppich zu bekommen. Ich möchte rechtzeitig zu Hause sein, wenn John anruft, und ich bin sicher, Winkie und Rebecca haben auch Pläne für den heutigen Abend.«

Das Ganze hörte sich an wie eine Aufforderung, sich an einem ihrer wohltätigen Zwecke zu beteiligen (wahrscheinlich dachte sie dabei an das Blutspendemobil des Roten Kreuzes), und es war ganz offensichtlich, daß sie mindestens bei einem Komitee zuviel den Vorsitz geführt hatte.

Wäre sie wütend gewesen oder hätte sie schon Schaum vor dem Mund gehabt, hätte ich weniger Angst verspürt; aber sie machte auf mich den Eindruck, als wäre es nur ein Punkt unter vielen in ihrem Terminkalender, mich in den Schrank einzuschließen. Die schwere Eisentür zum Versammlungsraum war geschlossen, und ich bezweifelte, daß Winkie und Rebecca einen Schuß hören würden. Nach einer netten Tasse Tee würde Eleanor ihnen versichern, daß sie mich schon freilassen würde, ihnen von der Tür aus zum Abschied herzlich nachwinken und nach Hause fahren, um das Ferngespräch ihres Mannes entgegenzunehmen.

»Claire«, sagte sie mit einem Anflug von Unmut. »Lassen Sie uns das Ganze doch nicht unangenehmer machen als nötig.

»Es ist aber sehr unangenehm für mich.«

Ihre Finger spannten sich um den Abzugshahn. »Ich wünschte, Sie würden dem Ganzen mit der richtigen Einstellung begegnen.«

Mir fiel nur eines ein, was sie ablenken könnte. Ich erhob mich mit wackeligen Knien und machte einen Schritt nach vorne. Dann blieb ich stehen und zeigte mit weit aufgerissenen Augen und hochgezogenen Augenbrauen in die Ecke hinter ihr. »Oh, sehen Sie doch!« zwitscherte ich. »Da ist ja die kleine Katie!«

Unfreiwillig drehte sie sich um, während ich einen Metallstuhl packte und in ihre Richtung schleuderte. In dem kritischen Moment, ehe der Stuhl ihr Gesicht traf, erkannte ich an ihrem mißbilligenden Blick, daß Claire Malloy niemals eine *Kappa Theta Eta* werden würde.

Ich begann mich langsam zu fragen, ob Peter bis in alle Ewigkeit vor seinem Bürofenster stehenbleiben wollte. Seine Rükkenmuskeln hatten eine Weile bedrohlich gezuckt, und seine Halsschlagader hatte nach Sonnenaufgang ungefähr eine Stunde lang heftig gepocht. Immer wieder hatten sich seine Hände zu blutleeren weißen Fäusten geballt. Nun war er völlig regungslos.

»Warum hast du mir nicht erzählt, was passiert ist?« fragte er.

Diese Frage hatte er mir mehrere Male während dieses ausgedehnten Verhörs gestellt. Ich nahm einen Schluck kalten, öligen Kaffee und erwiderte: »Es ist ja erst etwas passiert, als ich zum *Hideaway Haven* gefahren bin. Und selbst dann hatte ich noch keinen Beweis, daß Jean John Vanderson erpreßte und Eleanor somit ein Motiv lieferte, zu seinen Gunsten einzuschreiten – falls es überhaupt um ihn ging. Wenn es um die Verbindung geht, benimmt sie sich richtig unheimlich. Aber natürlich ist die ganze Verbindung an sich schon ziemlich unheimlich.«

»Aber du wußtest eine Menge Dinge, die uns weitergeholfen hätten«, sagte er und starrte immer noch aus dem Fenster, als wünschte er sich, einige Arbeiter würden dort einen Galgen errichten. »Du wußtest, daß Arnie sich in den Büschen herumgedrückt hat und auch dieser Biker, der eine Affäre mit der Hausmutter hat. John Vanderson hat zugegeben, Jean in der Nacht ihrer Ermordung getroffen zu haben und im Haus gewesen zu sein.«

»Aber Eleanor hat mir gesagt, er leide – «

»Unter Wahnvorstellungen«, beendete Peter den Satz für mich. Wie ich schon erwähnt hatte, wiederholten wir die gleiche Unterhaltung seit Stunden immer und immer wieder und kannten unseren Text mittlerweile schon ziemlich gut. »Statt uns die Möglichkeit zu geben, den Andeutungen nachzugehen, hast du beschlossen, die Sache selber in die Hand zu nehmen. Und du bist in ein Haus eingebrochen, um eine Katze zu retten.«

»Ja, um eine Katze zu retten.« Diesmal war ich an der Reihe zu stottern, aber bevor ich damit anfangen konnte, betrat Jorgeson das Büro.

»Ich habe das dritte Mädchen verhört, Pippa Edmondson«, sagte er, und seine Ohren zitterten beinahe aufgrund der Spannung im Raum. Er legte ein Taschenbuch auf die Ecke des Schreibtischs. »Sie hat mich gebeten, das hier Mrs. Malloy zurückzugeben. Sie sagt außerdem, Caron könne irgend so einen Farbkasten behalten. Nach Aussage von Rebecca Faulkner, aus der es heraussprudelt wie aus einer Ölquelle, ist Pippa Kleptomanin. Immer, wenn im Haus etwas verschwindet, warten die Mädchen, bis sie zum Unterricht gegangen ist, und holen es sich aus ihrem Zimmer wieder. Jean hat ihr gedroht, sie aus der Verbindung werfen zu lassen, falls sie ihr Talent nicht in der Stadt und bei wertvollen Gegenständen anwendet.«

»Rebecca hat sie gezwungen, mir meine Schlüssel zurückzugeben«, sagte ich, als ich das Buch in meiner Tasche verstaute. »Ich vermute, sie hat geglaubt, dadurch zu verhindern, daß ich ihre anderen Aktivitäten aufdecke. Gibt sie zu, dem Dekan die Erpressernachricht geschickt zu haben?«

Jorgeson nickte. »Ja, sie sagt, daß sie und Jean während der letzten zwei Jahre ungefähr dreißigtausend Dollar von den Verbindungskonten auf ihre eigenen transferiert haben. Diesen Frühling wurde Jean klar, daß sie das Geld zurückzahlen mußten, bevor die Bücher geprüft wurden. Also fand sie ein paar schmutzige Wege, Geld aufzutreiben. Vanderson war nicht der einzige libidinöse Professor, der mit ... heruntergelassenen Hosen erwischt wurde und dafür zahlen mußte. Haben Sie sich die Photos angesehen, Mrs. Malloy?«

»Nein«, erwiderte ich mit einem Achselzucken.

»Das ist wohl auch gut so. Möglicherweise hätte das Ihren Respekt vor der Verbindung zerstört. Rebecca Faulkner hatte die Geschäfte übernommen. Sie sagt, sie sei ins Haus zurückgekehrt, um noch einmal nach diesem speziellen Pakken Photos zu suchen, aber sie dachte, sie könnte den Dekan auch ohne sie bluffen.«

»Hat Debbie Anne das Bewußtsein wiedererlangt?« fragte Peter, ohne sich umzudrehen.

»Noch nicht, aber der Arzt sagt, sie wird wieder gesund werden. Sie haben Arnie Riggles ausgenüchtert und in unser Gefängnis überstellt, aber er behauptet, er erinnere sich an nichts, nur noch daran, daß er« – Jorgeson räusperte sich – »mit einem gewissen Senator gewettet habe. Wir werden sehen, ob sich sein Gedächtnis bessert, wenn er unbedingt wieder einen Drink braucht.« Er nickte Peter zu und verschwand.

Das Ganze fing an, mich zu langweilen. »Hör zu, Peter. Ich habe doch schon gesagt, daß ich gerade auf dem Weg nach Hause war, um dich von dort aus anzurufen, als Eleanor die Waffe zückte. Das war zum Teil meine Schuld. Ich habe erst begriffen, daß sie schuldig war, als sie den Namen des Motels erwähnte. Erst dann wurde mir klar, daß der Manager sie angerufen haben mußte. Und nachdem sie mich auf dem

Parkplatz nicht erwischt hatte, folgte sie mir nach Hause, um zu sehen, was ich tun würde.«

»Und das war, deine Nase so lange in den Fall zu stecken, bis man sie dir beinahe abgeschossen hätte.« Seine Schultern hoben und senkten sich, als er einen tiefen Seufzer ausstieß. »Ich nehme an, wir haben das schon oft genug durchgekaut, nicht wahr? Du scherst dich einen Dreck darum, was ich dir sage – als Bulle oder als Mensch. Da würde ich noch mehr bei einer pinkfarbenen Katzengrußkarte erreichen. Mach mit Jorgeson einen Termin für die offizielle Aussage aus, und dann kannst du dich auf die Suche nach der nächsten Leiche machen.«

»Na gut«, sagte ich und marschierte aus dem Raum. Ich machte mir nicht die Mühe, mit Jorgeson zu sprechen; er würde mich anrufen, wenn er Zeit hatte, meine Aussage aufzunehmen. Ich stürzte aus der Tür und steuerte blind vor Wut auf das *Book Depot* zu. Ich machte keinerlei Anstalten, sie im Zaum zu halten oder die Gründe dafür zu analysieren. Trotz meines Schlafmangels würde ich den Laden aufmachen und Kunden vom Bürgersteig zerren.

Ich war jedoch nicht zu abgelenkt, um einen Umweg zum Doughnut-Shop zu machen und mir dort ein süßes Brötchen und einen großen Becher Kaffee zu holen. Ich verleibte mir gerade beides ein, als die Türklingel ertönte.

»Mutter«, sagte Caron, während sie durch den Raum stapfte. »Ich habe eine unglaubliche Methode entdeckt, wie ich diesen Sommer viel Geld verdienen kann! Diesmal muß ich keine Herde von dummen Kühen anbetteln, einen Termin mit mir auszumachen, um dann zu erleben, wie sie wegen eines *völlig blöden* Grundes absagen –«

»Warum haben sie es sich denn anders überlegt?«

Caron duckte sich hinter das Regal mit den Science-fiction-Büchern. »Woher soll ich das wissen? Ich meine, sie ändern ihre Meinung wie andere Leute den Fernsehsender.«

»Was weißt du über die Sache?« fragte ich Inez, die ein wenig schicklicher hereingekommen war und aussah, als wolle sie gleich wieder hinausschleichen. »Ist irgend etwas passiert, während du mit Caron und deinen Eltern im Drive-in-Kino warst?«

»Was denn zum Beispiel?« fragte Caron mit einem verächtlichen Lachen.

Ich sah nur den oberen Teil ihres Kopfes, der gerade auf die Ecke mit den Gartenbüchern zuschwebte. »Etwas, das eine deiner Klientinnen dazu provoziert hat, gestern morgen anzurufen und anzudeuten, daß du erpresserisch tätig bist.«

»Das stimmt gar nicht«, sagte Inez, blinzelte traurig und ließ Carons Kopf nicht aus den Augen. »Die Juniorenauswahl des Football-Teams ist ins Trainingslager gefahren. Ihre Freundinnen haben sich gelangweilt, und ein paar von ihnen sind ins Drive-in-Kino gefahren, und das mit –«

»Ein lausiger Abend ohne eine Verabredung, und sie machen mit den Spielern des Basketball-Teams herum!« lachte Caron in sich hinein, die nun auf die Bände mit den echten Kriminalfällen zusteuerte. »Ich bin nur zwischen den Autos herumgelaufen, um nachzufragen, wer vielleicht eine *My-Beautiful-Self*-Beratung buchen möchte. Ich habe mit keinem Wort gesagt, daß ich es ihren Freunden verraten würde.«

»Nicht direkt«, warf Inez gedankenverloren ein. »Aber sie schienen sich ein bißchen Sorgen deswegen zu machen. Und du hattest Glück, daß du Rhonda Maguire rechtzeitig gesehen und dich auf dem Spielplatz versteckt hast, bis sie aufgab. Meine Eltern hätten sich sehr darüber aufgeregt, wenn du dich mit ihr geprügelt hättest.«

Offensichtlich war der verrückte Hutmacher mit ihnen in den Laden gekommen und würde mir anbieten, nachzuschenken, während mich die Haselmaus verträumt aus dem

Inneren meines Bechers aus ansah. »Und warum ist Rhonda so erbost?«

Inez schien sich größere Sorgen um ihr eigenes Wohlergehen zu machen, denn sie sagte mit kaum vernehmbarer Stimme: »Caron hat in der Nacht, als sie sich in Rhondas Zimmer eingeschlossen hat, eine Tube Superkleber gefunden.«

»Caron!« sagte ich kalt. »Hör auf, so zu tun, als würdest du dich in einem Irrgarten befinden, und komm sofort her. Das geht wirklich zu weit.« Ich wartete einen Moment, bekam jedoch keine Antwort. Ich trat hinter dem Ladentisch hervor, um sie zu verfolgen, und legte mir gerade einen Schlachtplan zurecht, als ein Motorrad mit dröhnendem Motor unter dem Säulengang hielt und nach einer Fehlzündung ausging.

Carons Gesicht tauchte über dem Regal mit den Klassikern auf. »Was war das, Mutter?«

»Du kannst es als zeitweiligen Strafaufschub vom Gefängnisdirektor ansehen«, erwiderte ich, »aber als mehr auch nicht.«

»Guten Morgen«, sagte Ed, als er durch die Tür kam. Wie bei unserer letzten Begegnung trug er eine schwarze Lederjacke und hielt den Helm in der Hand. Er sah jedoch älter aus, und seine Mundwinkel hingen ein wenig schlaff herunter, als er versuchte, Inez anzulächeln, die daraufhin hastig zwischen den Regalen verschwand. An mich gewandt sagte er: »Ich habe gehört, was im Verbindungshaus passiert ist, und ich komme gerade von einem Besuch bei Winkie im Gefängnis. Mein Gott, was für ein Schlamassel!«

»Das ist wahr«, sagte ich. »Haben Sie schon mit Arnie gesprochen?«

»Warum sollte ich mit ihm sprechen? ›Und von dem höchsten Wirbel deines Hauptes zu deiner Sohle tiefsten Staub herab ein krötengift'ger Bube.‹ Wenn Shakespeare damit nicht Arnie gemeint hat, dann weiß ich es nicht.«

»Rhonda Maguire ist eine krötengift'ge Bübin«, warf Carons körperlose Stimme dazwischen.

»Schenken Sie dem Mädchen hinter dem Vorhang keine Beachtung«, sagte ich. Mir wurde bewußt, daß ich cineastische Metaphern verwechselte, aber ich war zu müde, mich zu beherrschen. »Was glaubt Winkie, wird mit ihr passieren?«

»Ihr Anwalt sagt, nicht viel. Sie hat sich verdächtig gemacht, sich jedoch nicht an illegalen Dingen beteiligt, und sie schwört, sie habe geglaubt, daß Eleanor Vanderson Ihnen irgendwann erlaubt hätte zu gehen.«

»Ach ja?« fragte ich trocken, während ich wieder vor mir sah, wie bereitwillig sie die Tür aufgeschlossen hatte und mit wieviel Gelassenheit sie Eleanor dabei beobachtet hatte, wie sie mich die Kellertreppe hinunterführte. Vielleicht war es in ihrer Arbeitsbeschreibung enthalten, sich an Verschwörungen zum Mord zu beteiligen. Hätte sie Eleanor dabei geholfen, uns kurz vor Beginn der Schnupperwoche unter den Rosenbüschen zu vergraben? Bedankte sich Katie, das *Kappa*-Kätzchen?

Ed zog eine Grimasse, als würde er meine zugegebenermaßen irren Gedanken lesen. »Ach ja, und sie sagte mehrere Male, wie nett es von Ihnen war, sich um die Katze zu sorgen. Unnötig, aber nett. Jedenfalls wird sie vor nächster Woche nicht offiziell angeklagt werden, und ich habe mich gefragt« – seine Wangen röteten sich, und er schaute nervös zu den Regalen hinüber, hinter denen eindringliches Flüstern ertönte – »ob Sie wohl irgendwann mit mir einen Ausflug aufs Land machen wollen? Ich verspreche Ihnen, wir kommen nicht mal in die Nähe des *Dew Drop Inn.*«

»Ich glaube nicht, Ed. Ich bin wahrscheinlich noch nicht bereit dazu, als Freigeist auf Ihrem Motorrad mitzufahren. Aber Sie können gerne jederzeit bei mir im Laden vorbeischauen und mich mit Ihren Zitaten bombardieren.«

Caron und Inez tauchten erst auf, als Ed gegangen war, und ich konnte mich nicht erinnern, die beiden je so ehrfürchtig gesehen zu haben. Ich hoffte, daß sie ebenso sprachlos waren, aber Caron warf mir einen durchdringenden Blick zu und sagte: »*Er hat dich um eine Verabredung gebeten.*«

»Auf einem Motorrad«, hauchte Inez.

Ich spielte mit dem Gedanken, sie darauf hinzuweisen, daß das Herannahen meines fünften Jahrzehnts nicht bedeutete, daß ich das Leben einer Eremitin führen und mir die Zeit damit vertreiben mußte, zu häkeln und meine Leberflecke zu zählen. Man mußte nicht alleine sein, um eigenständig zu bleiben, und ein paar graue Haare schlossen keine Partnerschaft aus. Das hätte womöglich zu einem vehementen Vortrag geführt, also sagte ich statt dessen: »Du hast Stubenarrest, bis du dein Zimmer und die Garage aufgeräumt hast.«

»Ich wollte die Garage sowieso aufräumen«, erwiderte Caron mit der ihr typischen – und so unerträglichen – Blasiertheit. »Ich muß es machen, um das Geld für ein Auto zu verdienen. Komm, Inez, ein paar Spinnen werden dich nicht umbringen.«

»Der Biß einer braunen Einsiedlerspinne kann dazu führen, daß dir die Haut wegfault«, konterte Inez, als sie auf die Tür zugingen. »Das heißt Nekrose, und wenn es wirklich schlimm wird, dann –«

»Moment mal!« rief ich ihnen hinterher.

»O Mutter«, sagte Caron, schob die Unterlippe vor und verdrehte die Augen. »Hast du wieder Hitzewallungen? Der Plan ist idiotensicher, und das Gelingen hängt auch nicht von einer krötengift'gen Bübin ab. Entweder klappt es, oder man bekommt sein Geld zurück, und jetzt, wo Pippa die Uni und die Stadt verlassen hat, muß ich ihr nichts von dem abgeben, was ich als *My-Beautiful-Self*-Beraterin verdient habe. Wenn du nichts dagegen hast, würde ich jetzt gerne nach Hause gehen und mit der Garage anfangen.«

Mag sein, daß sich meine Finger um den Plastikbecher krallten, aber meine Stimme blieb völlig ruhig. »Wovon sprichst du, Caron?«

»Von Regenwürmern. Diesen ekligen Würmern, die die Leute als Köder benutzen. Ich habe bereits einen Coupon für ein Anfängerset losgeschickt, und jetzt muß ich nur noch ein paar Kisten und eine Menge Dreck auftreiben. Man kippt Kaffeesatz und verrottetes Gemüse drauf, und dann kann man sie für einen Haufen Geld verkaufen.« Sie schaute Inez stirnrunzelnd an. »Dieser Farbskala-Kram ist Unsinn. Ich weiß wirklich nicht, warum ich keinen roten Sportwagen fahren sollte, wenn ich das möchte.«

»Wenn der Farbskala-Kram Unsinn ist, dann will ich meine gelbe Bluse zurück«, sagte Inez.

»Damit du darin aussiehst, als wärst du unheilbar krank?«

Die Türklingel ertönte, als die beiden davonstürmten, um Fußgänger mit ihren neuesten Themen zu unterhalten. Ich saß in meinem Büro, kratzte an dem Boden der Kaffeekanne herum und schwor mir, ein paar einschneidende Veränderungen in meinem Leben vorzunehmen, als es ein wenig sanfter bimmelte.

Ich ging zur Tür und erstarrte. Peter Rosen stand am Ladentisch und gab sich größte Mühe, trotz seines gereckten Kinns und dem durchdringenden Blick in seinen braunen Augen entspannt auszusehen.

»Willst du reden, Claire?« fragte er.

Ich brauchte fast eine ganze Minute, um darüber nachzudenken. »Ja«, erwiderte ich schließlich. »Vermutlich will ich das. Was ist mit der Katze passiert?«

»Officer Pipkin hat sie vorübergehend bei sich aufgenommen, obwohl ihr Mann dagegen ist. Er reagiert allergisch auf Katzenhaare. Möchtest du gerne sonst noch etwas besprechen?«

Ich nickte.